해티 고든 스미스 선생님*께

선생님의 배려와 격려에 감사하는 마음으로

---

*해리엇 고든 선생님은 1889년부터 1892년까지 프린스에드워드섬의 캐번디시 초등학교에 근무했다. 그 무렵 몽고메리도 그의 제자 가운데 한 사람이다.

최순영
연세대학교 영어영문학과·국어국문학과 졸업. 옮긴 책으로 데이비드 그레이버 《가능성들》(공역), 이철수 판화집 《네가 그 봄꽃 소식 해라》, Prime Dharma Master Kyongsan 《The Shore of Freedom》, 《The Path to Awaken to and Cultivate the Mind》, 메리 E. 윌킨스 프리먼 《뉴잉글랜드 수녀》 등이 있다.

앤2
애번리 초등학교의 앤

지은이	루시 모드 몽고메리
옮긴이	최순영
디자인	홍동원 김도형
발행일	1판 1쇄 2025. 6. 1
펴낸이	고윤주
펴낸곳	동서문화사
창업	1956. 12. 12. 등록 16-3799
주소	서울 중구 마른내로 144 동서빌딩 3층
홈페이지	www.dongsuhbook.com
전화	546-0331~2 팩스 545-0331
ISBN	978-89-497-1973-3 04840
	978-89-497-1971-9(전8권)

이 책은 저작권법에 의해 보호를 받는 저작물이므로 무단전재와 무단복제를 금합니다.
잘못된 책은 구입하신 서점에서 바꿔 드립니다. 책값은 뒤표지에 있습니다.

앤 ANNE 2

Anne of Avonlea

애번리 초등학교의 앤

루시 모드 몽고메리 / 최순영 옮김

꽃들은 그녀가 조심스레 걷는
의무의 길을 따라 피어난다.
그녀와 함께할 때 우리의 딱딱하고 뻣뻣한 삶의 선들은
아름답게 흐르는 곡선을 이룬다.

—휘티어*

---

* 노예해방을 지지한 미국의 퀘이커교도 시인 존 그린리프 휘티어(1807~1892)의 시 〈언덕들 사이에서〉에서 따옴.

차례

격분한 이웃 … 13
성급한 거래와 뒤늦은 후회 … 26
해리슨 씨네 집 … 34
저마다의 생각들 … 44
새로 온 선생님 … 51
사람도 가지가지 … 60
쌍둥이의 운명 … 74
귀여운 악동 … 82
색깔 논쟁 … 94
꾸러기 데이비 … 103

아이들의 편지 … 118
요나의 날 … 131
봄날의 소풍 … 141
하느님의 도움 … 157
신나는 여름 방학 … 173
바라는 것들의 실상 … 184
기다리던 날 … 193
도자기 접시 모험 … 207
행복한 나날 … 219
뜻밖의 손님 … 234

미스 라벤더 … 244

차를 마시며 … 261

닮은꼴 영혼 … 268

예언자 에이브 아저씨 … 278

애번리의 스캔들 … 290

길모퉁이 … 306

돌집의 오후 … 320

마법의 성을 찾아온 왕자 … 335

시와 산문 … 349

메아리집의 결혼식 … 358

애번리 초등학교의 앤

격분한 이웃

 상쾌한 8월 오후, 프린스에드워드섬의 한 시골집 현관 앞 붉은 사암 돌층계에 '16살 반'이 된 늘씬하고 어여쁜 아가씨가 앉아 있었다. 진지한 잿빛의 영롱한 눈에 친구들의 말을 빌리면 '적갈색' 머리칼을 한 이 아가씨의 얼굴에는 베르길리우스의 어려운 시 몇 행을 풀이하고야 말겠다는 굳은 결의가 나타나 있었다.
 다만 8월의 나른한 오후는 죽은 언어에 파묻혀 있기보다 몽상에 젖기에 어울렸다. 비탈진 밭은 등대풀에 둘러싸여 있었고, 산들바람은 포플러 가지에다 가만히 속살거렸으며, 벚나무 과수원 한구석에는 어린 전나무가 자라는 어두운 숲을 배경으로 타오르듯 새빨간 양귀비꽃이 고개를 한들거리고 있었다. 때마침 J.A. 해리슨 씨 집 바로 위에 눈 덮인 산처럼 커다랗게 걸려 있는 뭉게구름을 바라보던 앤은 베르길리우스의 시집이 땅에 떨어진 것조차 눈치채지 못했다. 깍지 낀 두 손에 턱을 괸 채 앤의 마음은 아득히 머나먼 꿈의 나라로 날아가고 있었다. 그곳에서는 한 학교 선생이 학교에서 열심히 학생들을 가르치고 있는 중이었다. 미래의 정치가들이 장차 가야 할 길을 이끌어주며 젊은 두뇌와 마음을 자극하여 드높은 이상을 불어넣어 주려는 것이었다.
 엄연한 현실로 눈을 돌리면—이건 부득이한 상황이 아닌 한 앤이 생각하지 않는 일이지만—애번리 초등학교에 앞으로 유명인사가 될 인재가 들어올 가능성은 거의 없어 보였다. 그렇지만 교사의 선한 영향력으로 뜻밖의 일이 이루어질지도 모른다는 장밋빛 이상이 앤의 공상의 나라에서 부푼 꿈으로 뭉게뭉게 피어오르고 있었다.

이어서 앤의 머릿속에 멋진 장면이 펼쳐졌다. 40년 뒤 어떤 유명한 인물—무엇으로 유명한가는 아직 정하지 않았지만, 앤은 대학 총장이나 캐나다 총리도 나쁘지 않다고 생각했다—이 앤의 주름진 손 위에 깊이 머리를 숙이고 이렇게 말한다.

"저에게 처음으로 희망의 불을 켜주신 분이 바로 선생님입니다. 이렇게 성공할 수 있었던 건 모두 애번리 초등학교에서 선생님의 가르침을 받은 덕분입니다."

이 즐거운 꿈은 뜻밖의 훼방꾼 때문에 깨지고 말았다.

태연한 얼굴을 한 저지종 소 한 마리가 오솔길을 어슬렁어슬렁 걸어오더니 곧바로 해리슨 씨가 나타났다. 뜰로 뛰어 들어온 해리슨 씨의 험악한 기세를 표현하는 데 그렇게 미적지근한 말이 어울릴지는 모르겠지만 어쨌든 그는 '나타났다'.

해리슨 씨는 대문을 여는 시간도 아깝다는 듯 울타리를 훌쩍 뛰어넘어 와 깜짝 놀라서 벌떡 일어선 앤 앞에 노여움으로 일그러진 무서운 표정으로 가로막아 섰다. 앤은 우뚝 선 채 어리둥절하여 해리슨 씨를 멍하니 바라보았다. 해리슨 씨는 옆집에 새로 이사 온 사람으로 한두 번 본 적은 있지만 아직 정식으로 인사를 나누지는 않았다.

4월 초, 앤이 퀸즈아카데미에서 아직 돌아오기 전 커스버트네 옆집에 살던 로버트 벨 씨가 농장을 팔고 샬럿타운으로 옮겨갔다. 그 농장을 산 사람이 바로 J.A. 해리슨 씨였는데, 뉴브런즈윅에서 왔다는 것만 알 뿐 그 밖에는 아무것도 모르고 있었다.

이 해리슨 씨가 애번리에 온 지 채 한 달도 안 되어 별난 사람이라는 평판이 온 마을에 자자하게 퍼졌다. 린드 부인의 말을 빌리자면 한마디로 '괴짜'였다. 린드 부인은 자기가 생각하는 것을 거침없이 말해버리는 성미였고, 해리슨 씨는 확실히 여느 사람과 다른 데가 있었다. 그리고 이 점은 '괴짜'의 특징에서 빠질 수 없는 것이다.

첫째, 해리슨 씨는 혼자 살면서 여자같이 어리석은 존재는 차라리 곁에 없는 편이 낫다고 큰소리를 뻥뻥 쳤다. 거기에 대해 자존심이 상한 애번리 여자들은 해리슨 씨의 살림살이와 식습관에 대해 해괴한 소문을 퍼뜨리는 것으로 보복했다. 소문을 내기 시작한 사람은 해리슨 씨의 집에서 일하고 있는 화이트 샌즈에서 온 존 헨리 카터라는 소년이었다.

해리슨 씨 집에는 일정한 식사 시간이 없어 해리슨 씨가 배고파지면 그때그때 '한술 떴'는데, 존 헨리가 마침 그 자리에 있으면 얻어먹을 수 있지만, 안타깝게도 그 자리에 없으면 해리슨 씨가 다시 배가 고파질 때까지 꼬박 기다려야 한다는 것이었다. 존 헨리는 만일 일요일마다 집에 돌아가 배불리 먹고, 월요일 아침에 돌아올 때 어머니가 먹을 것이 가득 담긴 바구니를 안겨주지 않았다면, 틀림없이 굶어 죽었을 거라고 처량하게 말했다.

설거지는 비 오는 일요일이 아니면 하는 시늉조차 하지 않았다. 그리고 그 설거지라는 것도 빗물을 받는 큰 통에 그릇을 한꺼번에 넣어 닦은 뒤 마를 때까지 그대로 내버려두는 식이었다.

게다가 해리슨 씨는 몹시 '인색'했다. 앨런 목사의 월급을 위해 정기적으로 기부를 좀 해달라고 부탁했더니, 먼저 설교를 들어보고 몇 달러의 값어치가 있는지 알게 되면 주겠다며, 자기는 덮어놓고 물건을 사지 않는 편이라는 말을 했다. 또한 린드 부인이 선교회를 위한 기부를 부탁하러—핑곗김에 집 안도 들여다볼 겸—찾아간 적이 있었다. 해리슨 씨는 자기가 아는 한 애번리의 수다스런 할머니들 가운데는 다른 어느 곳보다도 이교도가 많은 걸로 아는데 만일 그 사람들을 그리스도교도로 개종시키는 일을 하겠다면 기꺼이 기부하겠다고 말했다.

도망치듯 돌아온 린드 부인은 로버트 벨 씨 부인이 무덤 속에 편히 잠들어 있으니 망정이지, 만일 그토록 자랑스럽게 여기던 그 집의 지금 꼬락서니를 보았더라면 통곡했을 거라고 마릴라에게 분통을 터트리며 말했다.

"부인은 하루걸러 한 번씩 부엌 바닥을 닦았다고요. 그런데 지금은 어떤 줄 알아요? 치맛자락을 걷어 올리지 않으면 도저히 걸어 다닐 수가 없다니까요!"

그리고 더욱 결정적인 것은 해리슨 씨가 진저라는 앵무새를 기르고 있는 일이었다. 애번리에서는 지금까지 아무도 앵무새를 기른 사람이 없어 당연히들 그것을 탐탁지 않게 여겼다. 더구나 그 앵무새란! 존 헨리 카터의 말을 그대로 빌리면 얼마나 심한 욕을 해대는지 천하에 그런 못된 새는 없을 거라고 했다. 다른 곳에 일자리가 있었다면 카터의 어머니는 당장 아들을 데려갔을 것이다. 어느 날 존 헨리는 새장 바로 앞에 앉아 있다가 앵무새에게 뒷덜미 살을 물어뜯긴 적도 있었다. 운수 사나운 존 헨리가 일요일 집에 돌아오면 카터의 어머니는 그 상처 자국을 만나는 사람마다 보여주었다.

해리슨 씨가 화가 너무 치민 나머지 말도 못 하고 씩씩거리며 우뚝 서 있는 모습을 본 순간 그러한 일들이 한꺼번에 앤의 머릿속을 스치고 지나갔다. 해리슨 씨는 아주 기분이 좋을 때조차도 잘생겨 보이는 인물이 아니었다. 키가 작고 뚱뚱한 데다 머리도 벗겨졌기 때문이다. 그런 사람이 둥그런 얼굴은 노여움으로 보랏빛이 되고 안 그래도 돌출된 파란 눈이 금방이라도 튀어나올 듯한 모습으로 서 있으니, 앤은 이토록 보기 흉한 사람은 처음이라고 생각했다.

해리슨 씨가 말문이 터졌는지 느닷없이 소리를 버럭버럭 지르기 시작했다.

"도저히 못 참겠어! 하루도 더 못 참아! 알아들어, 아가씨? 이번이 벌써 세 번째야, 세 번째! 참는 것도 한계가 있지, 이 아가씨야. 지난번에 그쪽 고모한테 다시는 이런 일이 일어나지 않도록 해달라고 경고했는데 또 이런 일이 벌어졌으니. 도대체 어떻게 할 작정인지 좀 들어봐야겠어, 아가씨."

앤은 위엄 있는 태도로 차분히 물었다.

"문제가 무엇인지 설명해주시겠어요?"

앤은 요즘 학교에 나갈 때를 대비해 의젓한 태도를 몸에 지니도록 연습 중이었다. 그런데 화가 머리끝까지 나 있는 해리슨 씨한테는 전혀 효과가 없었다.

"뭐가 문제냐고? 기가 막혀서! 그래, 내 말해주지, 아가씨. 바로 조금 전에 그쪽 고모의 저놈의 소가 또 우리 귀리밭에 들어왔어. 이것으로 세 번째야. 알겠어? 지난 화요일에도 들어왔고 어제도 들어와 쑥대밭을 만들어놓았다고. 그때도 두 번 다시 이런 일이 없도록 해달라고 일부러 여기까지 와서 말했었는데 또 이 모양이야. 아가씨 고모는 어디 계시지? 만나서 단단히 일러둬야겠다…… 이 J. A. 해리슨이 아주 혼을 좀 뽑아놔야겠어!"

앤은 한마디 한마디에 더욱이 위엄을 깃들여 말했다.

"미스 마릴라 커스버트를 말씀하시는 거라면, 우선 그분은 저희 고모가 아니에요. 그리고 지금 이스트그래프턴에 친척분 병문안을 가고 안 계세요. 저희 소가 댁의 귀리밭에 들어갔다니 정말 죄송해요. 사과하겠습니다. 그리고…… 그건 마릴라의 소가 아니라 제 소예요. 3년 전 송아지였을 적에 매슈가 벨 씨한테서 사서 제게 준 거예요."

"죄송하다고? 죄송하다고만 하면 다야? 그놈이 내 귀리밭을 어떻게 해놓았는지 가서 한번 봐. 성한 데가 없이 모조리 엉망으로 만들어놓았다고, 아가씨."

"정말 죄송해요. 하지만 아저씨가 울타리를 제대로 고쳐놓았더라면 돌리도 밭으로 들어가지 못했을 거예요. 그 댁의 귀리밭과 우리 목장 사이의 울타리는 그 댁의 것이거든요. 며칠 전에 보니 허술한 데가 있던걸요."

"우리 집 울타리는 멀쩡해."

역습받은 해리슨 씨는 더욱더 화를 냈다.

"감옥의 울타리라 한들 그런 망나니 같은 짐승은 견뎌내지 못할걸. 그리고요 빨강머리 계집애야, 잘 들어둬. 그 소가 네 것이라면 그렇게 한가하게 앉아 돼먹잖은 책이나 읽고 있지 말고 네 소가 남의 밭으로 들어가지 못하도록 감시를 제대로 했어야지."

해리슨 씨는 앤의 발 밑에 떨어져 있는 죄 없는 누르스름한 표지의 베르길리우스 시집을 차가운 눈으로 노려보았다.

그 말을 들은 순간, 앤은 얼굴까지 새빨개졌다. 앤한테는 머리색이야말로 아직도 건드리고 싶지 않은 문제였던 것이다.

"머리칼이 죄다 빠지고 귀 언저리에만 겨우 몇 가닥 나 있는 것보다는 빨강머리가 몇 배는 더 나아요!"

이 화살은 과녁에 명중했다. 해리슨 씨는 늘 자기의 대머리가 마음에 걸렸던 것이다. 그는 또다시 격분한 나머지 말문이 막혀 앤을 쏘아볼 뿐이었다.

앤은 침착함을 되찾은 뒤 때를 놓칠세라 덧붙였다.

"화내는 마음은 이해해요, 해리슨 씨. 우리 밭에 남의 소가 들어와 망가뜨려 놓으면 얼마나 속이 상할지 상상을 해 보면 충분히 알 수 있으니까요. 그러니 지금 하신 말을 마음에 담아두지는 않겠어요. 그리고 돌리가 두 번 다시 댁의 귀리밭에 들어가지 않도록 하겠다고 내 명예를 걸고 약속할게요."

"그래, 제발 그렇게 해다오."

해리슨 씨는 좀 누그러지기는 했으나 그래도 화가 덜 풀린 듯 발을 쿵쿵 울리며 돌아갔다. 그가 멀어져서 들리지 않게 될 때까지 투덜투덜 화를 내는 소리가 들렸다.

앤은 난처하게 됐다고 걱정하면서 뒤뜰로 돌아가 장난꾸러기 돌리를 우유 짜는 우리 안으로 몰아넣었다.

"여기라면 울타리를 부수지 않는 한 밖으로 나올 수 없겠지. 이제 좀 얌전해진 것 같구나. 그 밭의 귀리를 배가 터지도록 먹고 속이 안 좋은 건 아닐까? 아, 지난주에 시어러 씨가 사겠다고 했을 때 팔아버릴걸. 하지만 다른 가축들을 경매할 때 같이 파는 게 낫다고 생각했지.

그나저나 해리슨 씨는 소문대로 괴짜네. 우린 절대로 '닮은꼴 영혼'은 아니야."

앤은 '닮은꼴 영혼'을 찾기 위해 늘 주의 깊게 살피고 있었다.

집으로 들어가자 마릴라가 마차를 몰고 뜰로 들어서는 모습이 보였으므로 앤은 서둘러 저녁을 준비했다.

두 사람은 식사를 하면서 이번 일에 대해 의논했다.

"경매가 끝나야 한시름 놓을 텐데. 이렇게 많은 가축들을 돌봐줄 사람이라고는 그 미덥지 않은 마틴 하나뿐이니 큰일이야. 고모 장례식에 다녀오겠다고 하루만 휴가를 달라고 해놓고는 아직 돌아오지 않는구나. 대체 고모며 이모가 몇 사람이나 되는지 모르겠어. 우리 집에 온 지 1년밖에 안 되는데 벌써 이모랑 고모 장례식만 합쳐서 네 번째니 말이야.

추수가 빨리 끝나 배리 씨에게 밭을 빌려주게 되면 그나마 마음이 놓일 것 같구나. 마틴이 돌아올 때까지 돌리는 우유 짜는 우리 안에 가둬두기로 하자. 집 뒤의 목장에 풀어두면 좋겠지만 울타리가 시원치 않아 수리하기 전에는 안 되겠어. 레이철의 말마따나 정말이지 녹록지 않은 세상이로구나.

 게다가 메리 키스가 죽어가는데 두 아이가 어떻게 될지 모르겠어. 브리티시컬럼비아주에 있는 메리의 오빠에게 편지를 보냈다는데 아직 답장이 없는 모양이야."

 "그 아이들은 몇 살이에요?"

 "쌍둥인데, 6살이라더구나."

 앤이 바짝 다가와 물었다.

 "어머나, 난 쌍둥이한테 특별한 관심이 있어요. 해먼드 아주머니 댁에 쌍둥이를 여럿 돌본 이후로요. 그 아이들, 귀여워요?"

 "글쎄, 잘 모르겠다…… 아무튼 너무 더러워서 귀여운지 어떤지 알 수도 없는 지경이었어. 밖에서 데이비가 흙장난을 하고 있을 때 도라가 부르러 갔지. 그랬더니 데이비는 도라의 머리를 진흙 속에 처박아 넣었단다. 도라가 우니까 데이비는 그렇게 울 일이 아니라는 것을 보여주겠다고 이번에는 자기가 진흙 속에 머리를 마구 문대고 뒹굴었지.

 도라는 아주 순한데 데이비는 너무 장난이 심해서 메리도 어떻게 할 수가 없다고 하더구나. 버릇을 제대로 가르치지 못해서겠지만 그 아이들이 갓난아기일 적에 아버지는 세상을 떠났지, 메리는 지금껏 계속 아팠지, 그러니 어쩔 수 없는 노릇이지."

 "제대로 키워줄 사람이 없어서 버릇없는 아이를 보면 늘 가엾다는 생각이 들어요. 마릴라가 맡아줄 때까지 나도 그랬으니까요. 그 아이들의 외삼촌이 맡아 길러주면 좋겠는데. 키스 부인은 마릴라와 어떻게 돼요?"

"메리 말이냐? 아주 남이지. 메리의 남편과 팔촌 사이일 뿐이야. 저기 린드 부인이 뒤뜰로 들어오는구나. 메리 일이 궁금해서 틀림없이 올 거라 생각했지."

"해리슨 씨와의 일은 말하지 마세요."

마릴라는 고개를 끄덕였지만 굳이 그럴 필요가 없었다.

린드 부인은 자리에 앉기가 무섭게 말했다.

"아까 카모디에서 돌아오다가 해리슨 씨가 귀리밭에서 이 집 소를 쫓아내고 있는 것을 봤어요. 화가 단단히 난 것 같던데, 와서 한바탕 야단법석을 떨었겠죠?"

앤과 마릴라는 재미있다는 듯이 서로 쳐다보며 살짝 웃었다. 애번리에서 일어나는 일이라면 거의 린드 부인의 눈에서 벗어날 수 없었다.

바로 그날 아침에도 앤이 마릴라에게 말했었다.

"한밤중에 내 방에 들어가서 문을 잠그고 블라인드를 내린 채 재채기를 했다 해도 다음 날 린드 아주머니는 '감기는 좀 어떠냐' 물으실걸요."

마릴라가 린드 부인에게 말했다.

"그랬다나 봐요. 나는 집에 없어서 몰랐는데, 앤한테 한바탕 퍼붓고 갔다는군요."

앤이 속상하다는 듯이 빨강머리를 흔들었다.

"그렇게 불쾌한 사람은 처음 봤어요."

린드 부인은 고개를 끄덕이며 심각한 표정을 지었다.

"맞아, 나는 로버트 벨이 뉴브런즈윅 사람에게 집을 팔 때부터 무슨 사달이 날 줄 알았어. 이렇게 자꾸만 다른 고장 사람들이 몰려드니 애번리가 어떻게 되어갈지 걱정이 이만저만이 아니야. 이러다가는 밤에 마음 놓고 잘 수도 없겠어."

깜짝 놀란 마릴라가 물었다.

"아니, 그럼 다른 고장 사람들이 또 왔나요?"

"아직 못 들었어요? 왜, 도널이라는 가족이 피터 슬론의 낡은 집을 빌려서 들어왔잖아요. 피터가 제분소를 맡기려고 고용한 사람이래요. 동부에서 왔다는 말이 있지만 그 내력을 아는 사람은 딱히 아무도 없어요. 또 그 빙충맞은 티머시 코튼네도 화이트샌즈에서 이사 온대요. 아마 틀림없이 이 마을에 폐만 끼칠 거예요. 티머시는 노상 병으로 빌빌대고…… 병이 좀 나았다 싶으면 도둑질이나 하고…… 게다가 부인은 부인대로 굉장히 게을러 살림이 아주 엉망이에요. 설거지조차도 앉아서 한다는걸요.

파이 부인은 남편의 조카인 고아 앤서니 파이를 맡아 기르게 됐어요. 아마 학교에서 네가 가르치게 될 거다, 앤. 틀림없이 걔 때문에 애 좀 먹게 될 거야. 그리고 또 특이한 아이가 하나 더 오기로 되어 있다는구나. 미국에서 온 폴 어빙이 할머니 집에서 살게 되었대.

마릴라는 그 애 아버지를 기억할 거예요…… 스티븐 어빙 말이에요. 그래프턴의 라벤더 루이스를 차버린 남자요."

"뭐, 차버린 건 아니에요. 좀 다투었을 뿐이죠. 책임은 양쪽 모두에게 있었다고 생각해요."

"어쨌든 스티븐은 라벤더 루이스와 결혼하지 않았잖아요. 그 뒤로 라벤더 루이스는 사람이 완전히 변했다더군요. 스스로 '메아리집'으로 이름을 지은 작은 돌집에서 혼자 살고 있대요. 스티븐은 미국으로 가서 삼촌과 사업을 시작했고 거기서 양키 여자를 만나 결혼했죠. 그 뒤로는 한 번도 집에 돌아오지 않았어요. 그의 어머니가 아들을 만나러 한두 번 갔을 뿐이죠. 그런데 스티븐의 부인이 2년 전에 죽어서 아들을 당분간 어머니에게 맡기게 되었다는군요. 지금 10

살이라는데, 학교에서 앤의 속을 썩이는 거 아닌지 모르겠어요. 양키는 도무지 믿을 수가 없거든요."

린드 부인은 '나사렛에서 무슨 선한 것이 날 수 있느냐'[1]는 단호한 태도로, 프린스에드워드섬이 아닌 다른 고장에서 태어나 자란―본인 기준에―불운한 사람들을 무시하는 눈으로 보았다. 그중에 좋은 사람이 있을지도 모르지만 우선 조심해서 나쁠 것 없다는 입장이었다. 그 가운데에서도 미국 사람을 특히 싫어했다. 린드 부인의 남편이 전에 보스턴에서 일했을 때 고용주에게 속아 10달러를 못 받은 적이 있었는데, 그 책임이 미합중국에 있는 게 아님을 그녀에게 납득시키는 것은 아무리 천사고, 권품천사고, 능품천사[2]가 직접 내려와서 하더라도 불가능한 일이었다.

마릴라는 덤덤하게 말했다.

"다른 고장에서 새로운 학생이 몇 명 왔다고 해서 애번리 초등학교가 어떻게 되지는 않겠죠. 그 애가 아버지를 닮았다면 별일 없을 거예요. 스티븐 어빙은 이 부근에서 가장 착한 아이였으니까요. 너무 거만하다고 헐뜯는 사람들도 있기는 했지만요. 그나저나 어빙 부인은 손자를 맡아 기르게 돼서 무척 기뻐하겠네요. 남편분이 돌아가신 다음부터 몹시 쓸쓸하게 지냈으니까요."

"그야 착한 아이일지도 모르죠. 하지만 애번리 아이들과는 다를 거예요."

---

1) 《신약성서》〈요한복음〉 1장 46절. 메시아가 베들레헴에서 나리라 믿고 있던 나다니엘이 나사렛에서 태어난 예수를 메시아로 받아들이지 못하고 의심을 표하며 했던 말임. 그러나 직접 예수님을 보고 판단하라는 빌립의 말에 그렇게 한 뒤 예수를 메시아로 인정하게 됨.
2) 그리스도교에서 나눈 천사들의 품계로, 학자들마다 구별의 차이가 있기는 한데, 5세기경 학자인 디오니시우스가 주장한 품계는 하느님으로부터 가까운 순서로, 치품천사(熾品天使 : Seraphim), 지품천사(智品天使 : Cherubim), 좌품천사(座品天使 : Thrones), 주품천사(主品天使 : Dominions), 역품천사(力品天使 : Virtues), 능품천사(能品天使 : Powers), 권품천사(權品天使 : Principalities), 대천사(Archangels), 일반 천사(Angel)로 나뉜다.

린드 부인은 완전히 결론내린 듯한 말투였다. 사람에 대해서나 지역과 사물에 대해서나, 린드 부인은 언제나 의견을 바꾸려는 법이 없었다.

"네가 마을개선회를 조직한다는 말을 들었는데, 어떤 일을 하는 모임이냐, 앤?"

"그저 지난번 토론 클럽 모임에서 젊은 사람들끼리 의논했을 뿐이에요."

앤은 얼굴을 붉혔다.

"모두들 좋은 일이라고 했어요. 앨런 목사님과 부인도요. 이미 다른 마을에서도 시작하고 있나 봐요."

"그런 일을 시작하면 귀찮은 일에 휘말리게 될 뿐이니 그만두는 게 좋을 게다, 앤. 사람들은 개선되고 싶어하지 않으니까."

"어머나, 우리가 고치려는 것은 사람이 아니라 애번리 마을이에요. 더욱 아름답게 할 수 있는 일이 얼마든지 있거든요. 예를 들어 레비 볼터 씨를 설득시켜 그분 농장의 위쪽 밭에 있는 낡아빠진 집을 헐어버린다면 개선이라고 할 수 있지 않겠어요?"

"그야 그렇지. 그 쓰러져가는 집은 지난 몇 년 동안 늘 눈에 거슬렸으니까. 아무튼 너희 개선회원들이 레비 볼터 씨를 설득시켜 자기한테 한 푼의 이득도 없는 사회봉사를 하도록 만들기만 한다면 나도 그 현장을 내 눈으로 직접 한번 보고 싶구나.

아니, 이건 네 용기를 꺾으려고 하는 말이 아니다, 앤. 네 생각에도 분명히 좋은 점이 있으니까. 어차피 돼먹잖은 무슨 미국 잡지에서 얻어들은 것이긴 하겠지만. 어쨌든 너를 아껴 충고한다면, 이제 학교 일만 해도 곧 눈코 뜰 새 없이 바쁠 테니 개선회니 하는 데는 나서지 않는 편이 나을 게다. 하지만 내가 뭐라든, 네가 한번 마음먹으면 앞장서서 해내고야 만다는 것을 나는 잘 알지."

굳게 다문 앤의 입가를 보면 린드 부인의 말이 그리 틀린 것도 아닌 듯했다. 앤의 마음은 개선회를 결성하는 일에 온통 쏠려 있었다. 길버트 블라이드도 대찬성이었다. 길버트는 화이트샌즈 초등학교에서 가르칠 테지만 금요일 밤부터 월요일 아침까지는 애번리에 있을 예정이었다. 다른 젊은이들도 대부분 반대하지 않았다. 가끔 한자리에 모일 수만 있다면 그것으로 만족이었다. 그런 자리는 늘 즐거웠기 때문이다.

그러나 '개선'이 무엇인지 똑똑히 이해하는 사람은 앤과 길버트뿐이었다. 두 사람은 서로 많은 이야기를 나누고 계획을 세워, 실제로는 어떻게 될지 알 수 없지만 그들의 마음속에 이상적인 애번리 마을을 품었다.

그리고 린드 부인은 또 다른 소식을 가지고 있었다.

"카모디 초등학교에서 프리실라 그랜트라는 여선생이 가르치게 되었다더구나. 너 그 아가씨와 퀸즈아카데미에 함께 다니지 않았니, 앤?"

"네, 그래요. 프리실라가 카모디에서 가르치게 되다니, 정말 멋져요!"

앤의 잿빛 눈이 저녁 하늘에 밝게 빛나는 별처럼 반짝이자 린드 부인은 앤 셜리가 정말로 미인인지 아닌지 언제쯤 뚜렷이 알 수 있을까 새삼스레 생각해 보았다.

성급한 거래와 뒤늦은 후회

다음 날 오후, 앤은 다이애나와 함께 마차를 타고 카모디로 물건을 사러 갔다. 다이애나도 열렬한 개선회원이었으므로 두 사람은 카모디에 갈 때나 애번리로 돌아올 때나 내내 그 이야기뿐이었다.

공회당을 지나갈 때 다이애나가 말했다.

"무엇보다도 먼저 해야 할 일은 저 공회당에 페인트칠을 하는 거야."

애번리 공회당은 숲속의 분지에 세워진 낡은 건물로 가문비나무에 둘러싸여 있었다.

"저대로 내버려두는 것은 우리의 수치야. 레비 볼터 씨의 집을 헐게 하는 일은 뒤로 미루고 이것부터 먼저 해야 해. 그 집을 헐게 하기는 힘들 거라고 우리 아버지가 말했어. 레비 볼터 씨 같은 욕심쟁이가 그런 일에 시간을 쓰지는 않을 거라던데."

앤은 속으로 잘됐으면 좋겠다고 바라면서 말했다.

"그 집을 허는 건 남자아이들에게 시킬 거야. 거기서 나온 판자를 장작으로 쓰시도록 쪼개주겠다고 약속하면 하게 내버려두지 않을까? 할 수 있는 데까지는 해 봐야지. 하지만 처음부터 너무 욕심내면 안 돼. 한 번에 모든 일을 개선하기는 어려워. 무엇보다 먼저 여론을 일으키는 게 중요해."

여론을 일으킨다는 것이 무엇인지 다이애나로서는 똑똑히 알지 못했지만 어쨌든 멋있게 들렸으므로, 그런 훌륭한 목적을 가진 모임의 일원이 된 자신이 자랑스럽게 느껴졌다.

"어젯밤 나는 이런 생각을 했어, 앤. 저, 카모디와 뉴브리지, 그리고 화이트샌즈에서 오는 세 길이 합쳐지는 곳 있잖니? 거기에 어린 가문비나무가 웃자라 있는데, 자작나무 두세 그루만 남기고 모두 뽑아버리면 어떨까?"

"멋진 생각이다! 그 자작나무 밑에 통나무 벤치를 놓는 거야. 봄이 오면 한가운데 꽃밭을 만들고 제라늄을 심자."

"그게 좋겠어. 하지만 하이럼 슬론 부인댁 소가 길에 나와 어슬렁거리지 못하도록 하지 않으면 제라늄을 모조리 먹어버릴 거야."

다이애나는 함박웃음을 짓고는 말을 이어갔다.

"네가 말하는 여론을 일으킨다는 게 뭔지 알 것 같아, 앤. 저기 그 볼터 씨의 낡은 집이 보인다. 저토록 흉물스러운 헌 집을 본 적이 있니? 더욱이 길가에 딱 있잖아. 창문이 없어진 낡은 집을 보면 나는 언제나 눈알이 없어진 죽은 동물 같은 게 떠올라."

앤은 아득한 옛날을 생각하는 것처럼 꿈꾸는 듯한 표정을 지었다.

"나는 사람이 살지 않는 낡은 집만큼 슬픈 건 없다고 생각해. 지나간 시간을 돌이켜 보며 즐거웠던 시절이 돌아오지 못한다는 것을 생각하는 일은 참 가슴이 아픈 것 같아.

마릴라가 그랬는데, 옛날에는 그 낡은 집에 많은 사람들이 옹기종기 모여 살았대. 아름다운 뜰도 있었고 집 둘레에는 온통 장미꽃이 피어 아주 아름다웠대. 재잘대는 아이들의 말소리며 웃음소리, 노랫소리가 온 집안에 넘쳐흘렀을 텐데 지금은 텅 비어 바람만이 덧없이 스쳐 갈 뿐이잖아. 그 집은 얼마나 쓸쓸하고 허무하겠니. 아마 달밤이 되면 하나둘씩 나타날 거야…… 그 옛날의 아이들과 장미, 그리고 노래의 망령들이…… 그리고 잠시 동안 그 낡은 집은 다시 즐거운 시절로 되돌아간 꿈을 꾸게 되겠지."

다이애나는 고개를 저었다.

"난 그런 건 이제 상상하지 않기로 했어. 앤. 기억하겠지? 우리가 '도깨비숲'에서 유령이 나온다고 상상했을 때 어머니와 마릴라에게 몹시 꾸중 들었던 일 말이야. 지금도 나는 밤에 그곳을 지나게 되면 썩 기분이 좋지 않아.

그런데 그 볼터 씨의 빈집을 또 그런 식으로 상상한다면 그곳 역시 무서워서 지나다닐 수 없을 거야. 그리고 그 집 아이들은 죽지 않았거든. 모두 자라서 잘 살고 있어. 한 사람은 푸줏간을 하고 있지. 게다가 꽃이며 노래에 영혼 같은 건 없어."

앤은 한숨이 새어 나오려는 것을 꾹 눌렀다. 앤에게 다이애나는 깊이 사랑하는 가장 친한 친구였다. 그러나 앤은 공상의 세계로 들어갈 때에는 자기 혼자여야 한다는 것을 오래전부터 알고 있었다. 안타깝게도 공상의 세계로 들어가는 마법의 오솔길은 가장 아끼는 사람조차도 선뜻 함께 들어가려 하지 않았다.

두 사람이 카모디에 있는 동안 우레가 치고 소나기가 내렸으나 곧 개었다. 좁은 길에 들어서니 나뭇가지엔 빗방울이 맺혀 반짝이고 나무가 우거진 골짜기에서는 젖은 풀고사리가 진한 향기를 풍기고 있었다. 마차를 몰아 그런 곳을 거쳐 집으로 돌아가는 건 말할 수 없이 기분 좋은 일이었다. 그러나 그린게이블즈의 오솔길에 막 접어들었을 때 문득 앤의 눈에 띈 광경 하나가 그때까지 아름다웠던 경치를 모두 망쳐버렸다.

오솔길의 앞쪽 오른편에는 해리슨 씨네 밭이 있고, 늦귀리가 비에 젖어 온통 푸르게 펼쳐져 있었다. 그 귀리밭 한가운데에 저지종 소 한 마리가 떡하니 서 있었던 것이다! 소는 허리가 보이지 않을 만큼 귀리에 파묻혀서 귀리 이삭 너머로 두 사람을 보며 태연하게 눈을 껌벅거리고 있었다.

앤은 말고삐를 놓고 입술을 깨물며 일어섰지만 먹는 것에 열중한 그 네발짐승은 아랑곳도 하지 않았다. 앤은 한마디도 하지 않고 재빨리 마차에서 내리더니 다이애나가 무슨 일인가 몰라 어리둥절해하는 사이에 훌쩍 울타리를 뛰어넘어 잽싸게 달려갔다.

겨우 정신이 든 다이애나가 큰 소리로 외쳤다.

"앤, 돌아와! 그렇게 젖은 귀리밭으로 들어가면 옷이 엉망이 되잖니. 가면 안 된다니까. 어휴! 안 들리나 봐. 혼자서는 소를 붙잡을 수 없을 텐데. 내가 가서 도와주는 수밖에 없겠어."

앤은 미친 듯이 귀리를 헤치며 달리고 있었다. 다이애나도 마차에서 가볍게 뛰어내려 말을 울타리에 단단히 잡아매놓고 예쁜 깅엄 원피스의 치맛자락을 걷어올려 어깨에 걸친 다음 울타리를 넘어 앤의 뒤를 바짝 따랐다. 다이애나가 앤보다 빨리 달렸다. 앤은 젖은 치맛자락이 다리에 휘감기는 통에 빨리 달릴 수 없었기 때문에 곧 다이애나에게 따라잡혔다. 두 사람이 지나간 자국을 해리슨 씨가 보았다면 그야말로 가슴이 찢어지는 듯했을 것이다.

"제발 기다려줘, 앤. 숨이 끊어질 것 같아. 게다가 너는 훌떡 젖어버렸잖아."

"해리슨 씨가……저 소를……보기 전에……얼른 붙잡아야 해. 붙잡을 수만……있다면……뼛속까지……젖는대도……상관없어."

그러나 소는 한창 맛있게 이삭을 먹고 있는데 붙잡히겠냐는 듯 두 사람이 헐레벌떡 다가가자 홱 돌아서서 반대쪽으로 달아나버렸다.

"앞질러 가서 길을 막아줘! 빨리, 다이애나, 무조건 뛰어!"

다이애나와 앤은 힘껏 달렸다. 장난꾸러기 소는 무엇에 씌기라도 한 듯 이리저리 온 밭을 들쑤시며 달아났다. 마음속으로 다이애나는 저 소가 진짜 뭐에 씌었을지도 모른다고 생각했다. 두 사람은 10분이나 쫓아다닌 끝에야 겨우 소를 앞질러 막아설 수 있었다. 그러고는 울타리 틈새로 몰고 나와 그린게이블즈 쪽 오솔길로 내보냈다.

이때의 앤의 심정은 천사 같은 마음씨와는 거리가 멀었다. 게다가 오솔길에 멈춰 선 마차를 보니 더욱더 기분이 나빠졌다. 카모디의 시어러 부자(父子)가 마차에 앉아서 이를 드러내며 씩 웃고 있었던 것이다.

"지난주에 사겠다고 했을 때 나한테 팔았더라면 좋았잖소, 앤."

시어러 씨는 말을 마치고는 껄껄 소리 내어 웃었다.

얼굴은 새빨갛고 머리는 마구 헝클어진 소 주인이 대답했다.

"데려가겠다고 하면 지금이라도 팔겠어요. 당장 가져가세요."

"좋소. 지난번에 내가 말한 대로 20달러 주겠소. 짐이 여기서 곧바로 카모디로 데려가면 되니까요. 그러면 오늘 저녁 다른 짐들이랑 같이 샬럿타운으로 실어 보낼 수 있겠지. 브라이튼에 사는 리드 씨가 저지종 소가 한 마리 있었으면 좋겠다고 했거든."

5분 뒤 짐 시어러와 소는 큰길을 따라 올라갔고 충동적으로 거래를 끝낸 앤은 20달러를 쥐고 그린게이블즈 오솔길로 마차를 몰아 달리고 있었다.

"마릴라가 뭐라고 하지 않을까?"

근심스러운 얼굴로 이렇게 묻는 다이애나에게 앤이 대답했다.

"아니, 괜찮아. 돌리는 내 것이고, 경매에 내놓아도 20달러 넘게는 못 받을 거야. 하지만 해리슨 씨가 귀리밭을 보면 또 돌리가 들어왔다는 것을 알게 될 테지. 내 명예를 걸고 두 번 다시 그런 짓 못 하도록 하겠다고 큰소리쳤는데!

앞으로는 소 때문에 명예를 걸겠다는 말은 결코 하지 말아야 한다는 것 한 가지는 배웠네. 젖 짜는 우리의 울타리까지 훌쩍 뛰어넘어서든 부수고서든 나가는 소가 무슨 짓을 저지를지 어떻게 알겠니?"

마릴라는 린드 부인 집에 가고 없었는데, 돌아왔을 때에는 돌리를 팔아버린 일을 벌써 알고 있었다. 린드 부인이 자기 집 창문으로 소가 끌려가는 광경을 내다보고 있었기 때문에 나머지 부분은 자기 머리로 채워 넣어서 상황을 파악한 것이다.

"그 소를 잘 팔았다고 생각한다. 하지만 너는 앞뒤 살피지 않고 일을 너무 성급하게 처리하는 면이 있기는 하구나, 앤. 그런데 그 소가 대체 어떻게 우리를 빠져나갔을까? 아마도 판자를 몇 개 부숴먹었겠지?"

"그러고 보니 아직 우리를 확인 못 해 봤네요. 지금이라도 가봐야겠어요. 마틴이 아직도 안 돌아온 걸 보니 또 다른 고모가 돌아가신 것 아닐까요?

피터 슬론 씨가 했다는 팔순 노인 이야기가 생각나네요. 요 전날 밤 슬론 씨 부인이 신문을 읽다가 슬론 씨에게 물었대요. '또 다른 팔순 노인이 죽었다고 나와 있는데, 대체 이 노인들이 누구길래 이러죠?' 그랬더니 슬론 씨가 '나도 모르겠는데, 아마 어지간히 명줄 긴 징글징글한 놈들인가 보지. 그러니 살아있을 때 얘기는 한 번을 못 들었는데 죽었을 때만 꼭 신문에 나는 거 아니겠어.' 하고 대답했대요. 마틴의 고모랑 이모들도 그 비슷한 것 아닐까요?"

"마틴도 여느 프랑스 사람들과 전혀 다를 바 없어. 도대체 믿을 수가 없거든."

앤이 카모디에서 사온 물건을 마릴라가 펼쳐보고 있는데 헛간 쪽에서 날카로운 외마디 비명이 들리더니 곧이어 손을 쥐어짜듯 꼭 움켜쥔 앤이 부엌으로 뛰어 들어왔다.

"앤 셜리, 이번에는 또 무슨 일이냐?"

"오, 마릴라, 어떻게 하죠? 정말 큰일 났어요. 모두 내 잘못이에요. 아, 나는 어째서 이렇게 무턱대고 일을 저지르고 보는지 모르겠어요. 린드 아주머니가 나더러 언젠가는 끔찍스러운 짓을 저지를 거라고 했는데, 마침내 그 말대로 되어버렸어요."

"앤, 뭣 때문에 이렇게 호들갑을 떠는 게야! 무슨 일인데 그러니?"

"내가 아까 팔아버린 건 해리슨 씨의 소였어요…… 해리슨 씨가 벨 씨한테서 산 걸…… 시어러 씨에게 팔아버린 거예요! 돌리는 우리 안에 얌전히 있어요!"

"앤 셜리, 너 꿈이라도 꾸고 있는 게 아니냐?"

"꿈이라면 얼마나 좋겠어요. 아니, 이번만큼은 꿈이라도 소용없어요. 무서운 악몽이니까요. 해리슨 씨의 소는 지금쯤 샬럿타운에 가 있을 거예요. 아, 마릴라, 나는 이제 이런 어이없는 짓을 할 나이는 지났다고 생각했는데, 이번에야말로 이제까지 저지른 일 가운데에서도 가장 심한 소동을 일으키고 말았어요. 어떡하면 좋아요?"

"어떡하다니? 다른 방법이 없어. 해리슨 씨에게 가서 사실대로 이야기하는 수밖에. 돈을 받지 않겠다고 하거든 우리 소를 대신 주겠다고 해라. 돌리는 해리슨 씨한테 원래 있던 소 못지않게 아주 좋은 소니까."

앤은 끙, 앓는 소리를 냈다.

"아주 펄펄 뛰고 심한 말을 하겠죠?"

"그럴 테지. 성을 잘 내는 사람 같던데. 그럼 내가 가서 말해주련?"

"아니에요, 괜찮아요. 나는 그렇게 비겁하지 않아요. 모두 내 잘못인데 마릴라가 내 벌을 대신 받게 할 수는 없어요. 지금 당장 가야겠어요. 매도 빨리 맞는 편이 나으니까요. 엄청난 굴욕을 맛보게 생겼네요."

가엾은 앤은 모자를 쓰고 20달러를 가지고 나가려다가 문득 문이 열린 부엌 안에 눈길을 던졌다. 식탁 위에 그날 아침 앤이 구워놓은 호두케이크가 놓여 있었다. 핑크빛 아이싱을 입히고 호두를 듬뿍 얹어 특별히 맛있게 만든 케이크였다. 금요일 밤 애번리 젊은이들이 그린게이블즈에 모여 '개선회'를 결성하기로 되어 있었으므로 그때를 위해 준비한 것이다.

하지만 마땅히 화가 났을 해리슨 씨를 생각하면 그들은 아무래도 좋았다. 이런 케이크를 보고 마음이 누그러지지 않을 사람은 없을 것이다. 혼자 살림을 꾸려나가는 남자라면 더욱 그럴 것이라 생각하며 앤은 곧 그 케이크를 상자에 담았다. 평화적인 협상을 위한 선물로 해리슨 씨에게 가지고 가기로 했다.

"그야 한마디 할 수 있는 틈을 내게 주기나 한다면 말이지."

앤은 우울한 마음으로 오솔길 울타리를 넘어 8월 저녁놀을 받아 황금빛으로 물든 아름다운 밭들 사이로 난 지름길로 걸어갔다.

"교수대로 끌려가는 사람의 기분을 이제야 알 수 있을 것 같아."

해리슨 씨네 집

해리슨 씨 집은 울창한 가문비나무숲을 등지고 선, 처마가 낮고 벽에 하얗게 회칠을 한 옛날식 건물이었다.

해리슨 씨는 포도 덩굴로 그늘진 베란다에서 편안한 셔츠 차림으로 한가로이 파이프 담배를 피우고 있다가, 오솔길을 걸어오는 사람이 누구인지 알자 벌떡 일어나 집 안으로 뛰어들어가서 문을 쾅 닫았다. 깜짝 놀라 당황하기도 했지만 전날 지나치게 화낸 일이 멋쩍게 여겨졌기 때문이었다. 하지만 앤으로서는 그나마 조금 남아 있던 용기마저 완전히 사라지고 말았다.

'지금도 저런데 내 이야기를 들으면 얼마나 더 화를 낼까.'

앤은 비참한 기분으로 문을 똑똑 두드렸다.

해리슨 씨는 겸연쩍은지 어색한 미소를 지으며 문을 열었다. 얼마쯤 긴장한 듯이 보이기는 했으나 그래도 친절하게 맞아주었다. 파이프는 치우고 깔끔한 웃옷을 걸치고 있었다.

먼지투성이 의자나마 정중히 권하여 앤으로서도 기분 좋은 환영을 받은 셈 칠 수 있었다. 그런데 새장 속에서 심술궂은 금빛 눈을 반짝이고 있던 수다쟁이 앵무새가 앤이 의자에 앉는 순간 소리치는 것이었다.

"별꼴 다 보겠네! 이 빨강머리 계집애야, 여긴 뭣 하러 왔어?"

이 말을 듣고 해리슨 씨와 앤은 누가 먼저라 할 것 없이 얼굴이 빨개졌는데 누구 얼굴이 더 새빨개졌는지 알 수 없을 정도였다.

해리슨 씨는 무서운 눈으로 진저를 노려보며 말했다.

"저 앵무새한테는 신경 쓰지 마시오. 저놈은 늘 돼먹잖은 소리만 지껄이거든. 선원이었던 내 형님한테서 받은 놈이오. 뱃사람들 말버릇이란 게 대부분 고상과는 거리가 먼데 저 앵무새가 또 흉내를 잘 내다보니 그걸 배운 모양이오."

"그렇겠죠."

가엾은 앤은 이 집에 온 용건을 생각하니 화를 낼 수도 없었다. 지금 해리슨 씨에게 싫은 소리 할 처지가 아닌 것만은 틀림없었다. 남의 소를 주인의 승낙은커녕, 주인이 알지도 못하는 새 팔아버렸으니 그 사람의 앵무새가 다소 기분에 거슬린다 한들 불평할 입장이 못 되었다. 그래도 '빨강머리 계집애'라는 말에는 역시 속이 편치 않았다.

앤은 용기 내어 말을 꺼냈다.

"저, 실은 사과드릴 일이 있어서 왔어요, 해리슨 씨. 저…… 저…… 그 소 말인데요……."

해리슨 씨는 불안한 표정이 되었다.

"거 참! 그 소가 또 우리 귀리밭에 들어갔소? 뭐 상관없소…… 들어갔다 한들…… 별일도 아닌데…… 나도…… 나도 어제는 너무 말이 심했소. 밭에 들어갔대도 괜찮아요."

앤은 한숨을 푹 내쉬었다.

"그것뿐이라면 좋겠지만, 그보다 열 배나 나쁜 일이에요. 뭐라고 드릴 말씀이……."

"아니, 그럼 우리 밀밭에 들어갔단 말이오?"

"아니에요…… 저, 밀밭이 아니라 실은……."

"그럼 양배추밭이로군! 내가 공진회에 출품하려고 가꾸어 놓은 양배추밭에 들어갔소?"

"양배추밭도 아니에요, 해리슨 씨. 모두 이야기할게요…… 그러려고 찾아온 거니까요. 부디 제가 이야기를 끝낼 때까지는 끊지 말고 들어주세요. 안 그러면 무서워서 말을 끝까지 못 할 것 같으니까요. 어쨌든 이야기를 다 마칠 때까지는 잠자코 내 얘기를 들어주세요…… 아마 다 듣고 나면 하고 싶은 말이 산더미처럼 많을 거예요."

앤은 일단 여기까지 말했고, 해리슨 씨는 약속했다.

"그럼 아무 말 하지 않으리다."

해리슨 씨는 그 말대로 했다. 하지만 가만히 있겠다고 약속한 적이 없는 진저는 앤의 말끝마다 '빨강머리 계집애'를 되풀이하여 앤의 인내심이 바닥나게 만들었다.

"어제 해리슨 씨가 가신 뒤에 제 소를 우리 안에 가둬놓았었죠. 그런데 오늘 카모디에 갔다가 돌아오면서 보니 소 한 마리가 이 댁의 귀리밭에 들어가 있지 않겠어요. 다이애나랑 같이 소를 쫓아내려고 얼마나 혼났는지 몰라요. 옷이 흠뻑 젖고 몸은 지치고 정말 짜증은 치밀 만큼 치밀어 있었죠. 그런데 때마침 시어러 씨가 그 앞을 지나가길래 그 자리에서 소를 20달러에 팔아버렸어요. 그런데 그게 잘못이었어요. 좀 더 기다렸다가 마릴라와 의논하고 팔았어야 하는데 말이에요. 저는 깊이 생각해보지 않고 기분에 휩쓸려 일을 저질러버리는 버릇이 있어요. 저를 알고 있는 사람들한테 물어보면 다들 그렇다고 말해줄 거예요. 시어러 씨는 소를 오후 기차에 태워 보내려고 그 자리에서 바로 데려갔어요."

그때 또 진저가 아주 멸시하듯 외쳤다.

"빨강머리 계집애!"

해리슨 씨는 견디다 못해 일어나서 다른 새라면 겁먹어 꼼짝도 못 할 만큼 무서운 얼굴로 노려보았지만 진저는 태연했다. 그는 진저의 새장을 옆방으로 갖다 놓고 문을 닫아버렸다. 진저는 소문대로 바락바락 소리를 지르며 욕설을 퍼부었으나 혼자 갇힌 것을 알자 부루퉁해서 잠잠해졌다.

해리슨 씨는 다시 자리에 앉으며 말했다.

"실례했소. 자, 이야기를 계속해요. 저 새를 준 내 형님이 버릇을 고약하게 들여놔서 그렇소."

"나는 집으로 돌아가서 저녁을 먹은 다음 소를 가둬 두었던 우리에 가보았어요, 해리슨 씨."

앤이 몸을 내밀며 어릴 적 습관대로 두 손을 맞잡고 큰 잿빛 눈으로 용서를 구하듯이 쳐다보자 해리슨 씨는 당황한 표정을 지었다.

"그런데 내 소는 그 울타리 안에 얌전히 있지 않겠어요. 내가 시어러 씨에게 판 것은 바로 이 댁의 소였어요."

이 뜻밖의 결말에 해리슨 씨는 아연실색하고 말았다.

"아니, 뭐라고요! 뭐 그런 말도 안 되는 일이!"

"그런데 내가 저지른 일로 나는 물론 다른 사람까지 곤경에 빠뜨리는 건 저로서는 조금도 말도 안 되는 일이 아니에요. 제가 원래 그런 걸로 유명하거든요. 이젠 그럴 나이는 지나지 않았느냐고 생각하실 수 있을 거예요…… 내년 3월이면 17살이 되거든요…… 그런데 아직 지나지 않았나 봐요.

해리슨 씨, 용서해달라고 말하면 너무 뻔뻔스럽겠죠. 소를 다시 찾아오기는 이미 늦었지만, 소를 판 돈은 여기 있어요. 아니면 제 소를 대신 가지셔도 돼요.

아주 좋은 소예요. 그리고 정말 뭐라고 사과를 드려야 할지 모르겠어요."

그러자 해리슨 씨는 기분 좋게 앤의 말을 가로막았다.

"자, 자, 이제 그만하시오, 아가씨. 대수로운 일 아니니까. 신경 쓰지 말아요. 실수란 흔히 있는 법이오. 나도 어찌나 성질이 급한지 생각이 났다 하면 앞뒤 가리지 않고 말해버린다니까. 그런 사람이려니 생각하는 수밖에 없지, 뭐. 만일 그 소가 우리 양배추밭에 들어갔다면 지금쯤…… 하지만 그러지 않았으니 괜찮소. 정말 다행이오. 돈 대신 차라리 댁의 소를 갖겠소. 어차피 그쪽도 팔 생각이었던 것 같으니."

"정말 고마워요, 해리슨 씨. 너그러이 이해해주시니 정말 기뻐요. 틀림없이 화를 많이 내실 줄 알았거든요."

"그래서 나에게 그 이야기를 하러 오는 것이 몹시 두려웠겠군. 어제 내가 그렇게 퍼부어댔으니까. 안 그렇소? 하지만 너무 나쁘게 생각지 말아줘요. 그저 입이 좀 험한 노인네일 뿐이니까. 나는 뭐든 있는 그대로 말하는 성미여서 남의 귀에 거슬리는 말도 그대로 입 밖에 내버린다오."

"린드 아주머니도 그래요."

앤이 말을 해놓고 아차 실수했다고 생각했을 때는 이미 늦어버렸다.

해리슨 씨는 불쾌한 듯 얼굴을 찌푸리며 말했다.

"누구? 린드 아주머니? 나를 그런 말 많은 할멈하고 같은 취급 하면 곤란해요. 나는 그런 사람과는 달라요…… 전혀 다르다고……… 그나저나 그 상자 속에는 뭐가 들었소?"

앤은 수줍게 대답했다.

"케이크예요."

뜻밖에도 부드러운 해리슨 씨의 태도에 앤의 마음은 깃털처럼 가볍게 날아올랐다.

"좀 드셔보시라고 가져왔어요. 케이크를 드실 일이 그리 없을 것 같아서요."

"그래요. 많지는 않지. 게다가 나는 케이크를 아주 좋아해요. 고맙소. 먹음직스럽게 보이는데 맛있으면 좋겠군."

"물론 맛있어요. 전에는 맛없는 케이크를 만든 일도 있기는 해요. 앨런 부인이 잘 알고 있죠. 하지만 이 케이크는 맛있다고 자신할 수 있어요. 개선회 친구들을 위해 만든 건데, 그 친구들을 위해서는 나중에 또 새로 만들면 돼요."

"그럼 이왕 왔으니 같이 먹어주고 가면 어떻겠소? 찻물을 올릴 테니 차도 한 잔씩 하면서."

앤이 좀 망설이며 물었다.

"제가 차 준비를 할까요?"

해리슨 씨는 웃으며 말했다.

"내가 차를 끓일 줄 모르리라 여기는 듯한데 천만의 말씀. 어느 누구보다도 맛있는 차를 끓일 줄 알아요. 그래도 직접 하겠다면, 부탁해요. 다행히도 지난 일요일에 비가 와서 깨끗이 씻은 그릇이 얼마든지 있소."

앤은 가볍게 몸을 일으켜 차 준비를 시작했다. 차를 우리기 전에 주전자를 몇 번이나 물로 씻고, 요리용 스토브를 깨끗이 닦고, 식기 및 식료품 저장실에서 접시를 날라다 식탁에 차려놓았다. 저장실 안이 너무 더러워 경악했지만 현명하게 아무 말 하지 않았다. 해리슨 씨가 빵과 버터와 복숭아 통조림이 있는 곳을 가르쳐주었다. 앤은 뜰에서 꽃을 꺾어다 식탁을 장식하고, 식탁보의 얼룩은 눈 딱 감고 보지 않기로 마음먹었다.

곧 차 준비가 다 되자 앤과 해리슨 씨는 식탁에 마주 앉았다. 앤은 해리슨 씨에게 차를 따라주며 학교와 친구들 이야기며 장래의 여러 가지 계획을 스스

럼없이 말했다. 스스로도 어떻게 이럴 수가 있을까 여겨질 만큼 정답게 이야기를 나누었다.

해리슨 씨는 가엾은 앵무새가 쓸쓸해할 거라며 진저를 데려왔다. 앤은 누구든 용서하고 싶은 기분이었으므로 진저에게 호두를 한 조각 주려 했다. 그러나 진저는 몹시 섭섭했는지 화해하는 뜻에서 주는 것을 거들떠도 보지 않은 채, 깃털을 세우고 시무룩하니 나무 위에 웅크리고 있어서 마치 초록빛과 황금빛이 뒤섞인 공처럼 보였다.

"어째서 진저[1]라는 이름을 붙이셨죠?"

앤은 어울리는 이름 짓기를 좋아했으므로 이처럼 화려한 깃털을 지닌 새에게 진저라는 이름이 맞지 않는다고 생각했다.

"선원인 형님이 지었소. 아마 이놈의 성질머리 때문이었을 거요. 그래도 나는 이 새를 퍽 좋아한다오. 아가씨는 놀라겠지만 말이오. 물론 결점이 많소. 이 새 때문에 난처한 적도 여러 번 있었소. 어떤 사람은 이 새가 입버릇이 고약하다고 싫어해요.

나도 고쳐보려고 애썼소. 다른 사람도 해 보았지만 아무래도 뜻대로 되지 않아요. 또 어떤 사람은 덮어놓고 앵무새 기르는 것을 반대하지만 그게 말이나 되오?

어찌 되었든 나는 이 녀석이 좋아요. 진저는 나의 둘도 없는 친구요. 무슨 일이 있어도 이 새를 내놓지 않을 거요…… 결단코."

마지막 말을 해리슨 씨는 앤을 향해 폭탄이라도 던지듯 내뱉었는데, 마치 앤이 진저를 내다 버리라고 슬그머니 해리슨 씨를 설득하기라도 한 듯한 말투

---

[1] ginger는 '생강'이라는 뜻도 있고, '빨강머리'를 가리키는 별칭이기도 함.

였다.

 그러나 앤은 이 별난 데가 있는 성급하고 몸집이 작은 사나이에게 호감을 느꼈으며, 차를 다 마셨을 무렵에는 서로 좋은 친구가 되어 있었다.
 개선회 이야기를 듣고 해리슨 씨는 찬성하는 뜻을 밝혔다.
 "그거 아주 좋은 일이오. 꼭 하도록 하시오. 이 마을에는 개선해야 할 여지가 많이 있소. 게다가 사람도 말이오."
 "어머나, 나는 그렇게 생각지 않아요."
 앤이 발끈했다. 마음속으로나 또는 특별히 친한 사이끼리는 애번리 마을이며 그 주민의 사소한 결점을 인정하지만, 해리슨 씨같이 다른 고장에서 온 사람으로부터 비난받는 것은 참을 수 없었다.
 "애번리는 아름다운 고장이고 주민들도 참 좋은 사람들이라고 생각해요."
 해리슨 씨는 마주 앉은 앤의 새빨갛게 달아오른 뺨과 성난 눈을 보며 말했다.
 "정말 성미가 급한 것 같군요. 그런 머리 색깔의 소유자는 대개 그런 성질이지 않을까 싶지만. 물론 애번리는 좋은 고장이죠. 그렇지 않다면 나는 여기로 이사 오지도 않았을 거요. 하지만 댁도 이 마을에 얼마쯤 결점이 있다는 거야 인정하겠죠?"
 "그래서 더 좋아요. 고장이든 사람이든 결점이 아예 없다면 좋아하지 않아요. 빈틈없이 완벽한 사람이란 참으로 재미없을 거예요. 밀턴 화이트 부인이 말씀하셨는데, 완벽한 사람을 실제로 만나본 적은 없지만 그런 사람에 대해서는 귀에 딱지가 앉을 정도로 많이 들었대요. 그 사람은 바로 그분 남편의 전 부인이었대요. 완벽한 사람을 전 부인으로 두었던 남자와 결혼한다는 건 무척 괴로운 일이겠죠?"

해리슨 씨는 갑자기 이해할 수 없을 만큼 험악한 기세로 말했다.

"그보다도 완벽한 사람을 아내로 뒀던 남편이 몇 배나 더 괴로웠을 거요."

차를 마시고 나자 해리슨 씨는 아직 몇 주일 동안 설거지를 하지 않고도 쓸 그릇이 남아 있다고 사양했지만 앤은 설거지를 자청했다. 바닥도 쓸고 싶었지만 빗자루가 보이지 않았다. 어디 있는지 물어봤다가 혹시나 없다는 대답을 듣게 될까 봐 차마 물어볼 수도 없었다.

앤이 돌아가려 하자 해리슨 씨가 아쉬운 듯 말했다.

"가끔 놀러 와 말동무나 해주지 않겠소? 멀지도 않고, 이웃끼리는 서로 친하게 지내야 하니까요. 나는 그 개선회에 흥미도 꽤 있소. 재미있을 것 같고. 맨 먼저 누구부터 건드릴 생각이오?"

"우리는 '사람'을 개선하려는 게 아니에요. '장소'에만 손댈 거예요."

앤은 단호한 태도로 말했다. 해리슨 씨가 이 계획을 놀리는 게 아닌가 여겨졌기 때문이었다.

해리슨 씨는 돌아가는 앤의 뒷모습을 창문으로 쓸쓸히 내다보았다. 저녁놀이 지는 밭 사이를 사뿐히 걸어가는 얌전한 아가씨다운 모습이었다.

해리슨 씨는 소리 내어 중얼거렸다.

"나는 무뚝뚝하고 심술궂고 외로운 고집쟁이 늙은이야. 하지만 저 아가씨하고 이야기를 했더니 어쩐지 다시 젊어진 기분이야. 가끔 이런 기분에 젖어보는 것도 제법 괜찮을 것 같군."

이때 또다시 진저가 놀리듯이 쉰 목소리로 외쳤다.

"빨강머리 계집애야!"

해리슨 씨는 앵무새에게 주먹을 휘둘러 보였다.

"요 못된 놈 같으니! 선원인 형님이 너를 데려왔을 때 차라리 목을 비틀어버릴걸. 언제까지 나를 난처하게 만들 작정이냐?"

앤은 기운차게 집으로 달려가 흥분하여 마릴라에게 다 말했다. 마릴라는 아무리 기다려도 앤이 오지 않아 걱정이 돼서 찾으러 나가려던 참이었다.

이야기를 끝내자 앤은 즐거워하며 덧붙였다.

"결국 세상이란 그리 나쁜 곳만은 아닌 것 같아요. 린드 아주머니는 요전번에 세상이 한심하다고 탄식하면서 뭔가 좋은 일이 있으려나 잔뜩 기대하고 있으면 반드시 실망하게 되고 생각한 대로 되는 법이 없다고 했죠. 아마 그럴지도 모르지만, 다르게 볼 수도 있지 않을까요? 나쁜 일도 반드시 생각만큼 나쁘지 않은 경우도 있으니까요. 보통은 생각보다 좋게 끝나는 경우가 꽤 많은 것 같아요. 오늘 저녁 해리슨 씨 집에 갈 때는 틀림없이 불쾌한 일이 벌어질 줄 알았는데, 뜻밖에도 아주 친절한 분이어서 유쾌한 시간을 보냈어요. 서로의 결점을 너그러이 보아 넘기면 우리는 좋은 이웃이자 친구가 되리라 생각해요. 모든 일이 잘 풀렸어요. 그리고 앞으로 나는 소를 팔 때 누구네 소인지 확인하기 전에는 절대로 팔지 않을 거예요. 그런데 앵무새만은 '도저히' 좋아할 수가 없어요."

저마다의 생각들

어느 날 저녁, 자작나무길과 큰길이 만나는 곳의 가문비나무가 살랑거리는 그늘의 울타리 옆에, 제인 앤드루스, 길버트 블라이드, 앤 셜리가 서 있었다. 앤이 그날 오후에 놀러 온 제인을 중간까지 바래다주다가, 울타리에서 우연히 길버트를 마주친 것이다. 세 사람은 자신들의 운명이 결정되는 내일에 대해 이야기를 나누고 있었다.

내일은 9월 1일 학교가 시작되는 날이다.

제인은 뉴브리지로, 길버트는 화이트샌즈로 가게 되어 있었다.

앤은 한숨지으며 말했다.

"두 사람 다 나보다는 낫겠지. 너희들은 처음 만나는 아이들을 가르치잖아. 하지만 난 함께 공부하던 하급생을 가르쳐야 하니까 여러모로 부담이 돼. 린드 아주머니는 내가 처음부터 무서운 얼굴을 하지 않으면 아이들이 만만하게 볼 거라고 하시더라. 그렇지만 선생님이 무서운 얼굴을 하는 건 좋지 않은 것 같아. 아, 생각할수록 책임이 너무 무거워."

"걱정하지 마. 잘해나갈 수 있을 거야."

제인은 태연했다. 좋은 선생님이 되어야겠다는 포부 같은 건 없이 그저 꼬박꼬박 월급을 받고, 이사회의 마음에 들어, 장학관의 우수교사 명부에 오를 수만 있다면 더 이상 바랄 것이 없었다.

"중요한 건 규율을 지키게 하는 일이니까 선생님은 얼마쯤 엄한 모습을 보여야 해. 아이들이 말을 듣지 않으면 나는 벌을 줄 거야."

"어떤 식으로?"

"물론 회초리로 때려야지."

앤은 깜짝 놀라 소리쳤다.

"어머나, 제인! 설마 진짜 그러지는 않겠지. 그런 짓을 어떻게!"

제인은 딱 잘라 말했다.

"아니, 필요한 때에는 그렇게 할 작정이야. 할 수 있어."

앤도 제인 못지않게 단호하게 말했다.

"나는 아이들에게 절대로 매질은 하지 않겠어. 결코 좋은 방법이라고 생각하지 않으니까. 스테이시 선생님은 한 번도 매를 든 적이 없지만 우리는 말을 잘 들었잖니. 그런데 필립스 선생님은 늘 매질했지만 모두들 말을 듣지 않았어. 회초리를 들지 않고는 해나갈 수 없다면 난 차라리 학교를 그만두겠어. 말을 잘 듣게 하기 위한 더 좋은 방법이 틀림없이 있을 거야. 학생들에게 사랑받도록 노력하면 학생들도 나를 따르게 될 거야."

현실주의자인 제인이 물었다.

"하지만 만일 그렇게 되지 않으면?"

"어쨌든 매질은 하지 않겠어. 그렇게 한다고 도움이 될 리도 없으니까. 제인, 부탁이야. 학생들이 아무리 말을 듣지 않더라도 회초리는 들지 마."

제인이 물었다.

"길버트, 너는 어떻게 생각해? 때로는 매질이 필요한 아이들도 있다고 생각지 않아?"

이번에는 앤이 너무 흥분한 나머지 얼굴까지 빨개져서 물었다.

"아이들을…… 어떤 아이든 때린다는 건 잔인하고 야만스러운 일이라고 생각지 않니?"

"글쎄……."

길버트는 자신이 믿고 있는 신념과 앤의 이상에 조금이라도 다가가고 싶다는 바람 사이에서 대답이 궁해졌다.

"양쪽 모두 일리가 있다고 생각해. 나도 아이들에게 매질하는 걸 좋게 여기지는 않아. 앤의 말대로 좀 더 좋은 방법이 있을 거야. 체벌은 최후의 수단으로 삼아야 해.

그런데 제인의 말대로 때리지 않고는 말을 듣지 않는 경우, 즉 때리는 편이 아이를 위해 좋을 경우도 있을 거야. 요컨대 체벌은 마지막 수단으로만 쓰겠다는 게 내 원칙이야."

길버트는 두 사람을 모두 만족시키려다가 오히려 양쪽의 마음을 다 상하게 만들고 말았다.

제인은 고개를 저으며 말했다.

"나는 학생이 말을 듣지 않으면 호되게 때릴 거야. 잘못이라는 걸 알게 하는 데는 그게 가장 손쉽고 편한 방법이니까."

앤은 실망한 듯이 길버트를 힐끗 쳐다보며 말했다.

"나는 결코 매질은 하지 않을 거야. 그건 옳은 일도 아니고 필요한 일도 아니야."

"예를 들어 남자아이에게 무슨 일을 시켰는데 그 아이가 건방지게 말대답하면 어떻게 할 건데?"

"수업이 끝난 뒤에 따로 불러서 조용하지만 엄하게 타일러야지. 이쪽에서 찾아내려 하면 사람은 누구나 저마다 장점을 지니고 있는 법이야. 그것을 찾아내서 길러주는 게 교사의 의무잖아. 퀸즈아카데미의 교실관리학 교수님도 그렇게 말씀하셨어.

과연 매질을 한다고 그 아이의 장점을 끌어낼 수 있을까? 아이들에게 읽기와 쓰기와 산술을 가르치는 것보다 올바른 사람이 되게 하는 것이 훨씬 중요하다고 레니 교수님도 말했잖아."

"하지만 교육위원회가 시험하는 건 읽기와 쓰기와 산술뿐이잖니. 아이들이 표준점수를 얻지 못하면 좋은 교사라고 평가해주지 않아."

앤은 딱 잘라 말했다.

"나는 우수교사 명단에 오르는 것보다 학생들로부터 사랑받고, 학교를 졸업한 다음에도 학생들이 정말 좋은 선생님으로 기억해주기를 바라겠어."

길버트가 물었다.

"학생이 나쁜 짓을 했을 때에도 절대로 벌주지 않을 거니?"

"아니, 그럴 때는 싫어도 벌을 줘야겠지. 하지만 쉬는 시간에 교실에 남게 한다든가, 수업 시간 내내 세워둔다든가, 문장을 베껴 쓰게 하면 될 거야."

제인이 장난기 가득하게 말했다.

"여자아이에게 벌줄 때 남자아이와 나란히 앉게 하는 그런 벌은 주지 않겠지?"

길버트와 앤은 서로 얼굴을 마주 보며 멋쩍은 듯이 웃었다. 옛날 옛적에 앤은 길버트와 나란히 앉는 벌을 받은 일이 있었는데, 그 결과는 참으로 괴롭고 쓰라렸었다.

헤어지면서 제인은 모든 것을 통달한 듯한 투로 말했다.

"어쨌든 어느 것이 가장 좋은 방법인지 두고 보면 알게 될 거야."

앤은 그린게이블즈로 돌아왔다. 바람에 자작나무 잎사귀들이 사르륵거리고 풀고사리 향기가 감도는 어둑어둑한 '자작나무길'을 지나고, '제비꽃 골짜기'를 건너 전나무숲 밑에서 빛과 그림자가 키스를 하는 '윌로미어'를 지나 '연인의 오솔길'로 나왔다. 이것은 모두 옛날에 앤과 다이애나가 이름 붙인 장소였다.

앤은 별이 총총히 빛나는 여름 저녁 들판과 숲의 아름다움에 한껏 젖어 천천히 걸어가면서 내일부터 짊어질 새로운 의무에 대해 진지하게 생각했다. 그린게이블즈 뒤뜰에 들어섰을 때 열린 부엌 창문으로 린드 부인의 또렷한 목소리가 크게 들려왔다.

앤은 얼굴을 찌푸렸다.

'린드 아주머니가 내일 일에 대해 내게 충고를 하려고 건너오신 모양이네. 그렇다면 지금 들어가지 말아야지. 아주머니의 충고는 후춧가루 같거든. 살짝만 뿌리면 굉장히 좋은데 너무 많이 쏟아서 꼭 정신이 얼얼해질 지경으로 만들어 놓으니까. 그동안 해리슨 씨네에 가서 놀다 와야지.'

그 저지종 소 사건 뒤, 앤은 저녁때가 되면 곧잘 해리슨 씨 집으로 놀러 갔다. 앤은 그와 좋은 친구 사이가 되었다. 이따금 해리슨 씨가 지나치게 솔직한 말을 해서 견디기 어려울 때도 있기는 했다. 진저는 여전히 경계심을 늦추지 않으며 앤이 올 때마다 밉살스럽게 "빨강머리 계집애야!"라고 외치곤 했다.

해리슨 씨는 그 버릇을 고쳐보려고 앤이 이쪽으로 오는 것이 보이기만 하면 벌떡 일어나 진저에게 달려가 듣기 좋은 말을 큰 소리로 외쳤다.

"오, 반가워라! 저 귀여운 아가씨가 또 오는군!"

하지만 진저는 해리슨 씨의 속셈을 눈치채고 노골적으로 비웃었다. 해리슨 씨는 앤이 없는 곳에서는 굉장히 칭찬했지만 정작 앤 앞에서는 조금도 그런 내색을 하지 않았다.

앤이 베란다 층계를 올라오자 해리슨 씨가 말했다.

"아, 내일 쓸 회초리를 꺾으러 숲에 갔다 오는 길이군요."

"어머나, 아니에요."

앤은 주먹을 쥐고 분개했다. 앤은 무슨 말이든지 곧이곧대로 받아들이기 때문에 놀리기가 아주 쉬웠다.

"절대로 회초리를 쓰지 않을 거예요, 해리슨 씨. 물론 칠판을 가리키는 지휘봉은 없으면 안 되지만, 그건 뭔가를 가리킬 때에만 쓸 거라고요."

"그럼 가죽 채찍을 쓰겠군요. 그래, 그게 더 나을 거야. 회초리는 맞을 때만 아픈데 가죽끈은 맞고 나서 얼얼한 게 더 오래가니까."

"나는 그런 걸 결단코 쓸 생각이 없어요. 절대로 학생들에게 매질하지 않을 거예요."

해리슨 씨는 진심으로 놀라며 물었다.

"아니, 그게 무슨 말이오? 그러면 아이들을 어떻게 다룰 작정이오?"

"나는 사랑으로 다루겠어요, 해리슨 씨."

"그건 안 돼요, 전혀 불가능한 이야기요, 앤. '매를 아꼈다가는 애를 망친다'라는 말도 있지 않소? 내가 학교에 다닐 때는 선생님이 날마다 나를 때렸지. 내가 장난치지 않을 때에도 머릿속에서 나쁜 짓을 꾸미고 있을 거라고 잔소리하며 말이오."

"지금은 해리슨 씨가 학교 다닐 때랑은 방법이 달라졌어요."

"그렇지만 사람의 본성은 달라지지 않았소. 이 점을 명심해야 해요. 회초리를 쓰지 않으면 결코 버릇없는 꼬마 녀석들을 다룰 수 없다는 걸 말이오. 그건 당치도 않은 이야기요."

"하지만 우선 내 방법을 시험해보겠어요."

앤은 의지가 매우 강하고 스스로 한번 마음먹은 것은 끈질기게 해나가는 성격이었다.

"꽤 고집스럽군요. 어쨌든 차차 알게 될 거요. 화가 나면—아가씨 같은 머리색을 한 사람은 화를 잘 내게 되어 있으니까—자신의 훌륭한 이상을 까맣게 잊고 아이들을 마구 때릴 거요. 어쨌든 아가씨는 아직 제대로 가르칠 나이가 아니오. 어린 티를 벗지도 못했잖소."

그날 밤 앤은 비관하며 잠자리에 들었다. 밤새도록 깊은 잠을 이루지 못해 다음 날 아침 식사 때 얼굴이 몹시 핼쑥하여 보기에도 애처로웠다. 마릴라는 앤의 모습을 보고는 깜짝 놀라서, 혓바닥을 델 정도로 뜨거운 생강차를 억지로 마시게 했다. 앤은 시키는 대로 마시기는 했지만 생강차를 마신들 과연 어떤 효과가 있을까 싶었다. 혹시나 이것을 마심으로써 나이와 연륜을 얻을 수 있다면 눈 하나 깜짝 안 하고 한 사발이라도 기꺼이 들이켰으리라.

"마릴라, 만일 실패하면 어떡하죠?"

마릴라가 말했다.

"단 하루 만에 처참하게 실패할 일은 없어. 그리고 매일매일 새로운 날들이 기다리고 있을 거고. 너도 참 딱하다, 앤. 의욕이 과해서 그 아이들에게 무엇이든지 한꺼번에 가르치고, 결점도 대번에 고치려 하다가, 안 되면 실패했다고 생각하겠지."

새로 온 선생님

그날 아침 앤이 학교에 도착했을 때—'자작나무길'의 아름다움이 보이지도 들리지도 않았던 것은 그날 아침이 처음이었다—주위는 찬물을 끼얹은 듯 조용했다. 앤이 오면 모두 제자리에 얌전히 앉아 있으라고 전임 선생님이 아이들에게 일렀으므로, 앤이 교실에 들어서니 '반짝반짝 빛나는 아침의 얼굴'과 뭔가 묻고 싶은 것이 잔뜩 있는 듯한 호기심 어린 눈망울이 가지런히 줄지어 맞아주었다.

앤은 모자를 걸고 학생들 앞에 서면서 마음속으로 이 어색하고 떨리고 겁먹은 기분이 티가 나지 않게 해달라고 빌고 또 빌었다. 앤은 어젯밤 12시까지 깨서 학기 첫날에 학생들에게 들려줄 연설문을 썼다. 쓰고 지우고 다시 쓰고 또 지우면서 고생고생하여 완성한 뒤 통째로 외워버렸다. 연설문은 아주 훌륭했으며, 서로 도와가면서 열심히 지식을 구해나가자는 높은 이상이 담겨 있었다. 다만 한 가지 난처한 일은, 그 애써 쓴 연설문이 지금 한마디도 떠오르지 않는다는 점이었다.

앤은 1년이나 지난 듯 느껴진 다음에—사실은 10초쯤이었는데—기어 들어가는 목소리로 말했다.

"성경책을 꺼내요."

앤은 아이들이 부산하게 책상 뚜껑을 열었다 닫았다 시끄러운 소리를 내는 틈에, 맥이 풀려 의자에 쓰러지듯 앉았다. 아이들이 성경 구절을 읽고 있는 동안 앤은 겨우 마음을 가라앉혔다. 그런 다음 어른의 나라로 한 걸음 한 걸음 향하고 있는 어린 순례자들의 얼굴을 둘러보았다.

대부분은 물론 낯익은 얼굴들이었다. 앤의 동급생은 지난해 졸업했고 졸업하지 않은 나머지 학생들은 모두 앤과 함께 학교를 다녔던 아이들이었다. 그 아이들을 제외하면 입학생반과 애번리에 새로 전학 온 열 명의 아이들이 있었다. 앤은 그 능력을 이미 어느 정도 알고 있는 동네 아이들보다 이 열 명의 전학생에게 내심 더 흥미를 느꼈다. 그들 역시 다른 아이들과 마찬가지로 평범할지 모르지만 어쩌면 그 가운데 한 명쯤 천재가 있을지도 모른다고 생각하니 설레서 가슴이 두근거렸다.

구석에 혼자 앉아 있는 아이는 앤서니 파이였다. 까무잡잡하고 무뚝뚝한 작은 얼굴이었는데, 적의에 찬 검은 눈으로 앤을 바라보고 있었다. 그것을 보고 앤은 이 소년의 애정을 차지하여 파이 집안사람들을 깜짝 놀라게 만들어야겠다고 그 자리에서 마음먹었다.

반대편 구석 자리에는 낯선 소년이 아티 슬론과 나란히 앉아 있었다. 명랑해 보이는 아이로 주근깨투성이 얼굴에 들창코와 커다란 물빛 눈, 그리고 하얀 속눈썹을 갖고 있었다. 아마 도널네 아들이리라. 이 아이와 매우 닮은 것으로 보아 통로를 사이에 두고 메리 벨과 나란히 앉은 아이는 그의 누이동생임이 틀림없었다. 앤은 아이를 이런 차림으로 학교에 보내는 어머니는 어떤 사람일까 생각했다. 너덜너덜한 무명 레이스로 가장자리를 두른 빛바랜 분홍 비단 원피스에 더러워진 하얀 양가죽 구두와 비단 양말을 신고 있었다. 모랫빛 머리는 곱슬곱슬하게 지져 꼭대기에 머리보다 더 큰 화려한 핑크빛 나비 리본으로 묶었다. 표정으로 보아 아이 자신은 매우 만족하고 있는 듯했다.

어깨 위로 매끈한 연한 갈색 머리가 물결처럼 굽이치는, 창백한 얼굴의 자그마한 아이가 분명히 애네타 벨이겠구나, 라고 앤은 생각했다. 지금까지 뉴브리지 학군에 속한 지역에 살고 있었는데 부모가 집을 50야드 북쪽으로 옮기면서 애번리 학군으로 들어오게 된 것이다. 얼굴빛이 파리하고 한 자리에 셋이 붙어 앉아 있는 소녀들은 코튼 집안 아이들이었다. 긴 다갈색 머리에 담갈색 눈을 한 작은 미인 프릴리 로저슨은 성경책 너머로 잭 길리스에게 요염한 눈길을 던지고 있었다. 프릴리의 아버지는 얼마 전 재혼하여 그래프턴의 할머니 집에 맡겨놓았던 프릴리를 다시 데려왔다.

뒷자리에는 키가 크고 몸가짐이 영 어색한 소녀가 어쩔 줄 몰라하며 앉아 있었는데, 나중에 알고 보니 애번리의 고모 집에 살고 있는 바버라 쇼라는 아이였다. 바버라는 통로를 지나가다가 자주 자기 발이나 남의 발에 걸려 넘어지고는 했다. 그렇지 않을 때가 오히려 드물 정도라 그런 일이 있으면 애번리 학생들이 학교 입구의 벽에 크게 축하한다고 써놓는 것도 앤은 알게 되었다.

앤의 눈이 자기 책상 바로 맞은편 맨 앞줄에 앉아 이쪽을 바라보는 소년의 눈과 마주쳤을 때, 이 아이가 자기가 찾고 있던 천재로구나 하는 생각이 들었다. 앤은 뭐라 말할 수 없는 설렘을 느꼈다. 앤은 이 아이가 폴 어빙이라 확신했다. 린드 부인의 말대로 이 소년은 애번리의 아이들과 사뭇 다른 데가 있었다. 애번리뿐만 아니라 다른 어느 고장의 아이들과도 달랐다. 앤을 또렷이 지켜보는 짙은 파란색 눈에서 어딘지 모르게 앤과 닮은 영혼이 깃들어 있다는 것이 느껴졌다.

앤은 폴이 10살임을 알고 있었지만 8살쯤으로밖에 보이지 않았다. 어린아이로서는 좀처럼 보기 드문, 섬세하고 우아한 이목구비를 갖추고 있었다. 아름답고 작은 그 얼굴을 밤색 곱슬머리가 후광처럼 감싸고 있었다. 입은 크지만 보기 싫을 만큼 튀어나오지는 않았고, 가볍게 다문 앵두같이 붉은 입술이 아름다운 선을 그리며 살짝 올라간 양쪽 입꼬리 끝에는 보조개가 있어도 어울릴 것 같았다. 진지하고도 깊은 명상에 잠긴 듯한 표정으로 미루어 육체보다 정신적인 면이 훨씬 어른스러운 것 같았다. 하지만 앤이 조용한 미소를 던지자 곧 미소로 답하는 순간 그런 표정은 사라져버렸다. 그 미소는 마음의 램프에 갑자기 불이 켜지고 타오르면서 소년을 머리에서 발끝까지 환하게 밝혀주는 것 같았다. 무엇보다도 아름다운 것은 그 불빛이 어떤 의식적인 노력이나 외적인 동기에서가 아니라, 흔히 볼 수 없는 아름답고도 부드러운 숨은 개성이 저절로 우러나면서 자연스레 새어나온다는 점이었다. 그렇듯 찰나의 미소를 주고받았을 뿐 앤과 폴은 아직 서로에게 한마디도 건네지 않았는데도 이미 떼려야 뗄 수 없는 친구가 된 듯했다.

그날은 꿈같이 지나갔다. 앤은 그 뒤에도 그날 하루를 어떻게 보냈는지 도저히 기억할 수가 없었다. 가르치고 있는 것이 자기가 아니라 어떤 다른 사람 같은 느낌이었다. 학생들이 책을 읽는 소리를 듣거나 계산을 하고 글씨를 써 보이는 것도 모두 기계적으로 했다. 아이들의 태도는 대체로 훌륭했으나 규율을 가르쳐야 하는 경우가 두 번 있었다.

첫 번째는 몰리 앤드루스가 잘 길들인 두 마리의 귀뚜라미를 통로에서 뛰도록 한 일이었다. 앤은 몰리를 교단에 한 시간 동안 세워두었고 귀뚜라미는 압수했다. 몰리에게는 귀뚜라미를 압수하는 것이 훨씬 더 타격이 컸다. 앤은 그것을 상자에 넣어 집으로 돌아가는 길에 '제비꽃 골짜기'에서 놓아주었는데, 몰리는 앤이 집으로 가져가 기르려 한 것이라고 끝까지 믿었다.

또 한 가지는 석판을 닦는 용도로 담아놓은 물통 속 물을 앤서니 파이가 아우렐리아 클레이의 목덜미에 부어버린 일이었다. 앤은 쉬는 시간에 앤서니를 교실에 남게 하여 신사란 어떻게 해야 하는지를 가르쳐주고, 신사는 결코 숙녀의 목덜미에 물을 부어서는 안 된다고 타일렀다. 나의 학생들은 모두 신사가 되어주었으면 좋겠다고 앤은 상냥하게 말했다. 그러나 불행히도 앤서니는 조금도 감동하지 않았다. 그저 전과 다름없이 심술궂은 얼굴로 아무 말 없이 서 있다가, 훈계가 끝나자 무시하듯 휘파람을 획 불며 나가버렸다.

앤은 한숨이 나왔지만 파이네 가족 가운데 누군가의 애정을 얻는 일은 로마와 마찬가지로 하루아침에 이루어지는 것이 아니라고 스스로를 달랬다. 사실 파이네 사람들 가운데는 진정한 애정을 지니고 있을지조차 의심스러운 경우도 있었지만, 앤은 앤서니가 무뚝뚝한 표정을 걷어내기만 한다면 뜻밖에 착한 아이일지도 모른다는 희망을 가졌다.

수업이 끝나고 아이들이 집으로 돌아가자 앤은 기진맥진하여 의자에 털썩 주저앉았다. 머리가 지끈거리고 자신감이 싹 사라졌다. 그리 끔찍한 일이 일어나지도 않았기에 자신감까지 잃을 까닭이 없었다. 그러나 앤은 몹시 피곤했고 도저히 가르치는 일을 좋아하게 될 것 같지 않은 기분마저 들었다. 그런데 그 좋아하지도 않는 일을 날마다⋯⋯아마도 40년 동안이나 계속해야 할 수도 있다니 얼마나 무서운 일인가?

앤은 그 자리에 엎드려서 울어버릴까, 아니면 집에 돌아가 마음 놓고 자기 방에서 울까 망설이고 있었다. 미처 결정짓지 못하고 있는데 문밖에서 또각거리는 구두 소리와 치맛자락이 스치는 소리가 들리더니 한 부인이 나타났다. 그녀의 옷차림을 보니 앤은, 며칠 전 해리슨 씨가 샬럿타운의 가게에서 요란하게 차려입은 어떤 여자를 보았는데 꼭 패션잡지 사진과 흉측한 악몽을 뒤섞어 놓은 것 같았다고 한 말이 생각났다.

이 부인이 입은 파란색의 여름 비단옷은 부풀리고 주름을 잡고 장식을 붙일 수 있는 곳은 빠짐없이 한껏 부풀리고 주름 잡고 장식을 붙였다. 커다란 흰 시폰 모자에는 길지만 다소 너덜너덜한 타조 깃털이 세 개 꽂혀 있었다. 커다란 검은 점이 가득 박힌 핑크빛 시폰 베일이 모자챙에서 어깨까지 치맛자락처럼 늘어져 머리 뒤에서 두 갈래로 펄럭이고 있었다. 그 작은 여자의 몸에 어떻게 그렇게 많이 달 수 있을까 싶을 정도로 보석을 주렁주렁 달고 게다가 강한 향수 냄새까지 풍기고 있었다.

이 대단한 차림새의 여인이 입을 열었다.

"나는 '도넬' 부인이에요, H.B. '도넬'이지요. 오늘 클래리스 앨미라가 점심을 먹으러 돌아왔을 때 잠깐 들은 말이 있어서 찾아왔어요. '이토록' 불쾌한 적은 처음이에요."

"아, 죄송합니다."

앤은 당황하여 더듬대면서 오늘 도널네 아이들에게 어떤 일이 있었나 생각해 보았지만 아무것도 짚이는 데가 없었다.

"클래리스 앨미라가 말했는데, 선생님은 우리 성을 '도널'이라고 불렀다지요? 셜리 선생님, 우리 성은 '도넬'이라고 '넬'에 강세를 넣어서 발음해야 해요. 앞으로는 주의해서 불러주시기 바랍니다."

"잘 알았습니다."

앤은 터져 나오는 웃음을 간신히 참으며 말했다.

"저도 다른 사람이 제 이름을 잘못 쓰면 얼마나 불쾌한지 경험해봐서 충분히 이해합니다. 하물며 잘못 불린다면 더욱 그렇겠죠."

"정말 그래요. 그리고 역시 클래리스 앨미라로부터 들었는데, 내 아들을 제이컵이라고 불렀다죠?"

"아드님이 그렇게 말했거든요."

"그럴 줄 알았어요."

도넬 부인의 말투는 이렇게 타락한 시대에 어떻게 아이들이 배은망덕해지지 않기를 바라겠냐는 듯 나무라는 투였다.

"그 애는 너무 서민적인 걸 좋아해서 탈이라니까요, 셜리 선생님. 아이가 태어났을 때 나는 싱클레어라는 이름을 지어주고 싶었어요. 아주아주 귀족적인 느낌이 들죠? 하지만 아이들 아버지가 자기 삼촌의 이름을 따서 제이컵으로 하겠다고 했어요. 나는 하는 수 없이 승낙했죠. 제이컵은 혼자 사는 돈 많은 노인이었거든요.

그런데 어떻게 됐는지 알아요, 셜리 선생님? 아무 죄 없는 우리 아이가 5살 때 제이컵 삼촌은 결혼했고 지금은 아들이 셋이나 있답니다. 이런 망측한 일이 어디 있겠어요. 청첩장이 왔을 때─뻔뻔스럽게도 우리 집에까지 청첩장을 보냈더군요, 셜리 선생님─나는 말했지요. '제이컵이라는 이름에는 이제 작별을 고하겠어.'라고요.

그날부터 아들을 싱클레어로 부르기로 했어요. 그 애 아버지는 지금도 완고하게 제이컵이라 부르고 있고 아이도 왠지 그 천한 이름을 좋아한답니다. 하지만 그 애 이름은 싱클레어이고 앞으로도 싱클레어임에 틀림없어요. 부디 셜리 선생님도 그렇게 불러주시기 바랍니다. 부탁드려요.

클래리스 앨미라한테는 사소한 오해가 있어서 그렇게 된 것이니 말하면 이해해주실 거라고 해두었지요. 도넬…… 넬에 강세를 넣어서 발음해 주세요. 그리고 싱클레어예요. 그 어떤 경우에도 제이컵이라고 하시면 안 돼요. 아시겠죠? 그럼 부탁드려요."

도넬 부인이 옷자락을 펄럭이며 나가버리자 앤은 교실문을 잠그고 집으로 돌아갔다. 그러다 언덕 기슭의 자작나무길에 서 있는 폴 어빙을 마주쳤다. 폴은 애번리 아이들이 '라이스 릴리'라고 부르는 앙증맞은 야생 난초를 앤에게 쑥 내밀었다.

"선생님, 라이트 씨네 들판에서 이 꽃을 발견했어요."

폴은 수줍은 듯 말을 이어갔다.

"선생님께 드리려고 가져왔어요. 분명 선생님이 이런 꽃을 좋아하시리라 생각했어요. 그리고……."

폴 어빙은 크고 아름다운 눈을 들며 덧붙였다.

"저는 선생님이 좋아요."

"어머나, 정말 고맙구나."

앤은 향기로운 꽃다발을 받아 들었다. 폴의 말은 마법의 주문처럼 앤의 마음에서 낙담과 피곤을 씻어내고 희망이 샘물처럼 가슴에 퐁퐁 솟아오르게 했다. 가벼운 발걸음으로 자작나무길을 걸어가는 앤을 축복하듯 달콤한 난초 향기가 감돌았다.

집에 돌아가자 몹시 기다리고 있었던 마릴라가 물었다.

"오늘은 어떻던?"

"한 달 뒤에 물어봐주세요. 그때라면 대답할 수 있겠지만 지금은 나도 잘 모르겠어요…… 방금 하루가 끝났을 뿐인걸요…… 누가 내 머릿속에 손을 넣어 마구 휘저어놓은 것처럼 뭐가 뭔지 잘 알 수가 없어요.

하지만 오늘 단 한 가지 해낼 수 있었던 것은 클리피 라이트에게 A라는 글자를 가르친 일이에요. 이제까지 클리피는 그것도 모르고 있었거든요. 이제부터 긴 여행을 떠나 셰익스피어며 《실락원》에 이를지도 모를 한 어린아이를 출발점에 세워놓을 수 있었으니 굉장한 일이 아니겠어요?"

조금 뒤 찾아온 린드 부인은 더욱 기운 나는 소식을 가져다주었다. 마음씨 좋은 부인은 집 앞에 서서 학교에서 돌아오는 아이들을 기다리고 있다가 새로 온 선생님을 어떻게 생각하느냐고 물어보았다고 한다.

"어느 아이고 할 것 없이 모두 너를 아주 좋아한다고 말했어, 앤. 앤서니 파이만 빼고. 그 애만은 머뭇거리지 않고 이렇게 말하더구나. '조금도 좋지 않아요. 여자 선생님이란 모두 틀렸어요.'라고 말이야. 정말 파이 집안의 아이답지 않니? 너무 언짢게 생각하지 마라."

앤이 조용히 미소 지으며 말했다.

"조금도 언짢지 않아요. 이제 곧 앤서니 파이가 나를 좋아하도록 만들겠어요. 참을성을 가지고 친절히 대해주면 틀림없이 좋아하게 될 거예요."

하지만 린드 부인은 신중하게 말했다.

"글쎄, 어떨는지. 어쨌든 상대는 파이 집안 아이니까. 그 사람들은 언제나 이쪽이 생각하는 것과는 엇나가거든. 마치 꿈이 현실과 반대인 것처럼 말이야.

그 도널 부인 말인데, 내가 도넬이라고 불러줄 일은 결코 없을 게다. 엄연히 도널이라고 부르는 게 맞고 지금까지도 그렇게 불러왔으니까. 그 여자는 머리가 좀 이상해. 아니, 글쎄, 쿼나라는 이름의 퍼그종의 개를 한 마리 기르고 있는데, 식사 때 가족들과 함께 식탁에 앉혀놓고 사기 접시에 음식을 담아준다더구나. 내가 그 여자라면 천벌이 무서워 그렇게 못 할 게다.

토머스의 말로는 도널 씨는 사리판단이 올바르고 부지런한 사람이라던데 아내를 고를 때에는 그리 분별이 없었던 모양이지."

사람도 가지가지

9월 프린스에드워드섬 곳곳의 야트막한 산등성이엔 상쾌한 바람이 바다에서 모래 언덕을 넘어 시원하게 불어오고 있었다. 붉은빛을 띤 기다란 황톳길은, 들판과 숲속을 구불구불 지나 울창한 가문비나무숲을 에워싸면서, 커다란 날개 같은 풀고사리가 빼곡하게 자라고 있는 어린 단풍나무숲을 따라, 움푹 들어간 골짜기로 비탈져 내려간다. 골짜기를 따라 졸졸 흐르는 시냇물은 숲을 빠져나와 반짝 빛나더니 이내 다시 숲속으로 숨어버렸다. 숲을 막 지나온 큰길의 양쪽에 띠처럼 둘러진 노란 미역취와 수수한 하늘색 과꽃은 햇살을 가득 받으며 하늘거렸다. 공기 속에는 여름 언덕의 하숙객인 수많은 귀뚜라미의 노랫소리의 울림이 가득하다.

이 큰길을 한 마리의 살집 좋은 밤색 말이 뚜벅뚜벅 걸어가고 있었다. 마차에는 두 아가씨가 타고 있었으며, 돈으로는 살 수 없는 소박한 기쁨과 젊음의 생기가 온몸에 넘쳐흐르고 있었다.

앤은 행복한 나머지 감탄을 하며 말했다.

"오, 에덴의 낙원을 한 조각 떼어온 것 같은 멋진 날이라고 생각하지 않니, 다이애나? 온 세상이 마법으로 가득해. 저것 봐, 수확 중인 골짜기의 밭이랑에다 보랏빛 안개를 부어 놓은 것 같잖아, 다이애나.

이 죽어가는 전나무의 향기를 좀 맡아봐! 에빈 라이트 씨가 울타리 기둥으로 쓸 나무를 자르고 있는 저 양지바른 아래쪽 땅에서 풍겨오고 있어. 이런 날에 살고 있는 사람은 지복을 누릴지어다. 그리고 죽어가는 전나무의 향기를 맡는 것은 곧 천국이리니. 이 말의 3분의 2는 워즈워스 시인님께서, 3분의 1은 이 앤 셜리가 만든 거야.

하지만 막상 천국에는 죽어가는 전나무가 없지 않을까. 그런데 숲속을 거닐며 죽어가는 전나무 냄새를 맡지 못한다면 나한테는 천국도 완전하다고 할 수 없을 것 같아. 어쩌면 죽음은 없으면서 그 향내만 감돌고 있을지도 모르겠다, 천국이니까. 그래, 틀림없어. 저 멋진 향기는 전나무의 영혼임이 분명해. 천국이니까 물론 영혼만 있는 거지."

현실적인 다이애나가 말했다.

"나무에 영혼 같은 것은 없어. 하지만 죽은 전나무 향기는 정말 좋구나. 나는 쿠션을 만들어 전나무잎을 채워 넣고 싶어. 너도 하나 만들지 않겠니, 앤."

"그렇게 할게…… 낮잠 잘 때 베면 좋겠다. 아마 틀림없이 숲의 요정 드리아스나 나무의 요정이 된 꿈을 꿀 수 있을 거야. 하지만 지금 이 순간만큼은 애번리 초등학교 선생 앤 셜리로서 이토록 아름다운 날에 큰길을 따라 이렇게 마차를 타고 달리는 것으로 충분히 만족해."

"멋진 날임에는 틀림없지만 우리 앞에 가로놓인 일은 멋진 것이 못 돼, 앤."

다이애나는 한숨을 쉬었다.

"너는 대체 어째서 이곳을 맡겠다고 나섰니? 애번리의 괴짜라는 괴짜는 거의 모두 이 길가에 살고 있잖아. 마치 우리가 구걸이라도 하러 온 것처럼 볼걸. 제일 안 좋은 길이야."

"그래서 이 길을 택한 거잖니. 물론 부탁하면 길버트와 프레드가 이 길을 맡아주었겠지. 하지만 나는 애번리 마을개선회에 책임감을 느끼고 있어. 맨 먼저 말을 꺼낸 사람이 나니까. 그래서 가장 싫은 일을 해야 한다고 생각했어. 너한테는 미안해. 하지만 그 괴팍한 사람들 집에 갔을 때 너는 아무 말 하지 않아도 돼. 말은 내가 할 테니까.

린드 아주머니라면 내가 그런 일에 소질 있다고 말하겠지. 린드 아주머니는 우리 계획을 지지할까 말까 망설이고 있거든. 앨런 목사님 부부가 지지하는 것을 생각하면 좋은 일이라는 생각이 들다가도, 마을개선회라는 것이 미국에서 시작되었다고 생각하면 반대하고 싶어진대. 이 두 가지 생각 사이에서 갈팡질팡하고 있으니까 우리가 성공을 해야 비로소 지지할 거야.

프리실라가 이다음 개선회 모임 때 개선회를 홍보할 수 있는 글을 써오겠다고 했어. 틀림없이 잘 써 올 거야. 이모가 뛰어난 작가니까 그 피가 그 애에게도 흐르고 있겠지. 지금도 나는 프리실라의 이모가 샬럿 E. 모건 부인이라는 사실을 알게 되었을 때의 그 짜릿한 기분을 잊을 수가 없어. 《에지우드의 나날》이며 《장미원》을 쓴 사람의 조카와 친구라니 얼마나 멋지니.”

“모건 부인은 어디에 살고 있니?”

“토론토에 살고 있어. 프리실라가 그러는데, 내년 여름 프린스에드워드섬에 오신대. 가능하면 우리와 만날 자리를 주선해주겠다고 했어. 너무 기뻐서 믿어지지가 않아. 그래도 자려고 침대 속에 누워서 상상하기에는 최고의 소재지.”

애번리 마을개선회는 정식으로 활동을 시작했다. 길버트 블라이드가 회장, 프레드 라이트가 부회장, 앤 셜리가 서기, 다이애나 배리가 회계였다. 그들은 곧 '개선회원'이라 불리었고, 2주일에 한 번씩 회원의 집에 모이게 되었다.

그러나 일 년의 후반기로 접어든 시점에 대대적인 개선의 성과를 내기에는 어려울 듯하여, 그들은 내년 여름에 실천할 계획을 위해 여러 가지 의견을 모아 토론하고, 논문을 쓰고 읽기도 하며, 앤이 말하는 이른바 여론을 일으키는 데도 힘을 기울였다.

물론 일부에서는 반대하는 사람도 있었고, 특히 개선회원의 가슴을 아프게 한 것은 여기저기서 그들을 조롱하는 일이었다. 엘리셔 라이트 씨가 이 모임에 어울리는 이름은 '마을개선회'보다 '구혼클럽'이라고 말했다는 소문이 들려왔고, 하이럼 슬론 부인은 개선회원들이 길바닥을 모조리 파헤쳐 제라늄을 심겠다고 하는 것을 들었다고 잘라 말했다. 레비 볼터 씨는 개선회원들이 틀림없이 모두에게 각자의 집을 헐고 개선회에서 결정한 계획대로 새로 지으라고 말할 테니 조심하라고 동네 이웃들에게 떠들어댔다. 제임스 스펜서 씨는 개선회원들에게 제발 교회 언덕을 삽으로 파서 없애주기 바란다는 전갈을 보내왔고, 에빈 라이트 씨는 앤에게 제발 조사이아 슬론 노인이 수염을 깎도록 개선회원들이 설득해달라고 말했다. 로런스 벨 씨는 개선회원들의 마음에 드신다면 헛간 벽에 회칠까지는 하겠지만 외양간에 레이스 커튼을 치는 일만은 거절하겠다고 했다. 메이저 스펜서 씨는 카모디의 치즈 공장에 우유를 운반하는 일을 하는 개선회원 클리프턴 슬론에게, 내년 여름에는 집집마다 자기 집 우유통을 놓아두는 곳에 페인트칠을 하고 수 놓인 덮개를 씌워야 한다는 말이 사실이냐고 물었다.

이런 역경에 꺾이기는커녕—인간의 본성이란 희한해서—도리어 개선회는 이번 가을에 이룰 수 있는 단 한 가지 일이라도 성취하겠다는 투지를 다졌다. 두 번째 모임으로 배리 씨네 집 응접실에 모였을 때 올리버 슬론이 공회당의 지붕을 새로 이고 건물의 페인트칠을 하기 위한 기부금을 거두면 어떻겠느냐고 제안했다. 줄리아 벨이 이 제안을 재청하고는 혹시나 너무 숙녀답지 않은 행동을 한 것은 아닌가 하여 내심 불안해했다. 길버트가 이 제안을 채택하여 표결에 부치면서 만장일치로 결정되었다. 앤은 진지한 태도로 이것을 꼼꼼히 회의록에 기록했다.

다음에 할 것은 위원회를 조직하는 일이었다. 줄리아 벨에게 뒤질세라 거티 파이가 대담하게도 이 위원회 회장으로 제인 앤드루스를 추천한다고 제안했다. 이 제안도 정식으로 재청되고 통과되어 제인은 그 보답으로 길버트, 앤, 다이애나, 프레드와 더불어 거티 파이도 위원으로 지명했다. 위원들은 비밀회의를 열어 분담구역을 결정했다. 앤과 다이애나는 뉴브리지 가도, 길버트와 프레드는 화이트샌즈 가도, 제인과 거티는 카모디 가도를 맡기로 했다.

길버트는 앤과 함께 '도깨비숲'을 지나 집으로 돌아오며 말했다.

"그렇게 분담한 이유는 파이 집안이 모두 그 가도에 살고 있는데, 자기네 집안사람이 권유하지 않는 한 모두들 한 푼도 내놓으려 하지 않을 게 뻔하기 때문이야."

그렇게 해서 다음 토요일 앤과 다이애나는 당장 기부금을 모금하러 나섰다. 일단 가도 끝까지 가서 거기서부터 모금을 하면서 돌아오기로 했다. 제일 먼저 들른 곳은 '앤드루스 자매'의 집이었다.

다이애나가 말했다.

"만일 캐서린 혼자 있으면 얼마쯤 얻을 수 있을 테지만 일라이자가 혹시나 있으면 어림없을 거야."

일라이자는 집에 있었다. 더욱이 기다리고 있었다는 듯이 여느 때보다 더욱 기분 좋지 않은 얼굴로 앉아 있었다. 일라이자를 보면 그야말로 인생은 눈물의 골짜기며, 소리 내어 웃는 것은 고사하고 미소 짓는 일조차도 비난받아 마땅할 정력의 낭비라고 여기는 듯한 인상을 받았다. 앤드루스 자매는 50년이 넘도록 독신으로 지내왔으며, 아마도 이 세상 나그넷길을 끝내 홀로 마치는 것이 아닌가 여겨졌다. 그래도 캐서린은 희망을 깨끗이 버린 게 아니라는 소문이 있었지만, 일라이자는 타고난 비관론자로 희망 따위는 전혀 품고 있지 않았다.

두 사람은 마크 앤드루스네 너도밤나무숲 양지바른 구석에 나무들로 에워싸인 조그만 갈색 집에 살고 있었다. 일라이자는 여름에 더워서 살 수가 없다고 짜증 부렸지만, 캐서린은 겨울에 아늑하고 따뜻해서 좋다고 늘 말했다.

일라이자는 자투리 천을 꿰매서 뭔가 만들고 있었는데, 필요해서가 아니라 코바늘뜨기로 쓸데없이 요란스런 레이스를 뜨고 있는 캐서린에게 맞서기 위해서였다. 앤과 다이애나가 용건을 말하기 시작하자 일라이자는 얼굴을 찌푸렸고 캐서린은 미소 지으며 듣고 있었다. 캐서린은 일라이자와 눈이 마주칠 때마다 나쁜 짓이라도 한 것처럼 미소를 거두었지만 다음 순간 또다시 웃는 얼굴로 돌아갔다.

"만일 나에게 남아돌아서 버려도 되는 돈이 있다면 차라리 거기다 불을 붙여 타오르는 걸 구경할지언정 공회당을 위해서는 한 푼도 내놓지 않겠어."

일라이자는 마땅찮은 표정을 지었다.

"마을을 위해서 유익하기는커녕……젊은이들이 집에 가서 잠이나 자면 좋을 시간에 시시덕거리기나 하려고 모이는 장소가 아니겠어?"

캐서린이 항의했다.

"어머나, 일라이자. 젊은 사람들에게는 뭔가 오락거리가 있어야지."

"나는 그럴 필요를 느끼지 않아. 우리가 젊었을 때는 공회당이니 뭐니 하는 곳으로 나돌아치지 않았잖니. 캐서린 앤드루스, 세상은 점점 나빠지고만 있어."

그러나 캐서린이 지지 않고 말했다.

"난 점점 더 좋아지고 있다고 생각해."

일라이자는 몹시 경멸하는 목소리로 말했다.

"네가 생각을 해? 네가 어떻게 생각하든 상관없어, 캐서린. 사실은 사실이니까."

"하지만 나는 언제나 세상의 밝은 면을 보는 것이 좋다고 생각해, 일라이자."

"밝은 면 따위는 없어."

앤은 이 말에만큼은 도저히 잠자코 있을 수 없어서 외쳤다.

"어머나, 있어요. 밝은 면은 얼마든지 있어요, 미스 앤드루스. 이 세상은 너무나 아름답잖아요."

일라이자는 언짢은 표정을 지었다.

"내 나이만큼 살게 되면 그런 말은 하지 않을 거야, 앤. 그리고 이 세상을 개선해 보겠다고 그렇게 흥분해서 돌아다니지도 않을 거고. 어머니는 안녕하셔, 다이애나? 요즘 몹시 쇠약해 보이시더구나. 그리고 앤, 마릴라가 저러다 눈이 영영 멀어버리는 날이 얼마나 남았다고 해?"

앤은 자신 없어진 목소리로 말했다.

"열심히 몸조리하면 지금보다 더 나빠지지는 않을 거라고 의사 선생님이 말했어요."

일라이자는 안됐다는 듯이 고개를 저었다.

"의사는 안심하게 해주기 위해 흔히 그런 말을 하지. 내가 마릴라라면 그리 희망을 갖지 않겠어. 최악의 경우를 각오해두는 게 좋을 테니까."

앤은 거의 우는 듯한 목소리로 말했다.

"하지만 최선의 경우도 생각하는 게 더 좋지 않을까요? 최악의 사태가 일어날 가능성만큼이나 좋은 결과가 생겨날 수도 있으니까요."

"내 경험으로는 그런 일은 결코 없었어. 더욱이 앤은 이제 겨우 16년밖에 살지 않았지만 나는 쉰일곱이거든. 벌써 가려고? 어쨌든 이 새로운 모임 덕분에 애번리가 더 이상 나빠지지 않도록 막을 수만 있다면 좋겠지만, 그리 큰 기대는 걸지 않는다."

앤과 다이애나는 밖으로 나오자 숨이 탁 트여 살아난 듯한 기분으로 말을 전속력으로 몰았다. 너도밤나무숲 밑에서 길모퉁이를 돌았을 때 어떤 통통한 사람이 앤드루스 씨네 목장을 급히 달려오며 두 사람에게 열심히 손을 흔드는 것이 보였다. 캐서린이었다. 숨이 턱밑까지 차서 말도 할 수 없는 와중에 앤의 손에 25센트짜리 은화 두 닢을 쥐어 주었다.

"이것은 공회당 페인트칠을 위한 내 기부금이야. 1달러 주고 싶지만 내 달걀 판 돈에서 이 이상 빼내면 일라이자에게 들키고 말아. 나는 여러분들의 개선회를 응원하고, 틀림없이 좋은 일을 많이 할 수 있을 거라 생각해.

알다시피 나는 낙천가야. 일라이자 언니랑 함께 살려면 그렇게 되지 않을 수 없지. 언니가 알아차리기 전에 빨리 돌아가봐야겠어. 내가 닭모이를 주러 나온 줄 알고 있거든. 언니한테 그런 말을 들었다고 의기소침해질 것 없어. 세상은 확실히 좋아졌어. 이것은 틀림없는 사실이야."

다음은 대니얼 블레어네였다. 두 사람은 마차 바퀏자국이 깊이 파인 길을 덜컹덜컹 흔들리며 들어갔다.

다이애나가 말했다.

"자, 여기서는 부인이 집에 있느냐 없느냐에 달렸어. 만일 집에 있으면 한 푼도 못 받는다고 봐야지. 댄 블레어는 머리를 깎는 것조차도 부인의 허락을 받아야 한다고 사람들이 말했거든. 아무리 좋게 봐준다 해도 지독한 깍쟁이인가 봐. 그 부인은 남한테 선심을 쓰는 일보다는 공정함이 우선이라고 말하지. 그렇지만 린드 부인의 말로는 그렇게 모든 일을 공정하게 하느라 너무 바빠서 한 번도 뭘 베푼 적이 없대."

그날 밤 앤은 블레어 씨 집에서 있었던 일을 마릴라에게 말했다.

"말을 매놓고 부엌문을 똑똑 두드렸어요. 아무도 나오지 않았지만 문이 열려 있고 누군가가 식료품 저장실에서 큰 소리로 투덜대는 목소리가 들려왔죠. 희미해서 무슨 말을 하는지 알 수는 없었어요. 다이애나는 '틀림없이 욕실을 피붓고 있어. 저 목소리를 들으면 알 수 있지.' 이렇게 말했어요.

설마 블레어 씨는 아니리라고 생각했어요. 늘 조용하고 얌전한 사람이었으니까요. 하지만 몹시 화나는 일이 있었나 봐요. 문에 나왔을 때 보니 가엾게도 비트처럼 새빨개진 얼굴로 땀을 뚝뚝 흘리며 부인의 큰 깅엄 앞치마를 두르고 있지 않겠어요. '이 망할 것을 풀 수가 없소. 너무 꼭 매어 어쩔 수가 없으니 이대로 실례하겠소.'라고 말했어요. 우리는 괜찮다며 안으로 들어가 앉았고 블레어 씨도 앉았지요. 앞치마를 뒤로 돌려 등 뒤로 둘둘 말아 올리며 말이에요. 그가 너무 멋쩍어하며 어쩔 줄 몰라해서 우리는 참 난감했어요.

그래도 다이애나가 먼저 우리가 방해한 것은 아닌지 모르겠다고 말을 꺼내니까 블레어 씨는 애써 웃는 얼굴을 지으며 말했어요. 그분은 언제나 예의 바른 사람이잖아요.

'아니, 조금도 상관없소. 그저 조금 정신이 없었을 뿐이오. 케이크를 구울 준비를 하느라. 아내가 오늘 몬트리올에 사는 여동생이 온다는 전보를 받고 역으로 마중 나가며 나더러 케이크를 구워놓으라고 했거든요. 재료의 분량이랑 만드는 방법을 적어놓고 여러 가지 일러주고 갔는데 벌써 그 절반은 잊어버리고 말았소. 아니, '향료는 입맛대로'라고 애매하게 씌어 있는데 이건 대체 어떻게 하라는 거요? 내 입맛이 다른 사람과 다르면 어쩌고? 작은 층층케이크를 만들려는데 바닐라는 찻숟갈 하나면 충분할까요?'

이 말을 들으니 더욱 안됐다는 마음이 들었어요. 뭐가 뭔지 전혀 모르는 눈치였으니까요. 공처가에 대한 이야기는 들었는데, 바로 이런 게 아닐까 여겨졌어요. 나는 공회당에 기부금을 내면 그 대신 내가 케이크 반죽을 만들어 주겠다는 말이 목구멍까지 나왔지만, 곤경에 빠진 사람에게 얌체같이 거래를 제시한다는 것은 이웃의 도리가 아닌 듯싶어 아무런 조건도 붙이지 않고 케이크 반죽을 만들어 주겠다고 했어요. 블레어 씨는 뛸 듯이 기뻐했어요. 결혼하기 전에는 자기도 늘 빵을 직접 만들어 먹었지만 케이크는 자기 능력 밖이라면서 말이에요. 그래도 부인을 실망시키고 싶지는 않았대요.

나에게 다른 앞치마를 갖다주고 다이애나는 달걀 거품을 내고 내가 모든 재료를 배합했어요. 블레어 씨는 이리저리 뛰어다니며 재료를 모아다 주었는데, 앞치마가 뒤에서 펄럭거리는 것도 모르고 있어서 다이애나는 웃음을 참느라 죽는 줄 알았대요.

블레어 씨는 반죽만 있으면 케이크를 굽는 것은 늘 하는 일이기 때문에 문제없다고 했어요. 그러고 나서 공회당 보수를 위한 우리의 설명을 듣더니 4달러를 기부했어요. 선의에 대한 보답을 받은 셈이었죠. 하지만 기부금을 한 푼도 받지 못했다 하더라도 블레어 씨를 도와준 건 기독교인다운 행동이라고 돌이켜 생각할 수 있었을 거예요."

다음에 들른 곳은 시어도어 화이트네였다. 앤과 다이애나는 그 집에 아직 한 번도 가본 일이 없었으며, 손님을 그리 반기지 않는다는 부인은 얼굴만 아는 정도였다. 뒷문으로 들어갈까 현관으로 들어갈까 의논하고 있는데, 신문지를 한 아름 안은 시어도어 부인이 현관에 나타났다. 부인은 신문지를 신중하게 입구 바닥과 층계에 깔고 거기서부터 앞뜰의 길을 따라 어리둥절하여 서 있는 두 명의 방문객의 발 앞까지 왔다.

부인은 걱정스러운 듯이 말했다.

"그 풀에 발을 잘 문지른 다음 이 신문지 위를 걸어서 들어와요. 집 안 청소를 지금 막 끝냈는데 또 흙이 묻어 들어오면 곤란하니까요. 어제 내린 비로 땅이 몹시 질거든요."

신문지 위를 걸어가며 앤이 입을 가린 채 속삭였다.

"웃으면 안 돼. 부탁인데 다이애나, 부인이 무슨 말을 하더라도 나를 쳐다보지 마. 심각한 얼굴을 하고 있을 수 없을 테니까."

신문지는 현관홀을 지나 티끌 하나 없이 잘 정돈된 응접실까지 이어졌다. 앤과 다이애나는 가장 가까운 의자에 얼른 앉아 용건을 말했다. 화이트 부인은 두 번만 이야기를 가로막았을 뿐 잠자코 듣고 있었다. 한 번은 날아들어온 파리를 쫓기 위해, 또 한 번은 앤의 옷에 붙어 있다가 카펫 위로 떨어진 작은 풀조각을 줍기 위해서였다. 앤은 자신의 실수가 민망해서 견딜 수 없었지만, 그래도 화이트 부인은 그 자리에서 2달러를 기부해주었다.

다이애나는 밖으로 나와서 말했다.

"우리가 다시 찾아오는 일이 없도록 하려고 준 거겠지."

두 사람이 매어둔 마차를 미처 풀기도 전에 화이트 부인은 신문지를 걷어치웠고, 마차를 몰고 뒤뜰을 빠져나가면서 보니 현관을 빗자루로 연신 쓸고 있었다.

다이애나는 완전히 빠져나오자 참았던 웃음을 결국 터뜨렸다.

"시어도어 화이트 부인만큼 깔끔한 사람은 없다더니 그 얘기가 정말이었네."

앤이 심각하게 말했다.

"그 집에 아이가 없어서 다행이야. 만일 있었다면 정말 가여웠을 거야."

이저벨라 스펜서 부인은 애번리 마을 사람들 하나하나에 관해 험담을 늘어놓아 두 사람의 기분을 비참하게 만들었다. 토머스 볼터 씨는 아무것도 기부하지 않겠다고 단칼에 거절했다. 20년 전 공회당을 지을 때 자기가 추천한 부지에 세우지 않았기 때문이라고 했다. 에스더 벨 부인은 건강의 표본과도 같은 사람이었지만, 30분 동안이나 아프고 쑤시는 곳을 시시콜콜 나열하며 푸념을 했다. 그러고는 내년 이맘때면 자기는 이 세상 사람이 아니라 틀림없이 무덤 속에 있을 테니 지금 주어야겠다고 하면서 세상 슬픈 표정으로 50센트를 기부했다.

그 어느 집보다도 심한 대우를 받은 곳은 사이먼 플레쳐네였다. 두 사람이 마차를 타고 뜰로 들어서면서 살피니 현관 창문으로 이쪽을 내다보고 있는 두 명의 얼굴이 보였다. 그러나 앤과 다이애나가 문을 두드리며 아무리 끈기 있게 기다려도 아무도 나오지 않았다. 몹시 기분이 상하고 화가 난 채로 끝내 그 집을 나올 수밖에 없었다. 앤조차도 용기가 꺾인다고 말했다.

그다음부터는 일이 술술 잘 풀렸다. 슬론 집안 몇 군데에 연이어 들렀는데 모두들 기분 좋게 선뜻 기부금을 냈다. 이따금 거절당하기도 했으나 마지막까지 일이 꽤 순조로웠다.

마지막으로 방문한 집은 호수의 다리 근처에 있는 로버트 딕슨네였다. 두 사람은 여기서 차 대접을 받았다. 이제 집에 거의 다 왔지만, 딕슨 부인이 다소 성마른 성격이라는 말을 들었으므로 기분을 상하게 하면 큰일이라고 여겨 기꺼이 응했다.

그들이 아직 그 집에 있는데 때마침 제임스 화이트 노부인이 잠시 들렀다.

"지금 로렌조 화이트네에 갔다 오는 길인데, 그 양반은 지금 애번리에서 가장 행복한 사람일 거야. 아들이 태어났거든. 그것도 딸을 연거푸 일곱이나 낳은 끝이었으니 얼마나 기쁘겠어."

앤은 귀를 곤두세우고 듣더니 마차에 올라타며 다이애나에게 말했다.

"지금 곧 로렌조 화이트 씨네로 가자."

"하지만 그 집은 화이트샌즈 가도에 있고 여기서 너무 멀리 떨어져 있잖아. 그 집에는 길버트와 프레드가 갈 거야."

다이애나가 불평하자 앤이 단호하게 말했다.

"그 애들은 다음 주 토요일이나 되어야 갈 테고, 그러면 너무 늦어. 오늘의 기쁨이 가시기 전에 가봐야 해. 로렌조 화이트는 보통 자린고비가 아니지만, 지금이라면 무슨 일에든 '덮어놓고' 기부할 거야. 좀처럼 얻기 힘든 이런 기회를 놓쳐서야 되겠니, 다이애나."

앤의 예상이 들어맞았다.

화이트 씨는 뜰에서 부활절의 태양처럼 환하게 웃으며 두 사람을 맞이했고, 앤이 기부금을 부탁하자 열광적으로 응했다.

"좋소, 좋고말고요. 가장 많은 기부금에 1달러를 더한 액수로 해주시오."

"그렇다면 5달러예요…… 대니얼 블레어 씨가 4달러 내셨으니까요."

앤은 어떨까 싶어 좀 염려했지만 로렌조는 일말의 망설임도 없었다.

"5달러 내겠소. 자, 돈은 여기 있소. 그런데 안으로 좀 들어가지 않겠소? 꼭 보여줄 것이 있소. 아직 몇 사람밖에 보지 못했는데, 아가씨들 의견을 듣고 싶소."

몹시 흥분한 로렌조의 뒤를 따라 집 안으로 들어가며 다이애나가 걱정스럽게 물었다.

"만일 아기가 예쁘지 않으면 뭐라고 하지?"

앤은 태연했다.

"괜찮아, 다이애나, 뭔가 칭찬해줄 만한 점이 있을 거야. 아기란 다 그렇거든."

다행히 갓난아기는 아주 귀여웠다. 아가씨들이 포동포동한 갓난아기를 진심으로 좋아하는 것을 보고 화이트 씨는 5달러를 기부한 보람이 있다고 생각했다. 화이트 씨가 기부라는 이름으로 돈을 낸 것은 이번이 처음이자 마지막이었다.

앤은 몹시 피곤했다. 그러나 마을을 위해 다시 한번 분발해 그날 밤 목장을 지나 해리슨 씨네로 갔다. 해리슨 씨는 여느 때와 마찬가지로 베란다에서 진저를 옆에 두고 담배를 뻐끔뻐끔 피우고 있었다. 엄밀히 말하면 해리슨 씨는 카모디 가도의 담당구역에 들어가지만, 제인과 거티는 해리슨 씨가 별나다는 소문만 들었을 뿐 그를 한 번도 만나본 적이 없으므로 앤에게 애걸하다시피 부탁했다.

그러나 해리슨 씨는 한 푼도 기부할 수 없다고 딱 잘라 거절했으며, 앤이 아무리 부탁해도 소용없었다.

앤은 한탄하듯 말했다.

"하지만 해리슨 씨, 우리 모임에 찬성한댔잖아요?"

"맞소, 그랬지. 지금도 찬성은 하오. 하지만 내 마음이 찬성하는 거랑 내 지갑이 찬성하는 건 별개요, 앤."

그날 밤 앤은 잠들기 전 자기 방의 거울 앞에 앉아 중얼거렸다.

"오늘 같은 경험을 앞으로 두세 번만 더 했다가는 나도 틀림없이 일라이자 앤드루스 같은 비관론자가 되어버리고 말 거야."

쌍둥이의 운명

 따뜻한 10월의 저녁, 앤은 의자에 기대앉아 가벼운 한숨을 내쉬었다. 식탁 위에는 교과서며 연습문제 풀이들이 잔뜩 쌓여 있었는데, 앤 앞에 놓인 뭔가가 가득 적힌 종이는 공부나 학교 업무와 관련 있어 보이지 않았다.
 길버트가 열린 부엌문에 들어선 순간 앤의 한숨 소리를 듣고 물었다.
 "무슨 일 있어?"
 앤은 얼굴을 붉히며 그 종이를 재빨리 학교의 작문 원고지 아래에 밀어 넣었다.
 "별일 아니야. 해밀턴 교수님이 알려주신 대로 생각나는 것을 적어보려 했는데 마음대로 잘 안 되네. 흰 종이에 검은 잉크로 적어놓기만 하면 딱딱하고 재미없는 글이 돼버려.
 공상이란 그림자 같은 건가 봐…… 아무리 붙잡고 가둬놓으려 해도 안 되니 말이야. 제멋대로 춤추고 다니기만 하고. 하지만 계속하다 보면 언젠가는 그 비결을 알게 될 수도 있으려나. 그런데 짬이 잘 안 나. 아이들의 연습문제며 작문 같은 걸 고쳐주고 나면 내 글을 쓸 기력이 바닥나버려."
 "너는 학교에서 굉장히 잘하고 있잖아, 앤. 아이들이 모두 너를 좋아하는데, 뭐."

돌층계 위에 앉은 길버트에게 앤이 말했다.

"아니, 모두는 아니야. 앤서니 파이는 나를 좋아하지 않고 앞으로도 좋아하지 않을 거야. 그보다 더욱 나쁜 점은 나를 존경하지 않는다는 거야. 나를 멸시하는 것이 느껴져. 길버트, 너니까 솔직히 말하는데 그 눈빛을 보면 비참한 기분이 들어.

그렇다고 그 애가 나쁜 아이라는 말은 아니야…… 그저 장난을 좋아할 따름이지. 그렇다고 다른 아이들보다 더 심하게 장난치는 것도 아니고 내 말을 딱히 안 듣는 것도 아니야. 하지만 말을 들을 때, 경멸스럽지만 하는 수 없이 참아준다는 태도로 듣지. '이런 일은 이러니저러니 해 봤자 소용이 없으니까 마지못해 시키는 대로 한다, 그런 것만 아니었다면……' 뭐 이런 태도야. 그런 태도는 다른 아이들에게까지 나쁜 영향을 주거든.

어떻게든 앤서니의 마음을 돌려보려고 여러모로 애써봤지만 헛일이었어. 도저히 불가능한 일이 아닐까 하는 생각마저 든다니까. 파이 집안 아이치고는 사실 영리하고 귀여운 면도 있어서 그 아이만 마음을 돌려준다면 나는 지금보다 더더욱 그 애를 좋아할 수도 있을 것 같은데."

"아마 집에서 쓸데없는 말을 들었기 때문인지도 모르지."

"그렇다고 할 수는 없어. 앤서니는 독립심 강한 아이라서 스스로 생각하고 판단해. 지금까지 남자 선생님한테만 배워서 여자 선생님은 시시하대. 아무튼 끈기 있게 친절히 대하면서 기다려보는 수밖에.

나는 어려움을 이겨내는 게 좋고, 가르치는 일이 아주 재미있어. 폴 어빙은 다른 아이에게서 느끼는 좌절감을 모두 메워주고 있어. 그토록 귀여운 아이는 없을 거야, 길버트. 게다가 천재거든. 언젠가는 온 세계에 그 애의 이름이 알려질 날이 올 거야."

앤의 목소리는 확신에 차 있었다.

길버트도 말했다.

"나도 가르치는 것을 좋아해. 한편으로는 좋은 훈련이 되기도 하고. 생각해 보면 내가 화이트샌즈의 아이들을 가르치기 시작한 지 겨우 몇 주일밖에 안 되는 동안, 학교에 다니면서 공부했을 때보다 더 많은 것을 배웠어.

우리는 모두 꽤 잘해나가고 있는 것 같아. 뉴브리지 사람들은 제인을 좋아하는 듯하고, 화이트샌즈에서는 지금 너와 마주 앉은 이 미천한 몸에게 그런대로 만족하고 있고. 하기야 앤드루 스펜서 씨는 그렇지도 않다지만 말이야.

엊저녁 집으로 돌아오다가 피터 블뤼엣 부인을 만났어. '알려주는 게 도리인 것 같아 말하겠는데, 스펜서 씨는 네가 가르치는 방식을 좋아하지 않는다.'라고 하더라."

앤은 곰곰이 생각에 잠겨 말했다.

"길버트, 너 그거 느꼈니? 누군가가 알려주는 것이 도리인 것 같다고 생각해서 말한다고 할 때는 반드시 불쾌한 소식을 가져온다는 것을 말이야. 어째서 좋은 소문을 들었을 때에는 알려주는 게 도리라고 생각지 않을까.

어제는 H.B. 도넬 부인이 또 학교에 찾아와서는, 내가 아이들에게 옛날이야기를 읽어주는 것을 허먼 앤드루스 부인이 좋게 생각지 않고, 로저슨 씨는 프릴리의 수학 실력이 느는 속도가 영 시원치 않다고 해서, 나한테 알려주는 것이 도리인 듯하여 말해준다고 하더라.

그런데 프릴리는 수업 시간에 석판 너머로 남자아이들을 곁눈질하지 말고 좀 더 공부에 열중하면 성적이 올라갈 거야. 계산할 때 잭 길리스가 프릴리의 몫까지 해주는 것 같다는 심증이 있지만 아직까지 현장을 잡지 못했어."

"도넬 부인의 장래가 촉망되는 아들을 새 이름으로 부르는 덴 익숙해졌니?"

앤은 샐쭉 웃었다.

"응, 하지만 무척 힘들었어. 처음에는 내가 싱클레어라고 불러도 모르는 척하다가 두세 번 부르면 그제야 알아들은 것처럼 하더라고. 그것도 다른 남자아이들이 쿡쿡 찌르니까 겨우 고개를 들어 아주 싫어하는 표정으로 날 쳐다봤지. 내가 마치 존이나 찰리라는 이름을 불러서 자기를 부른다고는 꿈에도 생각지 못했다는 듯한 표정을 했어.

하는 수 없이 며칠 전 수업이 끝난 뒤에 불러, 너의 어머니가 싱클레어라고 불러달라고 부탁해서 어머니 뜻을 거스를 수는 없다고 그 이유를 설명을 했지. 그랬더니 알아듣더라고. 어리지만 이해력이 빠른 아이야.

그런데 선생님은 싱클레어라고 불러도 되지만 다른 녀석들이 그 이름을 부르면 누구든 흠씬 두들겨 패주겠다고 하는 거야. 물론 그래서 나는 그런 거친 말을 쓰면 안 된다고 타일렀지. 그래서 나만 싱클레어라고 부르고 다른 아이들은 제이컵이라고 부르면서 잘 지내고 있어. 그 아이는 내게 목수가 되겠다고 했는데 도넬 부인은 나한테 그 아이를 잘 가르쳐서 대학교수를 만들어야 한다고 하더라."

대학이라는 말이 나오자 길버트는 화제를 바꾸었다. 잠시 동안 두 사람은 자기들의 계획과 포부를 젊은이답게 진지하고 열정적으로 희망에 차서 이야기했다. 눈앞의 장래가 아직 발길이 닿지 않은 미지의 세계인 만큼 젊은이들로서는 어떤 꿈이든 이룰 수 있는 것처럼 여겨졌다.

길버트는 마침내 의사가 되기로 마음을 굳혔다고 말했다.

"훌륭한 직업이라고 생각해. 사람이란 무언가와 평생 동안 싸워나가야 하잖아…… 왜, 인간은 투쟁의 동물이라고 정의 내린 사람이 있지 않았나? 나는 질병과 고통과 무지와의 투쟁에 도전하겠어. 이 세 가지는 서로 깊게 연관되어 있어. 앤, 나는 이 세상에서 나에게 주어진 몫을 힘닿는 데까지 훌륭하게 해내고 싶어. 인류의 역사가 시작된 뒤로 훌륭한 사람들이 쌓아올린 인간의 지식의 총합에 뭔가 조금이라도 더 보태고 싶어. 나보다 앞선 시대에 살았던 사람들이 나를 위해 많은 일을 해놓고 갔으니 나도 내 뒤에 오는 사람들을 위해 뭔가를 하고 싶어. 그것이야말로 인류를 위해 내 몫의 책임을 다하는 거라고 생각해."

앤은 꿈꾸듯 말했다.

"나는 인생을 더 아름다운 것으로 만드는 데 힘이 되고 싶어. 인간의 지식을 더욱 깊게 하는 일을 하고 싶다는 생각은 별로 없어. 그것이 가장 고귀한 이상이라는 것은 알고 있지만 말이야.

하지만 내가 이 세상에 살고 있음으로써 다른 사람들이 조금이라도 더 즐겁게 살 수 있도록 해주고 싶어. 아무리 작은 기쁨이든 행복감이든 내가 이 세상에 태어나지 않았다면 맛볼 수 없는 그런 것을 사람들에게 나눠주고 싶어."

길버트는 감동 어린 목소리로 말했다.

"너는 이미 날마다 그 바람을 실현하고 있다고 생각해."

그 말대로 앤은 태어나면서부터 세상에 빛을 던져주는 존재였다. 앤이 누군가의 삶을 거쳐 가며 미소와 한마디 말을 햇살처럼 던져주면, 그 빛을 받은 삶의 주인은 적어도 한순간만이나마 인생을 희망에 가득 차고 아름다우며 선의가 넘치는 것으로 여길 수 있었다.

이윽고 길버트는 작별을 아쉬워하며 일어섰다.

"이제 맥퍼슨네에 가봐야겠다. 주말이라 무디 스퍼전이 퀸즈아카데미에서 돌아왔는데, 보이드 교수님이 나한테 빌려주기로 한 책을 가져왔을 거야."

"나도 마릴라 오기 전에 저녁 준비하러 그만 가봐야 해. 키스 부인 병문안 갔는데 이제 곧 돌아올 거야."

마릴라가 돌아왔을 때에는 저녁 준비가 완벽히 되어 있었다. 난로에는 불이 활활 타오르고, 식탁은 루비처럼 새빨간 단풍잎과 서리로 가을빛을 입은 풀고사리를 꽂은 꽃병으로 장식되었으며, 햄과 토스트의 향긋한 냄새가 식욕을 돋구었다. 그러나 마릴라는 깊은 한숨을 쉬며 쓰러지듯 의자에 앉았다.

앤은 걱정스러워하며 물었다.

"눈이 아파요? 두통이 나요?"

"괜찮아. 좀 피곤하고…… 걱정이 돼서 그래. 메리의 아이들이 큰일이구나. 메리가 더 나빠졌거든. 오래 못 버틸 듯싶은데…… 그렇게 되면 그 쌍둥이들이 어떻게 될지 모르겠구나."

"그 아이들의 외삼촌으로부터 무슨 소식이 없었나요?"

"미국에서 편지가 왔어. 벌목장에서 일하면서 어떤 여자 집에 얹혀살면서 먹고 자고 있대. 그래서 내년 봄까지는 도저히 아이들을 데려갈 수가 없다더구나. 그래도 봄에는 결혼도 하고 제대로 된 집도 생길 거라 그때면 아이들을 맡을 수 있으니 겨울 동안 누군가 이웃사람에게 맡겨달라고 했대.

하지만 메리는 이스트그래프턴에 특별히 가까이 지내는 사람은 아무도 없어서 부탁할 이웃이 없다고 하고. 결국 내가 맡아주기를 바라는 것 같아. 입 밖에 내지는 않지만 얼굴을 보니 알 수 있었지."

앤은 너무 기뻐서 두 손을 마주 잡았다.

"어머나! 그럼 맡는 거죠, 마릴라?"

마릴라는 좀 냉정하게 말했다.

"아직 결정지은 것은 아니야. 나는 너처럼 앞뒤 생각하지 않고 무턱대고 일을 저지르지는 않는다, 앤. 팔촌이면 꽤 먼 친척인 데다 6살짜리 아이를 둘이나 돌보는 건 쉬운 일이 아니잖니. 게다가 쌍둥이고."

마릴라는 쌍둥이란 여느 아이들보다 두 배나 기르기 힘든 것으로 여기고 있었다.

"쌍둥이는 참 재미있어요…… 두 쌍이나 세 쌍이라면 또 모르지만 한 쌍쯤이라면 문제없어요. 게다가 내가 학교에 나가고 없는 동안 마릴라도 적적하지 않을 거고요."

"적적하지 않다…… 그보다 속 썩이고 애먹이겠지. 네가 우리 집에 왔을 때의 나이쯤이라면 그리 걱정이 안 될 텐데 너무 어려. 도라는 착하고 얌전한 아이지만 데이비는 굉장한 말썽꾸러기야."

아이를 좋아하는 앤은 키스네 쌍둥이를 맡아 돌봐주고 싶어서 견딜 수 없었다. 게다가 자신이 아무도 돌봐주지 않는 고아 시절을 보낸 일이 아직도 기억에 생생하게 남아 있었다. 앤은 마릴라의 유일한 약점이 자기가 다해야 할 도리로 받아들이는 일은 도저히 저버리지 못하는 점이라는 것을 알고 있었다. 그래서 그러한 방향으로 자신의 논리를 요령껏 펼쳤다.

"데이비가 말썽꾸러기라면 더욱 좋은 버릇을 기르도록 해주어야 하지 않겠어요, 마릴라? 우리가 맡아주지 않으면 어떤 사람이 맡아서 어떤 영향을 끼칠지 알 수 없잖아요. 예를 들어 키스 씨네 옆집에 사는 스프롯 씨가 맡았다면 어떻게 되겠어요? 린드 아주머니가 말했는데 헨리 스프롯같이 저속하고 하느님의 가르침과 먼 사람은 없대요. 그 집 아이들이 하는 말은 한마디도 믿을 수가 없다고 하던데요. 쌍둥이들이 그런 것을 본받으면 큰일이잖아요?

아니면 위긴스 씨 댁에 가면 어떻게 되겠어요? 린드 아주머니 말로, 위긴스 씨는 돈이 될 만한 것이면 무엇이든 팔아치우고 식구들한테 탈지유만 먹인대요. 아무리 팔촌지간밖에 안 된다 하더라도 아이들을 굶주리게 하고 싶지는 않겠죠, 마릴라? 아이들을 맡는 것은 우리가 할 도리라고 생각해요."

마릴라는 우울한 목소리로 말했다.

"그렇겠구나. 메리에게 내가 맡겠다고 말해야겠다. 너무 그리 좋아할 것 없다, 앤. 네게 일거리가 더 늘 뿐이야. 나는 눈이 이래서 바느질을 전혀 할 수가 없어. 아이들의 옷 만드는 것부터 해진 것을 기우는 일까지 모두 네가 해주어야 할 텐데, 너는 바느질이라면 질색이잖니?"

앤은 침착하게 말했다.

"네, 질색이에요. 하지만 마릴라가 도리를 다하기 위해 아이들을 맡는다면 나 또한 내 도리를 다한다는 마음으로 아이들의 옷을 기워줄 수 있어요. 때로는 자신이 좋아하지 않는 일을 하는 게 사람에게 좋은 경우도 있어요…… 어느 정도까지는 말이에요."

귀여운 악동

린드 부인은 부엌 창가에 앉아 퀼트[1] 침대보를 짜고 있었다. 몇 해 전 어느 날 저녁, 매슈 커스버트가 '맡기로 한 고아' 앤을 마차에 태우고 언덕을 달려 내려올 때도, 부인은 지금처럼 이 창가에 앉아 있었다. 그때는 봄이었지만, 지금은 가을도 다 지나 숲속의 나무들은 잎을 죄 떨구고 목장의 풀은 시들어 누렇게 변해 있었다. 태양은 애번리 서쪽의 거무스름한 숲 뒤에서 화려한 보랏빛과 황금빛에 둘러싸여 저물어 가고 있었다. 이때 마차 한 대가 온순한 밤색 말에 이끌려 언덕을 내려왔다.

린드 부인은 유심히 밖을 내다보며 부엌의 소파에 누운 남편에게 말했다.

"마릴라가 장례식을 마치고 돌아오는군요."

토머스 린드는 요즘 소파에 드러눕는 일이 전보다 많아졌다. 그러나 자기 집 밖에서 일어나는 일이라면 시시콜콜 아무것도 모르는 게 없는 린드 부인도 하나밖에 없는 남편에게 일어나는 변화는 알아차리지 못하고 있었다.

"저런, 쌍둥이도 함께 탔네요. 데이비가 말 꼬랑지를 잡겠다고 흙받이 위로

---

[1] 퀼트란 보통은 두 장의 헝겊 사이에 솜·털·깃털 등을 넣어 누빈 누빔이불인 패치워크 퀼트를 뜻하지만, 여기서는 흰 무명실로 직접 뜬 모티브를 이어붙인 침대보를 말함. 19세기 말 프린스에드워드섬에서는 이런 형태의 침대보가 패치워크 퀼트와 마찬가지로 널리 쓰였음.

몸을 내미는 것을 마릴라가 얼른 붙잡아 앉히고 있어요. 도라는 얌전히 앉아 있네요. 저 애는 언제 보아도 풀을 먹여 막 다림질한 양 뻣뻣한 모습이에요. 딱하게도 마릴라는 이번 겨울에 성가신 일을 잔뜩 떠안은 셈이에요. 마릴라의 입장으로는 맡지 않을 수도 없었지만요. 앤이 잘 도와주겠죠.

앤은 기뻐서 어쩔 줄 몰라 한대요. 그 애는 아이들을 다루는 솜씨가 보통이 아니에요. 매슈가 불쌍한 앤을 데려왔을 때 마릴라가 아이를 키운다고 해서 모두들 비웃던 일이 바로 엊그제 같은데 이번에는 쌍둥이를 맡게 되었네요. 이래서 사람 일이란 죽을 때까지 두고 봐야지 알 수가 없다니까요."

살찐 말은 린드네 우묵땅의 다리를 건너 커스버트네 집 오솔길로 꺾어 들어갔다.

마릴라는 좀 엄한 표정을 짓고 있었다. 이스트그래프턴에서 여기까지 10마일(약 16킬로미터)이나 되는 데다 데이비 키스는 뭔가에 씐 듯 잠시도 가만히 앉아 있지 않았던 것이다. 마릴라는 데이비를 얌전히 앉혀 놓을 방도가 없어, 저러다 혹시 마차 뒤로 굴러떨어져 목이라도 부러지면 어쩌나, 앞으로 넘어가 말발굽에 짓밟히면 어쩌나 마음을 죄지 않을 수 없었다. 견디다 못해 마릴라는 집에 가면 회초리로 엉덩이를 때릴 줄 알라고 협박했다. 그러자 데이비는 마릴라가 말고삐를 쥐고 있는데도 아랑곳없이 그 무릎으로 기어올라 포동포동한 팔로 마릴라의 목을 꼭 끌어안았다.

"아줌마, 거짓말이지?"

데이비는 주름진 마릴라의 뺨에 애정이 담긴 입맞춤을 했다.

"아줌마는 아이가 가만히 있지 않는다고 때릴 사람이 아니야. 아줌마도 나만 했을 때에는 얌전히 있지 못했을 거야."

"아니다. 얌전히 있으라고 하면 언제나 그대로 했어."

마릴라는 엄한 목소리로 말했지만 마음속으로는 데이비의 천진난만한 얼굴에 마음이 사르르 눈 녹듯이 누그러지는 것을 느꼈다.

"그건 아줌마가 여자아이였기 때문이야."

데이비는 다시 한번 마릴라를 꼬옥 끌어안은 다음 제자리로 엉금엉금 돌아갔다.

"아줌마도 옛날에는 여자아이였지. 그걸 생각하면 왠지 웃음이 나지만…… 도라는 얌전히 잘 앉아 있어. 하지만 재미없을 거야. 여자아이가 된다는 것은 정말 따분한 일이야. 도라, 내가 신나게 해줄게."

데이비가 말하는 그 방법은 도라의 머리카락을 홱 잡아당기는 것이었다. 도라는 비명을 지르며 훌쩍이기 시작했다.

당황한 마릴라는 어떻게 하면 좋을지 몰라 그저 나무랐다.

"어째서 그렇게 못된 짓을 하니. 너의 가엾은 엄마가 바로 오늘 무덤에 들어갔는데 말이야."

그러자 데이비가 소중한 비밀을 가르쳐준다는 듯 말했다.

"하지만 엄마는 죽는 것을 기뻐했어. 엄마가 나한테 그렇게 말했거든. 죽는 게 앓는 것보다 낫다고 말이야. 엄마가 죽기 전날 밤에, 아줌마가 나랑 도라를 겨울 동안 맡아줄 테니 착한 아이가 되어야 한다고 했어. 당연히 나는 착해지고 싶어. 그런데 얌전히 앉아 있지 않고 이리저리 뛰어다니면서 착한 아이가 될 수는 없는 거야? 그리고 엄마는 도라에게 잘해주고 언제나 도라 편이 되어주라고 했으니 꼭 그렇게 할 테야."

"도라의 머리카락을 잡아당기는 것이 잘해주는 거니?"

"음, 다른 아이들은 그렇게 못 하도록 할 거야."

데이비는 주먹을 쥐고 무서운 표정을 지었다.

"하기만 해봐. 가만두지 않을 테니까. 나는 아프게 하지 않거든. 도라가 우는 것은 여자아이기 때문이야. 난 남자아이여서 정말 다행이야. 하지만 쌍둥이는 재미없어. 지미 스프롯은 누이동생이 말을 안 들으면 '나는 너보다 나이가 많아. 그러니까 내가 당연히 더 잘 알지.' 하면서 동생을 꼼짝 못 하게 하는데 나는 도라에게 그런 말을 할 수가 없거든. 그래서 도라는 내 말을 안 들어.
 아줌마, 아주 잠깐만 내가 '이랴 이랴'를 몰게 해주라. 왜냐하면 나는 남자니까."
 집의 뒤뜰에 들어서고 나서야 마릴라는 마음을 놓았다. 싸늘한 가을 밤바람에 누런 나뭇잎들이 춤추고 있었다. 문 앞에 마중 나와 있던 앤은 쌍둥이를 마차에서 내려주었다. 도라는 앤이 뽀뽀해줄 때까지 얌전히 기다렸지만 데이비는 앤의 환영에 대한 화답으로 먼저 앤을 꼭 껴안으며 명랑하게 말했다.
 "나는 데이비 키스 씨야."
 저녁 식사 때 도라는 어린 숙녀답게 행동했지만 데이비의 예절은 형편없었다.
 마릴라가 주의를 주자 데이비는 말했다.
 "배가 너무 고파서 예절을 지킬 수가 없어. 도라는 나의 절반도 배가 안 고플 걸. 나는 여기 오는 동안 내내 운동했잖아? 케이크에 건포도가 잔뜩 들어 있어서 새콤달콤 맛있다. 우리는 오래전부터 케이크를 못 먹었어. 엄마는 아파서 못 만들고, 스프롯 아줌마는 우리에게 빵을 구워주는 일만으로도 힘들다고 했고 위긴스 아줌마네 케이크에는 건포도가 하나도 안 들어 있었어. 에이, 하나 더 먹었으면 좋겠다."
 마릴라가 안 된다고 말하려는데 앤이 또 한 조각을 크게 잘라주며 '고맙습니다.'라고 말해야 한다고 일러주었다. 데이비는 그저 싱긋 웃어 보였을 뿐 한 입 덥석 베어 먹었다.

데이비는 한 조각을 허겁지겁 먹고 나서 말했다.

"하나만 더 주면 '고맙습니다.' 할게."

마릴라는 어렸을 적 앤이 많이 들었던 투로 말했다.

"안 돼. 너는 벌써 많이 먹었어."

데이비는 마릴라가 이런 투로 말하면 더 이상 떼를 써서는 안 되고 그만해야 한다는 것을 아직 몰랐다.

데이비는 앤에게 한쪽 눈을 찡긋하며 몸을 앞으로 쑥 내밀더니 도라가 아직 얌전하게 한 입밖에 베어 먹지 않은 케이크를 손에서 빼앗아서는 입을 크게 벌려 그대로 몽땅 넣어버렸다.

놀란 도라의 입술이 떨리고, 마릴라는 말도 나오지 않는 듯 어안이 벙벙했다.

앤은 서둘러 선생다운 태도로 외쳤다.

"어머나, 데이비. 신사는 그런 행동 하지 않아."

데이비는 우걱우걱 다 먹고 난 다음 말했다.

"나도 알아. 하지만 난 신사가 아닌걸, 뭐."

충격을 받은 앤이 물었다.

"그럼 신사가 되고 싶지 않니?"

"그야 되고 싶지. 하지만 어른으로 자라야 신사가 될 수 있잖아."

지금이 바로 좋은 교훈을 심어주기에 알맞은 기회라 생각되어 앤은 재빨리 말했다.

"아니야, 지금도 될 수 있어. 아이 때부터 신사가 될 수 있지. 결코 신사는 숙녀가 손에 들고 있는 물건을 뺏지 않아. '고맙습니다.'라는 인사를 잊거나 다른 사람의 머리카락을 함부로 잡아당기지도 않아."

"신사란 재미없구나. 나는 역시 다 큰 다음에 신사가 될래."

마릴라는 하는 수 없이 도라에게 케이크를 또 한 조각 잘라 주었다. 그날은 데이비를 더 이상 당해낼 수 없을 듯한 기분이 들었다. 장례식이 있었던 데다 마차를 오랜 시간 타고 왔으므로 마릴라에게는 무척 고된 하루였다. 지금 마릴라는 일라이자 앤드루스 못지않을 만큼 앞날을 비관적으로 내다보고 있었다.

쌍둥이는 둘 다 피부가 하얗다는 것을 빼면 그다지 닮지는 않았다. 도라는 윤기 흐르는 긴 머리카락이 늘 단정하게 빗겨 있었고, 데이비는 곱슬곱슬한 짧은 금발이 동그란 머리를 덮고 있었다. 도라의 갈색 눈은 상냥하고 차분했으나, 데이비의 장난기로 가득 찬 눈은 끊임없이 움직였다. 도라의 코는 오똑한데 데이비는 완전히 들창코였다. 도라는 점잖게 입을 꾹 다물고 있었으나 데이비의 입가에는 늘 웃음이 감돌아 입꼬리가 올라가 있었다. 게다가 한쪽 볼에만 보조개가 폭 파여 미소를 지으면 귀엽고도 익살스럽게 짝짝이가 되었다. 데이비의 조그만 얼굴에는 명랑하고도 호기심 어린 표정이 넘쳐흐르고 있었다.

"아이들을 얼른 재우는 것이 좋겠다."

마릴라는 그것이 두 아이에게서 벗어나는 길이라는 듯 말했다.

"도라는 나와 함께 자면 되고 데이비는 서쪽 방에 재우도록 해라. 혼자 자도 무섭지 않겠지, 데이비?"

데이비는 아무렇지 않게 말했다.

"무섭지 않아. 하지만 나는 아직 잠 안 잘 테야."

순간 마릴라는 화가 치미는 것을 겨우 참으며 말했다.

"안 돼, 자야 해."

그 목소리에는 데이비조차 감히 어길 수 없는 엄한 울림이 담겨 있었다. 데이비는 순순히 앤을 따라 2층으로 올라갔다.

데이비는 앤에게 비밀을 털어놓듯이 귓가에 속삭였다.

"나는 어른이 되면 제일 먼저 밤새도록 안 자는 걸 해 볼 테야. 어떤 기분인지 엄청 알고 싶거든."

마릴라는 몇 년이 지난 뒤에도 쌍둥이가 그린게이블즈에 오고 난 뒤 1주일 동안의 일들을 돌이켜 보면 몸서리가 났다. 따지고 보면 그 1주일이 특별히 심해서였다기보다는 아직 익숙해지지 않아서였을 것이다.

데이비는 눈만 뜨면 뭔가 장난치거나 사고 칠 궁리를 하고 있었다. 첫 번째 사건은 온 지 이틀째인, 9월처럼 맑게 갠 따뜻한 일요일 아침에 일어났다. 교회에 가기 전에 마릴라가 도라의 마리를 빗겨주는 동안 앤은 데이비에게 옷을 입혀주고 있었다. 처음에 데이비는 좀처럼 세수를 하려 하지 않았다.

"아줌마가 어제 얼굴 씻어줬잖아. 그리고 위긴스 아줌마가 장례식 날 딱딱한 비누로 빡빡 문질러주었어. 1주일 동안 안 씻어도 돼. 깨끗이 하는 게 뭐가 좋아. 어차피 꼬질꼬질 더러워질 텐데. 그게 훨씬 더 편한걸."

앤이 이 틈을 놓치지 않고 재빨리 말했다.

"폴 어빙은 날마다 자기가 세수한단다."

데이비는 그린게이블즈에서 살게 된 지 이틀밖에 되지 않았는데 벌써 앤을 좋아하게 되었고, 도착한 다음 날부터 앤이 하나부터 열까지 열렬히 칭찬한 폴 어빙에게 적의를 품게 되었다. 폴 어빙이 날마다 세수한다면 세수가 죽기보다 싫다 한들 데이비 키스가 어찌 세수를 하지 않을 수 있겠는가. 같은 이유에서 별로 좋아하지는 않지만 자질구레한 몸단장도 순순히 시키는 대로 했다. 몸단장을 멀끔히 하고 나니 데이비는 아주 멋진 남자아이였다. 앤은 어머니 같은 자랑스러움을 느끼며 데이비를 교회의 커스버트 가족석에 앉혔다.

데이비는 처음에는 꽤 점잖았다. 주위의 작은 남자아이들을 두루 살피면서 누가 폴 어빙인지 찾아내느라고 여념이 없었기 때문이다. 두 곡의 찬송가와 성경 낭독이 끝날 때까지는 아무 일 없었다. 소동이 벌어진 것은 앨런 목사님이 기도를 드릴 때였다.

데이비 앞에는 로레타 화이트가 머리를 조금 수그리고 앉아 있었다. 두 가닥으로 땋아 늘어뜨린 금발 사이로 레이스 장식에 싸인 하얀 목이 유혹하듯이 드러나 보였다. 로레타는 8살 난 토실토실하고 차분한 아이로, 태어난 지 여섯 달 만에 어머니 품에 안겨 처음 교회에 나온 뒤로 조금도 나무랄 데 없이 예절을 지켜온 소녀였다.

데이비가 주머니에 손을 넣어 끄집어낸 것은 털이 부스스하게 돋은 송충이였다. 마릴라가 문득 알아차리고 그 손을 붙잡았을 때에는 이미 늦어 버렸다. 데이비가 로레타의 옷 속에 송충이를 휙 넣어 버린 것이다.

앨런 목사님이 기도드리고 있는데 꺅꺅 날카로운 비명이 몇 번인가 터졌다. 앨런 목사님은 깜짝 놀라 기도를 멈추고 눈을 휘둥그레 떴다. 사람들은 모두 머리를 번쩍 쳐들었다. 로레타 화이트는 미친 듯이 옷 뒤를 잡고 자기 자리에서 펄쩍펄쩍 뛰었다.

"어머나, 엄마, 엄마! 잡아줘요. 빨리, 빨리…… 저 나쁜 남자애가 내 등에 벌레를 넣었어요…… 엄마! 밑으로 내려갔어요! 아악! 아아악!"

화이트 부인은 굳어진 얼굴로 자리에서 일어나, 몸부림치며 소리를 지르는 로레타를 데리고 밖으로 나갔다. 이윽고 로레타의 비명이 멀어지고 앨런 목사님은 예배를 계속 진행했다. 그러나 사람들은 오늘의 예배가 엉망이 되었음을 느꼈다. 난생처음 마릴라는 성경 말씀이 귀에 들어오지 않았으며 앤도 부끄러움에 새빨개진 얼굴을 푹 숙인 채 조용히 앉아 있었다.

마릴라는 서둘러 집으로 돌아가자마자 데이비에게 침대 속에 들어가서 하루 종일 한 발짝도 나오지 말라고 명령했다. 점심도 우유와 빵뿐이었다. 앤이 그것을 들고 들어가 힘없이 데이비 옆에 앉았다. 데이비는 뉘우치는 낯빛도 없이 맛있게 먹었지만 앤의 슬픈 눈이 마음에 걸렸다.

"폴 어빙이라면 교회에서 여자아이의 목에 송충이를 집어넣지 않겠지?"

데이비가 눈치를 보면서 말하자 앤은 고개를 끄덕이며 안타까운 듯이 대답했다.

"그렇고말고."

"그렇다면 나도 그런 짓 하지 말걸. 하지만 엄청 큰 송충이였어. 교회 층계에서 보이길래 주머니에 넣었어. 그런 것을 써먹지 못하면 아깝잖아. 게다가 그 애가 마구 소리 지를 때 재미있지 않았어?"

화요일 오후 그린게이블즈에서 교회 후원회 모임이 있었다. 마릴라를 돕기 위해 앤은 학교에서 서둘러 돌아왔다. 도라는 빳빳하게 풀을 먹인 하얀 옷에 허리에는 까만 리본을 매고 후원회 회원들 틈에 끼어 얌전히 응접실에 앉아 있었다. 누가 말을 걸면 차분하게 대답하고 말을 걸지 않으면 조용히 앉아 있는 모범적인 어린이다운 행동을 보이고 있었다. 그러나 데이비는 뒤뜰에서 흙투성이가 되어 행복한 듯이 흙장난을 하며 나뒹굴고 있었다.

마릴라는 고개를 절레절레 흔들며 말했다.

"내가 나가서 놀라고 했다. 저렇게 하도록 두면 더 심한 장난은 하지 않겠지. 기껏해야 더러워지기밖에 더하겠니. 저 애는 놀게 내버려두고 우리끼리 저녁을 먼저 먹자. 도라는 우리와 함께 있어도 되지만 데이비는 도저히 손님들과 같은 탁자에 앉힐 엄두가 나지 않아."

앤이 손님들을 식당으로 안내하려고 응접실에 갔더니 도라의 모습이 보이지 않았다. 재스퍼 부인이 데이비가 현관으로 와서 도라를 데리고 나갔다고 일러주었다. 마릴라와 짧게 의논한 끝에 아이들은 나중에 먹이기로 했다.

식사가 반쯤 끝났을 때 식당으로 힘없이 들어오는 아이가 있었다. 마릴라와 앤은 낭패와 경악이 뒤섞인 눈으로 아이를 바라보았고 손님들은 깜짝 놀라 눈을 크게 떴다. 이 아이가 설마 도라란 말인가? 흠뻑 젖은 옷과 머리에서 물이 뚝뚝 떨어져 식당에 새로 깔아놓은 동전무늬 깔개를 더럽히며 엉엉 울고 서 있는, 누구인지 알아볼 수도 없는 몰골의 저 아이가 정말 도라일까?

앤은 꺼림칙한 마음으로 재스퍼 부인을 흘끗 쳐다보며―부인의 가족은 예의범절에 한 치도 어긋나는 행동을 하지 않는 것으로 유명했다―외쳤다.

"도라, 웬일이니? 무슨 일이야?"

"데이비가 나더러 돼지우리 울짱 위를 걸어가라고 했어. 싫다고 했더니 나를 겁쟁이 고양이라고 손가락질하면서 놀렸어. 그래서 울짱 위를 걸어가다가 돼지우리 속에 떨어져 옷이 모두 더러워졌어. 놀란 돼지들이 내 위로 막 뛰어갔거든. 옷이 지저분하게 되었는데 데이비가 깔깔거리며 펌프 밑에 서 있으면 깨끗이 빨아주겠다고 해서 그렇게 했더니 물을 머리에서부터 마구 끼얹었어. 옷은 조금도 깨끗해지지 않았고 리본도 구두도 모두 엉망진창이 되고 말았어."

그리하여 앤이 남아서 손님 접대를 하고 마릴라는 2층으로 올라가 도라에게 옷을 갈아입혔다. 데이비는 붙잡혀 저녁도 굶은 채 침대 속에 들어가 나오지 못하는 벌을 받았다. 어둑어둑 땅거미가 질 무렵 앤은 데이비의 방에 가서 차근차근 타일렀다. 비록 결과가 매번 효과를 입증하지는 못했지만 앤은 그것이 가장 좋은 방법이라고 믿었다. 앤은 데이비가 그런 심한 장난을 해서 견딜 수 없이 가슴 아프다고 말했다.

데이비도 잘못을 인정했다.

"지금은 나도 잘못했다고 생각하지만, 꼭 하고 난 다음에만 그런 생각이 들고, 무슨 짓을 저지르는 그 순간에는 나쁘다는 생각이 안 들어. 도라가 옷이 더러워진다며 함께 흙장난을 하기 싫다는 거야. 그래서 화가 막 났어. 폴 어빙이라면, 떨어질 게 뻔한데도 누이더러 돼지우리 울짱 위를 걸으라고 하지 않겠지?"

"그럼, 생각조차 하지 않을 거야. 폴은 진짜 신사니까."

데이비는 눈을 꼭 감고 잠시 동안 이 점에 대하여 곰곰이 생각하는 듯했다. 이윽고 데이비는 몸을 일으켜 앤의 목을 끌어안고 발그레해진 얼굴을 앤의 어깨에 파묻으며 말했다.

"누나, 나는 폴처럼 착한 아이가 아니지만 아주 조금만이라도 나를 좋아해 주면 안 돼?"

앤은 진심으로 말했다.

"물론 좋아하고말고."

악동임에도 귀여운 데이비에게 앤은 애정을 주지 않을 수가 없었다.

"하지만 네가 지금 같은 장난을 하지 않는다면 더욱 사랑하게 될 거야."

데이비는 목소리를 낮추어 말했다.

"나, 실은…… 오늘 또 한 가지 나쁜 짓을 했어. 지금은 잘못했다고 생각하는데 누나한테 말하기가 무서워. 너무 야단치면 싫어. 그리고 아줌마한테 이르지 마."

"그건 모르겠는데, 데이비. 아마 말해야 될 수도 있어. 무슨 짓을 했건 두 번 다시 하지 않겠다고 약속하면 비밀을 지켜줄게."

"응, 앞으로는 절대 안 할게. 그리고 올해는 이제 그런 놈을 또 잡을 수도 없을 거거든. 내가 지하실 층계에서 잽싸게 잡았어."

"데이비, 무슨 짓을 했니?"

"아줌마 침대에 두꺼비를 넣었어. 지금 가서 꺼내 와도 되지만, 누나, 그대로 두는 게 재미있지 않을까?"

"데이비 키스!"

앤은 매달려 있는 데이비를 뿌리치고 벌떡 일어나 마릴라의 방으로 달려갔다. 침대를 보니 이불의 한 부분만 살짝 불룩하게 올라와 있었다. 가슴을 두근거리면서 이불을 확 들췄더니 과연 베개 아래쪽에서 두꺼비가 이쪽을 올려다보며 눈을 껌벅이고 있었다.

"저 징그러운 걸 어떻게 꺼내서 옮기지?"

앤은 소름이 쫙 끼쳤다. 난로의 재를 긁어내는 부삽이 퍼뜩 떠올라 부엌으로 살금살금 내려가, 식료품 저장실에서 바쁘게 일하고 있는 마릴라가 알아차리지 못하는 사이 살짝 가지고 올라왔다. 그러자 이번에는 두꺼비를 밖으로 내보내느라 애를 먹었다. 두꺼비는 세 번이나 부삽에서 펄쩍 뛰어내렸고, 한번은 현관 복도에서 녀석을 아주 놓쳐버렸다고 생각하기도 했다. 가까스로 다시 찾아내 벚나무 과수원에 풀어주고 나서야 앤은 안도의 숨을 쉬었다.

"만일 마릴라가 알았다면 평생 다시는 침대에서 마음 놓고 잘 수 없었을 거야. 어린 죄인이 그나마 미리 참회를 해주어서 천만다행이었어. 어머나, 다이애나가 창문에서 신호를 보내고 있네. 아, 반가워라. 기분전환이 좀 필요해. 학교에서는 앤서니 파이, 집에서는 데이비 키스를 감당하려니 내 신경도 오늘은 더는 못 버티겠어."

색깔 논쟁

"그 성가신 레이철 린드 할멈이 오늘 또 와서 교회 성구실(聖具室)에 깔 카펫을 사기 위한 돈을 기부하라며 나를 들볶고 갔소."

해리슨 씨는 화나서 참을 수 없는 듯 벌게진 얼굴로 말했다.

"나는 그런 여자가 딱 질색이오. 설교며 성경 구절이며 주석이며 실생활에서 지켜야 할 것들까지 말 여섯 마디에 죄다 욱여넣어서는 벽돌을 집어 던지듯 마구 내뱉고 간다니까."

앤은 잿빛 11월 해 질 녘의 잔잔한 하늬바람을 즐기며 베란다 끝에 고요히 앉아 있었다. 바람은 막 갈아엎은 밭을 지나 뜰 아래 비탈에 휘어진 전나무를 연주하듯이 사르륵사르륵 흔들며 지나갔다. 앤은 꿈꾸는 듯한 얼굴로 해리슨 씨를 바라보았다.

"문제는 해리슨 씨와 린드 아주머니가 서로를 이해하지 못한다는 거예요. 사람이 사람을 좋아하지 않게 되는 원인은 모두 거기에 있어요. 나도 처음에는 린드 아주머니를 싫어했지만 어떤 사람인지 알게 된 뒤로는 좋아졌어요."

"어떤 사람한테야 린드 부인이 자꾸 접할수록 좋아지게 되는 그런 사람일 수도 있소. 하지만 나는 어디까지나 내가 좋아서 먹으면 먹지, 억지로 먹다 보면 좋아지게 될 거라고 누가 말을 해서 바나나를 꾸역꾸역 먹지는 않소."

성난 해리슨 씨는 한마디 한마디 씹어뱉듯이 말했다.

"상대를 이해하라고? 그 여자가 참견 잘하기로 소문난 여자라는 건 이미 잘 이해하고 있소. 본인한테도 대놓고 얘기했고."

"어머나, 아주머니의 기분이 몹시 상했겠네요. 어떻게 그런 말을 할 수 있으세요? 나도 몇 년 전에 아주머니에게 심한 말을 한 적이 있지만 그때는 울컥 치미는 화를 못 눌렀기 때문이었죠. 일부러 그런 말을 대놓고 하다니, 난 도저히 할 수 없는 행동이에요."

"있는 그대로의 사실이고, 나는 누구한테건 진실을 말하자는 주의요."

"하지만 사실을 모두 말한 건 아니잖아요. 불쾌한 면만 골라서 말한 거죠. 이를테면, 제 머리카락이 빨갛다는 말은 여러 번 했지만 제 코가 예쁘다는 말은 한 번도 안 했잖아요."

해리슨 씨는 껄껄 웃었다.

"말하지 않아도 잘 알고 있을 텐데요."

"제 머리카락이 빨갛다는 것도 잘 알고 있어요. 그래도 전보다 훨씬 짙어졌어요…… 그러니까 그 말도 굳이 제게 할 필요가 없어요."

"알았소, 알았소. 그렇게 마음 상한다면 다시는 말하지 않도록 조심하겠소. 나를 너그러이 좀 봐줘요, 앤. 남 기분 신경 안 쓰고 툭툭 말하는 게 버릇이 되어버렸으니까 듣는 사람이 그냥 내 말에 신경을 쓰지 말아야 돼."

"하지만 아무리 버릇이라도 마음이 상하지 않을 수 없어요. 만일 어떤 사람이 바늘이나 핀으로 다른 사람들을 쿡쿡 찌르고 다니면서 '너그러이 봐주세요, 언짢아하지 마세요, 이것은 내 버릇이니까요.' 하고 말한다면 미친 사람이라고 생각하겠죠. 안 그래요?

린드 아주머니는 확실히 남의 일에 참견하기를 좋아하지만 늘 따뜻한 마음으로 가난한 사람을 도와주세요. 아마 그런 말은 안 하셨겠죠? 티머시 코튼이 아주머니가 우유를 가공하는 방에서 버터 한 단지를 몰래 훔쳐가지고 가놓고 부인에게는 린드 아주머니한테 사왔다고 거짓말을 했을 때에도 아주머니는 아무 말 하지 않았어요. 코튼 부인이 나중에 린드 아주머니를 만났을 때 그 버터에서 순무 맛이 난다고 투덜댔는데도 아주머니는 그저 맛없게 만들어져서 미안하다고 말했을 뿐이에요."

해리슨 씨는 마지못해 양보했다.

"그야 그 사람에게도 좋은 점이 조금 있겠죠. 대부분의 사람이 다 그렇소. 나만 해도 좋은 점이 있소. 아마 앤은 잘 모를 테지만 말이오. 아무튼 그 카펫을 위해서는 한 푼도 기부할 생각이 없소. 이 마을에서는 노상 사람들로부터 돈을 뜯어갈 생각만 한다니까. 그 공회당을 다시 칠한다는 일은 잘 진행되고 있소?"

"잘 되어가고 있어요. 지난주 금요일 밤에 개선회 모임이 있었는데, 돈이 많이 모여 공회당을 다시 칠하고 지붕까지도 새로 일 수 있게 되었어요. '대부분' 사람들이 후하게 기부해줬거든요."

앤은 마음씨 착한 아가씨였지만 이때만은 조금 짓궂게 '대부분'이라는 말에 힘주어 말했다.

"색깔은 무엇으로 할 작정이오?"

"싱그러운 초록색으로 결정했어요. 지붕은 맨드라미처럼 진한 자주색이고요. 오늘 로저 파이 씨가 샬럿타운에 나가 페인트를 사다주기로 되어 있어요."

"일은 누가 맡았소?"

"카모디의 조슈아 파이 씨예요. 아마 지붕 이는 일은 거의 끝났을 거예요. 그 사람에게 맡기지 않을 수 없었어요. 파이 집안사람들이—다 합치면 네 가구나 되는데—조슈아에게 일을 맡기지 않으면 한 푼도 안 내겠다고 말했거든요. 파이 집안에서 기부한 돈이 자그마치 12달러나 되니 그 요구를 받아들이지 않을 수 없었죠.

파이 집안사람들의 요구를 순순히 들어줬다고 못마땅해하는 사람도 더러 있었어요. 그 사람들은 무슨 일이든 자기들 마음대로 휘두르고 싶어한다고 린드 아주머니도 말했고요."

"문제는 조슈아가 일을 잘하느냐 어떠냐요. 일만 잘하면 그 이름이 파이든 푸딩이든 상관없잖소."

"기술은 좋다는 평판이에요. 몹시 별나다는 소문이 있지만요. 거의 말을 하지 않는대요."

해리슨 씨가 웃지도 않고 언짢은 투로 말했다.

"별나다면 별나군요. 어쨌든 이 동네에서는 그런 소리를 듣겠네요. 나도 애번리로 오기 전에는 그리 말이 많은 편이 아니었는데 여기서는 자기방어를 위해 자연히 지껄이지 않을 수 없게 되었소. 그렇지 않으면 린드 부인이 내가 말을 못 하는 줄 알고 나한테 수어를 가르치기 위한 모금운동을 벌일지도 모르니 말이오.

아니, 벌써 가요, 앤? 좀 더 있어도 괜찮은데."

"그럴 수가 없어요. 오늘 밤 도라의 옷을 꿰매주어야 해요. 게다가 데이비가 또 무슨 장난을 쳐서 마릴라를 애먹이고 있을지도 몰라요.

오늘 아침 일어나자마자 걔가 무슨 소릴 했는지 아세요? '밤은 어디로 가는지 가르쳐줘, 누나.' 하기에 '밤은 지구 반대편으로 갔단다.'라고 말해주었는데, 아침을 먹고 나서 '그렇지 않아, 우물 속으로 들어갔어.' 하고 우기더군요. 더군다나 밤이 있는 곳으로 가겠다며 우물에 매달려서 몸을 우물 속으로 들이미는 것을 마릴라가 오늘 네 번이나 붙잡았대요."

"그 애는 정말 말썽꾸러기요. 어제는 우리 집에 와서 내가 헛간에 있는 동안 진저의 꽁지에서 깃을 여섯 개나 뽑았어요. 가엾은 진저 녀석은 그때부터 지금까지 풀이 죽어 있소. 그 애들을 맡게 되어 참으로 성가시겠소."

"원래 가치 있는 일에는 얼마쯤 고생이 따르기 마련이죠."

앤은 마음속으로 다음에 데이비가 어떤 장난을 치더라도 한 번은 봐주겠다고 다짐했다. 진저에게 복수를 해주었기 때문이다.

그날 밤 로저 파이는 공회당에 칠할 페인트를 사가지고 왔으며, 다음 날 무뚝뚝하고 말 없는 조슈아 파이는 일을 하기 시작했다. 그의 작업에 방해가 될 만한 사람은 아무도 없었다. 공회당은 '아랫길'에 있었고, 늦가을에는 언제나 길이 질어 카모디로 가는 사람들은 다소 돌아가더라도 '윗길'로 다녔기 때문이다. 공회당은 울창한 전나무숲에 에워싸여 있어 아주 가까이까지 가지 않으면 보이지 않았다. 조슈아 파이는 마음껏 고독을 즐기며 조용히 페인트칠을 했다. 금요일 오후 조슈아 파이는 페인트칠을 다 마치고 카모디로 돌아갔다.

작업이 끝나자마자, 새로 단장된 공회당이 얼른 보고 싶어 레이첼 린드 부인이 진창을 무릅쓰고 '아랫길'로 마차를 몰고 왔다. 가문비나무의 길모퉁이를 돌자 공회당이 보였다.

흘끗 공회당을 보고 난 린드 부인은 말고삐를 놓치고 두 손으로 얼굴을 감싸며 외쳤다.

"맙소사! 저게 뭐야!"

린드 부인은 자신의 두 눈을 믿을 수 없다는 듯이 손등으로 비비고 다시 한 번 뚫어지게 보다가 미친 사람처럼 웃기 시작했다.

"무슨 착오가 생긴 거야, 틀림없어. 파이네 사람들이 분명 무슨 일을 저지를 줄 알았어."

 린드 부인은 돌아가는 길에 몇몇 사람과 마주쳤는데, 그때마다 마차를 세우고 공회당 이야기를 했다. 소식은 들불처럼 삽시간에 퍼졌다. 집에서 교과서를 열심히 들여다보고 있던 길버트는 저녁때 아버지의 고용인으로부터 그 소식을 듣고 앤을 만나러 가기 위해 집을 나섰다. 도중에 프레드 라이트를 마주쳐 함께 그린게이블즈로 헐레벌떡 달려왔다. 그린게이블즈 뒤뜰의 대문가에는 다이애나와 제인, 그리고 앤이 절망한 얼굴로 잎이 모두 진 버드나무 밑에 서 있었다.

 길버트가 외쳤다.

 "설마 아니겠지, 앤?"

 "아니, 사실이야."

 앤은 비극의 여신과도 같은 모습이었다.

 "린드 아주머니가 카모디에서 돌아오는 길에 들러서 알려주셨어. 정말 큰일 났어! 개선하려 했는데 더 나빠져버렸어."

 바로 그때 나타난 올리버 슬론이 물었다.

 "뭐가 큰일 났다는 거야?"

 그는 마릴라가 샬럿타운에서 사다달라고 부탁했던 모자 넣는 종이상자를 가지고 오는 참이었다.

 제인은 분해서 견딜 수 없다는 듯이 투덜거렸다.

 "아직 못 들었니? 조슈아 파이가 공회당에 초록색이 아니라 파랑 페인트를 칠했대. 짐마차나 손수레에 칠하는 그 선명한 파란색을 말이야. 린드 아주머니가 그랬는데, 건물에 칠하는 색으로 그토록 이상한 빛깔은 실제로 본 적도, 상상해본 적도 없대. 게다가 지붕이 짙은 빨강이어서 더 흉측해 보이더래. 이 말을 들었을 때 나는 기절할 뻔했어. 우리가 그토록 애써서 이뤄놓은 일이 이렇게 되다니 가슴이 찢어질 것 같아."

다이애나가 탄식했다.

"대체 어쩌다가 이런 일이 일어났을까?"

이 불행한 사건의 책임은 파이 집안에 있었다. 개선회원들은 모든 해리스사의 페인트를 쓰기로 했는데, 페인트는 색깔에 따라 저마다 번호가 매겨져 있었다. 사는 사람은 색깔 카드를 보고 페인트 색을 택한 뒤 거기에 매겨진 번호로 주문하게 되어 있던 것이다. 로저 파이 씨가 샬럿타운으로 나가는 길에 페인트를 사다주겠다고 했다. 그래서 아들 존 앤드루를 시켜 개선회원들에게 심부름을 보냈다. 회원들은 그들이 바라는 초록색이 147번이었으므로 그것을 사다달라고 부탁했다. 존 앤드루는 그대로 전했다고 했지만 로저 파이 씨는 분명히 아들이 157번이라고 말했다고 끝까지 주장했다. 두 사람은 끝까지 자신의 주장을 고수했기에 책임 소재는 끝내 밝혀지지 않았다.

그날 밤 개선회원들이 있는 집은 집집마다 몹시 의기소침한 분위기였다. 그린게이블즈에도 너무 침울한 공기가 감돌아 데이비조차 얌전하지 않을 수 없었다. 앤은 마릴라가 아무리 다독여도 울음을 멈추지 않았다.

"아무리 내일모레 17살이라 해도 울지 않을 수 없어요, 마릴라. 이토록 굴욕적인 일은 또 없을 테니까요. 이 사건은 우리 개선회의 죽음을 고하는 종소리와 같아요. 우리 개선회는 두고두고 웃음거리가 되어 없어지겠죠."

그러나 현실에서도 꿈에서와 마찬가지로 일이 반대로 나타나는 경우가 흔히 있다. 정작 애번리 사람들은 웃지 않았다. 화가 나서 웃음도 나오지 않았던 것이다. 공회당 칠을 하는 돈을 자기들이 냈는데 이런 어처구니없는 착오가 생겼으니 모두가 부당한 일을 당했다고 여겼다.

모든 노여움의 화살은 파이 집안으로 몰렸다. 실패의 원인은 무엇보다 로저 파이와 존 앤드루에게 있었고, 조슈아 파이 역시, 통을 열어 페인트 색깔을 보았을 때 잘못을 알아차리지 못했다면 어지간한 멍청이라고 사람들은 흉보았다. 이런 비난을 받자 조슈아는 조슈아대로 애번리 사람들의 색깔에 대한 취향이 어떻든 자기가 아랑곳할 필요가 있느냐, 자기는 공회당에 페인트칠을 하기 위해 고용되었지 색깔에 대해 논하기 위해 고용된 것이 아니니 한 일에 대해 대가를 받아야겠다고 받아쳤다.

개선회원들은 치안판사 피터 슬론 씨와 의논한 끝에 눈물을 머금고 조슈아에게 품삯을 주었다.

피터는 개선회원들에게 말했다.

"치를 수밖에 없소. 이 잘못의 책임을 조슈아에게 돌릴 수는 없소. 무슨 색깔이어야 한다는 말은 한마디도 못 들었고 그저 칠하라는 말만 들었다고 주장하고 있으니까요. 어쨌든 그 공회당이 보기 흉하게 변해버린 것은 정말 안타까운 일이오."

운 나쁜 개선회원들은 애번리 사람들이 자신들의 노력을 지금까지보다 더 비웃을 거라고 생각했다. 그러나 뜻밖에도 마을 사람들 사이에서 개선회원들에 대한 동정이 일었다. 사람들은 이 의욕 넘치는 젊은이들의 작은 집단이 좋은 뜻을 위해 그토록 열심히 애썼는데도 몹쓸 일을 당한 것을 가엾게 여겼다.

린드 부인은 개선회원들에게 일을 그대로 계속 밀고 나가라, 이 세상에는 일을 포기하지 않고 끝까지 훌륭하게 해내는 사람들도 있음을 파이 집안에 보여 주어야 한다고 격려했다.

메이저 스펜서 씨는 자기네 밭 앞 큰길가에 있는 나무 그루터기를 모조리 뽑아버리고 자기 돈으로 잔디씨를 뿌리겠다는 뜻을 전해왔으며, 어느 날 하이럼 슬론 부인이 학교를 찾아와 앤에게 할 얘기가 있는 듯 입구에서 손짓을 했다. 슬론 부인은 개선회원들이 봄이 되어 네거리에 제라늄 꽃밭을 만들게 된다면, 자기 집 소가 짓밟지 않도록 조심할 테니 아무 걱정하시 말라고 말했다.

해리슨 씨조차도 뒤에서는 껄껄거리고 웃었지만—해리슨 씨가 웃는 일이 있다는 건 아무도 상상하지 못했겠지만—겉으로는 몹시 동정해 주었다.

"너무 신경 쓸 것 없소, 앤. 페인트란 시간이 갈수록 색깔이 흉해지는 법인데, 그 색깔은 처음부터 흉하니 오히려 차츰 바래면서 더 좋아질지도 몰라요. 지붕은 새로 말끔히 이었으니 됐잖소. 이제부터는 비가 새지 않는 공회당에 앉을 수 있고, 그것만으로도 큰 성과라고 할 수 있소."

앤은 비통한 표정으로 말했다.

"하지만 애번리의 파란 공회당이라는 말이 나오기만 하면 앞으로 두고두고 이 부근 마을 사람들의 웃음거리가 될 거예요."

유감스럽지만 이 비통한 예측만큼은 빗나가지 않았다.

꾸러기 데이비

 11월의 어느 오후, 앤은 학교에서 자작나무길을 지나 집으로 돌아오며 인생은 정말 멋진 것이라고 새삼스럽게 느꼈다. 그날은 정말 좋은 하루였다.
 앤의 작은 왕국에서는 모든 일이 순조롭게 되어나갔다. 싱클레어 도넬은 한 번도 남자아이들과 자기 이름 때문에 싸움에 휘말리지 않았고, 프릴리 로저슨은 이가 아파 얼굴이 몹시 부어 옆에 앉은 남자아이들을 한 번도 곁눈질하지 않았다. 바버라 쇼는 딱 한번—작은 통의 물을 엎지르는—실수를 했을 뿐이었다. 그리고 앤서니 파이는 학교에 나오지 않았다.
 "올 11월은 참으로 행복한 달이야!"
 앤은 소리 내어 말했다. 어릴 때부터 혼잣말을 하던 버릇이 아직 남아 있었다.
 "대개 11월은 늘 싫었는데…… 마치 얼마 안 남은 한 해가 갑자기 자기가 늙어버렸다고 느끼고 울고불고하는 듯한 달이었는데, 올해는 정말 우아하게 나이를 먹는 것 같아. 머리가 희어지고 주름이 생겨도 매력적이라는 것을 알고 있는 고상한 노부인처럼 말이야.
 날마다 즐거운 날이 이어지고 저녁놀도 아름다워. 지난 2주일 동안 더할 나위 없이 평화로웠지. 데이비조차 얌전했을 정도니까. 그 아이는 훨씬 좋아진 것 같아.

 오늘은 숲이 참 조용하네…… 우듬지를 스치는 바람 소리 말고는 아무 소리도 들려오지 않아. 바람 소리가 마치 저 먼 바닷가에서 물결치는 파도 소리처럼 들려오네. 아, 나는 숲이 좋아! 아름다운 나무들이여! 나는 너희들 한 그루 한 그루를 진심으로 사랑하는 친구란다."

 앤은 걸음을 멈춰 앙증맞은 어린 자작나무를 두 팔로 안고 크림빛에 가까운 하얀 줄기에 입을 맞추었다. 오솔길 모퉁이를 돌아오던 다이애나가 앤을 보고 소리 내어 웃었다.

 "앤, 너는 어른인 척하지만 혼자 있을 때는 여전히 소녀로구나."

 앤은 들뜬 표정을 지었다.

 "그럼, 누구도 어린 소녀로 살아가던 버릇을 단번에 떨어낼 수는 없어. 14년이나 아이로 있다가 어른 비슷하게 된 지 겨우 3년밖에 안 됐으니까. 아마 난 숲 속에서는 언제까지나 아이가 될 것 같아.

 이렇게 학교에서 집으로 걸어올 때가 내가 꿈꿀 수 있는 유일한 시간이야. 잠들기 전 30분 동안 말고는 가르치고, 공부하고, 마릴라를 도와 쌍둥이를 돌보느라 너무 바빠 잠시도 공상에 젖을 시간이 없어.

 하지만 밤마다 잠자리에 들면 잠시 동안은 아주 멋진 모험을 하곤 해. 나 자신을 어떤 화려하게 성공한 인물로 상상하는 거야. 유명한 오페라 가수라든가 적십자 간호사라든가 여왕이 되어보지.

 어젯밤에는 여왕이 되었어. 자기가 여왕이라고 상상하는 건 멋진 일이야. 상상 속 여왕은 부담이란 하나도 없이 다만 유쾌한 일만 겪어도 되니까. 그리고 그만두고 싶을 경우엔 상상만 멈추면 언제든지 그만둘 수 있지. 현실에서는 그럴 수 없는데 말이야.

그리고 숲에서는 전혀 다른 방향의 상상을 해. 늙은 소나무 줄기에 사는 나무의 요정이나 메마른 낙엽 밑에 숨어 사는 갈색의 작은 요정이라고 상상하지. 내가 입 맞춘 자작나무는 내 자매야. 다만 그것은 나무고 나는 여자아이라는 점이 다를 뿐이지. 하지만 그건 큰 차이가 아니야. 어디 가니, 다이애나?"

"딕슨 씨 댁에 가는 길이야. 앨버타에게 새 옷을 재단하는 일을 도와주겠다고 약속했거든. 이따가 너도 와. 그리고 나랑 같이 걸어서 돌아가면 되지 않겠니?"

앤은 시치미를 뚝 떼고 말했다.

"그래, 가도록 해 볼게…… 프레드 라이트가 샬럿타운에 가고 없으니까."

다이애나는 얼굴이 빨개져 새침하게 고개를 돌리고 걷기 시작했으나 그리 화난 것 같지는 않았다.

앤은 그날 밤 정말로 딕슨네에 갈 작정이었는데 가지 못했다. 그린게이블즈에 닿으니 그런 것은 싹 잊어버릴 만한 사태가 벌어져 있었다. 몹시 흥분한 마릴라는 뒤뜰에서 서성이며 앤을 기다리고 있었다.

"앤, 어쩌면 좋으니? 도라가 없어졌어."

"도라가 없어졌다고요?"

앤은 데이비를 보았다. 데이비는 대문에 데룽데룽 매달려 몸을 흔들며 재미있는 듯 눈을 반짝이고 있었다.

"데이비, 도라가 어디 있는지 모르니?"

"응, 몰라. 점심 먹고 나서부터 죽 못 봤어. 하늘에 대고 맹세해."

데이비가 자신만만하게 말했다.

"나는 1시부터 내내 집을 비웠단다. 토머스 린드가 갑자기 아파서 레이철이 급히 좀 와달라고 연락했거든. 내가 나갈 때 도라는 부엌에서 인형을 가지고 놀았고 데이비는 헛간 뒤에서 흙장난을 하고 있었어. 30분쯤 전에 돌아와 보니 도라가 보이지 않는 거야. 데이비는 내가 나간 다음부터 한 번도 도라를 못 보았다는구나."

데이비는 힘주어 딱 잘라 말했다.

"정말 못 봤어."

"이 부근 어딘가에 있을 거예요. 혼자 멀리 갈 리 없어요. 겁이 많은 아이니까요. 아마 어느 방에서 잠이 들었을지도 몰라요."

마릴라는 고개를 저었다.

"온 집안을 구석구석 다 찾아보았지만 없어. 집 밖 어느 건물 안에 있는지도 모르지."

두 사람은 미친 듯이 집 안이며 뜰이며 바깥의 창고며 헛간 안을 샅샅이 찾아보았다. 앤은 도라의 이름을 부르며 과수원과 '도깨비숲'을 헤맸다. 마릴라는 촛불을 들고 지하실을 뒤졌다. 데이비가 번갈아 두 사람 뒤를 따라다니며 도라가 있을 만한 곳을 여기저기 생각나는 대로 가르쳐주었다. 있을 만한 곳은 두루두루 다 찾아본 두 사람은 다시 뒤뜰에 갔다.

마릴라는 신음했다.

"귀신이 곡할 노릇이구나."

앤이 힘없이 중얼거렸다.

"대체 어디 있을까요?"

데이비가 싱글싱글 웃으며 말했다.

"아마 우물 속에 빠졌을지도 몰라."

앤과 마릴라는 겁먹은 얼굴로 동시에 서로 마주 보았다. 다른 곳을 이리저리 찾아보면서도 설마 그랬을까, 하는 생각이 줄곧 따라다녔지만 두 사람은 차마 그 생각을 입 밖에 낼 용기가 나지 않았다.

마릴라가 갈라진 목소리로 말했다.

"그…… 그럴지도 모르겠구나."

앤은 정신이 아찔해지며 속이 메슥거렸지만 얼른 우물가로 달려가 속을 들여다보았다. 안쪽 시렁에 양동이가 얹혀 있고 저 밑에서 움직이지 않는 물이 희미하게 반짝이는 것이 보였다. 커스버트네 우물은 애번리에서 가장 깊었다. 만일 도라가…… 앤은 도저히 더 이상 끔찍한 일을 생각할 수 없었다. 몸을 바들바들 떨며 앤은 우물가에서 뒤로 물러났다.

마릴라가 초조히 손을 꼭 쥐며 말했다.

"해리슨 씨 댁에 뛰어가서 좀 와달라고 해라."

"해리슨 씨도 존 헨리도 모두 없어요. 아까 시내에 나갔거든요. 배리 씨를 불러올게요."

배리 씨는 한 묶음의 긴 밧줄을 가져왔다. 밧줄 끝에는 끝이 뾰족한 갈고리가 달려 있었다. 배리 씨가 밧줄을 내려 우물을 뒤져보는 동안 마릴라와 앤은 두려움에 온몸이 얼어붙는 듯 오들오들 떨며 그 옆에 서 있었다. 데이비는 대문 위에 올라앉아 어른들의 모습을 장난기 어린 눈으로 바라보고 있었다.

마침내 배리 씨는 가슴을 쓸어내리며 고개를 저었다.

"여긴 아니네요. 어디로 갔을까? 별일도 다 있군요. 얘, 데이비, 정말 네 누이가 어디 갔는지 모르니?"

데이비는 억울하다는 듯 말했다.

"모른다고 10번도 넘게 말했잖아요. 부랑자가 도라를 데려갔나 봐요."

"끔찍한 소리 하지 마라."

마릴라는 우물 속에 없음을 알자 마음이 놓여 엄하게 데이비를 꾸짖었다.

그녀는 앤에게 말했다.

"앤, 그 애가 해리슨 씨 댁에 가지 않았을까? 네가 언제 한번 그 집에 데리고 갔다 온 다음부터 앵무새 이야기만 했잖니."

"도라가 혼자 먼 곳까지 갔을 것 같지 않지만 한번 가볼게요."

그때 아무도 데이비의 얼굴을 보지 않았다. 만일 보았더라면 데이비의 표정이 변하는 것을 뚜렷이 알아차렸을 것이다. 데이비는 살그머니 대문에서 내려와 통통한 다리로 쏜살같이 헛간 쪽으로 달려갔다.

앤은 별 기대는 하지 않고 혹시나 하는 마음에 밭을 지나 해리슨 씨 집으로 갔다. 집에는 자물쇠가 잠겨 있고 창에 덧문이 닫혀 있었으며 사람 그림자도 없었다. 앤은 베란다에 서서 큰 소리로 도라의 이름을 불렀다.

앤의 뒤쪽 부엌에서 진저가 새된 소리를 지르며 요란스럽게 아우성쳤다. 그 진저의 외침에 섞여 해리슨 씨가 연장창고로 쓰는 뒤뜰의 작은 건물에서 가냘픈 울음소리가 흘러나오는 것을 앤은 들었다. 급히 달려가 걸쇠를 풀고 들어가니 엎어놓은 못상자 위에 눈물범벅이 된 얼굴로 도라가 오도카니 앉아 있었다.

"어머나, 도라, 얼마나 걱정했는지 아니! 어째서 여기 있는 거야?"

도라는 흐느끼며 말했다.

"데이비랑 같이 진저를 보러 왔었어. 하지만 진저는 볼 수가 없었고, 데이비가 문을 쾅 걷어찼더니 진저가 막 나쁜 말 하는 소리만 들렸어. 그다음에 데이비가 나를 이리로 데려와 혼자 뛰어나가 문을 꼭 닫아버렸어. 아무래도 나갈 수가 없었어. 너무 무서워서 엉엉 울었어. 배고프고 너무너무 추워. 언니가 영영 안 오는 줄 알았어."

"데이비가?"

앤은 말문이 막혔다. 그저 무거운 마음으로 도라를 안고 집으로 돌아갔다.

도라를 무사히 찾았지만 데이비가 한 짓을 생각하니 마음이 아파서 무사히 도라를 찾은 기쁨도 어디론가 멀리 달아나고 말았다. 도라를 가둬놓은 것은 짓궂은 장난으로 봐줄 수도 있었다. 그러나 데이비는 그 뒤에 거짓말을 했다. 그것도 아주 냉혹한 거짓말을.

이 사실은 싫어도 인정해야 하는 끔찍한 사실이었고 앤은 이것을 그대로 눈감아줄 수가 없었다. 너무 낙담한 나머지 그 자리에 주저앉아 울고 싶은 심정이었다. 앤은 데이비를 깊이 사랑하게 되었다…… 얼마나 사랑하는지 지금에야 깨닫게 되었지만. 그런데 그런 데이비가 천연덕스럽게 거짓말을 했다고 생각하니 견딜 수 없는 슬픔이 북받쳐 올랐다.

마릴라는 말없이 앤의 이야기를 듣고 있었는데 그 태도는 폭풍전야와 같았다. 배리 씨는 웃으며 당장 데이비에게 벌을 주라고 말했다. 앤은 바들바들 떨며 우는 도라를 달래며 몸을 녹여주고 저녁을 먹인 다음 토닥여 잠자리에 들게 했다. 부엌으로 돌아가니 마릴라가 엄한 얼굴로 온통 거미줄투성이가 된 데이비를 억지로 잡아끌다시피 하여 데리고 들어오고 있었다. 데이비는 헛간의 가장 어두운 구석에 숨어 있다가 들켰던 것이다.

마릴라는 방 한복판 카펫 위에 데이비를 세워 놓고 자기는 동쪽 창가에 앉았다. 앤은 맥없이 서쪽 창가에 앉았으므로 어린 죄인은 두 사람 가운데에 서 있었다. 데이비는 마릴라에게 등을 돌리고 있었다. 겁먹은 듯 고분고분하게 움츠린 등이었다. 앤 쪽을 향한 얼굴은 좀 부끄러워하는 기색이 있기는 했지만 그 눈에는 우리는 친구가 아니냐는 듯한 눈빛이 깃들어 있었다. 나쁜 짓을 했으니 벌받을 각오야 되어 있지만 나중에는 앤도 함께 이 일에 대해 웃어줄 거라고 기대하고 있는 듯했다.

단순한 장난에 지나지 않는 경우라면 앤의 잿빛 눈동자에 웃음기가 감돌았을지도 모른다. 그러나 이번에 데이비가 한 짓은 더 추악하고 역겨운 어떤 것이었다.

"어쩌면 그런 행동을 할 수가 있니, 데이비."

앤이 목소리에 깃든 깊은 슬픔을 느꼈는지 데이비는 불안한 듯 우물거렸다.

"그냥 재미있을 거 같아서 그랬어. 여기는 늘 너무 심심하잖아. 누나랑 어른들을 깜짝 놀라게 해주면 모두 좋아할 것 같았거든. 난 정말 재미있었어."

얼마쯤 불안과 후회를 느끼기는 했지만 데이비는 아까의 일을 떠올리며 또 싱긋 웃었다.

앤은 더욱더 가슴 아파하며 말했다.

"하지만 너는 거짓을 말했잖아."

데이비는 어깨를 으쓱거리며 모르겠다는 표정이었다.

"거짓이 뭔데? 뻥치는 것 말이야?"

"그래, 진짜가 아닌 일을 진짜라고 말하는 것 말이야."

"응, 당연히 했지. 안 그러면 누나랑 다른 사람들이 깜짝 놀라지 않을 테니까 그럴 수밖에 없었어."

앤은 점점 커지는 놀라움과 어떻게든 슬픔을 누르려는 노력 사이에서 마음이 꿈틀대고 있는 걸 느꼈다. 그런데 전혀 반성할 기색이 없는 데이비의 태도로 인해 끝내 그녀는 더 이상 참을 수가 없었다. 커다란 눈물이 두 방울 앤의 눈에서 뚝뚝 떨어졌다.

"아, 데이비, 어쩌면 그럴 수 있니?"

앤의 목소리는 떨리고 있었다.

"그게 얼마나 나쁜 짓인지 모르겠니?"

데이비는 마음이 덜컹 내려앉았다. 누나가 울고 있다…… 자기가 누나를 울렸안. 데이비의 따뜻한 작은 가슴에 진심에서 우러나오는 후회가 파도처럼 밀려왔다. 데이비는 앤에게로 달려가 무릎에 몸을 던지고 앤의 목을 끌어안으며 울음을 터뜨렸다.

"나는 뻥치는 것이 나쁜 짓인 줄 정말 몰랐어. 어째서 나쁜 짓인지 몰랐어. 스프롯 아저씨네 아이들은 모두 맨날맨날 뻥을 쳤거든. 그리고 나서 하느님한테 대고 맹세까지 했는걸. 폴 어빙이라면 뻥을 치지 않겠지. 나도 폴 어빙처럼 착한 아이가 되어보려고 열심히 애썼는데, 이제 누나는 나를 절대 좋아하지 않겠지? 뻥치는 건 나쁘다고 누나가 가르쳐주었으면 좋았을걸. 누나를 울게 해서 미안해. 이제부터는 절대로 뻥을 치지 않을게."

데이비는 앤의 어깨에 매달려 엉엉 울었.

사정을 알게 된 앤은 안도의 기쁨을 느끼고 데이비를 꼭 껴안으며 그 곱슬거리는 머리 너머로 마릴라를 보면서 말했다.

"데이비는 거짓말하는 것이 나쁜 짓인 줄 몰랐어요, 마릴라. 앞으로는 무슨 일이 있어도 거짓말하지 않겠다고 약속한다면 이번만은 너그러이 용서해주어야 할 것 같아요."

데이비는 흐느끼며 열심히 말했다.

"다시는 하지 않을게. 뻥치는 것이 나쁜 짓이라는 걸 알았으니까. 만일 내가 다시 뻥을 치면 그때는……."

데이비는 알맞은 벌을 이것저것 궁리해보더니 덧붙였.

"산 채로 껍질을 벗겨도 좋아, 누나."

앤은 학교 선생님답게 타일렀다.

"뻥이라는 말은 쓰면 안 돼, 데이비. 거짓말이라고 해."

"어째서?"

바닥에 편안히 앉은 데이비는 눈물에 젖은 얼굴로 고개를 갸우뚱 기울이고는 물었다.

"뺑도 거짓말이라는 말과 똑같은 것 아니야? 가르쳐줘. 멋진 말이라고 생각하는데……."

"그건 속어라고 하는 상스러운 말이야. 아이가 속어를 쓰는 것은 좋지 않아."

데이비는 한숨을 쉬었다.

"해서는 안 되는 일이 너무 많아. 이렇게 많은 줄 몰랐어. 뺑…… 아 참, 아니지…… 거짓말해서는 안 된다니 재미없어. 하면 얼마나 재밌는데. 하지만 나쁘다니까 절대로 하지 않겠어. 오늘은 어떤 벌을 받아야 하는지 알려줘."

앤은 애원하듯 마릴라를 보았다.

마음이 약해진 마릴라는 말했다.

"이 아이에게 너무 심한 벌을 주고 싶지는 않구나. 아무도 이 아이에게 거짓말하는 것이 나쁘다고 일러준 사람이 없었고 그 스프롯네 아이들은 좋은 동무가 아니었으니까. 가엾은 메리는 너무 아파서 제대로 버릇을 가르치지 못했을 거야. 6살 난 아이가 자기 스스로 옳고 그름을 가려내기는 힘들었을 테지. 무엇이 올바른 일인지 전혀 모른다고 생각하고 처음부터 다시 시작해야겠구나.

하지만 도라를 가둬둔 데 대해서는 벌은 줘야 할 텐데. 나는 저녁을 안 주고 잠자리에 들게 하는 것밖에 생각나지 않는데 그건 벌써 너무 여러 번 했잖니. 달리 무슨 좋은 방법이 없겠니, 앤? 네 그 상상력을 활용하면 좋은 것이 떠오르지 않을까."

"하지만 벌준다는 것은 끔찍한 일이거든요. 내가 상상하고 싶은 것은 유쾌한 일뿐이에요."

앤은 데이비를 꼬옥 끌어안았다.

"그러지 않아도 이 세상에는 불쾌한 일들이 차고 넘칠 만큼 많으니까 더 이상 상상할 필요가 없죠."

결국 데이비는 늘 그랬듯이 저녁을 굶은 채 침실에 들어가 그다음 날 정오까지 침대에서 나오지 않는 벌을 받기로 했다. 데이비는 혼자 뭔가 깊이 생각한 것이 있었는지, 앤이 잠시 뒤 자기 방으로 올라가려니 그녀를 나직이 부르는 소리가 들려왔다. 가 보니 데이비는 침대 위에 앉아 무릎에 두 팔꿈치를 세우고 양손으로 턱을 괴고 있었다.

데이비는 진지하게 말했다.

"누나, 어떤 사람이든 뻥…… 거짓말을 해서는 안 돼? 가르쳐줘."

"안 되고말고."

"어른도 안 돼?"

"음, 안 되지."

데이비는 딱 잘라 말했다.

"그렇다면 아줌마는 나쁜 사람이야. 분명 거짓말했으니까. 그리고 아줌마는 나보다 훨씬 더 나빠. 나는 그것이 나쁜 짓인 줄 몰랐지만 아줌마는 알고 있었으니까."

앤은 분개했다.

"데이비 키스, 마릴라는 지금까지 거짓말한 적이 한 번도 없어."

데이비는 아주 불만이라는 듯이 볼멘소리로 말했다.

"아니야, 거짓말했어. 지난 화요일에 나한테 만일 기도드리지 않으면 무서운 일이 일어난다고 했어. 나는 어떤 일이 일어나는지 보고 싶어서 1주일이나 기도를 드리지 않았는데 아무 일도 안 일어났잖아."

앤은 웃음이 풋 터져 나올 뻔했지만 웃어서는 안 된다고 여겨 꾹 참으며 마릴라의 명예회복에 나섰다.

앤은 엄숙한 얼굴로 말했다.

"어머나, 데이비 키스, 오늘이야말로 너에게 무서운 일이 일어났잖니?"

데이비는 미심쩍다는 표정을 짓고 아주 깔보듯 말했다.

"누나는 내가 저녁을 쫄쫄 굶고 자야 하는 벌을 말하는 거지? 하지만 그건 하나도 무섭지 않아. 물론 좋지는 않지만 여기에 온 다음부터 그 벌을 너무 여러 번 받아서 익숙해졌는걸. 그리고 나한테 저녁을 안 준다고 해서 아줌마도 좋을 게 하나도 없을걸. 내가 아침에 두 배나 더 많이 먹으니까 결국 똑같은 만큼 먹잖아."

"네가 침대에서 꼼짝하면 안 되는 일이 아니라 오늘 네가 거짓말했다는 사실을 말하는 거야. 알겠니, 데이비?"

앤은 침대 발치에서 안쪽으로 몸을 내밀며 비난하듯 죄인에게 손가락질을 해 보였다.

"남자아이가 거짓말하는 것처럼 나쁜 짓은 없어. 그거야말로 너처럼 어린아이에게는 가장 무서운 일이라고 할 수 있어. 그러니까 마릴라는 사실을 말한 거야. 알겠니, 데이비?"

데이비는 시시하다며 뾰로통한 얼굴로 말했다.

"그렇지만 난 그 무서운 일이 어떤 짜릿한 것인 줄 알았어."

"네가 어떻게 생각했든 마릴라 탓이 아니야. 나쁜 일이 늘 짜릿하기만 한 건 아니란다. 기분 나쁘고 지독히 어리석은 일이 대부분이지."

데이비는 자기 무릎을 끌어안으며 말했다.

"하지만 아줌마와 누나가 허둥지둥 우물을 들여다볼 때는 아주 재미있었어."

앤은 겨우 웃음을 참고 아래층으로 내려가 거실의 소파에 쓰러지듯 앉아 옆구리가 아프도록 웃었다.

마릴라는 조금 얼굴을 찌푸리며 말했다.

"뭐가 그리 우스운지 말 좀 해 보렴. 오늘은 별로 웃을 일도 없었던 것 같다만."

"내 말을 들으면 마릴라도 웃을 거예요."

앤이 장담했고, 그 말대로 마릴라도 배꼽을 잡으며 웃었다. 이것을 보아도 알 수 있듯이 앤을 맡아 기르게 된 다음부터 마릴라는 감정 표현이 꽤 자유로워졌다.

그러나 웃고 난 다음 마릴라는 깊이 한숨을 내쉬었다.

"데이비에게 그런 말을 하는 게 아니었구나. 하지만 예전에 한 목사님이 아이들에게 그런 말로 타이르는 것을 들었지. 그날 밤은 그 애가 나를 몹시 힘들게 했었단다. 네가 카모디의 음악회에 갔던 날 밤인데, 그 애를 재우려고 하니 그 아이는 자기가 하느님의 눈에 띌 만큼 자라지 않는다면 기도를 드려도 소용없다고 하길래 그렇게 말했었지.

앤, 나는 저 애를 어떻게 다루면 좋을지 모르겠다. 저 애의 속을 통 모르겠어. 과연 내가 잘 키울 수 있을지 점점 자신이 없구나."

"그런 말 하지 마세요, 마릴라. 내가 처음 여기 왔을 때도 그만큼 나쁜 아이였잖아요."

"앤, 너는 나쁜 아이가 아니었어…… 결코 그렇지 않았지. 이제야 나는 그것을 절실히 깨달았단다. 정말로 나쁜 아이가 어떤지 알았으니까. 너도 늘 난처한 일을 저질렀지만 그 속뜻은 언제나 선했잖니. 그런데 데이비는 정말 나쁜 짓을 좋아하기 때문에 하는 거야."

"어머나, 데이비를 정말 그런 아이로 생각하면 안 돼요. 그저 장난을 좋아할 뿐이에요. 게다가 여기는 데이비에게 너무도 외로운 곳이에요. 함께 뛰어놀 만한 남자아이도 없잖아요. 데이비에게는 뭔가 마음을 쏟을 거리가 필요해요. 도라는 너무 얌전해서 남자아이의 놀이상대가 되기는 어려워요. 차라리 두 아이를 학교에 보내면 어떨까요?"

하지만 마릴라는 딱 잘라 말했다.

"그건 안 된다. 우리 아버지는 늘 어떤 아이든 7살이 되기 전에 학교 안에 가둬두는 것은 나쁘다고 말했고 앨런 목사님도 같은 말을 했지. 쌍둥이에게 집에서 공부를 조금씩 가르치는 것은 몰라도 7살이 되기 전에 학교 보내는 것은 허락할 수 없어."

앤은 명랑하게 이어 말했다.

"그렇다면 데이비를 집에서 잘 가르쳐봐야겠네요. 비록 결점이 조금 있지만 데이비는 아주 귀여운 아이예요. 사랑스럽다는 생각이 들지 않을 수 없어요. 이런 말을 해서는 안 되겠지만 나는 도라보다 데이비가 더 좋아요. 도라가 저렇게 착한데도 말이에요."

마릴라는 미소 지으며 앤에게 자기 마음을 털어놓았다.

"그래, 사실은 나도 그렇단다. 이런 말을 하면 공평하지 않지만 말이다. 도라는 조금도 성가시게 굴지 않아. 저렇게 얌전한 아이는 처음 본다. 집에 있는지 없는지 알 수 없을 정도야."

"정말 도라는 너무 착해요. 그 아이에게는 누가 이래라저래라 말할 필요가 없는 것 같아요. 도라는 이미 다 큰 채로 태어난 아이예요. 그러니까 우리가 필요하지 않을 거예요. 하지만 마릴라……."

앤은 자신이 깨우친 진리를 털어놓았다.

"우리는 자기를 필요로 하는 사람을 가장 좋아하는 게 아닐까요. 데이비에게는 우리가 꼭 필요하잖아요."

마릴라도 동의했다.

"그 아이에게는 확실히 뭔가 필요하긴 해. 레이철 린드라면 아마 그 애에게 필요한 건 따끔한 회초리라고 하겠지만."

아이들의 편지

앤은 퀸즈아카데미 시절의 친구에게 편지를 썼다.

가르친다는 것은 정말 재미있는 일이야. 제인은 따분하다고 하지만 나는 그렇게 생각지 않아. 즐거운 일이 거의 날마다 일어나고 아이들 이야기도 아주 흥미로워. 제인은 학생들이 우스운 말을 하면 벌을 준다고 하는데, 그러니까 학교 일이 지루하게 느껴지겠지.

오늘 오후에 지미 앤드루스가 '주근깨'라는 글자를 쓰려다가 아무래도 잘 되지 않자 끝내 나에게 말했어.

"쓸 줄은 모르지만 무슨 뜻인지는 알아요."

내가 무슨 뜻이냐고 묻자 지미는 배시시 웃으며 대답했어.

"싱클레어 도넬의 얼굴이요, 선생님."

정말로 싱클레어의 얼굴은 주근깨투성이거든. 하지만 나는 아이들이 그 사실을 입에 올리지 못하도록 하려고 노력하는 편이야…… 왜냐하면 나도 한때는 주근깨가 있었으니까 그 기분을 잘 알거든.

하지만 싱클레어는 그 사실은 그리 마음에 쓰이지는 않았던 것 같았어. 그런데도 학교가 끝나고 집에 돌아가는 길에 싱클레어가 지미를 때린 건 지미가 싱클레어라고 불렀기 때문이야. 그 아이들이 싸운 일은 어떤 아이가 몰래 얘기 해주어서 듣기는 했지만 학교에서 있었던 일은 아니라 모르는 척했지.

어제는 로티 라이트에게 덧셈을 가르치며 물었어.

"만일 네 한쪽 손에 사탕이 세 개 있고 또 다른 쪽 손에 두 개 있다면 모두 몇 개가 되겠니?"

그러자 로티가 함박웃음을 지으며 대답했지.

"입에 가득 찰 만큼요."

그리고 자연관찰 시간에 어째서 두꺼비를 죽여서는 안 되느냐고 아이들에게 물었더니 벤지 슬론이 진지한 얼굴로 대답했어.

"다음 날 비가 오기 때문입니다."

웃고 싶은 걸 참는 건 힘든 일이야, 스텔라. 나는 웃음이 나게 하는 일은 모두 집에 돌아갈 때까지 마음에 고이 간직해 둬. 마릴라는 이렇다 할 까닭도 없이 동쪽 지붕 밑 내 방에서 요란스럽게 웃는 소리가 들려오면 걱정이 된대. 전에 그래프턴에 미친 남자가 있었는데 그 사람이 정신이 나가기 시작할 때 바로 그랬었다나.

너는 토머스 A. 베케트[1]가 '뱀으로 추대되었다'는 이야기를 들어본 적 있니?[2] 로즈 벨이 그렇게 말했지. 그리고 윌리엄 틴덜[3]이 《신약성서》를 '썼다'는 사실도? 클로드 화이트는 '빙하'란 창틀에 유리를 끼우는 사람이라는구나![4]

---

1) 12세기 영국의 유명한 성직자.
2) 가톨릭에서 '성인(saint)'으로 추대된 인물에 대해, 'saint(세인트)'의 발음을 'snake(스네이크, 뱀)'의 발음과 혼동한 데서 비롯된 착각.
3) 《신약성서》를 영어로 번역했음.
4) '유리 끼우는 일을 하는 사람'은 'glazier'인데, '빙하'를 뜻하는 'glacier'가 그것과 표기나 발음이 비슷한 데서 생겨난 혼동.

가르치는 일에서 가장 재미있으면서도 또한 가장 어려운 일은 아이들이 세상의 여러 가지 것들에 대해 가지고 있는 진짜 생각을 말하게 하는 거야. 지난주 어느 폭풍우 몰아치던 날, 점심시간에 아이들을 불러앉혀놓고 나를 그 애들의 친구 중 하나로 생각해달라고 하고는 서로 이야기를 주고받았이. 가장 바라는 게 무엇이냐고 물었더니 인형이니 망아지니 스케이트니 하는 평범한 것도 있었지만 아주 독창적인 대답도 있었어.

헤스터 볼터는 날마다 일요일처럼 좋은 옷을 입고 응접실에서 식사하고 싶다고 했고, 해나 벨은 애쓰지 않아도 착한 아이가 될 수 있었으면 좋겠다고 했어.

그리고 마조리 화이트는 10살인데 과부가 되고 싶다고 했어. 왜냐고 물었더니 진지한 표정으로, 만일 결혼하지 않으면 사람들이 노처녀라고 놀릴 테고, 시집가면 남편이 으스대는 꼴을 봐야 하는데, 과부가 되면 그 어느 쪽도 아니기 때문이라는 거야.

누구보다도 특이한 것은 샐리 벨의 소원이었는데, 허니문(신혼여행)을 갖고 싶다는 거야. 그게 뭔지 아냐고 물어보니 허니문을 최신식 자전거로 착각하고 있었더라고. 몬트리올에 있는 사촌 오빠가 결혼해서 허니문을 갔는데 그 사촌이 늘 최신식 자전거를 타고 다니기 때문이라나.

또 어느 날은 아이들에게 자신이 쳤던 가장 심한 장난을 말해보라고 했더니 상급생들은 입을 꾹 다물고 말하지 않았지만 3학년 아이들은 저마다 손들며 종알종알 말해주었지.

일라이자 벨은 고모가 양털을 뭉쳐놓은 것에 불을 붙였대. 태워버리려 했느냐고 물었더니, 그냥 어떻게 타오르는지 보고 싶어 한쪽 끝에다 불을 붙였는데 눈 깜짝할 사이에 화르르 타버렸다는 거야. 에머슨 길리스는 교회에 헌금

할 10센트로 사탕을 사 먹었고, 애네타 벨의 가장 큰 죄는 묘지에서 자란 블루베리를 따 먹은 일이었어. 그리고 윌리 화이트는 일요일에만 입는 나들이옷을 입고 외양간 지붕에서 한참 동안 미끄럼 탄 일로 여름 내내 기운 바지를 입고 주일학교에 가야만 하는 벌을 받았대. 그러면서 벌받으면 오히려 나쁜 짓을 했다고 참회할 필요가 없다고 당당히 말했지.

아이들이 쓴 작문 가운데 재미있는 것이 있어 꼭 보여주고 싶어서 몇 편 적어 보내줄게. 지난주 4학년 학생들에게 무엇이든 마음 내키는 것을 편지 형식으로 써서 내라고 했어. 전에 가본 적 있는 곳이라든가, 직접 본 적 있는 재미있는 일이나 인물에 대해 써도 좋다고 힌트를 주었어. 정말로 편지처럼 편지지에 써서 봉투에 넣어 겉봉에 내 이름과 주소를 써야 하고 조금이라도 다른 사람의 도움을 받아서는 안 된다고 굳게 다짐을 받았단다.

지난 금요일 아침, 내 책상 위에는 편지가 산더미처럼 쌓였어. 그날 밤 나는 가르친다는 일에는 괴로움도 있지만 즐거움도 따름을 새삼스럽게 깨달았어. 그 편지들을 읽으며 나는 여느 때의 노고에 대한 보상을 충분히 받고도 남음이 있다고 느꼈지.

다음의 편지는 네드 클레이가 쓴 것인데, 주소며 철자며 문법 모두 그 아이가 쓴 그대로야.

캐나다 p.e. 섬, 그린가이블
설리 선생님께
'작은 새'

선생님, 나는 '작은 새'에 대해 쓰겠습니다. 작은 새는 아주 유익합니다. 우리 집 고양이는 작은 새를 잡는 선수입니다. 이름이 윌리엄인데 아빠는 톰이라고 불러요. 온몸에 줄무늬가 있고, 지난겨울 한쪽 귀가 얼어서 떨어져버렸어요. 그렇지 않다면 아주 잘생긴 고양이일 겁니다. 삼촌도 고양이를 기르고 있어요. 이 고양이는 어느 날 삼촌네 집에 와서 도무지 돌아가려 하지 않았는데 삼촌은 이렇게 건망증이 심한 고양이는 처음이래요. 삼촌은 이 고양이가 흔들의자에서 잠을 자도 아무 말 하지 않습니다. 아이들보다 이 고양이를 더욱 아낀다고 숙모님은 말합니다. 그것은 좋지 않습니다. 우리는 고양이에게 친절히 대해주고 신선한 우유를 주어야 하지만, 자기 아이들보다 더 소중히 여기는 것은 좋지 않습니다. 이것밖에 생각나지 않기 때문에 지금은 이만 그치겠습니다.

에드워드 블레이크 클레이 올림

싱클레어 도넬의 편지는 여느 때와 마찬가지로 짧고 간단명료해. 쓸데없는 말은 한마디도 쓰지 않았지. 다음과 같은 주제를 고르고 '추신'을 덧붙인 것은 특별히 무슨 악의가 있어서가 아니라 눈치나 상상력이 부족한 탓이라고 생각해.

셜리 선생님께

선생님은 뭔가 우리가 본 적 있는 이상한 것에 대해서 쓰라고 했습니다. 나는 애번리 공회당에 대해 쓰겠습니다. 문이 두 개로 안쪽에 하나 바깥쪽에 하나 있습니다. 창문이 여섯 개며 굴뚝이 하나입니다. 앞과 뒤에 벽이 있고 양옆에도 있습니다. 색깔은 파랗습니다. 그래서 이상하게 보입니다. 카모디 가도의 아랫길에 세워져 있습니다. 이것은 애번리에서 세 번째로 중요한 건물입니다. 다른 두 개는 교회와 대장간입니다. 토론회며 강연이 여기서 열립니다. 음악 연주회도 합니다. 이만.

제이컵 도넬 올림

추신. 공회당은 굉장히 밝은 파란색입니다.

애네타 벨의 편지는 너무 긴 데 놀랐어. 글쓰기를 그리 좋아하지 않았고 늘 싱클레어처럼 간단히 썼기 때문이야. 애네타는 얌전하고 예절이 바른 모범생이야. 그렇지만 독창성은 조금도 없는 편이거든. 이것이 그 애의 편지야.

가장 소중한 선생님께,

내가 선생님을 얼마나 사랑하는지 말씀드리기 위해 편지를 씁니다. 온 마음과 영혼을 바쳐 선생님에게 이 사랑을 영원히 바치고 싶습니다. 이것이야말로 내 최고의 명예이며 그 때문에 학교에서 착한 아이가 되어 열심히 공부하려 애쓰고 있습니다.

선생님은 아주 아름답습니다. 나의 선생님, 당신의 목소리는 음악과 같고 눈은 이슬을 머금은 팬지꽃 같습니다. 당신은 키가 크고 위엄 있는 여왕님 같습니다. 머릿결은 물결치는 황금빛입니다. 앤서니 파이는 빨강머리라고 하지만 앤서니의 말을 귀담아들을 필요는 없습니다.

선생님을 알게 된 지 아직 두세 달밖에 안 됐지만 선생님을 모르던 시절이 있었다는 것을 믿을 수 없습니다. 선생님은 내 삶에 찾아와 축복해주었고 성스럽게 해주었습니다. 나는 선생님을 알게 된 올해를 내 생애 최고의 해로 오래오래 기억할 것입니다. 그리고 우리 집이 뉴브리지에서 애번리로 이사 온 해이기도 합니다. 선생님을 만남으로써 내 인생은 아주 풍부해졌으며, 선생님은 많은 악과 재앙으로부터 나를 지켜주고 있습니다. 이것은 모두 선생님 덕분입니다. 한없이 상냥하신 나의 선생님!

　요전에 선생님이 어두운 옷을 입고 머리에는 꽃을 꽂고 있었을 때의 모습을 잊을 수 없습니다. 비록 우리 모두 나이 들어 백발이 된다 해도 그때의 선생님 모습은 영원히 내 눈에 남아 있을 겁니다. 나에게는 선생님이 언제까지나 젊고 아름다워 보일 겁니다, 사랑하는 선생님. 나는 하루 종일—아침에도 낮에도 저녁에도—선생님을 생각합니다. 선생님이 웃을 때에도 한숨 쉴 때에도…… 아니, 무서운 눈길을 보내실 때에도…… 선생님을 깊이 사랑합니다. 나는 선생님의 화난 얼굴을 한 번도 본 적이 없지만 앤서니 파이는 선생님이 늘 성난 얼굴이라고 합니다. 앤서니가 나쁘니까 선생님이 앤서니에게 못마땅한 얼굴을 하는 건 마땅하다고 생각합니다. 나는 선생님이 어떤 옷을 입어도 좋아합니다…… 새로운 옷을 입을 때마다 전보다 더욱 아름다워 보입니다.

　사랑하는 선생님, 안녕히 주무세요. 태양은 지고 별이 반짝이고 있습니다. 선생님의 눈동자처럼 반짝이는 참으로 아름다운 별들입니다. 나는 선생님의 손과 얼굴에 입을 맞춥니다. 사랑하는 사람이여, 하느님이 선생님을 지켜주시고 모든 고난으로부터 보호해주시기를.

선생님을 너무나 사랑하는 학생
애네타 벨 올림

　이 편지를 읽고 나는 좀 놀랐지. 애네타가 이런 글을 쓸 수 있을 리가 없거든. 애네타에게 글을 지으라는 것은 하늘을 날으라는 것과 같았기 때문이야. 다음 날 나는 학교에 가서 쉬는 시간에 애네타를 데리고 시냇가를 산책하며 그 편지에 대해 사실대로 말해달라고 했어. 그랬더니 울면서 모든 것을 털어놓았어. 지금까지 한 번도 편지를 써 본 적이 없어 어떻게 써야 할지, 무엇을 써야 할지 몰랐는데, 어머니의 화장대 맨 윗서랍에 어머니의 옛날 연인으로부터 온 편지 한 뭉치가 들어 있었대.

애네타는 울먹이며 말했어.

"그건 아버지의 편지가 아니었어요. 목사 공부를 하고 있던 어떤 사람이 보낸 건데, 그래서 그런 아름다운 편지를 쓸 줄 알았던 거예요. 하지만 어머니는 결국 그 사람과 결혼하지 않았어요. 그 사람이 하는 말을 어머니는 절반도 이해할 수 없었대요. 나는 그 편지가 멋있게 여겨져 흉내를 냈어요. '그대'라고 쓴 곳을 '선생님'으로 고치고 내가 생각한 것도 조금은 집어넣으며 말을 바꾸기도 했어요. '분위기'라고 쓴 것을 '옷'으로 바꿔 썼는데, '분위기'가 어떤 뜻인지 잘 몰랐지만 틀림없이 입는 것을 말했으리라 생각했기 때문이에요. 설마 선생님이 내가 쓴 편지가 아니라는 것을 아실 줄은 몰랐어요. 어떻게 선생님은 그 편지가 모두 내가 쓴 것이 아닌 줄 알았어요? 선생님은 정말 머리가 좋은가 봐요."

나는 애네타에게 남의 편지를 베껴 자기가 쓴 것처럼 하는 일은 아주 나쁜 짓이라고 가르쳐주었지만, 애네타가 반성하는 것은 아무래도 들켰기 때문인 것 같았어.

애네타는 훌쩍거리며 말했지.

"하지만 나는 선생님을 정말 좋아하거든요. 그 편지를 처음 쓴 사람은 목사님이지만, 거기 쓴 건 모두 사실이에요. 나는 선생님을 진심으로 좋아해요."

나는 이렇게 말하는 애네타를 더 이상 꾸짖을 수가 없었어.

다음은 바버라 쇼의 편지야. 원문에 찍힌 잉크 얼룩까지 베낄 수 없어서 아쉽네.

선생님께

　선생님은 남의 집을 방문했을 때의 일을 써도 좋다고 했습니다. 나는 꼭 한번 다른 집에서 잔 적이 있었습니다. 지난겨울 메리 고모 댁에 갔었습니다. 메리 고모는 아주 꼼꼼하고 집안일을 잘하는 분입니다. 첫날 밤 다 함께 식탁에 앉아 저녁을 먹을 때 나는 그만 항아리를 건드려 깨뜨리고 말았습니다. 메리 고모는 그 항아리는 자기가 시집올 때 가져와서 지금껏 안 깨뜨리고 멀쩡히 잘 써왔다고 말했습니다. 식탁에서 일어설 때 실수로 고모의 옷자락을 밟아 치마 주름이 다 뜯어져버렸습니다. 그다음 날 아침에는 세면기에 물병을 부딪쳐 둘 다 금이 가 버렸고, 아침 식사 때에는 찻잔을 엎어 식탁보를 흠뻑 적시고 말았습니다. 그리고 점심 식사 뒤 설거지를 하는 고모를 도와드리다가 접시를 떨어뜨려 와장창 깨뜨려버렸습니다. 그날 밤 나는 계단에서 굴러떨어져 발목을 삐어 1주일 동안 침대에 누워 있어야만 했습니다. 메리 고모가 조지프 고모부에게 말하는 목소리가 들려왔습니다. "살았어요. 안 그랬으면 저 아이가 온 집안의 물건을 모두 부서뜨리고 말았을 거예요." 발목이 다 나았을 때에는 벌써 집에 돌아갈 때가 되어 있었답니다. 그 뒤로 나는 남의 집에 가는 것을 그리 좋아하지 않습니다. 학교에 가는 것이 훨씬 더 좋습니다. 특히 애번리에 와서는 더욱 그렇습니다. 안녕히 계세요.

바버라 쇼 드림

　다음은 윌리 화이트의 편지야.

존경하는 선생님께

　나는 매우 용감무쌍한 고모 이야기를 쓰겠습니다. 그 고모는 온타리오에 살고 있습니다. 어느 날 헛간으로 가다가 뒤뜰에 개가 한 마리 있는 것을 보았습니다. 개가 그런 곳에 있으면 곤란하다고 여긴 고모는 몽둥이로 그 개를 때려 헛간에 가두었습니다. 얼마 뒤 한 남자가 서커스단에서 도망친 상상 속(imaginary) 사자를 찾으러 왔습니다.(질문 : 윌리가 말하는 건 동물 쇼(menagerie)를 위한 사자를 가리키는 걸까?) 바로 그 개가 사자였습니다. 그것을 나의 용감한 고모가 몽둥이로 헛간에 몰아넣었던 겁니다. 사자에게 잡아먹히지 않은 것은 정말 기적입니다. 그건 고모가 참으로 용감무쌍했기 때문입니다. 하지만 에머슨 길리스는 고모가 그 사자를 개로 생각했으니 사실은 개를 잡은 거나 다를 바 없으므로 조금도 용감무쌍하지 않다고 합니다. 에머슨에게는 용감한 고모가 없고 삼촌뿐이기 때문에 질투하는 것이 분명합니다.

가장 잘 쓴 편지는 마지막에 보여주려고 아껴두고 있었어. 내가 폴을 천재로 생각한다고 말해서 네가 웃기는 했지만, 이 편지를 보고 나면 이 아이가 여느 아이와 다르다는 것을 너도 인정하게 될 거야. 폴은 바닷가에서 할머니와 살고 있는데 함께 놀 만한 친구가 한 사람도 없어. (여기서 말하는 친구란 '현실의' 친구야.)

우리의 교실관리학 교수님이 학생들 가운데 '편애하는 아이'를 두면 안 된다고 한 말 기억나지? 그럼에도 나는 폴 어빙을 다른 아이보다 좋아하지 않을 수가 없어. 하지만 그리 나쁘다고 생각지 않아. 왜냐하면 누구나 폴을 좋아하거든. 심지어 린드 아주머니도 설마 자기가 미국 사람을 이 정도로 좋아하게 될 줄은 몰랐다고 했어.

학교에서도 남자아이들이 모두 폴을 좋아해. 꿈이나 공상에 잠겨 있어도 조금도 겁쟁이 같다거나 약해 보이지 않아. 아주 씩씩하고 어떤 경쟁에서도 지지 않지.

며칠 전에도 싱클레어 도넬과 결투를 했어. 영국 국기인 유니언잭이 미국 성조기보다 훨씬 훌륭하다고 했기 때문이야. 결투는 무승부로 끝나고 두 아이들은 앞으로 서로의 애국심을 존중하기로 합의를 했어. 싱클레어의 말로는 때리는 힘은 자기가 셌지만 때린 횟수는 폴 쪽이 더 많았대.

다음이 폴의 편지야.

사랑하는 선생님께

선생님은 우리에게 어떤 재미있는 사람에 대한 이야기를 써도 좋다고 하셨습니다. 내가 알고 있는 사람 가운데 '바위 사람들'이 가장 재미있다고 생각합니다. 이 사람들에 대한 이야기는 할머니와 아버지 말고는 아무에게도 해준 적이 없지만 선생님은 제 말을 알아들으실 테니 말하겠습니다. 알아듣지 못하는 사람들에게는 아무리 말해도 소용없습니다.

'바위 사람들'은 바닷가에 살고 있습니다. 겨울이 오기 전까지 나는 거의 날마다 저녁때면 그곳을 찾아갔습니다. 이제 봄이 와야 만날 수 있겠지만 그 사람들은 모두 그곳에 그대로 있을 것입니다. 그들은 결코 변하지 않으니까요. 바로 이 점이 멋있습니다.

맨 먼저 친해진 사람은 노라인데, 그래서 나는 노라를 가장 좋아합니다. 노라는 앤드루스만에 살며 검은 머리와 까만 눈을 가지고 있습니다. 인어나 물의 요정에 대해 모르는 것이 없습니다. 노라가 해주는 흥미진진한 얘기를 선생님께도 들려줄 수 있으면 좋을 텐데 아쉽습니다.

그리고 쌍둥이 선원이 있습니다. 두 사람은 사는 집이 없고 늘 항해 중인데 이따금 육지에 올라와 나에게 신비한 이야기를 해줍니다. 두 사람은 모두 유쾌한 뱃사람이며 온 세계를 두루두루 다니며 온갖 것을 보았습니다. 그리고 이 세상 일만 본 것이 아닙니다. 이 쌍둥이 동생에게 무슨 일이 일어났는지 아세요? 어느 날 바다로 배를 저어 나갔을 때 달의 오솔길로 들어갔던 겁니다. 달의 오솔길이란 보름달이 바다에서 솟아오를 때 물 위에 남긴 자국을 말합니다. 동생 선원은 달의 오솔길을 따라 배를 저어 가 마침내 달에 이르렀습니다. 달에는 작은 황금문이 있어 그것을 열고 안으로 배를 저어 들어갔습니다. 동생은 달나라에서 멋진 모험을 했는데 그 이야기를 쓰려면 편지가 너무 길어지므로 그만두겠습니다.

그리고 바위굴 속에는 '황금 부인'이 살고 있습니다. 어느 날, 나는 바닷가에서 큰 바위굴을 발견했습니다. 안으로 조금 들어가니 황금 부인이 있었습니다. 발밑까지 늘어진 금발을 가지고 있고, 하늘하늘 나부끼며 눈부시게 반짝이는 황금빛 옷을 입고 있었습니다. 그리고 황금 하프를 하루 종일 켜고 있지요. 바닷가로 가서 조용히 귀 기울이면 언제나 그 하프 소리가 희미하게 들려옵니다. 하지만 대부분 사람들은 바위 사이를 지나가는 바람 소리로 여긴답니다. 노라에게는 한 번도 황금 부인 이야기를 한 적이 없습니다. 기분 상할지도 모르니까요. 내가 쌍둥이 선원들과 너무 오랫동안 이야기하는 것조차도 노라는 좋아하지 않습니다.

내가 쌍둥이 선원들과 항상 만나는 곳은 '줄무늬 바위'입니다. 동생은 무척 싹싹하지만 형은 때때로 무서운 얼굴을 합니다. 아무래도 형은 마음만 먹으면 해적이 될지도 모르겠다는 생각을 합니다. 어딘지 비밀스러운 데가 많거든요. 쌍둥이 형이 언젠가 한번은 나쁜 말을 하기에 나는 그에게, 한 번만 더 그러면 다시는 나를 만나러 바닷가로 오지도 말라고 했습니다. 나쁜 말을 쓰는 사람하고는 아예 가까이하지 않겠다고 할머니와 약속했다고 말했죠. 형님 선원은 이 말에 좀 겁을 먹었나 봅니다. 용서해준다면 나를 서쪽 하늘 붉은 저녁놀이 있는 곳으로 데려다주겠다고 하더군요.

다음 날 저녁때 내가 '줄무늬 바위'에 앉아 있노라니 형님 선원이 바다 쪽에서 마법의 배를 타고 나를 데리러 왔길래 나도 훌쩍 올라탔습니다. 그 배는 홍합 껍데기 속처럼 온통 진줏빛과 무지갯빛으로 되어 있었고 달빛으로 만든 것 같은 돛을 달고 있었습니다. 우리는 똑바로 저녁놀을 향해 저어 갔습니다. 선생님, 상상해보세요. 나는 저녁놀 속으로 들어간 것입니다. 어떤 곳이었다고 여겨지세요? 저녁놀 나라는 온갖 꽃이 만발한 꽃밭인데, 흙이 아닌 구름 위에 꽃이 가득 피어 있습니다. 우리는 황금빛으로 빛나는 큰 항구에 이르러 뭍으로 올라갔습니다. 그곳은 넓은 초원으로 장미꽃만 한 미나리아재비가 온통 피어 있었습니다. 나는 그곳에 한참을 있었습니다. 꼭 1년 가까이 있었던 기분이었는데, 형님 선원은 겨우 2, 3분이 지나지 않았다고 말했습니다. 저녁놀 나라에서는 이곳보다 훨씬 시간이 천천히 가기 때문입니다.

선생님을 사랑하는 폴 어빙 올림

추신. 물론 이 편지에 쓰인 것은 정말로 사실은 아닙니다, 선생님.

폴 어빙

요나의 날

이 불길한 액일[1]은 전날 밤 치통부터 시작되었다. 앤은 이가 몹시 아파 뒤스르느라 잠을 못 이루고 하룻밤을 꼬박 지새웠다. 잔뜩 흐리고 매섭게 추운 겨울 아침에 부스스 일어난 앤에게는 인생이 헛되고 김빠지고 아무짝에도 쓸모없는 것으로 여겨졌다.

앤은 불쾌한 기분으로 학교에 갔다. 볼이 부어오르고 얼굴이 온통 쿡쿡 쑤셨다. 교실은 쌀쌀하고 난롯불이 잘 타지 않아 검은 연기로 자욱했다. 아이들은 추위서 오들오들 떨며 난롯가에 삼삼오오 모여 있었다. 앤은 여느 때와 달리 날카로운 목소리로 모두들 제자리로 돌아가 앉으라고 했다. 앤서니 파이는 무시하는 듯한 태도로 천천히 자기 자리로 돌아가 옆자리 아이에게 뭐라고 수군거리며 앤을 흘끗 쳐다보고 씨익 웃었다.

앤은 이날 아침만큼 석필이 끼익하고 긁히는 소리가 시끄럽고 귀에 거슬리는 날은 없으리라고 느꼈다. 게다가 바버라 쇼가 계산한 것을 보이기 위해 앤의 책상으로 오다가 석탄 상자에 걸려 넘어져서 와당탕 석탄이 온 교실 바닥에 구르고 바버라의 석판은 산산조각 났다. 바버라 쇼가 가까스로 일어났을

---

1) 《구약성서》 〈요나서〉의 주인공 요나는 늘 일의 실패와 불행을 불러일으키는 불길한 사람이라 하여 요나의 날은 액일을 뜻함.

때 얼굴이 석탄 가루로 새까맣게 더럽혀진 것을 보고 남자아이들이 왁자지껄 웃어댔다.

2학년 읽기를 가르치고 있던 앤은 그쪽을 향하여 얼음장 같은 목소리로 말했다.

"정말이지 바버라, 걸을 때마다 늘 뭔가에 걸려 넘어질 거라면, 차라리 네 자리에 가만히 있었으면 좋겠구나. 다 큰 아이가 그토록 덤벙거리기만 하다니, 부끄러운 줄 알아야지."

가엾은 바버라는 비틀거리며 엉거주춤 자기 자리로 돌아갔다. 석탄 가루가 눈물에 얼룩져 참으로 눈 뜨고 볼 수 없는 모습이었다. 자신이 가장 좋아하는, 인정 많은 선생님으로부터 지금까지 한 번도 이런 꾸중을 들은 적이 없던 바버라는 하늘이 무너지는 기분이었다.

앤은 양심에 살짝 찔리는 듯한 기분을 느꼈으나, 그 때문에 이미 날이 서 있던 신경이 더욱더 곤두섰다. 2학년 아이들은 그 읽기 공부 시간에 이어 숨 막힐듯 괴로웠던 산수 시간을 아직도 잊지 않고 있다. 앤이 엄한 태도로 계산을 시키고 있는데 지각한 싱클레어 도넬이 헐떡이며 뛰어들어왔다.

앤은 쌀쌀맞게 주의를 주었다.

"싱클레어, 30분이나 늦었잖아. 어떻게 된 거지?"

"저, 선생님, 오늘 손님이 오시기로 되어 있는 데다 클래리스 앨미라가 아파서 제가 어머니를 도와 푸딩을 만들어야 했기 때문입니다."

싱클레어의 대답은 더할 나위 없이 공손했지만 눈치 없는 남자아이들이 와 웃었다.

"자리에 앉아. 벌로 산수책 84쪽을 펴고 여섯 문제 풀어."

싱클레어는 그 말투에 놀라는 듯했으나 순순히 자기 자리에 앉아 석판을 꺼냈다. 그리고 통로 건너편의 조 슬론에게 작은 꾸러미를 몰래 건넸다. 그 현장을 포착한 앤은 그 꾸러미에 대하여 치명적인 결과를 가져올 성급한 판단을 내렸다.

하이럼 슬론 노부인은 어려운 살림에 조금이라도 보태려고 이즈음 '호두케이크'를 만들어 팔고 있었다. 이 케이크는 어린 남자아이들에게는 특히 뿌리칠 수 없을 만큼 큰 인기가 있어 지난 몇 주일 동안 앤은 적잖이 애를 먹었다. 남자아이들은 남는 용돈이 있으면 등굣길에 하이럼 할머니로부터 그 케이크를 사가지고 학교에 와서 수업 시간에 먹거나 친구들에게 나눠주기도 했다. 앤은 또다시 케이크를 학교에 가져오면 모조리 빼앗겠다고 경고한 바 있었다. 그런데도 싱클레어는 앤이 보는 앞에서 버젓이 하이럼 할머니가 쓰는 하얀색과 파란색 줄무늬 포장지로 싼 꾸러미를 건네주고 있잖은가!

앤은 조용히 명령했다.

"조지프, 그 꾸러미를 이리 가져와."

조는 당황하며 시키는 대로 했다. 조는 뚱뚱한 소년으로, 겁먹으면 언제나 얼굴이 새빨개지고 말을 더듬었다. 이때의 겁에 질린 조만큼 뭔가 켕기는 것이 있어 보이는 사람은 다시 없었다.

앤이 쏘아보며 명령했다.

"그것을 불 속에 집어넣어."

조는 어찌하면 좋을지 모르겠다는 표정이었다.

"저…… 저…… 저…… 서, 서, 선생님."

"여러 말 하지 말고 어서 시키는 대로 해라, 조지프."

"하, 하지만 서, 서, 선생님, 이, 이것은……."

조는 필사적이었다.

"조지프, 너는 내가 시키는 대로 하겠니, 안 하겠니?"

조보다 대담하고 침착한 소년이라 해도 앤의 말투와 험악한 눈초리를 보면 겁먹지 않을 수 없었을 것이다. 지금 눈앞에 서 있는 사람은 지금까지 아이들이 본 적이 없는 전혀 다른 앤이었다.

조는 괴로움에 찬 표정으로 싱클레어를 흘끗 보고는 난롯가로 갔다. 난로의 크고 네모난 문을 열었다. 그리고 미처 싱클레어가 펄쩍 뛰며 고함지르기도 전에 그 꾸러미를 던져 넣고 뒤로 물러섰다.

다음 순간 애번리 학교 학생들은 무슨 일이 일어났는지 전혀 알지 못하는 가운데 공포의 도가니에 빠져버렸다. 지진? 아니면 화산폭발? 지극히 평범해 보인 탓에 앤이 경솔하게도 슬론 할머니가 만든 호두케이크가 들어 있을 거라고 착각했던 꾸러미 속에는, 사실 갖가지 딱총과 바람개비 폭죽이 들어 있었다. 워런 슬론이 그날 밤 생일을 축하하기 위해 쓰려고 싱클레어 도넬의 아버지에게 그 전날 샬럿타운에서 사다달라고 부탁했던 것이다.

딱총은 천둥 같은 소리를 내며 터졌고, 바람개비 폭죽은 난로에서 튀어나와 쌕쌕, 탁탁 소리를 내며 온 교실 안을 날아다녔다. 앤은 새파래진 얼굴로 그만 털썩 주저앉아버렸고, 여자아이들은 모두 비명을 지르며 책상 위로 뛰어올랐다. 조 슬론은 이 소동의 한가운데에 얼어붙은 듯 서 있었다. 싱클레어는 통로를 대굴대굴 구르다시피 왔다 갔다 하며 웃었다. 프릴리 로저슨은 기절했고 애네타 벨은 히스테리 발작을 일으켰다.

한참인 듯한 시간이 흐른 뒤―실제는 몇 분에 지나지 않았다―마지막 폭죽의 불꽃이 가라앉았다. 앤은 제정신으로 돌아와서 황급히 일어나 문과 창문을 열어 온 교실 안에 자욱한 매캐한 연기를 내보냈다. 그리고 여자아이들과 함께 기절한 프릴리를 바깥 현관까지 옮겼다. 바버라 쇼는 뭔가 도움을 주려는 생각에서 반쯤 얼어붙은 양동이의 물을 가져와, 누가 말릴 새도 없이 프릴리의 얼굴과 어깨에 좍 끼얹었다.

겨우 잠잠해진 것은 한 시간이나 지난 뒤였다. 그 조용함은 모두가 의식적으로 입을 다물고 눈치를 보는 가운데 만들어진 조용함이었다. 그런 소동이 일어났음에도 선생님의 기분이 조금도 나아지지 않았음을 모두들 느꼈고 앤서니 파이 말고는 누구 하나 입도 뻥긋하는 사람도 없었다.

계산하다가 그만 석필로 끼익하고 석판 긁는 소리를 낸 네드 클레이는 앤과 눈이 마주치자 그대로 땅속으로 꺼지고 싶은 심정이었다. 지리 시간은 무서운 속도로 대륙을 달렸기 때문에 모두 눈이 팽팽 돌 지경이었다. 문법 시간에는 모두들 문장 하나, 낱말 하나까지 제대로 쓰고 분석하기 위해 목숨이라도 걸어야만 할 듯한 심정이었다. 체스터 슬론은 '향긋하다'라는 단어에 시옷 대신 쌍시옷 받침을 썼다가 그 불명예를 이 세상에서는 물론 저세상에 가서도 이 씻을 수 없을 거라는 기분이 들 만큼 부끄러워졌다.

앤은 자기가 아이들 앞에서 어리석고 못난 모습을 보이고 있음을 알았으며 그날 밤 집집마다 저녁 식탁에서 오늘의 사건이 놀림감이 되리라는 것도 알고 있었다. 하지만 그것도 오히려 분노의 불길에 기름을 붓는 결과밖에 되지 않았다. 좀 더 이성적으로 냉정을 찾을 수 있는 때라면 이 상황을 가볍게 웃어넘길 수도 있겠지만 지금은 도저히 그럴 수 없었다. 그래서 그까짓 놀림거리가 되는 일 따위는 무시하기로 했다.

점심 식사를 끝내고 교실로 돌아와 보니 아이들은 여느 때처럼 자리에 앉아 고개를 숙인 채 조용히 공부하고 있었다. 그러나 앤서니 파이만은 그렇지 않았다. 교과서 너머로 앤을 엿보고 있는 앤서니의 검은 눈은 호기심과 조롱으로 반짝였다. 앤은 분필을 꺼내려고 책상 서랍을 열었다. 그 순간 그 속에서 생쥐가 한 마리 튀어나와 책상 위로 깡충 뛰어올랐다가 바닥으로 뛰어내렸다.

앤은 마치 뱀이라도 튀어나온 듯이 비명을 지르며 물러섰다. 앤서니 파이가 그것을 보고 큰 소리로 웃었다.

하지만 금세 교실이 조용해졌다. 어딘가 섬뜩하고 불편한 침묵이 흘렀다. 애네타 벨은 우선 쥐의 행방을 알 수 없는 불안한 상황에서 다시 한번 히스테리를 일으킬까 말까 망설이다가 그만두기로 했다. 저토록 하얗게 질린 얼굴에 눈은 분노로 활활 타오르는 선생님 앞에서 히스테리를 일으켜 봤자 아무 소용이 없을 것 같았다.

"누가 내 책상 속에 쥐를 넣었지?"

앤의 목소리는 나직했지만 그 목소리를 들은 폴 어빙은 등골이 오싹해졌다. 앤과 눈이 마주치자 조 슬론은 대답할 책임이 자기에게 있다는 듯이 흥분하여 열심히 변명했다.

"저, 저, 저는 아, 아닙니다. 서, 선생님, 저, 저는 아니에요."

앤은 가엾은 조는 거들떠보지도 않고 앤서니 파이를 보았다. 앤서니 파이는 눈길을 피하지도 않고 뻔뻔하고 천연덕스럽게 앤을 마주 보았다.

"앤서니, 너지?"

앤서니는 건방지게 대답했다.

"네, 맞아요."

앤은 책상 위에서 칠판을 가리킬 때 쓰는 지휘봉을 집어 들었다. 단단한 나무로 만들어진 묵직하고 기다란 지휘봉이었다.

"이리 나와, 앤서니."

벌이라고 해도 앤서니 파이가 지금까지 한 번도 받은 적이 없을 정도로 심한 벌이라고는 할 수 없었다. 아무리 걷잡을 수 없이 화가 치민다 하더라도 앤은 아이에게 잔인한 벌을 줄 수 없었다. 그러나 지휘봉이 날카롭게 손바닥을 내리치자 앤서니의 허세도 마침내 꺾였다. 앤서니는 움찔했으며 눈에 눈물이 그렁그렁 괴었다.

자책감이 몰려온 앤은 지휘봉을 내려놓고 앤서니에게 제자리로 돌아가라고 말했다. 책상 앞에 앉은 앤은 부끄러움과 후회와 굴욕스러운 마음을 가눌 수 없었다. 성급한 노여움이 가신 지금에 와서는 엉엉 울고 싶을 따름이었다. 그토록 자신만만하게 장담했었는데…… 끝내 학생에게 회초리를 들다니. 제인이 얼마나 의기양양해할까! 해리슨 씨는 회심의 미소를 짓겠지! 무엇보다도 가장 안타까운 것은 앤서니 파이의 애정을 얻을 수 있는 마지막 기회를 잃어버린 일이었다. 앞으로 앤서니는 결코 마음을 열지 않을 것이다.

앤은 그날 저녁 집에 돌아갈 때까지 이른바 초인적인 노력으로 눈물을 꾹 참았다. 집에 도착하자마자 자기 방에 틀어박혀 부끄러움과 후회와 실망을 모두 흘려보내려는 듯이 베개에 얼굴을 파묻고 섧게 울었다. 앤이 너무 오래 울어서 걱정이 된 마릴라가 방으로 들어와 도대체 무슨 일이 있었는지 물었다.

앤은 흐느끼며 말했다.

"아무것도 아니에요. 내 양심의 문제예요. 오늘은 정말 비참하고 지옥 같은 날이었어요. 나 자신이 부끄러워서 견딜 수가 없어요. 너무 화가 나서 앤서니 파이를 회초리로 때렸어요."

마릴라는 딱 잘라 말했다.

"그거 참 잘했구나. 진작에 그랬어야 했어."

"그렇지 않아요, 마릴라. 다시 아이들을 마주할 용기가 없어졌어요. 정말 뼛속까지 부끄러운 짓을 하고 말았어요. 오늘 내가 얼마나 벌컥 하고 밉살스럽고 지독하게 굴었는지 마릴라는 모를 거예요."

특히, 폴 어빙의 눈을 잊을 수가 없어요. 너무도 놀라고 실망하는 표정이었죠. 아, 마릴라, 그동안 앤서니가 나를 좋아하도록 만들어보려고 얼마나 열심히 참고 노력했는데…… 이젠 모두 헛일이 되고 말았어요."

마릴라는 일을 많이 해서 거칠고 뼈마디가 굵어진 손으로 헝클어진 앤의 윤기 나는 머리를 애처로운 듯이 쓰다듬어주었다.

이윽고 앤의 흐느낌이 얼마쯤 가라앉자 마릴라는 다정하게 말했다.

"너는 모든 일에 지나치게 마음을 쓰더구나. 실수란 누구나 저지르는 법이다. 하지만 사람들은 다들 잊어버린단다. 그리고 운수 사나운 날도 누구에게나 있는 법이란다. 앤서니 파이가 너를 싫어한다고 해서 왜 그렇게까지 신경을 쓰는 거니? 널 싫어하는 사람은 그 애 하나뿐이잖아."

"그래도 마음이 쓰여요. 나는 모든 사람에게 사랑받고 싶거든요. 그래서 누구 하나라도 나를 싫어하면 마음이 아파요. 앤서니는 이제 나를 결코 좋아하지 않을 거예요. 아, 나는 오늘 정말 바보 같은 짓을 했어요. 다 이야기할 테니 들어보세요."

마릴라는 처음부터 끝까지 귀 기울여 들어주었다. 이따금 자기도 모르게 미소 지었으나 앤은 알아차리지 못했다.

차분히 다 듣고 나자 마릴라가 힘차게 말했다.

"자, 마음 쓸 것 없다. 오늘은 이미 끝나버렸고 또 아직 아무 실수도 저지르지 않은 새날이 내일이면 찾아올 테니까. 너 어렸을 적에 자주 그렇게 말했잖니? 어서 아래층으로 내려가 저녁 먹자. 맛있는 차에다 오늘 내가 만든 폭신한 건포도빵을 먹으면 아마 기운이 좀 날 거다."

앤은 우울하게 말했다.

"아무리 폭신한 건포도빵이라 해도 이 아픈 마음을 달래주지는 못할 거예요.²⁾"

그러나 마릴라는 앤이 인용구를 끌어와 쓰는 것으로 미루어 기분이 나아졌다고 생각했다.

즐거운 저녁 식사였다. 쌍둥이의 명랑한 얼굴과 마릴라가 만든 비할 데 없이 맛있는 건포도빵—데이비는 네 개나 먹었다—은 앤의 기운을 돋워주었다. 그날 밤 푹 자고 다음 날 아침 일어나자 앤은 자기 자신도, 세상도 완전히 달라져 있음을 깨달았다. 밤 사이 소복이 쌓인 아름다운 눈이 아침 햇살 속에서 반짝이며 지난날의 실수나 부끄러운 행위를 가려주는 자비로운 망토처럼 보였다.

"아침마다 모든 것이 새로이 시작되고
아침마다 세상은 새롭게 태어나노라.³⁾"

앤은 옷을 갈아입으며 새처럼 지저귀듯 노래를 불렀다.

눈 때문에 앤은 평소에 다니던 자작나무길이 아닌 큰길로 돌아서 가기 위해 그린게이블즈의 오솔길을 벗어났다. 그랬더니 이 무슨 우연의 장난이란 말인가! 앤서니 파이가 눈을 헤치며 이쪽으로 오고 있었다.

마치 두 사람의 입장이 뒤바뀐 듯 앤 쪽이 어쩐지 미안한 느낌이 들었다. 그런데 말문이 막힐 만큼 놀랍게도 앤서니가 이제까지 한 번도 보인 적 없는 태도로 모자를 벗고 먼저 인사했을 뿐 아니라 말까지 걸어왔다.

"길이 나빠요. 제가 책을 좀 들어다드릴까요, 선생님?"

---

2) 이 문장에서 앤이 쓴 표현은 "Canst thou not minister to a mind diseased"(그대는 아픈 마음을 달래줄 수 없나요)라는 《맥베스》 5막 3장의 문장에서 따옴.
3) 수전 쿨리지라는 필명의 미국 작가 세라 촌시 울지(1835~1905)의 시 〈날마다 새로운 아침〉의 "날마다 새로운 시작"(6연 1행)과 "아침마다 새롭게 태어나는 세상"(1연 1행)에서 따옴.

앤은 얼떨결에 책을 주며 꿈이 아닌가 싶어 고개를 갸웃했다. 앤서니는 말없이 학교까지 걸어갔으며 앤은 책을 건네받을 때 앤서니에게 미소 지었다. 지금까지 앤서니의 마음을 얻기 위해 형식적으로 지었던 '친절해 보이는' 미소가 아니라 동지애에서 저도 모르게 우러나온 미소였다.

앤서니도 샐쭉 미소 지었다. 아니, 사실대로 말하면 이를 드러내며 히죽 웃었다. 그렇게 이를 내보이며 히죽이 웃는 것은 여느 때라면 실례라고 여겼겠지만, 앤은 그 순간 자기가 아직 앤서니의 애정을 얻지는 못했어도 어쨌든 앤서니로부터 존경을 받고 있음을 느꼈다.

다음 토요일에 찾아온 린드 부인이 이러한 앤의 느낌이 맞았음을 확인해 주었다.

"앤, 네가 마침내 앤서니 파이의 마음을 얻었더구나. 앤서니는 네가 여자지만 선생님으로서 나쁘지 않다고 말했다더라. 그리고 너의 매질이 남자 못지않다고 했대."

"하지만 나는 매질로 앤서니의 마음을 얻을 생각은 없었어요."

앤은 슬퍼했다. 왠지 자신의 이상에 배반당한 듯한 기분이었다.

"매질이 통할 리가 없어요. 끝까지 친절로 대해야 한다는 내 생각이 틀렸을 리가 없다고요."

린드 부인은 확신에 차서 말했다.

"그야 물론이지. 다만 파이 집안사람들은 일반적인 규칙에 들어맞지 않잖니."

그날의 이야기를 듣고 해리슨 씨는 말했다.

"언젠가 그렇게 될 줄 알았어."

그리고 제인은 인정사정없이, 그것 보라는 말을 해서 앤의 비위를 긁었다.

봄날의 소풍

'언덕의 과수원'으로 가다가 앤은 '도깨비숲' 아래쪽 시냇물에 놓인 이끼 낀 통나무다리에서 그린게이블즈로 오는 중이던 다이애나를 만났다. 두 사람은 '드리아스의 샘'가에 앉았다. 동그랗게 말린 여린 풀고사리순이 올라오기 시작한 모습은, 마치 꼬불꼬불한 머리칼의 초록색 장난꾸러기 요정이 이제 막 낮잠에서 깨어나 일어나려고 하는 것 같았다.

앤이 말했다.

"나는 이번 주 토요일 내 생일 준비를 도와달라고 부탁하러 너의 집에 가던 참이야, 다이애나."

"네 생일이라고? 네 생일은 3월에 벌써 지나갔잖아?"

앤은 웃었다.

"그건 내가 고른 생일이 아니야. 만일 부모님이 나와 의논했다면 절대 일어나지 않았을 일이야. 생일을 고를 수만 있었다면 나는 꽃이 한창인 봄을 택했겠지. 메이플라워[1]며 제비꽃과 함께 이 세상에 나타난다면 정말 멋질 테니까. 피

---

1) 5월에 피는 봄꽃을 두루 일컫는 말로, 영국과 아메리카 대륙에서 가리키는 꽃의 종류가 다름. 영국의 메이플라워는 주로 산사나무나 기린초 등을 뜻하는 반면, 캐나다를 포함한 아메리카 대륙에서는 주로 트레일링 아르부투스를 가리킴.

는 섞이지 않았지만 그 꽃들이 아마 자매같이 느껴졌겠지. 하지만 그토록 좋아하는 봄에 태어나지 못했으니까 하다못해 생일이라도 봄에 축하하고 싶어.

프리실라가 토요일에 오기로 되어 있고 제인도 돌아오잖니? 우리 넷이 숲으로 가서 봄을 벗하면서 멋진 하루를 보내자. 아직 봄과 제대로 사귀어보지 못했잖아? 숲에서라면 다른 데서 볼 수 없는 봄을 만날 수 있을 거야. 사람이 가보지 못한 드넓은 들판과 고즈넉한 곳들을 구석구석 살피고 싶어. 지나가는 사람은 있어도 눈여겨보는 사람은 없었던 숨겨진 아름다운 장소가 곳곳에 있을 거야. 가서 하늘과 바람과 햇살과 친구가 되어 가슴에 봄을 듬뿍 안고 돌아오자."

"네 말을 들으니 정말 멋있을 것 같구나."

그러나 다이애나는 앤의 시적인 표현을 마음속으로 다 믿지는 못해 미심쩍게 물었다.

"하지만 눈이 녹아 아직도 질척질척한 곳이 있지 않을까?"

"그럼 고무 장화를 신고 가면 돼."

앤이 현실적인 걱정에 양보할 수 있는 부분은 거기까지였다.

"토요일 아침에 일찍 와서 도시락 싸는 것을 도와줘. 아주 맛있고 봄에 어울리는 것으로 푸짐하게 준비할 생각이야. 조그만 젤리타르트와 레이디핑거,[2] 분홍과 노랑 아이싱을 입힌 쿠키와 버터컵 케이크까지. 전혀 시적이진 않지만 샌드위치도 물론 있어야겠지."

토요일은 소풍을 가기에 안성맞춤인 날이었다. 하늘은 푸르고 태양이 찬란하게 비치는 따뜻한 날이었다. 산들바람이 목장과 과수원을 장난치듯이 가로

---

2) 손가락처럼 생긴 스펀지케이크.

지르며 불어왔고 양지바른 언덕과 들판에는 푸른 풀이 돋고 여기저기 꽃이 피어 있었다.

해리슨 씨는 뒤쪽 밭을 써레로 갈면서, 그 무엇에도 쉽사리 감동하지 않는 나이와 성격임에도 홀린 듯 봄의 숨결을 느끼고 있었다. 그러다 언뜻 네 아가씨가 바구니를 들고 사뿐거리며 자기 밭 어귀를 지나가고 있는 것을 보았다. 밭 둘레에는 자작나무와 전나무가 울창한 숲을 이루고 있었다. 네 아가씨의 밝은 웃음과 즐거운 이야기가 해리슨 씨에게 들려왔다.

앤이 역시 앤다운 철학을 펼치는 소리가 들렸다.

"이런 날은 아무런 까닭도 없이 마구 행복해지지 않니? 오늘을 행복이 가득한 멋진 날로 만들자, 얘들아. 언제 떠올려 보아도 즐거워지는 그런 날로 말이야. 우리는 아름다운 추억을 만들러 가는 거야. 다른 걱정거리는 거들떠보지도 말아야 해. '사라져라, 번거로운 근심거리여!'

제인, 너 지금 어제 학교에서 있었던 언짢은 일을 생각하고 있지?"

제인은 깜짝 놀랐다.

"어떻게 알았어?"

"그야 얼굴에 쓰여 있는걸. 나도 그럴 때가 많아. 그런 건 머릿속에서 말끔히 씻어내버려. 월요일까지 내버려둬도 썩지 않을 테니까. 썩어서 거름이 되어준다면 더욱 고마운 일이지만. 그래, 지금 그 얼굴 좋다.

어머나! 얘들아, 저것 좀 봐. 온통 제비꽃이 활짝 피어 있어! 자, 추억의 화랑에 걸어둘 그림이 생겼어. 내가 여든이 되어도—그때까지 살아 있다면—눈을 감으면 저 제비꽃이 지금 그대로 떠오르겠지. 저 보랏빛 꽃들이 오늘 우리가 받은 첫 선물이야."

프리실라가 말했다.

"만일 키스가 눈에 보이는 것이라면 제비꽃처럼 생기지 않았을까 생각해."

앤의 얼굴이 빛났다.

"프리실라, 네가 그 생각을 혼자 마음에 간직해두지 않고 말로 표현해주어서 정말 기뻐. 사람들이 자기가 느끼는 진심을 그대로 말한다면 이 세상은 더욱더 흥미로운 곳이 되겠지. 지금도 멋지긴 하지만 더 멋진 세상이 될 거야."

제인이 세상을 다 알아버린 듯이 말했다.

"사람에 따라서는 듣고 싶지 않은 말을 하는 사람도 있어."

"물론 그럴지도 모르지. 하지만 그건, 나쁜 생각을 하는 그 사람들 잘못이야. 어쨌든 우리는 오늘 부끄러워하지 않고 숨김없이 모두 말해도 괜찮아. 별처럼 빛나는 생각밖에 하지 않을 테니까. 뭔가 머리에 반짝 떠오르는 것이 있으면 곧바로 말하기야. 그게 바로 대화 아니겠니? 어머나, 이런 곳에 오솔길이 있는 것을 이제껏 모르고 있었구나. 우리 가보자."

오솔길은 꼬불꼬불하고 너무 좁아 네 사람은 한 줄로 걸어야 했다. 그랬는데도 전나무 가지가 얼굴에 닿았다. 전나무 밑에는 벨벳 같은 이끼가 폭신하게 깔려 있었다. 계속 앞으로 나아가자 나무는 키가 작아지고 수도 적어졌으며 여러 가지 식물이 땅에 붙어서 자라고 있었다.

다이애나가 외쳤다.

"어머나, 돌부채가 잔뜩 피어 있구나! 나 커다란 꽃다발을 만들래. 엄청 예쁠 거야."

프리실라가 못마땅한 듯 물었다.

"어째서 이토록 기품 있고 부드러운 깃털 같은 꽃에 그런 끔찍한 이름을 붙였을까?"

앤이 말했다.

"처음에 이름을 붙인 사람이 상상력이 전혀 없었거나 너무 많았기 때문일 거야. 어머나, 얘들아, 저것 좀 봐!"

오솔길이 끝나는 곳에 나무로 둘러싸인 작은 빈터 한가운데에 얕은 못이 있었다. 여름이 오면 못의 물이 마르고 풀고사리가 다보록하게 돋아나는 곳이었다. 지금은 접시처럼 둥글고 수정처럼 맑은 못에 주름 하나 없는 천을 펼쳐놓은 듯 잔잔하게 빛나는 물이 괴어 있었다. 어린 자작나무가 둘레를 에워싸고 있었으며 풀고사리가 물가에 빙 둘러 손을 뻗듯 돋아나 있었다.

제인이 감탄했다.

"어쩌면 이토록 아름다울까!"

앤은 바구니를 내려놓고 두 손을 친구들에게 내밀며 외쳤다.

"숲의 요정처럼 이 둘레에서 춤춰보자."

그러나 춤은 성공적이지 못했다. 땅이 몹시 질척거려 제인의 장화가 쑥 벗겨졌기 때문이다.

"장화를 신고 있을 때는 안타깝지만 숲의 요정이 될 수가 없나 봐."

반론의 여지가 없는 제인의 말에 앤도 단념했다.

"그럼 이곳을 떠나기 전에 예쁜 이름을 지어주자. 저마다 이름을 하나씩 지어 제비를 뽑아 결정하는 게 어때? 다이애나가 먼저 할래?"

다이애나가 재빨리 대답했다.

"자작나무 못."

그러자 제인이 말했다.

"수정 호수."

두 사람 뒤에 서 있던 앤은 프리실라에게 그런 흔해빠진 이름은 되풀이하지 말아달라고 눈짓으로 사정했다.

프리실라는 알았다는 듯이 살짝 윙크를 하고 말했다.
"명멸하는 명경(明鏡)."
앤은 '요정의 거울'이라고 말했다.
흰 자작나무 껍질을 벗겨 제인이 학교 선생답게 주머니에서 꺼낸 연필로 하나하나 이름을 적어 앤의 모자 속에 넣었다. 프리실라가 눈을 감고 하나를 집어 들었다.
제인이 의기양양하게 읽었다.
"수정 호수야."
그래서 '수정 호수'로 결정되었다. 앤은 가혹한 운명의 장난으로 그처럼 뻔한 이름으로 불리게 된 못이 가엾게 여겨졌으나 입 밖에 내어 말하지는 않았다.
네 사람은 못 건너 덤불을 헤치고 들어가서 사일러스 슬론 씨네 뒤쪽 목장으로 나왔다. 목장을 가로질러 가자 숲으로 들어가는 또 다른 오솔길이 나왔고 표결에 부친 끝에 그곳도 탐험하기로 했다. 잇따라 놀랍도록 아름다운 것들이 눈에 띄어 그렇게 한 보람이 있었다.
처음에는 슬론 씨네 목장 기슭을 지나가다가 꽃이 만발한 산벚나무가 가지를 뻗어 아치를 이룬 곳에 이르렀다. 모두들 모자를 벗고 매끄러운 크림처럼 부드러운 꽃으로 화환을 만들어 머리에 얹었다. 이윽고 오솔길이 직각으로 꺾이며 가문비나무숲과 이어졌다. 숲이 너무 울창하여 어두웠으므로 네 사람은 저물녘 어스름 속을 걸어가는 기분이 들었다. 하늘도 보이지 않았고 한 줄기 햇빛도 비쳐들지 않았다.
앤이 낮은 목소리로 속삭였다.
"여기는 작은 도깨비들이 사는 곳이야. 작은 도깨비들은 장난꾸러기이고 심술궂지만 우리에게 해를 끼칠 수는 없어. 따뜻한 봄에는 나쁜 짓을 결코 해선 안 된다는 규칙이 있기 때문이야. 저 비틀어지고 굵은 전나무 뒤에서 도깨비 하나가 우리 쪽을 엿보고 있었어. 지금 막 지나온 길가에 돋은 그 큰 점박이 독버섯 위에도 작은 도깨비들이 여럿 올라앉아 있는 것을 못 봤니? 착한 요정들은 언제나 양지바른 곳에 살고 있어."

제인이 말했다.

"정말 요정들이 있었으면 좋겠어. 세 가지 소원을 들어주면 얼마나 좋을까? 아니, 단 한 가지라도 좋아. 너희들은 만일 소원이 이루어진다면 무엇을 바라겠니? 나는 돈 많고 아름답고 영리한 사람이 되고 싶어."

들뜬 다이애나가 깍지를 낀 채로 말했다.

"나는 키가 크고 날씬해지고 싶어."

그러자 프리실라가 말했다.

"나는 유명해지고 싶어."

앤은 자신의 붉은 머리카락 생각이 한순간 머리를 스치고 지나갔지만 그런 건 소원으로는 합당치 않다 생각하고 도리질하며 저 멀리 쫓아버렸다.

"난 언제나 봄이었으면 좋겠어. 1년 내내 봄, 모두의 마음도 봄, 우리들 인생도 봄."

프리실라가 함박웃음을 지으며 말했다.

"그렇다면 이 세상이 천국이기를 바라는 것과 마찬가지잖니."

"천국의 일부와 비슷할 따름이야. 천국에도 여름과 가을…… 그렇지, 그리고 겨울도 약간은 있겠지. 나는 천국에서도 반짝이는 눈벌판이나 새하얀 눈꽃을 가끔은 볼 수 있었으면 좋겠다고 생각해. 그렇게 생각지 않니, 제인?"

제인은 자신 없다는 듯이 대답했다.

"글쎄…… 나는 잘 모르겠어."

그녀는 선량한 아가씨이자 성실한 교인이었다. 기독교도로서 부끄럽지 않은 삶을 살려고 노력하고 가르침을 받은 것은 절대적으로 믿고 있었다. 그럼에도 불구하고 제인은 필요한 때 말고는 천국에 대해 생각해본 적이 없었다.

다이애나가 웃으며 말했다.

"며칠 전에 미니 메이가 천국에서는 날마다 가장 좋은 옷을 입고 있어도 되냐고 물은 적이 있었어."

앤이 물었다.

"그래서 너는 입고 있어도 된다고 했겠지?"

"아니야. 천국에서는 옷에 대해 전혀 생각하지 않는다고 말했어."

앤은 간절한 눈빛으로 말했다.

"어머나, 생각하지 않을까? 조금은 말이야. 영원은 긴 시간이니까 더 중대한 일을 소홀히 하지 않고도 그런 것을 생각할 시간이 얼마든지 있을 것 같아. 아마 저마다 아름다운 옷을 입고 있을 거야. 평범한 옷이라기보다 천사들의 날개옷 같은 화려한 드레스려나. 나는 처음 몇 세기 동안은 핑크빛 옷을 입고 싶어. 핑크빛에 싫증이 나려면 틀림없이 그만큼은 걸릴 거야. 나는 그 색을 그토록 좋아하는데 이 세상에서는 아무래도 입을 수가 없어."

가문비나무숲을 지나자 오솔길은 숲이 트인 곳으로 이어지며 양지바른 작은 빈터가 나왔다. 그곳을 흐르는 시냇물에 통나무다리가 놓여 있었다. 다리를 건너자 햇빛이 찬란하게 빛나는 몽환적인 너도밤나무숲에 이르렀다. 공기는 맑디맑은 황금색 와인처럼 투명하고 나뭇잎은 싱그러운 초록빛이었으며 하늘거리는 햇빛은 땅 위에 빛과 그림자로 짜맞춘 모자이크를 만들고 있었다.

그곳을 가로질러 가자 또다시 산벚나무가 있었고 날씬한 전나무의 작은 골짜기가 나왔다. 그다음은 가파른 언덕이어서 모두들 숨을 헐떡이며 올라갔다.

언덕마루에 올라 활짝 트인 곳에 이르렀을 때 깜짝 놀랄 만한 경치가 그들을 기다리고 있었다.

눈앞 멀리에는 카모디 가도의 윗길까지 농장의 뒷밭이 드넓게 펼쳐져 있었다. 그보다 조금 앞쪽에 너도밤나무며 전나무로 삼면이 에워싸이고 남쪽 한 면만이 탁 트인 좁은 땅이 있었는데 그 안에는 조그만 정원이 있었다. 아니, 정원의 흔적이라는 편이 나을지도 모른다. 주위를 둘러쌌던 돌담은 무너지고 이끼와 풀이 우거져 있었다. 그 동쪽 면에는 눈이 수북이 쌓인 듯 새하얀 꽃이 몽글몽글 피어 있는 벚나무가 줄지어 있었다. 옛날에 오솔길이었던 흔적이 아직 그대로 남아 있고 정원 한가운데에는 장미 덩굴이 두 줄로 심어져 있었다. 그 밖에는 푸른 풀밭 위에 온통 노란색과 하얀색 수선화의 꽃무더기가 한없이 가볍게 바람에 나부끼고 있었다.

"어머나, 어쩜 이렇게 예쁠까!"

세 아가씨가 외쳤으며 앤은 아무 말도 못 하고 그저 바라볼 뿐이었다.

프리실라는 놀라워하며 말했다.

"어떻게 이런 외딴곳에 정원이 있었을까."

다이애나가 말했다.

"아마 헤스터 그레이의 정원이었을 거야. 전에 어머니가 이야기하는 것을 얼핏 들은 적은 있는데, 한 번도 보지는 못했었어. 설마 지금껏 이렇게 남아 있을 줄은 꿈에도 몰랐어. 앤, 너도 들은 적 있지?"

"아니. 하지만 그 이름은 왠지 익숙한 느낌이야."

"아마 묘지에서 봤을 거야. 헤스터의 무덤은 포플러나무 아래 한구석에 있으니까. 왜, 그 열린 대문이 조각된 작은 갈색 비석 알지? '헤스터 그레이의 추억에 바치다, 향년 22세'라고 적혀 있는. 조던 그레이는 헤스터 바로 옆에 묻혔는데, 비석이 없어. 마릴라가 이야기해주지 않았다니 이상하구나, 앤. 하긴 30년이나 지난 일이니 아마 모두들 잊어버렸겠지."

앤이 말했다.

"이곳에 얽힌 이야기가 있다면 더더욱 들어보지 않을 수가 없겠어. 무슨 이야기인지 좀 자세히 해줘. 자, 이 나르키소스[3] 속에 앉아 다이애나의 이야기를 들어보자. 어쩌면 이토록 많이 피어 있을까. 정말 안 퍼진 곳이 없는걸. 마치 이 정원에는 달빛과 햇빛을 함께 엮어 만든 카펫을 깔아놓은 것 같아. 이건 엄청난 발견이야. 여기서 1마일(약 1.6킬로미터)도 안 떨어진 곳에 6년이나 살면서 한 번도 와본 적이 없다니! 자, 다이애나, 어서 들려줘."

다이애나가 이야기를 시작했다.

"오랜 옛날 이 농장은 데이비드 그레이 노인의 것이었어. 그분은 이곳에 살지는 않았고, 지금 사일러스 슬론이 사는 집에 살고 있었어. 조던이라는 아들이 하나 있었는데 어느 해 겨울 보스턴으로 일하러 갔다가 그곳에서 헤스터 머리라는 아가씨와 사랑에 빠졌지.

헤스터는 어떤 가게에서 일하고 있었는데 그곳도 그 일도 몹시 싫어했대. 시골에서 자랐고 늘 시골을 그리워해서 다시 돌아가고 싶어했나 봐. 조던이 청혼을 하자, 오직 들판과 나무만 보이는 한적한 곳에서 살게 해준다면 결혼하겠다고 말했대.

그래서 조던은 헤스터를 애번리로 데려왔어. 린드 부인은 조던이 미국 여자와 결혼하다니 참으로 위험한 짓을 저질렀다고 말했다는데, 확실히 헤스터는

---

[3] 그리스 신화에 나오는 미소년의 이름이자 수선화의 다른 이름. 이 소년이 요정 에코의 사랑을 받아들이지 않자 네메시스에게 벌을 받아, 호수에 비친 자기 모습과 사랑에 빠져 스스로를 그리워하다 죽어 호숫가에 수선화로 피어났다고 전해짐.

몸이 아주 약한 데다 집안일도 할 줄 몰랐어. 하지만 우리 어머니는 헤스터가 예쁘고 마음씨도 고와 조던은 헤스터가 디딘 땅까지도 숭배할 정도로 사랑했다고 했어.

그레이 노인은 아들에게 이 농장을 주었고 조던은 이 조용한 곳에 조그만 집을 짓고 헤스터와 4년 동안 살았어. 헤스터는 나다니기를 좋아하지 않았고, 우리 어머니와 린드 부인 말고는 찾아오는 사람도 거의 없었대. 이 정원은 조던이 헤스터를 위해 만들어주었는데, 헤스터는 이곳을 지극하게 사랑해 여기서 살다시피 했대.

헤스터는 집안 살림은 못했지만 꽃 가꾸기만큼은 썩 잘했대. 그러다가 갑자기 병에 걸리고 말았지. 어머니는 헤스터가 이곳에 오기 전부터 이미 폐병에 걸려 있었는지도 모른다고 말했어. 헤스터는 몸져누울 정도는 아니었지만 나날이 쇠약해졌어. 조던은 헤스터의 간호를 아무에게도 맡기지 않고 자기가 모두 도맡아 했어.

우리 어머니 말로는 조던이 어느 여자 못지않게 지극 정성으로 자상하게 간호했대. 날마다 조던이 헤스터에게 숄을 씌워 정원으로 데리고 나오면 헤스터는 벤치에 하루 종일 누워 하늘 보기를 무척 좋아했다지. 사람들 말로는, 헤스터는 매일 아침, 매일 밤 조던을 자기 옆에 무릎 꿇게 하고 마침내 최후의 시간이 오면 정원에서 죽을 수 있게 해달라고 함께 기도했대.

헤스터의 기도는 끝내 이루어졌어. 어느 날 조던은 헤스터를 벤치에 눕히고 피어 있는 장미꽃을 모두 꺾어다 헤스터의 몸을 덮어 주었어. 헤스터는 조던에게 말없이 미소를 보내고 눈을 감았어. 그리고……."

다이애나는 나직이 이야기를 끝맺었다.

"그것이 헤스터의 마지막이었어."

"아, 어쩌면 그토록 아름다운 이야기가 있을까!"

앤은 눈물을 닦으며 한숨을 쉬었다.

프리실라가 물었다.

"조던은 어떻게 됐니?"

"헤스터가 죽은 뒤 농장을 팔고 보스턴으로 돌아갔어. 자베즈 슬론 씨가 농장을 샀고 조그만 집은 큰길 쪽으로 옮겨갔지. 10년쯤 뒤 조던도 세상을 떠났는데, 고향의 헤스터 옆에 나란히 묻혔대."

제인이 물었다.

"헤스터는 어째서 모든 것을 버리고 떠나 이런 외딴곳에서 살고 싶어했을까?"

"아, 그건 알 수 있을 것 같아."

앤은 생각에 잠기는 듯한 표정을 지었다.

"나는 들이나 숲을 아주 좋아하기는 해도, 사람도 좋아해서 언제까지나 이런 곳에 있으려면 무척 힘들겠지만, 헤스터의 기분은 어렴풋이 알 수 있어.

헤스터는 대도시의 소음 속에서 그토록 수많은 사람이 오가는 가운데 자기를 생각해주는 사람이 한 사람도 없어 그게 견딜 수 없이 힘들었던 거야. 그런 모든 것으로부터 떠나 자신을 감싸주는, 고즈넉하고 푸른 숲이 우거진 곳에서 쉬고 싶었을 테지. 그리고 소원대로 이루어진 거야. 그렇게 원하는 일이 이루어지는 일은 좀처럼 드문데 말이야.

죽기 전 4년 동안은 그야말로 완벽히 행복한 시간을 보냈을 거야. 그러니까 헤스터는 사람들에게 동정받기보다 오히려 사람들이 부러워할 만한 삶을 살았다고 생각해. 자신이 이 세상에서 그 누구보다 사랑하는 사람이 미소로 지켜보는 가운데 눈을 감았고 장미꽃에 묻혀 잠들었으니…… 아, 얼마나 아름다운 일이니!"

다이애나는 덧붙여 말했다.

"저기에 벚나무를 심은 것도 헤스터야. 헤스터는 우리 어머니에게 이렇게 말했대. 자기는 저 나무에서 나는 열매를 맛볼 때까지 살 수 없겠지만, 자기가 죽은 뒤에도 자신이 심은 무언가가 살아남아 세상을 아름답게 하는 데 도움이 되리라는 생각을 간직하고 싶다고."

앤이 눈을 반짝이며 말했다.

"이 길로 오기를 참 잘했어. 오늘은 내 멋대로 생일로 정한 날이잖니? 이 정원과 지금 들은 이야기는 내 생일 선물로 충분해. 다이애나, 어머니가 헤스터 그레이가 어떻게 생겼었는지도 이야기해주셨니?"

"아니, 그냥 예뻤다고만 했어."

"오히려 그게 더 좋다. 사실에 구애받지 않고 그 모습을 상상할 수 있으니까. 헤스터는 몸집이 아주 작고 가녀린 데다, 검고 부드러운 곱슬머리에, 눈은 크고 정다우면서도 수줍은 듯한 갈색일 거야. 그리고 창백한 얼굴에 슬픈 표정이 어린 사람이었을 것 같아."

그들은 헤스터의 정원에 바구니를 놓아두고 오후 내내 주위의 숲과 들판을 거닐며 조용히 잠들어 있던 아늑한 장소와 숨겨진 오솔길을 많이 찾아냈다. 배가 고파지자 가장 아름다운 곳—졸졸 흐르는 시냇물 소리가 경쾌하게 들리는 가파르게 비탈진 기슭의 기다란 깃털 같은 풀 속에 흰 자작나무가 서 있는 곳—에서 도시락을 펼쳤다.

네 사람은 나무둥치에 모여 앉아 앤이 준비해온 앙증맞고 맛있는 도시락을 배불리 먹었다. 신선한 공기를 마시며 이리저리 쏘다닌 덕분에 식욕이 왕성해져 '전혀 시적이지 않은' 샌드위치도 크게 환영받았다. 앤은 손님들을 위해 유리잔과 레모네이드를 가져왔지만 정작 자기는 자작나무 껍질을 말아 만든 잔으로 차가운 시냇물을 마셨다. 잔에서 물이 새고 봄에 으레 그렇듯 시냇물은 흙내음이 물씬 났으나 앤은 이런 때에는 새콤달콤한 레모네이드보다 이런 물이 훨씬 어울린다고 생각했다.

갑자기 앤이 손가락으로 무언가를 가리키며 외쳤다.

"저것 좀 봐. 저 시가 보이니?"

"어디?"

제인과 다이애나는 자작나무에 고대 룬문자로 새겨진 시구절을 발견하길 기대하며 눈을 크게 떴다.

"저기…… 시냇물 속에 잠겨있는 저 초록색 이끼가 돋은 오래된 통나무 말이야. 그 위를 물이 잔잔한 물결을 일으키며 마치 빗으로 빗어내리듯 흐르고 있잖니. 그리고 시냇물이 흘러내려 저 멀리 못을 이룬 곳까지 한줄기 햇빛이 비스듬히 비쳐들고 있어. 아, 저토록 아름다운 시는 본 적이 없어."

제인이 말했다.

"나 같으면 차라리 그림이라고 하겠어. 시라면 글로 쓴 행이나 연을 말하는 거니까."

앤은 풍성한 벚꽃 화환을 쓴 머리를 세게 옆으로 흔들었다.

"행이나 연은 시의 겉옷에 지나지 않아. 마치 네 치마에 잡힌 주름이나 네 옷에 붙어 있는 장식이 네가 아닌 것과 마찬가지로 행이나 연 자체가 시는 아니야. 진짜 시는 그런 것 속에 담겨 있는 영혼을 말하지…… 그리고 저기 있는 아름다운 한 장면은 글로 쓰이지 않은 시의 순수한 영혼이야. 영혼은 그리 흔히 볼 수 없어…… 시의 영혼이라도 마찬가지야."

프리실라는 꿈꾸듯 말했다.

"영혼이란…… 인간의 영혼이란…… 어떤 모습일까."

"나는 저런 것이라고 생각해."

한 그루의 자작나무 가지와 이파리 사이로 쏟아지고 있는 따뜻한 햇살을 가리키며 앤이 말을 이어갔다.

"저기에 형상과 이목구비가 부여된 것 말이야. 나는 영혼이 빛으로 이루어져 있다고 생각하고 싶어. 장밋빛의 어른거림과 떨림만으로 가득한 영혼…… 바다를 비춰주는 달빛처럼 부드럽게 반짝이는 영혼…… 그리고 새벽녘 안개처럼 아련하고 투명한 영혼도 있지."

프리실라가 말했다.

"어느 책에서인가 영혼은 마치 꽃과 같다고 씌어 있는 것을 읽은 적이 있어."

"그렇다면 너의 영혼은 황금빛 나르키소스(수선화)야. 다이애나는 붉디붉은 장미꽃이고, 제인은 다정한 핑크빛 사과꽃이야."

프리실라가 마침표를 찍듯이 말했다.

"그럼 네 영혼은 한가운데에 보랏빛 줄무늬가 있는 하얀 제비꽃이야, 앤."

제인은 다이애나에게 나직이 속삭였다.

"쟤들이 무슨 이야기를 하고 있는 건지 모르겠어. 너는 알겠니?"

그들은 은은한 황금빛 저녁놀을 받으며 집으로 돌아갔다. 그들이 안고 있는 바구니에는 헤스터의 정원에서 꺾어온 수선화가 가득 담겨 있었는데, 앤은 다음 날 그 수선화 몇 송이를 헤스터의 무덤에 바쳤다. 음유시인인 지빠귀[4]가 전나무에서 지저귀고 늪에서는 개구리가 노래를 부르고 있었다. 언덕 사이사이의 골짜기에는 온통 토파즈의 노란색과 에메랄드의 초록색 빛이 넘치고 있

---

4) 지빠귀로 번역한 이 새의 정식명칭은 미국 지빠귀. 이 새는 영국과 유럽에서 북아메리카 대륙으로 이주해온 초기 청착민들이 '울새'(robin)라고 부르던 유럽울새와, 회갈색 등과 붉은 색 가슴 깃털을 가진 생김새가 비슷하며 봄의 시작을 알리는 철새라는 공통점이 있어 그대로 'robin'이라고 부르면서 한국어에서도 '울새'로 자주 옮겨지지만, 실제로는 지빠귀과에 속하는 새임.

었다.

다이애나가 출발할 때에는 그리 기대하지 않았었다는 듯이 말했다.
"지나고 보니 오늘은 멋진 하루였어."
프리실라도 말했다.
"정말 행복하고 즐거운 날이었어."
제인도 끼어들었다.
"실은 나도 숲을 굉장히 좋아해."
앤만은 아무 말이 없었다. 홀로 저 먼 서쪽 하늘을 바라보며 헤스터 그레이를 생각하고 있었다.

하느님의 도움

 어느 금요일 저녁, 앤은 우체국에서 돌아오다가 우연히 린드 부인을 만났다. 린드 부인은 늘 그렇듯이 교회와 나라의 걱정을 한 몸에 모조리 짊어지고 괴로워하고 있었다.
 "지금 막 티머시 코튼네에 가서 2, 3일 동안 앨리스 루이즈가 우리 집에 와서 내 일을 좀 도와줄 수 없는지 물어보고 오는 길이야. 지난주에도 와서 나를 도와줬거든. 그 애는 느림보지만 그나마 없는 것보다는 나으니까. 그런데 몸이 아파 도저히 올 수 없다는구나.
 티머시도 앉아서 기침을 콜록이며 죽는소리를 했지. 지난 10년 동안 내내 죽는다 죽는다 입버릇처럼 말했는데 앞으로 10년은 더 거뜬할 게다. 저런 사람들은 어지간해서는 잘 죽지도 않아. 무슨 일이든 제대로 하는 일이 없어서, 앓는 것마저 죽을 만큼 끝까지 앓지도 못하고 그저 골골대기만 하니까. 정말 게을러 빠진 집구석이야. 앞으로 어떻게 될지 나도 모르겠지만 혹시 하느님은 아실는지."
 린드 부인은 마치 하느님조차 거기까지는 모를 거라는 투로 말하며 한숨지었다.
 "마릴라가 화요일에 또 눈을 진찰받은 것 같던데 의사가 뭐라고 하더냐?"

앤은 쾌활하게 말했다.

"의사 선생님이 매우 기뻐하셨대요. 많이 회복돼서 이 정도면 실명할 우려는 거의 없다고요. 하지만 지나치게 책을 읽거나 정교한 수예 같은 것은 무리래요. 바자회 준비는 어떻게 됐어요?"

교회 부인후원회에서는 바자회를 열어 사람들에게 저녁 식사를 대접할 준비로 바빴으며 린드 부인이 대표가 되어 앞장서서 활약하고 있었다.

"아주 잘 되어가고 있어. 그러고 보니 생각나는구나. 목사님 부인이 옛날식 부엌처럼 꾸민 부스를 마련해서 베이크트 빈즈[1]랑 도넛, 파이 같은 것을 저녁으로 내놓으면 어떠냐고 했거든. 그래서 지금 이 근처에서 옛날식 도구를 모으는 참이야.

사이먼 플레처 부인은 어머니가 짠 깔개를 빌려주고 레비 볼터 부인은 낡은 의자를 몇 개 내놓기로 했지. 그리고 메리 쇼 아주머니는 유리문 달린 찬장을 빌려주기로 되어 있어. 마릴라는 그 놋촛대를 빌려주겠지?

그리고 옛날 접시를 있는 대로 모을 수 있으면 좋겠는데. 목사님 부인은 가능하다면 진짜 청화백자 접시를 하나쯤은 꼭 쓰고 싶다고 했지만 가지고 있는 사람이 없는 것 같아. 앤, 혹시 모르니?"

"미스 조지핀 배리가 하나 가지고 있어요. 제가 편지를 써서 빌려주실 수 있는지 여쭤볼게요."

"그렇게 해주면 고맙겠다. 그 만찬회는 2주일 안에 있을 예정이야. 고맙게도 에이브 앤드루스 아저씨가 바로 그때쯤 폭풍우가 몰아칠 거라고 예언했으니

---

[1] 푹 익은 강낭콩을 소금에 절인 베이컨·토마토소스 따위의 향미료를 넣어 조리한 것. 원래는 아메리카 원주민 요리에서 기원한 음식으로 17세기 들어서 정착민들에게도 받아들여져 17세기부터 본격적으로 미국과 캐나다 전역으로 퍼져나갔으며, 원주민들이 메이플 시럽을 넣어 만들던 전통은 지금도 캐나다 퀘벡주 같은 지역에서 찾아볼 수 있음.

반대로 좋은 날씨가 되겠지."

이 '에이브 아저씨'라는 인물은 모든 예언자가 그렇듯이 자기가 살고 있는 고향에서는 그리 믿음을 얻지 못하고 있었다. 그의 일기예보가 맞아떨어진 적이 한 번도 없었기 때문에 오히려 웃음거리에 가까웠다. 그 지방 최고의 재담꾼으로 자부하고 있는 엘리셔 라이트 씨는, 애번리에서는 아무도 샬럿타운 일간지의 일기예보란을 보려고 생각하는 사람이 없다고 입버릇처럼 말했다. 그 대신 에이브 아저씨에게 내일 날씨가 어떠냐고 묻고는 그 대답의 반대로 예상하면 된다는 것이었다. 그래도 에이브 아저씨는 조금도 굽히지 않고 계속 일기예보를 하고 있었다.

린드 부인이 웃으며 말을 이었다.

"선거 전에 바자회를 열 생각이야. 그래야 후보자들이 와서 돈을 많이 쓰고 갈 테니까. 보수당은 안 그래도 여기저기 돈을 뿌려 사람들을 매수할 게 뻔한데, 단 한 번이라도 제대로 돈을 쓸 수 있는 기회를 만들어줘야 하지 않겠니?"

앤은 매슈에 대한 의리로 열렬한 보수당 지지자였지만 아무 말 하지 않았다. 기회만 있으면 자신의 정치론을 펼치려는 린드 부인 앞에서 정치 얘기를 함부로 꺼내지 않는 편이 낫다는 것을 잘 알기 때문이었다.

우체국에 다녀온 앤은 마릴라에게 온 편지를 가지고 있었다. 브리티시컬럼비아주의 어느 도시의 소인이 찍혀 있었다.

집에 도착하자 앤은 흥분하여 말했다.

"아마 쌍둥이들 외삼촌한테서 온 편지일 거예요, 마릴라. 뭐라고 씌어 있을까요?"

마릴라는 무뚝뚝하게 말했다.

"뜯어보면 알게 되지 않겠니."

누군가 자세히 살핀다면 마릴라도 역시 흥분하고 있음을 알 수 있지만 그녀로서는 그것을 겉으로 나타내느니 차라리 죽는 편이 낫다고 생각했다.

앤은 기세 좋게 봉투를 뜯어 단정치 못하고 좀 서투른 글씨로 삐뚤빼뚤 쓴 편지를 쭉 훑어보았다.

"올봄에는 아이들을 데려갈 수 없다고 씌어 있어요. 겨우내 앓아서 결혼도 미루었대요. 아이들을 가을까지 맡기고 싶은데 우리 형편이 어떤지 묻고 있어요. 물론 맡을 거죠, 마릴라?"

"어쩔 수 없지 않겠니."

마릴라는 마땅찮다는 듯이 말했으나, 속으로는 안도의 숨을 쉬고 있었다.

"어쨌든 그 아이들은 전만큼 성가시게 굴지 않으니까. 우리가 익숙해진 것인지도 모르지만 말이야. 데이비는 눈에 띄게 좋아졌어."

"'예절'은 확실히 나아졌어요."

앤은 신중하게 표현했는데, 데이비의 속마음까지는 보장할 수 없다는 듯한 말투였다.

엊저녁 앤이 학교에서 돌아와 보니 마릴라는 부인회 모임에 나가고, 도라는 부엌의 안락의자에서 자고 있었으며, 데이비는 거실의 반침에 기어 들어가 마릴라가 특별히 맛있게 만든 노란색 자두잼을 꺼내 부지런히 입에 퍼넣고 있는 중이었다. 데이비는 그것을 '손님용 잼'이라고 불렀으며, 결코 손대면 안 된다는 것을 알고 있었다. 앤이 데이비에게 달려들어 반침에서 끌어냈을 때 데이비는 몹시 멋쩍어했다.

"데이비 키스, 그 잼을 먹으면 안 된다는 것쯤 알고 있겠지? 거기에 있는 것은 절대로 만지면 안 된다고 했잖아."

"응, 안 된다는 건 알고 있지만 자두잼이 너무 맛있잖아, 누나. 잠깐 들여다보앉는데 너무 맛있어 보여서 딱 한 입만 먹으려고 했어. 그래서 손가락을 넣었다가……."

앤이 신음 소리를 냈다.

"깨끗이 핥아 먹었거든. 그랬더니 내가 생각했던 것보다 훨씬 더 맛있는 거야, 누나. 그래서 숟가락을 가져와 퍼먹었지, 뭐."

자두잼을 훔쳐 먹은 잘못에 대하여 앤이 엄격하게 타일렀으므로 데이비도 양심의 가책을 느껴 다시는 그러지 않겠다고 약속하며 앤에게 뽀뽀를 했다.

데이비는 마음 놓은 듯 태연히 말했다.

"괜찮아. 천국에는 잼이 얼마든지 있을 테니까."

앤은 풋 터져 나오려는 웃음을 겨우 참으며 말했다.

"있을지도 모르지, 우리들이 진정으로 바란다면 말이야. 하지만 너는 어째서 그렇게 생각하니?"

"그야 교회에서 가르치는 문답책에 있으니까."

"어머나, 교리 문답책에 그런 말은 나오지 않아, 데이비."

그러나 데이비가 고집을 부렸다.

"나와 있어. 지난 일요일 마릴라 아줌마가 가르쳐준 문답 속에 있어. '어째서 우리는 하느님을 사랑해야 하는가?' 하는 물음에 대한 답은 '왜냐하면 하느님은 프리저브를 만드시고, 우리를 구원해주시므로!'였거든. 잼을 하느님 식으로 말하면 프리저브(설탕절임)잖아."

"물 좀 마시고 올 테니 기다려."

골치 아픈 앤은 잠시 물러났다. 다시 돌아와서 데이비에게 그 교리문답 속의 뜻이 쉼표 하나 때문에 크게 달라진다는 것을 이해시키는 데 꽤나 애를 먹었다.[2)]

데이비는 실망하며 한숨을 쉬면서도 겨우 알아듣는 눈치였다.

"어쩐지 너무 멋지다고 생각했었어. 게다가 찬송가에 있듯이 천국에는 날마다 안식일만 있다면 하느님은 잼을 만들 시간이 없을 거 같았어. 천국에 가고 싶은 마음이 없어졌어. 천국에는 일요일뿐이고 토요일은 없어. 그렇지, 누나?"

"있어. 토요일도 있고 다른 멋진 날도 얼마든지 있지. 그리고 천국에서는 어제보다 오늘, 오늘보다 내일이 훨씬 더 좋을 거야."

앤은 이런 말을 하며 마릴라가 곁에 없어서 참 다행이라고 가슴을 쓸어내렸다. 있었다면 틀림없이 충격을 받았을 것이다. 마릴라는 당연히 쌍둥이들에게 옛날식으로 종교 교육을 받게 했으며 자기 멋대로 상상해서는 안 된다고 가르치고 있었다. 데이비와 도라는 일요일마다 찬송가와 교리문답 하나씩과 성경을 두 구절씩 배웠다. 도라는 얌전히 배웠고 거의 이해하지 못했고 흥미도 없지만 마치 기계라도 된 것처럼 배운 것을 줄줄 외웠다. 이와 반대로 데이비는 왕성한 호기심을 나타냈다. 마릴라가 데이비의 장래를 걱정하며 몸서리칠 만큼 어이없는 질문을 끊임없이 퍼부었다.

"체스터 슬론이 천국에서는 아무것도 하지 않고 그저 하얀 드레스를 입고 돌아다니거나 하프를 켤 뿐이래. 그리고 할아버지가 될 때까지는 천국에 가고 싶지 않다고 말했어. 왜냐하면 그때가 되면 천국을 더 좋아하게 될지도 모르니까. 게다가 여자처럼 드레스를 입는 것은 싫대. 나도 싫어. 어째서 남자 천사는 바지를 입으면 안 되는지 모르겠어, 누나.

체스터 슬론은 그런 것에 대해서 알고 싶어해. 가족들이 체스터더러 목사가

---

2) "Because He makes, preserves, and redeems us."(왜냐하면 하느님은 우리를 만드시고, 지키시고, 구원해 주시기 때문이다)가 교리문답의 원문인데, 데이비는 'makes' 다음에 있는 쉼표를 빼면서 'preserves' 를 '지키다'라는 의미의 동사가 아닌 '설탕절임'이라는 뜻의 명사로 오해한 것임.

되라고 한대. 체스터는 아무래도 목사가 되어야 할 거야. 왜냐하면 할머니가 체스터가 대학 가면 받을 학비를 남겨놓았는데 목사가 되지 않으면 그 돈을 한 푼도 받을 수 없기 때문이야. 할머니는 자기 집안에서 훌륭한 목사가 나오기를 손꼽아 기다리고 있대. 다행히 체스터는 목사가 되는 것도 나쁘지 않다고 했어…… 사실은 대장장이가 더 좋지만. 그래서 목사가 되기 전에 재미있는 일을 실컷 해 볼 거래. 목사가 되고 나면 재미있는 일을 할 수 없을 테니까.

나 같으면 목사가 되지 않겠어. 나는 블레어 씨처럼 가게를 차려 캔디며 바나나를 산더미처럼 쌓아 놓을 테야. 하지만 하프 대신 하모니카를 불어도 된다면 누나가 말하는 그런 천국에 가보고 싶어. 하모니카를 불어도 괜찮을까?"

"괜찮고말고. 네가 하고 싶다면 불게 해줄 거야."

앤은 그렇게밖에 대답할 수 없었다.

그날 밤 하먼 앤드루스 씨네에서 개선회 모임이 있었는데, 모두들 출석하여 중요한 일을 토론하기로 되어 있었다. 개선회는 왕성한 활동으로 이미 놀라운 성과를 올리고 있었다. 이른 봄, 메이저 스펜서 씨는 약속대로 자기 농장의 큰길을 따라 나무 그루터기를 뽑았고 비탈을 평평히 고른 뒤 잔디씨를 뿌렸다. 열 명이 넘는 다른 사람들도 스펜서 씨에게 뒤질세라, 또는 각 집안의 개선회원의 성화에 못 이겨 열 명이 넘게 스펜서 씨를 따라했다. 그 결과 차마 두고 볼 수 없을 만큼 잡초가 우거지고 풀숲이 무성했던 곳이 좁고 길게 이어진 벨벳처럼 부드러운 잔디밭으로 뒤덮이게 되었다. 그렇게 되니 자연히 잔디씨를 뿌리지 않은 곳에서는 농장이 더욱 흉해 보였기에 주인들은 은근히 부끄러움과 부러움을 함께 느꼈다. 그들은 내년 봄에는 어떻게든 손을 보겠다고 결심했다. 삼거리의 삼각지대도 땅을 골라 잔디씨를 뿌리고 그 가운데에는 앤의 제라늄 꽃밭이 소한테 짓밟히는 일 없이 하늘하늘 꽃을 피우고 있었다.

이런 상황이었으므로, 개선회원들은 일이 척척 잘 되어나가는 것으로 여겨 만족하고 있었다. 그러나 레비 볼터 씨만은 완강하게 협조를 거부했다. 볼터 씨네 윗밭 가운데에 있는 쓰러져가는 집을 헐어버리는 일에 대하여 개선회원들은 선출한 위원들을 내세워 신중한 태도로 교섭했으나 볼터 씨는 그 집에 대해 일체 간섭하지 말라고 딱 잘라 말했다.

이날 밤 개선회원들은 학교 이사회에다 학교 교정 둘레에 울타리를 세워달라고 요청하는 진정서를 작성하는 일과, 만일 개선회 자금이 허용한다면 교회 옆에 몇 그루의 장식용 나무를 심게 하는 안을 검토했다. '자금이 허용한다면'이라는 조건을 붙인 것은 앤의 말대로 공회당이 아직 파란색으로 있는 동안은 새로운 모금이 잘 되지 않으리라는 의견 때문이었다.

개선회원들은 앤드루스네 응접실에 모였으며, 제인이 일어서서 교회에 심을 나무의 값이 얼마인지 조사하여 보고할 위원 선출을 표결에 부치려는데, 머리를 퐁파두르 스타일로 빗어 올리고 프릴이 화려하게 장식된 옷차림을 한 거티 파이가 당당하게 들어왔다.

거티는 언제나 늦는 버릇이 있었다. 짓궂은 사람들은 거티가 '자신의 등장에 극적 효과를 더하기 위해' 일부러 지각을 하는 거라고 했다. 사실 그때 들어온 거티의 모습은 확실히 인상적이었다. 연극배우 같은 모습으로 방 한가운데 우뚝 서서 두 손을 높이 들고 좌중을 둘러보면서 외쳤다.

"방금 엄청난 뉴스를 듣고 왔어. 뭔지 아니? 저드슨 파커 씨가 큰길을 따라 세운 농장의 울타리를 모조리 제약회사 광고용으로 빌려주기로 했대!"

태어나서 처음으로 거티 파이는 그야말로 본인이 갈망하던 수준의 센세이션을 일으켰다. 평온하게 앉아 있는 개선회원들의 한가운데에 폭탄을 던졌다 하더라도 그보다 더 큰 소동은 불러일으키지 못했으리라.

앤이 퉁명스럽게 대꾸했다.

"그럴 리가 없어."

"나도 처음 그 이야기를 들었을 때는 그렇게 말했어."

거티는 자신의 역할을 즐기고 있는 듯했다.

"저드슨 파커가 설마 그런 일을 할 리가 없어, 하고 말했지. 하지만 우리 아버지가 오늘 오후 저드슨 파커를 만나 물어보니 사실이라고 했대. 생각 좀 해 봐. 파커 씨네 농장은 뉴브리지 큰길가에 있는데 거기에 알약이며 고약 광고가 더덕더덕 붙는다면 그것보다 끔찍한 일이 어디 있겠니. 안 그래?"

물론 개선회원들은 너무나도 잘 알고 있었다. 아무리 상상력이 부족한 사람이라도 그런 광고가 반 마일이나 되는 울타리에 붙어 있으면 얼마나 보기 흉할 것인지 눈앞에 훤히 그려볼 수 있었다.

교회의 나무니 학교 부지니 하는 문제는 이 새로운 사건 앞에서 완전히 논외로 밀려났다. 의사진행의 규칙이고 뭐고 몽땅 어디론가 날아가버리고 눈앞이 캄캄해진 앤은 회의록을 적는 것도 포기했다. 너나없이 모두 한꺼번에 떠들기 시작하자 회의장은 시끌벅적 떠나갈 것 같았다.

앤이 말했다.

"이제 그만 냉정해지자. 이성을 되찾아 어떻게든 파커 씨가 마음 돌리도록 할 방법을 생각해보자."

그러나 가장 흥분한 사람은 앤이었다.

화가 난 제인이 내뱉듯이 말했다.

"파커 씨의 마음을 어떻게 돌릴 수 있겠니? 저드슨 파커가 어떤 사람인지는 너도 잘 알잖아. 돈을 위해서라면 무슨 일이든 하는 사람이야. 공공심이라고는 눈곱만큼도 없고 미적 감각도 전무해."

돌아가는 형세가 썩 좋지 않았다. 저드슨 파커와 그 누나는 애번리에 친척조차 하나도 없어서 그 방면으로 손써서 설득할 방법도 없었다. 누나인 마사 파커는 상당히 나이가 많은 사람으로 젊은 사람들이 하는 일은 뭐든지 마뜩잖아 했으며 특히 개선회원들에 대해서는 더욱 못마땅하게 여기고 있었다. 저드슨은 쾌활하고 말주변이 좋은 사람으로 성격이 무던하고 두루두루 싹싹한데도 어찌 된 셈인지 친구다운 친구가 하나도 없었다. 어쩌면 장사 수완이 좋아 너무 잇속에 밝기 때문인지도 모른다. 그런 사람은 대체로 좋은 평을 듣지 못한다. 그래서 그런지 '빈틈이 없고 기회주의자'라는 평판도 있었다.

프레드 라이트가 말했다.

"저드슨 파커는 스스로도 말했듯이 온전하게 돈 벌 수 있는 기회가 있다면 1센트도 놓치지 않을 사람이야."

앤은 절망적으로 물었다.

"파커를 설득할 만한 사람이 없을까?"

캐리 슬론이 말했다.

"파커 씨는 화이트샌즈의 루이자 스펜서에게 공을 들이고 있다던데, 혹시 루이자라면 울타리를 빌려주지 않도록 할 수 있지 않을까."

그러나 길버트가 강하게 반대했다.

"루이자는 안 돼. 그 사람을 잘 아는데 마을개선회 같은 것은 전혀 인정하지 않고 있어. 따르는 것이라고는 오로지 돈뿐이지. 저드슨을 말리기는커녕 오히려 더 부추길걸."

줄리아 벨이 말했다.

"방법은 하나밖에 없어. 특별위원을 선출하고 저드슨에게 가서 항의하는 거야. 위원은 여자라야만 해. 남자가 가면 제대로 상대도 안 해주려 할 테니까.

하지만 나는 갈 생각 없으니 나를 뽑아봐야 헛수고야."

올리버 슬론이 은근슬쩍 말했다.

"앤이 혼자 가는 게 좋겠어. 저드슨을 설득할 수 있는 사람은 앤밖에 없다고 생각해."

화들짝 놀란 앤은 그렇지 않다고 반박했다. 가서 말하라면 하겠지만 누군가 옆에서 '정신적 지원'을 해주어야 한다고 말했다. 제인과 다이애나가 앤과 함께 가는 것으로 개선회 모임의 막이 내렸고 개선회원들은 성난 벌떼처럼 윙윙거리며 흩어졌다.

그날 밤 앤은 걱정이 되어 잠을 설치다가 새벽녘에야 깜박 잠들었는데, 학교 이사들이 주위에 울타리를 둘러치고 '보라색 알약을 복용해 보세요'라는 광고문을 빈틈없이 붙여놓은 악몽을 꾸기도 했다.

다음 날 오후 위원들은 저드슨 파커에게 갔다. 앤은 울타리를 빌려주는 극악한 계획을 제발 거두도록 간곡한 말로 부탁했다. 제인과 다이애나는 곁에서 앤에게 용기를 북돋아주었다. 저드슨은 유들유들하고 점잖은 말투로 듣기 좋은 소리를 늘어놓았다. 해바라기처럼 아름답다고 찬사를 보내더니, 이렇게 예쁜 아가씨들의 부탁을 거절하는 건 참으로 괴로운 일이지만, 그래도 장사는 장사인지라 이런 불경기에 정에 흔들릴 수는 없다고 말했다.

파커는 엷은 색의 눈을 크게 뜨고 반짝이며 덧붙였다.

"대신 이것만은 약속하겠소. 회사 측에 보기 좋고 고상한 색깔······ 빨강이나 노랑 같은 색깔만 써달라고 부탁하겠소. 무슨 일이 있어도 '파란색' 페인트는 절대로 쓰지 못하도록 말이오."

위원들은 하는 수 없이 물러났으나 마음속은 차마 입에 담기 험악한 분노의 말들로 들끓고 있었다.

제인이 저도 모르게 린드 부인의 말투와 몸짓을 흉내 내며 말했다.

"우리는 할 수 있는 데까지 했으니 나머지 일은 하느님께 맡기는 수밖에 없어."

다이애나가 물었다.

"앨런 목사님이라면 어떻게 못 하실까?"

앤은 고개를 저었다.

"앨런 목사님한테 걱정 끼칠 수는 없어. 더구나 지금은 목사님 댁 아기가 많이 아프잖니. 앨런 목사님이 부탁해도 마찬가지일 거야. 저드슨은 미꾸라지처럼 요리조리 빠져나갈걸. 지금은 그 사람도 교회에 잘 나오고 있지만, 그건 루이자 스펜서의 아버지가 교회 장로직을 맡아서, 교회에 나오고 안 나오는 데에 아주 까다롭기 때문이야."

제인은 굉장히 분개하여 말했다.

"자기 집 울타리를 세놓을 생각을 하다니, 온 애번리를 뒤져봐도 그런 사람은 저드슨밖에 없을 거야. 레비 볼터나 로렌조 화이트조차도 아무리 돈만 안다고 하지만 그런 짓은 안 하지. 세상의 눈이 무서워서 도저히 못 할 거야."

이 사건이 알려지자 확실히 저드슨 파커는 세간에 비난의 대상이 되었지만, 그런 것은 문제 해결에 아무런 도움이 되지 않았다. 저드슨은 혼자 낄낄 웃으며 다른 사람이 어떻게 생각하든 개의치 않았다. 이제는 개선회원들도 체념하고, 뉴브리지 가도의 가장 아름다운 곳이 광고로 보기 흉하게 되는 날을 기다리는 수밖에 없다는 사실을 받아들이기로 했다.

그런데 다음 개선회 모임 자리에서 이해할 수 없는 일이 일어났다. 회장으로부터 지난번 일의 결과 보고를 하라고 지명받은 앤은 조용히 일어나, 저드슨 파커 씨로부터 제약회사에 울타리를 세놓지 않기로 했다는 말을 개선회에 전

해달라는 전갈을 받았다고 이야기했다.

　제인과 다이애나는 자신의 귀를 믿을 수 없다는 듯 입을 딱 벌렸다. 당장 물어보고 싶지만 개선회는 회의 진행 중의 규칙이 아주 엄격하여 그 자리에서 궁금증을 드러내는 건 금지되어 있었다. 그래서 겨우 참았다가, 회의가 끝나자마자 모두들 앤을 에워싸고 어떻게 된 일인지 설명을 요구했다.

　그러나 앤도 그 이상 할 말이 없었다. 엊저녁 길을 가고 있는데 저드슨 파커가 앤을 뒤따라와 개선회가 제약회사 광고에 유독 편견을 가지고 있는 것 같은데, 어쨌든 개선회의 요청을 한번 들어줘보기로 했다고 말했다. 단지 그뿐이라며 앤은 그 뒤에도 더 이상 아무 말 하지 않았다. 그리고 그것이 또한 사실이었다. 그러나 제인 앤드루스는 집으로 돌아가며 올리버 슬론에게 저드슨 파커가 갑자기 생각을 바꾼 데에는 틀림없이 어떤 이유가 있을 거라고 말했는데, 그 역시 틀린 짐작이 아니었다.

　어제저녁 앤은 해변가에 있는 폴 어빙의 할머니 집을 방문하고 돌아오는 중이었다. 지름길을 택하여 바닷가 들판을 가로질러 로버트 딕슨네 집 아래쪽의 너도밤나무숲을 지나왔다. 그 지름길을 따라가면—상상력 부족한 사람들은 배리네 연못이라고 부르는—'반짝이는 윤슬의 호수' 바로 앞에서 큰길로 나가게 되어 있다.

　이 큰길로 접어드는 길 옆에 두 남자가 말고삐를 땅에 드리운 채 마차 위에 앉아 있었다. 한 사람은 저드슨 파커였고 또 한 사람은 뉴브리지의 제리 코코런—린드 부인의 말대로라면 뒤로는 구린 짓을 하고 있지만 아직 한 번도 그 물증이 드러난 적이 없는—이었다. 이 남자는 농기구 판매대리점을 하고 있으며 정치계에도 이름이 꽤 알려진 인물이었다. 정치상의 음모에 대한 것이면 무슨 일에든 끼어든다는 평판이었다. 목이 여러 개 있다면 그만큼 여기저기 기웃

거릴 거라고 말하는 사람도 있었다. 게다가 캐나다는 총선거를 코앞에 두고 있어 제리 코코런은 지난 몇 주일 동안 자기가 지지하는 당의 후보자에게 표를 모아 주기 위해 바쁘게 뛰어다니고 있었다.

앤이 늘어진 너도밤나무 가지 밑을 빠져나왔을 때 코코런의 목소리가 들려왔다.

"만일 당신이 에임즈버리에게 투표한다면 말이오…… 파커, 알겠소? 나한테 당신이 지난봄에 산 써레 두 자루의 어음이 있는데 그것을 돌려주겠소. 어떻소? 이의 없겠죠?"

저드슨은 싱글거리며 일부러 어물어물 말했다.

"글……쎄요, 생각해서 하는 말씀이니 그렇게 하지요, 뭐. 이 불경기에 제 앞가림하고 살려면야 뭐든지 해야죠."

이때 두 사람은 앤을 보고 놀라 입을 꾹 다물었다. 앤은 여느 때보다 조금 턱을 내밀고 쌀쌀맞게 머리 숙여 인사를 한 뒤 잽싸게 지나갔다. 이윽고 저드슨 파커가 뒤따라왔다.

파커는 상냥하게 권했다.

"타고 가지 않겠소, 앤?"

앤은 차갑게 거절했다.

"아니요, 괜찮아요."

앤의 말투는 정중하기는 했으나 가시 돋친 경멸이 담겨 있었으므로 아무리 양심이 없는 저드슨 파커라 하더라도 가슴이 뜨끔하지 않을 수 없었다. 파커는 얼굴을 붉히며 화가 나서 말고삐를 홱 잡아당겼다. 그러나 다음 순간 약삭빠른 계산이 머리에 떠오른 파커는 불안한 얼굴로 앤을 보았다. 앤은 거들떠보지도 않고 걸어가고 있었다.

'코코런은 어린애라도 알아들을 수 있는 확실한 말로 제안했고 나도 거기에 너무나 분명하게 승낙하는 말을 해버렸다. 이 아가씨가 그 거래를 알아들었을까? 망할 코코런 녀석! 말조심하지 않고 이게 뭐람. 언젠간 크게 경을 칠 날이 올 거야. 그리고 이 빨강머리 여선생은 또 뭐야! 뭣 때문에 볼일도 없으면서 불쑥 너도밤나무 숲속에서 튀어나와 가지고!'

이런 경우 시골에서는 '제 저울로 남의 밀을 잰다'는 말을 하는데, 저드슨 파커도 자신의 기준으로 앤을 판단하여, 그런 사람들한테서 흔히 볼 수 있듯이, 앤이 여기저기 소문을 퍼뜨리고 다닐 게 틀림없다고 생각한 것이다. 그런데 울타리 빌려주는 일에서도 알 수 있듯이 파커는 여간해서 세상 사람들이 뭐라 하든 상관하지 않는 사람이었지만, 뇌물을 받은 사실이 알려졌다가는 조용히 넘길 수 없는 일이었다. 게다가 만일 아이작 스펜서의 귀에 들어가기라도 하면 부유한 농가의 상속녀라는 좋은 조건을 지닌 루이자 제인을 손에 넣을 가능성은 영영 날아가버리고 만다. 파커는 지금도 스펜서 씨가 자기를 탐탁지 않게 여긴다는 사실을 알고 있었다. 그러므로 그 어떤 위험한 모험이라도 피하는 게 상책이었다.

"어흠...... 앤, 지난번 일로 만나러 가려던 참이었소. 우리 집 울타리를 제약회사에 빌려주는 건 역시 그만두기로 했소. 개선회처럼 좋은 목적을 가진 모임에서 하는 일은 장려하는 게 도리지요."

앤은 냉랭함을 아주 조금 누그러뜨리면서 말했다.

"고맙습니다."

"그리고...... 저...... 지금 나와 제리가 주고받은 이야기에 대해서 다른 사람에게는 얘기하지 않겠죠?"

앤은 쌀쌀맞게 내뱉었다.

"일부러 부탁하지 않아도 사람들에게 이러쿵저러쿵 말할 생각은 없어요."

돈에 팔려 투표하는 사람과 거래할 바엔 차라리 애번리 마을의 울타리라는 울타리에 모조리 광고가 나붙는 편이 낫다고 앤은 생각했다.

저드슨은 이것으로 완전히 양해가 잘 이루어졌다고 여긴 듯 맞장구를 쳤다.

"암, 그렇고말고. 앤이 그런 일을 할 사람이라고는 생각지 않소. 알고 있죠? 난 제리라는 작자를 잠깐 시험해 보았을 뿐이오. 그자는 자기보다 영리하고 빈틈없는 사람은 이 세상에 없는 줄 안다니까. 난 에임즈버리한테 투표할 마음은 조금도 없소. 늘 하던 대로 그랜트에게 투표할 작정이오. 선거가 끝나면 알게 될 거요. 제리가 무슨 말을 하는지 떠보고 싶었을 따름이오. 그리고 울타리에 대해서는 염려하지 말라고 개선회원들에게 전해줘요."

그날 밤 앤은 동쪽 방에서 거울 속의 자신을 향해 말했다.

"그런 말을 늘 들어오긴 했지만, 세상에는 정말 갖가지 사람들이 있어. 때로는 모르고 살아도 좋을 사람도 있지. 어쨌든 그런 더러운 거래에 대해선 아무에게도 말할 생각이 없었으니 그 점에선 양심에 거리낄 것이 없어.

대체 이런 결과를 누구 덕이라고 해야 하지? 나는 그리 한 일도 없는데. 그렇다고 차마 하느님이 저 뻔뻔스러운 저드슨 파커며 제리 코코런 같은 사람들의 정치적 거래를 이용해서 우리들을 도와주었을 리는 없으니 말이야."

신나는 여름 방학

저녁을 붉게 물들이며 하루가 조용히 저물어가던 무렵이었다. 앤은 학교 교실의 자물쇠를 단단히 잠갔다. 바람이 운동장 둘레의 가문비나무에게 나직한 소리로 속삭이며 스쳐 지나갔다. 가문비나무의 그림자는 나른한 듯 길게 옆으로 누워 있었다.

앤은 흡족한 마음으로 안도의 한숨을 내쉬며 열쇠를 주머니에 깊숙이 넣었다. 1년 동안의 일을 무사히 끝마쳤고, 다음 해 재계약도 이미 이루어졌으며, 교사로서도 높은 평가를 받았다—다만 하면 앤드루스 씨만은 학생들에게 매를 아끼지 말아야 한다고 앤에게 말했다—그리고 열심히 일한 끝에 누릴 두 달 동안의 멋진 여름 방학이 앤에게 어서 오라고 손짓하고 있었다.

앤은 세상에 대해서도 자신에 대해서도 너그러운 마음으로 꽃이 가득 담긴 바구니를 팔에 걸고 언덕을 가뿐히 내려갔다. 메이플라워가 피기 시작할 무렵부터 앤은 1주일에 한 번씩 빠짐없이 매슈의 무덤을 찾았다. 마릴라를 뺀 다른 애번리 사람들은 내성적이며 말수가 적고 그리 두드러지지 않은 존재였던 매슈를 벌써 잊었다. 그러나 매슈의 추억은 앤의 마음에 지금도 생생하게 살아 있었고 앞으로도 언제까지나 살아 있을 것이다. 앤으로서는 사랑에 굶주린 어린 시절을 보낸 자기에게 처음으로 애정과 은혜를 베풀어준 다정한 매슈를 결코 잊을 수 없었다.

언덕 기슭의 가문비나무숲이 그늘을 드리운 울짱 위에 한 소년이 앉아 있었다. 꿈꾸는 듯한 커다란 눈과 감수성이 풍부한 아름다운 얼굴의 소년이었다. 울짱에서 훌쩍 뛰어내린 소년은 미소 지으며 앤에게로 나아왔다. 그 뺨에는 눈물 자국이 남아 있었다.

소년은 앤의 손을 살짝 잡으며 말했다.

"선생님을 기다리고 있었어요. 선생님이 묘지에 가실 줄 알고 있었거든요. 저도 그리 가는 길이에요. 이 제라늄 꽃다발을 할아버지 무덤에 바치려고요. 선생님, 이거 보세요. 이 흰 장미는 엄마를 위해 할아버지 무덤 옆에 놓을 거예요. 엄마 무덤이 있는 곳까지 갈 수 없으니까요. 하지만 엄마는 다 아시겠죠?"

"알고말고, 폴."

"선생님, 엄마가 돌아가신 지 오늘이 꼭 3년째예요. 오랜 세월이 흘렀지만 아직도 그때처럼 똑같이 슬퍼요. 나는 엄마가 몹시 보고 싶어요. 이따금 너무 슬퍼서 견딜 수 없을 때가 있어요."

폴의 목소리는 울먹거렸고 입술도 파르르 떨리고 있었다. 폴은 흰 장미를 내려다보며 선생님이 이 눈물을 보지 못했으면 좋겠다고 생각했다.

앤은 다정한 말로 폴을 위로했다.

"그래도 슬픔이 사라지면 싫겠지? 설혹 잊을 수 있는 방법이 있다 해도 너는 엄마를 절대로 잊지 않고 오래도록 기억하고 싶을 거야, 그렇지?"

"네, 그래요…… 잊고 싶지 않아요. 선생님은 제 마음을 잘 아세요. 다른 사람은 아무도 그런 마음을 헤아려주지 못하거든요. 할머니도 모르시죠. 나를 아주 잘 보살펴주시지만 말이에요.

아빠는 내 마음을 이해해주시지만 엄마에 대해선 자주 얘기할 수가 없어요.

아빠까지 슬퍼지니까요. 아빠가 손으로 얼굴을 가릴 때는 이제 그만해야 할 때라는 것을 아니까 얼른 입을 다물어요.

가엾은 아빠! 내가 없어서 얼마나 쓸쓸할까요. 하지만 이젠 가정부밖에 없고, 아빠는 가정부에게 아이를 맡길 수 없다고 생각했어요. 아빠는 일 때문에 집을 비우는 적이 많거든요. 아이를 키우는 건 엄마가 제일이고 그다음은 할머니가 좋다고 생각하셔요. 앞으로 내가 좀 더 크면 아빠에게로 돌아가 다시는 헤어지지 않을 작정이에요."

폴이 부모님에 대한 이야기를 자주 해서 앤은 오래전부터 아는 사이처럼 느껴졌다. 어머니는 성정이며 기질이 지금의 폴과 똑같았을 것 같다고 생각했다. 아버지 스티븐 어빙은 깊은 통찰력과 자상한 인품의 소유자로 세상 사람들에게는 그것을 잘 드러내지 않는 과묵한 사람이 아닐까 싶었다.

폴이 언젠가 이런 말을 한 적이 있었다.

"아빠는 좀처럼 가까워지기 힘든 분이었어요. 아빠가 어떤 사람인지 알게 된 것은 엄마가 돌아가신 뒤였죠. 알고 보니 아빠는 참으로 멋진 분이었어요. 나는 이 세상에서 아빠가 가장 좋아요. 그다음이 할머니, 그리고 선생님이에요. 마음은 아빠 다음으로 선생님을 좋아하고 싶지만 할머니를 두 번째로 좋아하는 것이 도리라고 생각해요. 할머니는 절 위해 너무도 많은 걸 해주고 계시니까요. 제 마음 이해하시죠, 선생님?

하지만 잠들 때까지 할머니가 내 방에 불을 켜두었으면 좋겠어요. 겁쟁이가 되어서는 안 된다며 할머니는 나를 침대에 눕히자마자 램프를 가져가시거든요. 무섭지는 않아요. 하지만 밝은 편이 더 좋아요. 엄마는 늘 내가 잠들 때까지 내 옆에 앉아 손을 잡아주었거든요. 엄마가 나를 응석받이로 만들었나 봐요. 엄마란 모두 그렇겠죠, 선생님?"

하지만 앤은 그런 사랑을 몰랐다. 다만 상상을 해 볼 따름이었다. 앤은 슬픈 눈으로 자기 '어머니'를 떠올렸다. 앤이 태어났을 때 앤을 보고 '세상에 이렇게 예쁜 아기가 또 어디 있을까.' 하고 말했다는 어머니는 오래전에 돌아가셨고 아무도 찾아주는 이 없는 머나먼 곳의 무덤에 젊은 남편과 나란히 묻혀 있다. 어머니를 기억하고 있다는 것만으로도 폴이 부러웠다.

두 사람은 6월의 따사로운 햇살을 받으며 기다란 황톳길 언덕을 올라갔다.

"다음 주가 내 생일이에요. 아빠는 편지에 내가 가장 좋아하는 걸 보내주겠다고 썼어요. 그런데 벌써 도착했을 거예요. 왜냐하면 할머니가 책장 서랍에 자물쇠를 단단히 채웠거든요. 그런 일은 처음이에요. 내가 왜 그리느냐고 물었더니 할머니는 얼버무리시면서 아이들은 이것저것 캐물으면 못쓴다고 말씀하실 뿐이었어요.

생일이란 가슴 두근거리는 일이죠? 나는 이제 11살이 돼요. 그렇게 보이지 않죠? 할머니는 내가 나이에 비해 너무 작은 건 오트밀을 많이 먹지 않기 때문이라고 말했어요. 나는 열심히 먹지만 할머니가 그릇에 너무 많이 담아줘요. 할머니는 너무 마음씨가 좋아서 곤란할 때가 있어요.

언젠가 선생님과 주일학교에서 돌아오며 기도에 대해 말했었죠? 그때 곤란한 일이 있으면 서슴지 말고 무엇이든지 기도드려야 한다고 선생님이 말씀하셔서 그다음부터 밤마다 아침에 오트밀을 조금도 남기지 않고 먹을 수 있는 은혜를 내려달라고 기도하고 있어요. 하지만 아직도 안 돼요. 하느님의 은혜가 부족하기 때문인지, 아니면 오트밀이 너무 많아서인지 모르겠어요.

할머니는 아버지도 오트밀로 키우셨다고 해요. 확실히 아버지에게는 오트밀이 좋았던 것 같아요. 보시면 아시겠지만 어깨가 엄청 벌어졌거든요. 하지만 나는 오트밀 먹기가 정말 죽을 만큼 싫어요."

폴은 한숨을 쉬며 자못 심각하게 말을 맺었다.

앤은 폴이 자기를 보고 있지 않았으므로 몰래 웃었다. 어빙 할머니가 음식이며 예절을 모두 옛날 방식에 따라 손자를 키우고 있다는 것은 온 애번리 사람들이 다 아는 일이었다.

앤은 명랑하게 말했다.

"그래서는 큰일이지, 폴. 너의 '바위 사람들'은 그 뒤로 어떻게 됐니? 형님 선원은 그 뒤 죽 얌전하니?"

폴은 힘차게 말했다.

"물론 얌전해요. 사실은 굉장히 짓궂은 사람이지만, 그렇게 하지 않으면 나하고 사귈 수 없다는 것을 잘 알거든요."

"그리고 노라는 지금도 황금 부인에 대해서 모르고 있니?"

"네. 하지만 알아차린 것 같기도 해요. 지난번 황금 부인이 있는 바위굴에 갔을 때 틀림없이 나를 감시했을 거예요. 노라가 알아도 상관없어요. 알리지 않는 것은 노라를 위해서고, 마음 상할까 봐 그랬어요. 하지만 노라가 상처받기로 작정했다면 하는 수 없지요."

"나도 언제 저녁때 너와 함께 바닷가에 가면 너의 '바위 사람들'을 볼 수 있을까?"

폴은 진지하게 고개를 저었다.

"선생님 눈에는 내 '바위 사람들'이 보이지 않을 거예요. 그 사람들을 볼 수 있는 건 나뿐이니까요. 하지만 선생님은 선생님의 바위 사람들을 볼 수 있을 거예요. 선생님은 그럴 수 있는 분이거든요. 선생님과 나는 그럴 수 있는 사람들이죠. 그렇죠, 선생님?"

폴은 그렇게 말하면서 우리는 친구라는 듯이 앤의 손을 꼭 잡았다.

"그건 참으로 멋지지 않아요, 선생님?"

"물론 멋지지."

앤의 잿빛 눈동자가 반짝이는 파란 눈동자를 내려다보았다.

앤과 폴은 '활짝 열린 상상의 창을 통해 내다보이는 왕국의 아름다움'을 드물게 느끼는 사람들이었고, 또한 그 행복한 나라로 가는 길도 알고 있었다. 그곳에는 환희의 장미가 골짜기와 시냇가에 영원히 피어 있고, 푸르른 하늘을 가리는 구름 한 점 없으며, 아득한 종소리는 맑은 울림을 퍼뜨릴 것이다. 온 나라에는 '닮은꼴 영혼'의 소유자들이 넘치고 있다.

그 나라가 어디에 있는지—'태양의 동쪽, 달의 서쪽'—를 알고 있다는 것은 어떤 곳에서도 살 수 없는 귀중한 지식이다. 그것은 확실히 갓난아기가 태어났을 때 착한 요정들이 주고 간 선물이며 세월의 흐름에 따라 변하거나 잃어버리는 게 아니다. 비록 지붕 밑 다락방에 살더라도 이 비밀을 지니고 있는 편이 그것 없이 으리으리한 궁전에 사는 것보다 훨씬 더 멋진 일이다.

애번리의 묘지는 옛날 그대로 풀이 무성한 쓸쓸한 곳이었다. 개선회원들은 이미 이곳으로 눈을 돌려 지난번 모임 때 프리실라 그랜트가 묘지 개선에 대한 계획을 보고했을 정도였다. 회원들은 앞으로 이끼가 끼고 기울어진 낡은 판자 울타리를 깔끔한 철책으로 바꾸고 풀을 깎고 기울어진 비석을 다시 세울 생각이다.

앤은 가져온 꽃다발을 매슈의 무덤에 바친 다음 헤스터 그레이가 잠들어 있는 포플러 그늘 한구석으로 갔다. 지난 봄소풍 뒤로 앤은 매슈의 무덤을 찾을 때마다 반드시 헤스터의 무덤에도 꽃을 바치고 있었다. 앤은 어젯밤 숲속의 그 버려진 작은 정원에 가서 헤스터가 손수 가꾸었던 흰 장미를 꺾어왔다.

앤은 조용히 속삭였다.

"당신은 다른 어느 꽃보다 이 꽃을 더더욱 좋아할 것 같아요."

앤이 그곳에 앉아 있는데 무덤 위에 사람 그림자가 비쳤다. 올려다보니 앨런 부인이었다. 두 사람은 함께 돌아갔다.

앨런 부인의 얼굴에는 5년 전 목사의 신부로서 앨런 목사와 함께 애번리에 왔을 때의 앳된 표정은 더 이상 남아 있지 않았다. 화사하고 꽃다운 젊음은 얼마쯤 사라지고 눈가와 입가에 인내심의 깊이를 나타내는 듯한 잔주름이 새겨져 있었다. 그 주름의 일부가 생겨난 경위는 이 묘지에 있는 한 작은 무덤이 말해주고 있었다. 그리고 지금은 다행히도 깨끗이 나았지만 어린 아들이 얼마 전 병을 앓았을 때 또다시 이마에 새로운 주름 몇 개가 생겼다. 그렇듯이 조금은 변했지만 부인의 사랑스러운 보조개만은 변함없이 웃을 때마다 폭 패었으며 눈도 언제나처럼 맑고 진실하게 빛났다. 얼굴에서 어린 티가 나는 아름다움은 가셨으나 한층 더 깊어진 다정함과 굳은 의지는 그것을 채우고도 남음이 있었다.

묘지를 나오며 부인이 물었다.

"방학이 되어 기쁘죠, 앤?"

앤은 고개를 끄덕였다.

"네, 방학이라는 말을 맛있는 음식처럼 혀 위에 올려놓고 음미하고 있어요. 즐거운 여름이 되리라 생각해요. 그 이유 중 하나는 작가인 모건 부인이 7월에 프린스에드워드섬에 오실 일이 있는데 프리실라가 애번리에도 모셔 오겠다고 약속했기 때문이에요. 나는 그 생각만 해도 옛날처럼 가슴이 두근두근해요."

"즐겁게 보내길 바라요, 앤. 지난 1년 동안 열심히 애썼고, 아주 잘해냈으니까요."

"어머나, 그렇지도 않아요. 더 잘할 수 있었는데 아쉬운 일이 한두 가지가 아닌걸요. 지난가을에 가르치기 시작할 때 마음먹은 것을 결국 이루지 못했어요…… 말하자면 내 이상에 부응하지 못한 셈이에요."

"그건 누구나 다 그래요."

앨런 부인은 한숨을 쉬었다.

"하지만 앤, 시인 로웰[1]이 말했지요. '정말 수치스러운 일은 실패가 아니라 목표를 낮게 설정하는 것이다.' 우리는 이상을 세워놓고 비록 성공을 거두지 못하더라도 그것을 실현하기 위해 노력해야 해요. 이상이 없는 인생은 비참해요. 그것이 있어서 인생은 위대하고 멋진 것이 되니까요. 이상을 놓지 말아요. 앤."

"네, 노력해볼게요. 하지만 저는 제가 가졌던 교육이론은 이미 대부분 놓아버리고 말았어요."

앤은 나직이 웃었다.

"내가 처음 학교 선생이 되었을 때에는 대단히 훌륭한 이론을 가지고 있었지만, 어려운 일이 닥칠 때마다 그 어떤 이론도 도움이 되지 않는다는 걸 깨달았어요."

앨런 부인이 장난스레 말했다.

"체벌에 대한 이론도 말이죠?"

그러나 앤은 얼굴을 붉혔다.

"앤서니를 때린 일은 나 스스로도 결코 용서할 수 없어요."

"그런 소리 말아요, 앤. 그건 그 아이가 잘못했기 때문이에요. 게다가 그 애한테는 그것이 좋은 일 아니었어요? 그 아이는 당신처럼 훌륭한 선생님은 어디에도 없을 거라고 생각하고 있어요. 그 완고한 머릿속에서 '여자는 틀렸다'는

---

[1] 제임스 러셀 로웰(1819~1891). 하버드 대학 출신의 미국 낭만주의 시인.

편견을 쫓아내버린 다음에는 비로소 앤의 친절이 그 아이의 마음에 통한 거지요."

"그 애가 잘못을 했을지는 몰라도, 중요한 점은 그게 아니에요. 만일 내가 냉철하게 생각한 끝에 앤서니를 때리는 것이 옳은 일이라고 판단했었다면 이토록 기분이 언짢지는 않을 거예요. 솔직히 말해서 그때 나는 화가 치밀어 때렸어요. 그것이 옳은 일인지 부당한 일인지를 생각하지 않았어요. 앤서니에게 억울한 일이었다 하더라도 나는 똑같이 했을 거예요. 그 생각을 하면 나는 부끄러워서 견딜 수가 없어요."

"우리들 인간은 모두 실수를 저지르며 살고 있어요, 앤. 그러니 그 일은 이제 잊도록 해요. 우리는 잘못을 뉘우치고 그것을 교훈으로 삼아야 하지만, 언제까지나 그 실수에서 헤어 나오지 못하는 건 좋지 않아요. 어머, 길버트가 자전거를 타고 가는군요. 역시 방학이 돼서 집으로 돌아왔나 보네요. 두 사람의 공부는 어떻게 되고 있나요?"

"꽤 잘 되어가고 있어요. 오늘 밤 같이 베르길리우스의 시를 끝낼 예정이에요. 이제 20행밖에 안 남았거든요. 그러고는 9월까지 공부하지 않기로 했어요."

"어때요? 언젠가 대학에 갈 생각인가요?"

"글쎄요, 아직 잘 모르겠어요."

앤은 저 멀리 은은한 오팔 빛깔로 물든 지평선을 꿈꾸듯 바라보았다.

"마릴라의 눈은 지금보다 더 좋아지지는 않을 거라고 해요. 그래도 더 이상 나빠지지 않을 거라는 말을 듣고 우리는 무척 기뻐하고 있어요. 게다가 쌍둥이들도 돌봐야 하고. 아무래도 그 아이들의 외삼촌이 데려갈 것 같지가 않아요. 대학은 길모퉁이를 돌면 바로 가까이 있을지도 모르겠어요. 하지만 아직 그 길모퉁이에 이르지 않았으니 너무 앞서나가서 생각하지 않기로 했어요. 그랬다가 실망하고 말지도 모르니까요."

"나는 앤이 대학에 갈 수 있기를 바라고 있어요. 하지만 못 가게 되더라도 실망할 필요는 없어요. 결국 우리는 어떤 처지에 놓이든 반드시 자기가 원하는 인생을 만들어나가기 마련이니까요. 대학은 그저 그것을 좀 더 쉽게 해줄 따름이지요. 그 인생이 넓고 풍요로운 것이 되느냐 아니면 좁고 괴로운 것이 되느냐는 우리가 인생으로부터 무엇을 얻어내느냐가 아니라 우리가 무엇으로 그것을 채우느냐에 달려 있어요. 여기에서—여기뿐만 아니라 다른 어디에서도 마찬가지지만—인생은 풍요롭고 충실한 열매를 맺게 될 거예요. 우리가 그 풍성한 인생을 향해 어떻게 마음을 열어야 하는지를 알기만 한다면 말이에요."

"무슨 말인지 알 것 같아요."

앤은 잠시 생각에 잠겼다 이어갔다.

"더구나 지금도 감사해야 할 일이 많다는 것을 알고 있어요…… 너무너무 많아요…… 나의 일, 폴 어빙, 귀여운 쌍둥이들, 그리고 친구들 모두. 앨런 부인, 나는 우정만큼 고마운 것은 없다고 생각해요. 우정은 인생을 아름답게 해주거든요."

"진정한 우정은 정말 고마운 것이죠. 우리는 우정에 관한 한 높은 이상을 추구해야 하고 조금이라도 진실함과 성실함을 잃어버려서 그 우정을 더럽혀서는 안 돼요. 우정이라는 이름만 빌렸을 뿐 진정한 우정과는 동떨어져서 단순한 친밀함으로 타락하는 건 안타까운 일이에요."

"그래요…… 거티 파이와 줄리아 벨처럼 말이죠. 두 사람은 아주 친해서 어디든지 함께 가지만 거티는 줄리아가 없는 곳에서는 늘 줄리아에 대한 험담을 해요. 그리고 누군가가 줄리아에 대해 나쁘게 말하면 굉장히 좋아해서 모두들 거티가 줄리아를 시샘한다고 생각해요. 그런 것을 우정이라고 부른다면 그야

말로 우정에 대한 모독이에요. 친구가 있다면 그 친구의 좋은 점만 보고 친구에게 자기의 소중한 것만을 주려고 애쓰는 것이 옳은 일 아니겠어요? 그럴 때 우정이야말로 비로소 이 세상에서 가장 아름다운 것이 될 거예요."

"우정은 확실히 참으로 아름다운 거예요. 하지만 언젠가는……."

말을 이으려다가 앨런 부인은 문득 미소를 지으며 입을 다물었다. 앨런 부인의 옆에 있는 뽀얗고 섬세한 얼굴을 한 앤은, 천진난만한 눈을 빛내며 풍부한 표정을 보면, 아직도 아가씨라기보다는 소녀티가 고스란히 남아 있었다. 앤의 마음은 아직 우정과 장래에 대한 포부만을 꿈꾸고 있었다. 앨런 부인은 아직 아무것도 모르고 있는 앤의 마음속 꽃망울을 굳이 지금 터뜨리게 하지 않기로 했다. 나머지 말은 좀 더 세월이 흐른 다음에 해도 되리라.

바라는 것들의 실상[1]

그린게이블즈 부엌에서 앤이 편지를 읽고 있는데, 데이비가 앤이 앉아 있는 광택 나는 가죽 안락의자로 기어오르더니 하소연하듯 말했다.
"앤 누나, 나 '엄청' 배고파. 얼마나 고픈지 누나는 모를 거야."
앤은 건성으로 대답했다.
"그래, 곧 버터 바른 빵을 줄게."
편지에 뭔가 흥미진진한 내용이 적혀 있다는 것은 앤의 표정을 보면 알 수 있었다. 앤의 볼은 뜰에 핀 장미꽃처럼 발그스름하고 눈은 한껏 빛나고 있었다.
데이비는 입을 뾰족이 내밀며 말했다.
"하지만 버터 바른 빵을 먹고 싶어서 배고픈 게 아니라 건포도 케이크를 먹고 싶은 그런 배고픔인걸."
앤은 웃음을 터뜨리며 편지를 내려놓고 데이비를 꼭 끌어안았다.
"어머, 그래? 그래서 배고픈 거라면 얼마든지 참을 수 있겠구나, 데이비. 식사와 식사 사이에는 버터 바른 빵 말고는 안 된다고 아주머니가 말했잖니."

---

[1] 《신약성서》〈히브리서〉 11장 1~2절. '믿음은 바라는 것들의 실상이요 보이지 않는 것들의 증거니/선진들이 이로써 증거를 얻었느니라'에서 따옴.

"그럼 빵이라도 줘……세요."

겨우 데이비도 부탁할 때 존댓말을 쓰는 법을 배웠는데, 언제나 잊어버리고는 나중에 갖다 붙이곤 했다.

이윽고 앤이 두껍게 자른 빵을 가져오자 데이비는 씨익 웃으며 만족한 표정을 지었다.

"누나는 늘 버터를 듬뿍 발라줘서 좋아. 아줌마는 얇게 바르거든. 버터가 많아야 쭉쭉 뱃속에 더 잘 미끄러져 들어가는데 말이야."

빵이 금방 사라진 것을 보면 정말 쉽게 미끄러져 들어간 듯했다.

데이비는 물구나무로 안락의자에서 미끄러져 내려와 카펫 위에서 두 번 재주넘기를 한 다음 벌떡 일어나더니 단호히 선언했다.

"앤 누나, 천국에 대해서 결정했는데, 나는 가지 않기로 했어."

"어째서?"

진지한 표정으로 묻는 앤에게 데이비가 대답했다.

"그게, 천국은 사이먼 플레처의 다락방에 있는데, 난 사이먼 플레처를 좋아하지 않거든."

"천국이 사이먼 플레처의 다락방에 있다고?"

앤은 하도 어이가 없어 웃는 것조차 잊어버렸다.

"데이비 키스, 대체 어디서 그런 터무니없는 얘기를 들었니?"

"밀티 볼터가 그렇게 말했어. 지난 일요일 주일학교에서 엘리야와 엘리샤에 대해 배울 때, 내가 일어서서 로저슨 선생님에게 천국은 어디 있느냐고 물었어. 그랬더니 선생님은 몹시 성난 얼굴을 했어. 선생님은 그전부터 기분이 나빴었어. 엘리야가 천국에 갈 때 엘리사에게 무엇을 주고 갔느냐고 선생님이 우리에게 물었을 때 밀티 볼터가 '헌 옷'이라고 대답해서 모두들 와 하고 웃었거든.

웃고 난 다음에야 잘못했다는 걸 알았어. 무엇이든 잘 생각해보고 해야 하는데. 하지만 밀티는 일부러 선생님을 화나게 할 생각이 아니었어. 맞는 낱말이 얼른 생각나지 않았을 뿐이야.

로저슨 선생님은 천국은 하느님이 계시는 곳입니다, 하신 뒤 나에게 그런 것을 물으면 못쓴다고 하셨어. 그러자 밀티가 나를 쿡쿡 찌르면서 작은 목소리로 '천국은 사이먼 아저씨의 다락방에 있어, 이따가 가면서 설명해줄게.' 그랬어. 집에 오는 길에 말해주었는데 밀티는 정말 설명을 잘해. 아무것도 모르는 일에 대해서도 이것저것 지어내서 자세히 이야기하는데 다 듣고 나면 고개를 끄덕거리게 된다니까.

밀티의 엄마와 플레처 아줌마는 자매여서 사촌동생 제인 엘런이 죽었을 때 밀티는 엄마를 따라 장례식에 갔대. 목사님은 제인 엘런이 관 속에 들어가 사람들 앞에 있는데도, 제인은 천국에 갔다고 하더래. 나중에 사람들은 그 관을 다락방에 갖다 놓았대.

장례식이 끝난 뒤 밀티가 엄마와 함께 모자를 가지러 2층에 갔을 때 천국은 어디 있느냐고 물었더니 엄마는 천장을 가리키며 저기라고 가르쳐줬대. 천장 위에는 다락방밖에 없다는 것을 밀티는 알고 있었거든. 그래서 천국이 어디에 있는지 알았다는 거야. 그 뒤부터 사이먼 아저씨 집에 가는 것이 굉장히 무섭다고 했어."

앤은 데이비를 무릎 위에 앉혀 꼬이고 헝클어진 신학의 실타래를 푸는 일을 도와주었다. 이런 일은 앤이 마릴라보다 훨씬 잘했다. 자기의 어린 시절을 잘 기억하고 있으므로 어른에게는 아무것도 아닌 단순한 일이지만 7살 된 아이로서는 기상천외한 답을 내린다는 것을 쉽게 이해할 수 있었다.

겨우 천국이 사이먼 플레처의 다락방에 있는 것이 아니라는 것을 데이비에게 납득시켰을 때 텃밭에서 도라와 함께 완두콩을 따고 있던 마릴라가 들어왔다. 어린데도 부지런한 도라는 그 작은 고사리 같은 손으로 할 수 있는 일이라면 뭐든지 기쁜 마음으로 기꺼이 도우려 했다. 병아리에게 모이를 주고 불쏘시개로 쓸 나뭇가지를 주워오고 접시를 닦거나 심부름을 하기도 했다. 꼼꼼하고 헌신적이며 조심성이 많았다. 한 번 가르쳐주면 절대로 잊는 법이 없었고 시키는 일은 아무리 사소한 것이라도 소홀히 하지 않았고 차근차근 해냈다. 이에 비해 데이비는 덜렁거리고 잘 잊어버렸다. 그렇지만 사람의 마음을 끄는 묘한 재주가 있었다. 그래서 앤과 마릴라는 데이비에게 더 마음이 갔다.

도라가 신이 나서 완두콩을 까고 데이비가 그 콩깍지를 가져다 성냥으로 돛대를 세우고 종이 돛을 달아 장난감 배를 만들고 있는 동안, 앤은 반가운 소식이 적힌 편지 내용을 마릴라에게 전했다.

"아, 마릴라, 뭔지 아세요? 프리실라로부터 편지가 왔어요. 모건 부인이 벌써 섬에 오셨대요. 목요일에 날씨가 좋으면 애번리에 12시쯤 도착한대요. 오후를 우리와 함께 보내고 저녁에는 화이트샌즈 호텔로 가실 예정이래요. 호텔에 모건 부인의 미국인 친구들이 묵고 있거든요. 아, 마릴라, 굉장한 소식이죠? 꿈을 꾸고 있는 것 같아요."

"모건 부인도 여느 사람과 다를 바 없을 텐데."

마릴라는 아무렇지도 않은 듯 대꾸했지만 사실은 그녀도 가벼운 흥분을 느끼고 있었다. 모건 부인은 유명한 사람이며 그런 사람의 방문을 받는 일은 좀처럼 없었기 때문이다.

"그럼 우리 집에서 점심을 들겠지?"

"네, 그렇죠. 식사 준비는 전부 저한테 맡겨주면 안 될까요? 비록 식사 준비에 지나지 않지만 《장미원》의 작가를 위해 뭔가 해드렸다는 보람을 느끼고 싶어요. 괜찮죠?"

"이 7월 무더위 속에서 아궁이 앞에 있고 싶은 사람이 어디 있겠니? 그런 사람이 있다면 한번 만나보고 싶구나. 얼마든지 그러렴."

앤은 마릴라가 소원을 이루어주기라도 한 듯 팔짝 뛰며 기뻐했다.

"어머나, 정말 고마워요. 오늘 밤 당장 메뉴를 짜야겠어요."

"너무 거창하게 차리려고 하지는 말고. 안 그러면 틀림없이 실패할 테니까."

'메뉴'라는 어마어마한 말에 마릴라가 앤을 자제시켰다.

"어마, 거창하게 차리긴요. 축하할 일이 있는 날에 차리는 것 이상으로는 더 만들지 않을 거예요. 17살이나 된 학교 선생님치고는 내가 아직 분별력도 모자라고 실수도 많이 하지만, 괜히 거창하게 차리는 건 가식일 뿐이라는 것 정도는 잘 알고 있어요. 그런 일을 할 만큼 철이 없지는 않아요.

그래도 모든 것을 되도록 멋있고 고상하게 하고 싶어요. 데이비, 콩깍지를 층계에 버리면 안 돼, 누가 밟고 미끄러져 넘어지면 위험하니까. 처음에 가벼운 수프부터 시작하면 어떨까요…… 제가 양파 크림 수프를 잘 만들잖아요…… 그리고 구운 닭고기를 하려면 하얀 수탉을 두 마리 잡아야겠어요.

회색 암탉이 저 두 마리만 깠을 때부터 내내 아껴왔던 내 반려동물이긴 하지만요…… 갓 부화했을 때 꼭 노란 솜털공 같았는데. 하지만 그 닭들도 언젠가는 제물이 되어야 할 운명인걸. 이런 의미 있는 날을 위해서라면 제물이 되는 보람도 있지 않을까요? 하지만 마릴라, 내 손으로는 도저히 못 죽이겠어요. 아무리 모건 부인을 위해서라도요. 존 헨리 카터에게 잡아달라고 부탁해야겠어요."

데이비가 나섰다.

"내가 할게. 아줌마가 닭다리를 눌러주기만 하면 내가 할 수 있어. 나는 도끼를 쥐려면 두 손을 써야 하니까. 목이 잘린 뒤에도 닭이 콩콩 뛰어다니는 모습이 재미있어."

"그리고 야채는 완두콩과 누에콩과 으깬 감자와 상추 샐러드를 내놓고, 디저트로는 휘핑크림 얹은 레몬파이하고, 커피와 치즈와 레이디핑거가 좋겠어요. 내일은 파이랑 레이디핑거를 만들고 하얀 모슬린 옷을 손질해야겠네요.

다이애나에게도 오늘 밤 말을 해줘야겠어요. 그 애도 옷을 준비해야 하니까요. 모건 부인의 여주인공들은 언제나 거의 하얀 모슬린 옷을 입고 있어요. 모건 부인을 만나게 되면 우리도 그렇게 하자고 다이애나와 약속해두었었죠. 이거야말로 섬세하고 진심 어린 환영의 표시가 아니겠어요?

데이비, 콩깍지를 마루 틈새로 밀어 넣으면 못써. 앨런 목사님 부부랑 스테이시 선생님도 초대해야겠어요. 모건 부인을 무척 만나보고 싶어하거든요. 마침 스테이시 선생님이 애번리에 와 계시는 동안 모건 부인이 방문하셔서 참 다행이에요.

데이비, 착하지. 콩깍지를 양동이 물에 띄우지 마. 차라리 밖에 있는 커다란 물통에 띄워. 아, 목요일에 날씨가 좋아야 할 텐데. 틀림없이 활짝 갤 거예요. 어젯밤 에이브 아저씨가 해리슨 씨네 들렀을 때 이번 주에는 내내 비가 온다고 예언했으니까요."

마릴라는 자신 있게 힘주어 말했다.

"그렇다면 희망이 있구나."

그날 밤 앤은 '언덕의 과수원'으로 달려가 다이애나에게 기쁜 소식을 알려주었다. 다이애나도 앤 못지않게 흥분했으며, 두 사람은 배리 씨네 뜰의 커다란 버드나무 밑에서 흔들리는 해먹 위에 앉아 이 문제를 의논했다.

"부탁이야 앤, 나도 요리 만드는 거 돕게 해줘. 내가 상추 샐러드를 잘 만드는 거 알지?"

물론 앤은 혼자만 영광을 독차지하고 싶은 마음은 없었다.

"좋고말고. 장식도 도와줘. 응접실을 온통 꽃으로 가득 찬 정원으로 만들고 싶으니까. 식탁에는 들장미를 꽂자. 모든 일이 잘되면 얼마나 좋을까. 모건 부인의 여주인공들은 모두 아무리 역경에 처해도 절대로 당황하거나 쩔쩔매지 않아. 늘 침착하고 집안일도 척척 해내지. 날 때부터 훌륭한 살림꾼이었나 봐. 그 《에지우드 시절》의 거트루드는 8살 때 벌써 집안일을 하며 아버지 시중을 들었잖니.

내가 8살 때는 아이를 놀보는 것밖에는 할 줄 아는 게 아무것도 없었는데. 모건 부인이 아가씨들에 대해 그렇게 많이 쓰는 것을 보면 그만큼 속속들이 잘 아는 것이 분명해. 우리들에 대해서도 좋게 생각해주었으면 하는데. 나는 그분에 대해 여러 가지로 상상해봤어. 모건 부인이 어떤 분인지, 어떤 말씀을 하실지, 나는 뭐라고 말하면 좋을지…… 벌써 열 가지도 넘게 상상해봤지.

내 코의 주근깨가 걱정이야. 봐, 일곱 개나 있지? 지난번 개선회 소풍 때 모자를 쓰지 않고 햇빛 속을 걸어 다녀서 그래. 이 정도 가지고 신경을 쓰다니. 옛날처럼 온 얼굴에 퍼져 있지 않으니 고맙게 여겨야겠지만 그래도 싹 없어졌으면 좋겠어. 모건 부인의 여주인공들은 모두 나무랄 데 없는 뽀얀 피부를 가지고 있거든. 주근깨가 있는 여주인공은 한 사람도 떠오르지 않아."

다이애나가 위로했다.

"네 주근깨는 그리 눈에 안 띄어. 오늘 밤 레몬즙을 좀 발라보렴."

이튿날 앤은 파이와 레이디핑거를 만들고 하얀 모슬린 옷을 언제라도 입을 수 있도록 손질하고 온 집안을 청소했다. 그린게이블즈는 언제나 마릴라가 마음에 찰 때까지 깨끗이 정돈해두고 있었기 때문에 그럴 필요는 전혀 없었지만 말이다. 그러나 앤은 샬럿 E. 모건 부인의 방문을 받는 명예로운 집에 티끌 하나라도 떨어져 있으면 실례라고 여겨 층계 밑 잡동사니를 넣어두는 반침까지 모조리 청소했다. 모건 부인이 그 안을 들여다볼 리 만무한데도 고집을 꺾지 않았다.

앤은 마릴라에게 설명했다.

"부인이 보든 안 보든 나는 하나에서 열까지 빠짐없이 정돈된 기분으로 그분을 맞이하고 싶어요. 모건 부인의 《황금열쇠》에 나오는 두 여주인공인 앨리스와 루이자는 롱펠로의 시를 자기들의 좌우명으로 삼고 있어요. 바로 이런 시예요.

예술이 태어난 오랜 옛날에
목수는 눈에 보이지 않는 구석구석까지
정성을 다해 손질하였다
신들은 어떤 흠도 훤히 들여다보시므로[2]

그래서 두 사람은 늘 지하실 층계도 윤이 나게 닦고 침대 밑을 청소하는 것도 잊지 않았어요. 모건 부인이 오셨을 때 층계 밑의 반침이 지저분하면 나는 꺼림칙할 거예요. 지난 4월 《황금열쇠》를 읽고 다이애나와 나도 그 시를 좌우명으로 삼아 살기로 했어요."

그날 밤 존 헨리 카터와 데이비 두 사람이 하얀 수탉 두 마리의 사형집행을 거행했고 앤은 사정없이 깃털을 뽑았다. 여느 때라면 아주 진저리 치는 일이었

---

2) 미국 시인 헨리 워즈워스 롱펠로(1807~1882)의 시 〈목수〉에서 따옴.

지만 이 살찐 닭의 사명을 생각하면 그 일마저도 거룩하고 영광스러운 일처럼 여겨졌다.

앤은 마릴라에게 말했다.

"나는 닭털 뽑는 것을 좋아하지 않지만 무슨 생각을 하든 상관없이 손이 저절로 움직여주어서 참 다행이에요. 손은 부숭부숭 난 털을 뽑아도 마음은 은하수를 헤매고 다닐 수 있거든요."

마릴라가 한마디 했다.

"그래서 평소보다 털을 여기저기 더 어질러놓았구나."

그 일이 끝나자 앤은 데이비를 침대에 눕히며 내일은 더욱 얌전히 있겠다고 약속하게 했다.

"만일 내가 내일 하루 종일 말 잘 듣고 착하게 놀면 그다음 날 마음껏 나쁜 아이가 되어도 좋아?"

데이비가 묻자 앤은 신중하게 대답했다.

"그건 안 돼. 하지만 너와 도라를 호수에 데려가 보트를 태워줄게. 그리고 끝까지 저어 가서 모래 언덕에 올라가 도시락을 먹자."

"그렇다면 약속하겠어. 나 꼭 말 잘 들을게. 사실은 해리슨 아저씨네에 가서 새로 만든 딱총으로 진저를 쏘려고 했는데, 그건 다른 날로 미루겠어. 말 잘 듣고 착하게 노는 건 일요일처럼 재미없는 일이야. 대신에 호숫가에서 도시락을 먹을 수 있으니까 꾹 참아야지."

기다리던 날

그날 밤, 앤은 세 번이나 잠이 깼다. 그때마다 에이브 아저씨의 예보가 설마 맞으면 어쩌나 싶어 창가로 가서 하늘을 보았다. 이윽고 진줏빛 새벽이 찾아오고 하늘이 은빛으로 빛나기 시작하더니 화창한 하루가 다가왔다.

아침 식사가 끝나자 곧 다이애나가 한 손에 꽃바구니를, 다른 한 손에 자기의 하얀 모슬린 옷을 안고 왔다. 모슬린 옷은 식사 준비가 끝나기 전에는 입을 수 없기 때문이었다. 지금은 핑크빛 무늬가 염색된 외출복을 입고 깜짝 놀랄 만큼 주름장식이 많이 달린 프랑스산 리넨 앞치마를 두르고 있었다. 아주 산뜻하고 귀여웠으며 장밋빛으로 빛나고 있었다.

"정말 예쁘다, 다이애나."

앤이 감탄하여 소리를 지르자 다이애나는 한숨 쉬며 말했다.

"하지만 옷마다 품을 늘려야 했단다. 7월부터 지금까지 몸무게가 4파운드(약 1.8킬로그램)나 늘었어. 앤, 이대로 가다간 내 몸이 어떻게 될까? 모건 부인의 여주인공들은 모두 키가 크고 날씬한데 말이야."

"자, 고민거리는 잊어버리고 행복한 일만 생각하자. 목사님 부인이 말씀하셨어. 괴로운 일이 있어서 우울할 때에는, 그것을 날려 보낼 수 있는 즐거운 일을 생각하라고 말이야. 네가 아무리 통통하다 해도 아무한테도 없는 귀여운 보조개가 있잖니. 나도 코에 주근깨는 있지만 코 모양만은 괜찮은 거 같아. 주근깨에 레몬즙이 효과가 조금은 있었을까?"

"응, 효과가 아주 좋았던 것 같다."

다이애나의 말에 기분이 좋아진 앤은 앞장서서 뜰로 나갔다. 뜰에는 여기저기 서늘한 나무 그늘이 있고 황금빛 광선이 흔들리고 있었다.

"우선 응접실부터 꾸미자. 시간은 충분해. 프리실라는 12시나 늦어도 12시 30분에 도착한다고 했으니 1시에 식사를 하도록 하자."

그 시간에 캐나다와 미국에는 설렘으로 가슴이 부푼 행복한 아가씨들이 얼마든지 있었을 테지만, 이때의 앤과 다이애나보다 더한 사람은 아무도 없었으리라. 꽃 자르는 가위 소리가 맑고 또렷하게 울려 퍼지고 장미며 작약이며 초롱꽃이 잘릴 때마다 '모건 부인이 오늘 오신다'라고 노래를 부르는 것 같았다. 앤은 해리슨 씨가 오솔길 저쪽 밭에서 마른풀을 베고 있는 것을 보고 어쩌면 저토록 아무 일도 일어나지 않을 것처럼 풀을 벨 수 있을까 생각했다.

그린게이블즈 응접실은 어쩐지 삭막하고 음울한 분위기의 방으로, 뻣뻣한 말털 깔개며 풀 먹인 레이스 커튼이며 먼지를 막기 위한 하얀 의자덮개 등이 있었다. 의자덮개는 더러 누군가의 단추가 엉뚱하게 거기에 걸려 비뚤어지는 불상사만 없다면, 언제나 똑바로 덮여 있었다. 앤이 아무리 우아한 분위기를 불어넣고 싶어도 마릴라가 이 방만큼은 조금의 변화도 허용하지 않았으므로 앤도 손대지 못하고 있었다.

그러나 그 방을 꽃으로 장식했을 뿐인데 얼마나 아름답게 바뀌었는가! 앤과 다이애나가 응접실 장식을 끝마치자 방은 몰라볼 만큼 달라졌다. 반들반들하게 닦은 탁자 위에는 커다란 푸른 화분에 까마귀밥나무꽃이 넘쳐흐르도록 영롱하게 피어 있었다. 광택이 나는 검은 벽난로 선반에는 장미꽃과 풀고사리가 산처럼 꽂혀 있었다. 방 안의 선반이라는 선반에는 모두 초롱꽃이 놓이고 벽난로의 어두운 양 옆 구석은 화사한 붉은색 작약으로 불타오르고 있었으며, 가운데 철망에는 노란 양귀비꽃이 활짝 피어 밝아졌다. 이 갖가지 빛깔의 꽃과 더불어 창문에 얽혀 있는 인동덩굴 사이로 햇살이 비쳐들어 벽이며 바닥 위에 춤추는 잎이 그림자를 던져 여느 때는 음울한 이 작은 방이 앤이 상상하고 있던 정원으로 변해 있었다. 뭔가 트집을 잡으려고 온 마릴라조차도 그대로 우뚝 서서 찬사를 보낼 정도였다.

앤이 신을 찬양하는 신성한 의식을 행하려는 여사제 같은 목소리로 말했다.
"자, 이젠 식탁을 차려볼까? 가운데에는 큰 꽃병에 들장미를 한가득 꽂아 놓고 각자의 접시 앞에는 장미를 한 송이씩 놓자. 그리고 모건 부인에게만은 따로 장미꽃다발을 놓아서《장미원》을 나타내는 거야."

거실에 놓인 식탁에 마릴라가 가장 아끼는 리넨 식탁보를 깔고 가장 좋은 접시, 컵, 유리그릇, 은스푼과 포크를 놓았다. 거기 놓인 것은 모두 한결같이 반짝반짝 빛나고 있어서 한껏 정성스러운 손길로 닦고 윤을 냈음을 한눈에 알 수 있었다.

그다음에 부엌으로 가자 화덕에서는 맛있는 냄새가 물씬물씬 풍겨 나오며 닭이 벌써 지글대며 구워지고 있었다. 앤은 감자를, 다이애나는 완두콩과 누에콩을 손질하기 시작했다. 다음에 다이애나는 상추 샐러드를 만들기 위해 식료품 저장실로 갔고, 앤은 화덕의 열기와 흥분 때문에 벌써 얼굴이 발갛게 달아올랐지만 아랑곳하지 않았다. 앤은 닭고기에 끼얹을 브레드 소스를 만들고 수프에 넣을 양파를 잘게 썰었으며 마지막으로 레몬파이에 얹을 휘핑크림의 거품을 냈다.

그런데 그동안 데이비는 무엇을 하고 있었을까? 과연 착한 아이가 되겠다는 약속을 지키고 있었을까? 다행히 데이비는 약속대로 하고 있었다. 부엌에서 무슨 일을 하는지 전부 보고 싶다며 고집을 부리기는 했지만 그 대신 조용히 한 구석에 앉아 지난번 바닷가에서 주워온 청어 잡는 그물의 매듭을 푸느라고 정신이 없었기 때문에 아무도 그것을 말리지 않았다.

11시 30분에는 싱싱한 상추 샐러드가 다 되었고 둥근 황금빛 파이 위에는 휘핑크림이 듬뿍 얹어졌으며 모든 것이 노릇노릇 익어가고 보글보글 끓고 있었다.

앤이 말했다.

"이제 옷을 갈아입어야겠어. 손님들이 12시에 도착할지도 모르니까. 식사는 정확하게 1시에 해야 돼. 수프는 완성되는 대로 바로 내와야 맛있거든."

지붕 밑 동쪽 방에서는 옷 갈아입는 의식이 아주 엄숙하게 거행되었다. 앤은 걱정스러운 듯이 거울에 코를 비춰보고 레몬즙 덕분인지 아니면 뺨이 붉어진 때문인지는 몰라도 아무튼 주근깨가 하나도 눈에 띄지 않자 뛸 듯이 기뻐했다. 모든 준비를 끝낸 두 사람은 '모건 부인의 어느 여주인공'에게도 지지 않을 만큼 아름답고 사랑스러운 아가씨들로 보였다.

다이애나가 걱정스러운 듯이 말했다.

"나도 입도 뻥긋 못 하고 가만히 앉아 있지만 말고 이따금 대화에 끼어들고 싶어. 모건 부인의 여주인공은 모두 말솜씨가 좋은데 나는 말도 못 하고 바보 같은 얼굴을 하고 있을 것 같아. 게다가 틀림없이 '그르게(그러게) 말이에요.'라는 말이 튀어나올 거야.

스테이시 선생님이 이곳 학교에 온 뒤부터 그 말을 그리 쓰지 않게 됐지만 긴장하면 불쑥 튀어나와. 앤, 만일 모건 부인 앞에서 '그르게 말이에요.'라는 말이 툭 튀어나오면 부끄러워 어떡하지? 입도 뻥긋 못 하고 있는 것만큼이나 창피한 일이야."

"나도 여러 가지 일이 염려스럽지만 이야기를 못 할 걱정은 안 해도 될 것 같아."

과연 그 점만큼은 앤의 걱정거리가 아닌 것은 확실했다.

앤은 모슬린 옷 위에 커다란 앞치마를 두르고 수프를 만들기 위해 아래층으로 내려갔다. 마릴라는 자신과 쌍둥이의 몸차림을 끝마치고 그녀답지 않게 들뜬 표정을 짓고 있었다. 12시 30분이 되자 앨런 부부와 스테이시 선생님이 왔다.

모든 일이 순조롭게 진행되었으나 앤은 걱정스러워졌다. 이미 모건 부인과 프리실라가 도착했어야 할 시간이었던 것이다. 앤은 '푸른 수염' 이야기에 나오는 자기와 같은 이름의 주인공 앤이 탑에 갇힌 채 창문으로 밖을 내다보았듯이 몇 번이나 대문으로 나가서 오솔길 쪽을 바라보았다.

"만일 오시지 않으면 어떡하지?"

앤이 가련한 목소리로 말했다.

"그럴 리 없어. 그렇다면 너무하시는 거지."

그렇게 대답하기는 했지만 다이애나도 불길한 예감을 품기 시작하고 있었.

마릴라가 응접실에서 나왔다.

"앤, 스테이시 선생님이 미스 배리의 도자기 접시를 보고 싶다는구나."

앤은 거실의 반침에서 접시를 꺼내왔다. 린드 부인에게 약속한 대로 샬럿타운의 미스 배리에게 접시를 빌려달라고 편지를 보냈더니 앤의 옛친구로서 미스 배리는 20달러나 주고 산 것이니 조심해서 다뤄주기 바란다는 편지와 함께 곧 보내주었다. 접시는 교회 바자회에서 임무를 다하고 그린게이블즈의 반침으로 돌아왔다. 남에게 맡기지 않고 앤이 직접 돌려주러 갈 생각이었다.

손님들이 현관에 서서 개울에서 불어오는 시원한 산들바람을 쐬고 있었으므로 앤은 그곳으로 조심스럽게 접시를 가져갔다. 모두들 감탄하며 접시를 돌려본 뒤에 접시가 앤의 손으로 돌아온 순간 부엌 쪽에서 쨍그랑! 콰당! 하는 요란스러운 소리가 났다. 마릴라와 다이애나가 벌떡 일어나 달려갔고 앤도 소중한 접시를 층계 두 번째 단에 잠시 내려놓고 뒤따라갔다.

부엌으로 가니 차마 눈 뜨고 볼 수 없는 참혹한 광경이 눈에 들어왔다. 큰 죄를 지은 사람 같은 얼굴을 한 데이비가 식탁에서 기어 내려오는 중이었다. 깨끗한 셔츠가 노란 크림으로 뒤범벅되어 있었고 식탁 위에는 그 먹음직스럽던 두 개의 레몬파이가 뭉개져 끔찍한 모습으로 널브러져 있었다.

데이비는 청어 잡는 그물을 마침내 다 푼 뒤 털실 뭉치처럼 감아 공으로 만들었다. 그것을 부엌 안쪽의 식료품 저장실에 가서 탁자 위 선반에 올려놓으려고 했다. 선반 위에는 이미 그런 공이 스무 개쯤 얹혀 있었는데, 따지고 보면 소유욕을 충족시키는 일 말고는 아무런 쓸모도 없는 물건이었다. 선반에 손이 닿으려면 데이비는 탁자 위로 올라가서 위태로운 자세로 서야만 하는데, 전에도 한번 그렇게 했다가 큰일 날 뻔하여 마릴라가 못 하게 단단히 주의를 준 적이 있었다.

이번에는 그때와는 비교도 할 수 없을 정도로 처참한 결과를 내고 말았다. 데이비는 발이 미끄러지면서 레몬파이 바로 위에 그대로 엉덩방아를 찧고 만 것이다. 깨끗한 셔츠는 엉망이 되었고 파이는 깡그리 망가지고 말았다. 사고뭉치 데이비의 실수로 덕을 본 것은 꿀꿀거리는 돼지뿐이었다.

마릴라가 데이비의 어깨를 잡고 흔들며 소리쳤다.

"데이비 키스! 그 탁자에 두 번 다시 올라가지 말라고 했잖니?"

데이비는 울먹거리며 말했다.

"잊어버렸어. 아줌마가 하지 말라는 것이 너무 많아서 다 욀 수가 없었어."

"좋아. 식사가 끝날 때까지 2층에 올라가서 내려오지 마. 그때까지는 머릿속이 정리되어 생각이 날지도 모르니까. 아니야, 앤, 편들지 마. 이 아이에게 벌주는 것은 네 파이를 망가뜨렸기 때문이 아니라. 그것은 실수였으니까. 그보다도 말을 듣지 않고 하지 말라는 일을 해서 벌주는 거야. 자, 데이비, 어서 2층으로 올라가."

데이비는 울음을 터뜨렸다.

"점심은 안 줘?"

"우리가 식사를 마친 다음 내려와 부엌에서 먹도록 해."

데이비는 조금 마음이 놓인 듯이 말했다.

"그럼 됐어. 앤 누나가 맛있는 고기를 놔두었다가 줄 테니까. 그렇지, 누나? 나는 파이 위에 떨어질 생각은 조금도 없었어. 누나, 파이는 이제 쓸 수 없게 되었으니까 조금만 2층으로 가져가도 돼?"

마릴라는 데이비를 현관홀 쪽으로 내몰았다.

"안 돼. 레몬파이는 없어, 데이비 도련님."

앤은 망가진 파이를 아까운 듯이 바라보며 물었다.

"디저트를 어떻게 하죠?"

"딸기 설탕절임 단지를 가져오너라. 볼 속에 아까 만들어둔 휘핑크림이 아직 많이 남아 있을 게다."

1시가 되었다. 프리실라와 모건 부인은 아직 나타나지 않았다. 앤은 안절부절 어쩔 줄 몰라했다. 음식은 더할 나위 없이 잘되었고 수프도 나무랄 데 없었지만 이대로 계속 두면 맛이 어떻게 될지 장담할 수 없었다.

마릴라가 언짢은 표정을 지었다.

"역시 안 오시는 게 아니냐?"

앤과 다이애나는 눈짓으로 서로를 위로했다.

1시 30분이 되자 마릴라가 다시 응접실에서 나와 말했다.

"얘들아, 이제 식사를 해야겠다. 모두 배고픈 데다 더 이상 기다려봐야 소용없어. 프리실라와 모건 부인은 안 오는 게 분명해. 아무리 기다려도 헛수고고 음식만 다 식겠다."

앤과 다이애나는 식사 준비를 했으나 음식을 만들었을 때의 열의는 멀리 사라지고 없었다.

다이애나가 슬픈 듯이 말했다.

"나는 한 입도 못 먹을 것 같아."

앤도 힘없이 대답했다.

"나도야. 하지만 스테이시 선생님과 앨런 목사님 내외분이 와 계시잖니? 멋진 식사가 되었으면 좋겠어."

다이애나는 완두콩을 접시에 담으며 조금 맛을 보더니 묘한 표정을 지었다.

"앤, 완두콩에 설탕을 넣었니?"

앤은 의무를 다할 뿐이라는 태도로 감자를 으깨고 있었다.

"응, 한 숟가락 넣었어. 우리 집에서는 늘 그렇게 해. 왜, 맛이 마음에 안 드니?"

"그게 아니야. 불 위에 올려놓을 때 나도 한 숟가락 넣었어."

앤은 감자를 으깨던 손을 멈추고 자기도 맛을 보더니 금방 얼굴을 찌푸렸다.

"어머나, 어떡하지! 네가 설탕을 넣을 줄 몰랐어. 너희 어머니는 안 넣으신다는 걸 알고 있었거든. 내가 여느 때라면 잘 잊어버리는데 오늘은 웬일로 용케 생각이 나서 한 숟가락 집어넣었지."

두 사람의 이야기를 듣고 있던 마릴라가 멋쩍은 듯한 얼굴로 말했다.

"사공이 많으면 배가 산으로 간다더니 요리사가 너무 많았네. 네가 틀림없이 안 넣을 줄 알고 나도 한 숟가락 넣었단다. 넌 언제나 잊어버렸으니까."

응접실의 손님들은 부엌에서 흘러나오는 요란스러운 웃음소리를 들었지만 무엇이 그토록 우스운지는 영영 알지 못했다. 어쨌든 그날 식탁에 완두콩은 끝내 올라오지 않았다.

다시 정신을 차린 앤이 한숨을 쉬며 말했다.

"하는 수 없지. 샐러드가 있어서 그나마 다행이야. 누에콩에는 설마 이상이 없겠지. 자, 어서 음식을 나르자."

그날의 식사 자리는 아무리 후하게 점수를 매겨도 그리 화기애애하다 할 수 없었다. 앨런 부부도 스테이시 선생님도 열심히 분위기를 돋우려고 애쓰고 마릴라도 겉으로는 평소처럼 침착했다. 하지만 앤과 다이애나는 오전 내내 그렇게 기대했던 만큼 실망도 커서 이야기할 마음도, 먹고 싶은 생각도 없었다.

앤은 손님을 위해 억지로라도 이야기에 끼려고 필사적으로 노력했지만 평소의 활기는 찾아볼 수 없었다. 앨런 목사님 부부와 스테이시 선생님을 진심으로 좋아했지만 이때만은 빨리 돌아가주었으면 좋겠다고 생각했다. 어서 방으로 올라가서 오늘의 지친 몸을 침대에 누이고 낙담한 마음을 베개에 묻고 실컷 울고 싶은 심정뿐이었다.

'엎친 데 덮친 격'이라는 말처럼 이날의 시련은 거기서 끝나지 않았다. 마침 앨런 목사님이 덕분에 즐거운 시간 보냈다는 인사를 끝마쳤을 때 층계 쪽에서 이상한 소리가 났다. 뭔가 딱딱하고 무거운 것이 층계를 데굴데굴 굴러 내려가다가 맨 아래께에서 쨍그랑 하고 깨지는 큰 소리가 났다. 모두들 복도로 달려 나갔다. 앤은 비명을 질렀다.

층계 밑에는 커다란 분홍색 소라고둥이 뒹굴고 있었고 그 주위에 산산조각

난 미스 배리의 접시가 흩어져 있었다. 층계 위에는 겁에 질린 데이비가 주저앉아 눈을 크게 뜨고 이 모습을 내려다보고 있었다.

마릴라가 무서운 얼굴로 데이비를 불렀다.

"데이비! 그 소라고둥을 '일부러' 던졌니?"

데이비는 울먹이면서 말했다.

"아니야. 그렇지 않아. 나는 그냥 여기에 조용히 무릎 꿇고 앉아서 난간 사이로 다들 밥 먹는 걸 보고 있었을 뿐이야. 그러다 발이 저 고둥을 툭 쳐서 그만 살짝 밀었던 것뿐이야. 나 배가 너무 고파…… 재미있는 것도 하나도 못 보고 언제까지나 2층에 갇혀 있을 바에는 차라리 그 자리에서 매를 맞고 끝내면 안 돼?"

앤은 떨리는 손으로 부서진 조각들을 주우며 말했다.

"데이비 잘못이 아니에요. 내가 잘못한 거예요. 접시를 저런 데다 두고 잊어버렸으니 내 잘못이에요. 내가 부주의해서 벌받은 거예요. 아, 미스 배리가 뭐라고 하실까?"

다이애나가 위로했다.

"조상 대대로 물려받은 것도 아니고, 산 거라고 하셨으니까 괜찮을 거야."

손님들은 한시바삐 물러가는 것이 좋겠다고 여긴 듯 서둘러 돌아갔다. 앤과 다이애나는 함께 설거지를 했지만 전에 없이 내내 말이 없었다. 설거지가 끝나자 다이애나는 두통이 난다며 돌아갔고 앤도 쑤시는 머리를 감싸 쥐고 방으로 올라갔다.

해 질 녘에 마릴라가 우체국에서 프리실라가 그 전날 보낸 편지를 가지고 돌아왔다. 편지에는 모건 부인이 다리를 너무 심하게 삐어 방에서 한 발자국도 나가지 못한다고 씌어 있었다.

앤, 정말 미안한 일이지만 그린게이블즈에는 갈 수 없을 것 같아. 이모님의 다리가 다 나을 때쯤에는 볼일이 있어서 토론토로 돌아가셔야 한다는구나.

앤은 한숨을 쉬며 자신이 앉아 있던 뒷문의 붉은 사암 돌층계에 편지를 놓았다. 아롱다롱하게 물든 구름이 군데군데 떠 있는 하늘에 저녁놀이 은은히 퍼지고 있었다.

"모건 부인이 오신다고 할 때 어쩐지 지나친 행운으로 여겨졌죠. 이런 말을 하니 꼭 세상을 등지고 사는 일라이자 앤드루스 같네요. 지나친 행운이니 뭐니 하는 이런 말을 하다니 부끄러워요. 나한테는 오늘 일어날 뻔했던 일만큼이나 멋진 일과 그보다 더 좋은 일이 지금까지 많이 있었으니까요.

오늘 일도 어떻게 보면 재미있다는 생각도 들어요. 다이애나와 나는 호호백발 할머니가 되면 오늘을 돌이켜 보며 한바탕 웃겠죠. 하지만 지금은 도저히 그런 마음이 들지 않아요. 너무 낙심했거든요."

마릴라는 진심으로 앤을 위로한다는 생각에서 말했다.

"너는 앞으로 이보다 더 많이, 이보다 더 가슴 아픈 일을 겪게 될 거야. 앤, 너는 아직도 한 가지 일을 지나치게 생각하다가 그것이 이루어지지 않으면 낙심하고 괴로워하는 버릇을 고치지 못한 것 같구나."

앤은 서글프게 인정했다.

"그런 것 같아요. 아무리 애써도 그렇게 되어버리는걸요. 어떤 멋있는 일이 생긴다고 생각하면 기대의 날개를 펼치고 날아올라가요. 뒤늦게 정신 차렸을 때는 이미 쿵 하면서 땅에 떨어져 있죠. 하지만 마릴라, 훨훨 날고 있는 동안은 정말 황홀해요…… 저녁놀 속을 날아다니는 것 같아요. 떨어지는 것마저도 감수할 수 있을 만큼 좋아요."

 마릴라도 인정했다.

 "그럴지도 모르지만 나라면 조용히 걸어가겠다. 날아올랐다 떨어졌다 하는 건 질색이니까. 하지만 사람들은 저마다 살아가는 방법이 있으니까. 전에는 옳은 길이 하나밖에 없다고 단정했었는데, 너와 쌍둥이를 키워보니 꼭 그렇다고만은 할 수 없을 것 같구나. 미스 배리의 접시는 어떻게 할 생각이니?"

 "접시 가격인 20달러를 드리는 수밖에 없지 않을까요? 조상으로부터 물려받은 소중한 유산이 아니어서 그나마 다행이에요. 그렇다면 돈으로는 보상할 수 없을 테니까요."

 "그것과 똑같은 것을 사서 돌려주는 방법도 있지 않겠니?"

 "그렇게 오래된 접시는 좀처럼 없을 테니 안 될 것 같아요. 린드 아주머니가 만찬회 때 쓰기 위해 구하려 했지만 하나도 못 샀으니까요. 하지만 그럴 수만 있다면 얼마나 좋을까요? 그것과 같을 정도로 오래된 진품이라면 미스 배리도 받아줄 텐데요.

 마릴라, 저것 보세요, 해리슨 씨네 단풍나무숲 위로 거룩할 만큼 고요한 은빛 하늘에 떠오른 저 별 좀 보세요! 저것을 보니 마치 기도드리는 마음이 드네요. 저런 하늘과 별을 볼 수 있다면 조그만 실망이나 뜻하지 않은 재난 같은 것은 아무것도 아니라는 생각이 들지 않아요?"

 마릴라는 대수롭지 않다는 듯이 별을 흘끗 보며 물었다.

 "데이비는 어디 갔지?"

 "재웠어요. 내일 도라랑 셋이서 호숫가에 소풍 가기로 약속했거든요. 얌전하게 있어야 한다는 조건이었지만…… 데이비가 착한 아이가 되려고 애쓰는 것만은 사실이니까요. 그래서 도저히 실망시킬 수가 없었어요."

마릴라가 잔소리를 했다.

"그 거룻배를 타고 호수로 저어 나갔다가 너든 쌍둥이든 물에 빠지기라도 하면 어떡하려고 그러니. 나는 육십 평생 이곳에 살고 있지만 그 호수에 배를 타고 나가본 적이 아직 한 번도 없어."

앤은 장난스러운 목소리로 말했다.

"그렇다면 지금이라도 늦지 않았어요. 내일 우리랑 같이 가요. 문을 잠그고 가서 하루 종일 호숫가에서 함께 놀아요, 이 세상의 시름은 다 잊어버리고."

마릴라가 화난 듯한 목소리로 힘주어 말했다.

"아니다, 됐다. 이 늙은이가 배를 타고 나갔다가는 정말 좋은 구경거리가 될 게다. 레이철이 떠벌리며 다니는 소리가 들리는 것 같구나. 저런, 해리슨 씨가 마차를 타고 어디 가나 보구나. 이저벨라 앤드루스를 만나러 다닌다는 소문이 정말일까?"

"그렇지 않을 거예요. 일 때문에 하면 앤드루스 씨랑 같이 그 집에 들렀을 뿐인데, 때마침 린드 아주머니가 본 거예요. 그때 해리슨 씨가 흰 칼라를 달았다고 해서 이저벨라를 만나러 간 거라고 소문을 낸 거죠. 해리슨 씨는 결코 결혼은 하지 않을 거라고 생각해요. 결혼에 대해 지독한 편견을 갖고 있는 것 같거든요."

"글쎄다, 나이 먹은 독신자란 어떻게 될지 알 수 없는 법이니까. 더구나 흰 칼라를 달고 갔다면 나도 레이철처럼 의심스러워지는구나. 이제까지 한 번도 해리슨 씨가 흰 칼라를 달고 있는 것을 본 적이 없으니까."

"하면 앤드루스 씨와 거래를 잘 매듭짓기 위해서가 아니었을까요? 사람이 옷차림에 신경 쓸 필요가 있는 것은 그런 때뿐이라고 해리슨 씨는 언젠가 말했어요. 이쪽이 돈이 좀 있는 듯이 보이면 거래를 하는 상대방도 자기를 속이지 않는다고요. 해리슨 씨는 참 안됐어요. 저런 생활에 만족할 리가 없잖아요. 앵무새 말고는 아무도 없으니 무척 외롭지 않겠어요? 하지만 남의 동정을 받는 건 싫은가 봐요. 누구나 그렇겠지만요."

"저기 길버트가 오솔길을 걸어오는구나. 호수에 가서 배를 태워주겠다고 하면 외투를 입고 장화를 신고 가거라. 오늘 저녁은 밤이슬이 심하니까."

도자기 접시 모험

"앤 누나, 잠의 나라가 어디야?"

데이비는 침대에 일어나 앉아 턱을 괴었다.

"밤이 되면 모두들 잠의 나라로 가지? 거기가 꿈속에서 하는 일들이 벌어지는 곳인지는 알겠는데 그게 어디 있는지, 그리고 어떻게 나도 모르는 사이에 갔다 오는지 모르겠어. 그런 데다 잠옷 입고 갔다 오잖아. 대체 어디 있을까?"

앤은 지붕 밑 서쪽 방 창가에 무릎 꿇고 앉아 저녁놀 진 붉게 타오르는 하늘을 바라보고 있었다. 하늘은 노란 꽃술을 크로커스 꽃잎이 에워싸고 있는 커다란 꽃 같았다.

앤은 데이비를 돌아보며 꿈꾸듯 말했다.

"'달의 산을 넘고

그림자 골짜기를 내려가.'[1]"

폴 어빙이라면 이 뜻을 알았을 것이고, 몰랐다면 스스로 의미를 생각해냈을 것이다. 하지만 앤이 자주 실망하며 말한 것처럼, 데이비는 상상력이라고는 한 톨도 없었기 때문에 그저 고개를 갸웃하며 불만스러운 표정을 지을 뿐이었다.

---

1) 미국의 소설가·시인 에드거 앨런 포(1809~1849)의 시 〈엘도라도〉에서 따옴.

"누나, 일부러 말이 안 되는 얘기 하는 거지?"

"물론이지, 데이비. 맨날 말이 되는 얘기만 하는 사람은 바보라는 거 모르니?"

"하지만 내가 진지하게 물어보면 누나도 진지하게 대답해줘야지."

데이비는 기분이 상한 듯싶었다.

"너는 아직 어려서 몰라."

이 말을 하고 앤은 후회했다. 어린 시절 이런 말을 들을 때마다 얼마나 분개했는지 모른다. 그것을 잊어버리지 않고 자기는 아무리 아이에게라도 너는 어려서 모른다는 말은 결코 하지 않겠다고 굳게 맹세하지 않았던가. 그런데 이게 뭐람…… 현실과 이상에는 이처럼 큰 차이가 있었다.

"나는 어서 자라고 싶어. 하지만 아무리 서둘러도 빨리 크지 않는 것 같아. 아줌마가 쩨쩨하게 잼을 그렇게 아끼지 않고 듬뿍듬뿍 준다면 더 쑥쑥 클 텐데."

앤이 엄하게 말했다.

"아주머니는 쩨쩨한 사람이 아니야, 데이비. 그런 말 하면 은혜를 모르는 사람이야."

"쩨쩨하다는 것 말고 좀 더 좋은 말이 있었는데 생각나지 않아."

데이비는 얼굴을 찌푸리며 곰곰이 생각했다.

"언젠가 마릴라 아줌마가 쓴 적이 있는데."

"'알뜰하다'는 말 말이니? 그것이라면 '쩨쩨하다'는 것과는 아주 다르지. 사람이 알뜰하다는 것은 아주 훌륭한 자질이야. 아주머니가 쩨쩨한 분이었다면 네 어머니가 돌아가셨을 때 너희들을 돌보려고 데려왔겠니? 너는 위긴스 씨네서 사는 게 더 좋았을 것 같아?"

"싫어! 그리고 리처드 외삼촌한테도 가고 싶지 않아! 아무리 아줌마가 잼을 줄 때…… 뭐라더라, 아무튼 그렇게 한다 해도 여기 있는 편이 훨씬 좋아. 앤 누나가 있으니까. 누나, 내가 잠의 나라로 갈 때까지 이야기해주면 안 돼? 요정이랑 공주님 나오는 옛날이야기는 싫어. 여자아이들은 좋아할지 모르지만 나는 아슬아슬한 모험 이야기가 좋아…… 죽이고 총 쏘는 장면이 많고 집에 불이 나기도 하는 조마조마한 이야기 말이야."

바로 그때 운 좋게도 마릴라가 부르는 소리가 들려왔다. 앤은 안도의 한숨을 내쉬며 나갔다.

"앤, 다이애나가 계속 신호를 보내고 있구나. 무슨 일인지 빨리 가보렴."

앤은 자기 방으로 달려갔다. 어렴풋한 어둠 속에 다이애나의 창문에서 깜박이는 불빛이 보였다. 불빛이 다섯 번씩 깜박이는 것은 두 사람이 어릴 때 만든 암호로 '중대한 이야기가 있으니 빨리 와.'라는 뜻이었다. 앤은 서둘러 하얀 숄을 머리에 두르고 '도깨비숲'을 지나 벨 씨네 목장 모퉁이를 돌아 '언덕의 과수원'으로 갔다.

"앤, 좋은 소식이 있어. 방금 어머니와 함께 카모디에 갔다 왔는데, 블레어 상점에 들렀다가 스펜서베일에서 온 메리 센트너를 만났어. 메리가 그러는데, 토리 가도의 콥 자매한테 그 깨진 도자기 접시와 똑같은 접시가 있대. 아마 산다고 하면 팔 거래. 마사 콥이 팔 수 있다는 걸 알면 안 팔 리가 없다는 거야. 만일 그 집에서 팔지 않는다면 스펜서베일의 웨슬리 키슨이 하나 가지고 있는 것 같은데, 조지핀 할머니의 것과 똑같은 것인지는 알 수 없대."

앤은 결심했다.

"내일 당장 스펜서베일에 가야겠다. 너도 함께 가줘. 이제야 내 어깨의 무거운 짐이 좀 가벼워진 것 같아. 모레 샬럿타운에 가야 하는데 도자기 접시도 없이 어떻게 너희 조지핀 할머니를 만나니? 전에 너희 집 손님용 침대에 뛰어 올라갔다가 사과할 때보다 훨씬 더 괴로울 것 같아."

두 사람은 옛일을 생각하고 풋 하고 웃음을 터뜨렸다.

두 사람이 아직 어린 소녀일 때, 다이애나의 고모할머니인 조지핀 배리와 앤이 처음 만나게 된 '문제의 사건'에 대해 더 궁금한 독자가 있다면, 앤의 어린 시절(1권 "콘서트, 대사건, 고백')을 읽어주기 바란다.

다음 날 오후, 두 사람은 접시를 찾기 위한 여정을 떠났다.

스펜서베일까지는 10마일(약 16킬로미터)이나 되었으며 마차를 달리기에 쾌적한 날씨라고 할 수는 없었다. 심한 무더위에 바람 한 점 없는 데다 6주 동안이나 비가 오지 않아 길에 흙먼지가 꽤 많이 일었다.

"제발 빨리 비가 와야 할 텐데."

앤은 한숨을 쉬었다.

"모든 것이 메말라버렸어. 밭은 말할 것도 없고 나무들은 하늘을 향해 두 팔 벌려 비를 내려달라고 애원하는 것 같아. 나는 뜰에 나가면 가슴이 아파서 참을 수가 없어. 하지만 농작물이 저렇게 타들어가고 있는데 뜰의 나무들 걱정을 할 수는 없지.

해리슨 씨네는 목장이 쩍쩍 갈라지고 메말라서 가엾게도 소에게 먹일 풀이 하나도 없대. 해리슨 씨는 소들이랑 눈이 마주칠 때마다 동물에게 이런 혹독한 꼴을 당하게 해서 죄책감이 들어 견딜 수 없다고 했어."

지루한 길을 달린 끝에 마침내 두 사람은 스펜서베일에 이르러 토리 가도로 꺾어 들었다. 그곳은 인적이 드문 초록의 국도로, 바퀴자국 사이에 풀이 무성한 것으로 보아 오가는 사람이 없음을 알 수 있었다. 길 양쪽에는 울창한 어린 가문비나무가 가도를 따라 끝없이 늘어서 있고 이따금 숲이 끊어진 곳에는 농장 뒷밭의 울타리가 보이거나 나무 그루터기가 흩어져 있었으며 그 사이에

분홍바늘꽃과 미역취가 흐드러지게 피어 있었다.
앤이 물었다.
"어째서 이 길을 토리 가도라고 부를까?"
"앨런 목사님 말로는 나무 한 그루 없는 곳을 일부러 '무슨 무슨 숲'이라고 부르는 것과 마찬가지래. 이 가도에는 콥 자매와 저기 길 끄트머리께에 자유당 지지자인 마틴 보뷔에 할아버지 말고는 아무도 살지 않는데, 보수당인 토리당이 정권을 잡았을 때 뭔가 업적을 남겼다는 것을 보여주기 위해 이 가도를 만들었대."

다이애나의 아버지가 자유당을 지지하고 있어서 다이애나와 앤은 절대로 정치 이야기를 하지 않았다. 그린게이블즈는 대대로 보수당을 지지해왔다.

이윽고 앤과 다이애나는 할머니 두 사람이 살고 있는 콥네에 닿았다. 집 안팎이 모두 그린게이블즈도 당해내지 못할 만큼 깨끗하게 정돈되어 있었다. 집은 아주 옛날식 구조로 비탈진 곳에 세워졌으며 한쪽 끝에는 돌 지하실로 통하는 입구가 있었다. 본채도 바깥채도 눈부실 만큼 새하얀 회반죽을 발랐고 하얀 울타리로 둘러싸인 깔끔한 부엌 텃밭에는 풀 한 포기 돋아 있지 않았다.

"창문 가리개가 모두 내려진 것을 보니 집에 아무도 없나 봐."

다이애나는 낙심했다. 두 사람은 어떻게 하면 좋을지 몰라 얼굴을 마주 보았다.

"어떡하지? 이 집에 우리가 찾고 있는 접시가 있다는 것이 확실하다면 사람이 돌아올 때까지 기다리겠지만, 혹시나 기다렸다가 그게 아니면 웨슬리 키슨네에 가기에는 너무 늦을 텐데……."

그때 다이애나는 지하실 위에 작고 네모진 창문이 나 있는 것을 발견했다.

"저건 틀림없이 식료품 저장실 창문일 거야. 이 집은 뉴브리지의 찰스 아저씨네 집하고 구조가 똑같은데, 아저씨네는 저기가 딱 식료품 저장실이거든. 창문 가리개가 내려져 있지 않으니까 저 작은 건물 지붕 위로 올라가서 들여다보면 창을 통해 그 안에 있는 접시가 보일지도 몰라. 그렇게 하면 나쁠까?"

심사숙고 끝에 앤이 결심했다.

"아니, 나쁘지 않다고 생각해. 우리의 동기가 단순한 호기심은 아니니까."

이 중요한 윤리적 문제가 해결되자, 앤은 다이애나가 말한 작은 건물에 올라갈 준비를 했다. 건물 지붕은 뾰족했다. 원래는 오리집으로 쓰였던 것인데 콥 자매가 오리는 지저분한 동물이라며 기르지 않게 되어 지난 몇 년 동안 알을 품은 암탉을 넣을 때 말고는 쓰이지 않았다. 꼼꼼하게 회칠을 해놓았지만 상당히 흔들렸다. 앤은 불안해하며 큰 상자 위에다 작고 둥근 나무통을 얹은 것을 발판 삼아 디딘 다음 조심조심 지붕에 올라갔다.

"내가 너무 무거워서 무너지는 거 아닌지 모르겠네."

올라가서는 다이애나가 시키는 대로 창턱에 의지해 식료품 저장실 창문을 들여다보니, 창문과 마주 보이는 선반에 앤이 찾고 있던 것과 똑같은 도자기 접시가 놓여 있었다.

여기까지는 무사했다. 바로 다음 순간 대참사가 일어난 것이다. 너무 기쁜 나머지 앤은 발밑이 위태롭다는 것도 잊고 창턱을 붙들고 있던 손을 놓고 팔짝 뛰었고…… 다음 순간 지붕이 와지끈 부서지며 앤의 몸이 겨드랑이까지 푹 빠지면서 공중에 매달리고 말았다.

제힘으로 빠져나올 도리가 없는 앤을 보고 다이애나가 오리집 안으로 뛰어 들어가 앤의 허리를 붙잡고 아래로 끌어 내리려 했다.

가엾게도 앤은 비명을 질렀다.

"아악! 잡아당기지 마. 뾰족한 판자 같은 게 찌르고 있어. 발밑에 디딜 걸 좀 갖다줘. 그럼 내가 위로 몸을 끌어 올려볼게."

다이애나는 급히 아까 발판으로 사용했던 작은 나무통을 갖다 놓았다. 그것은 앤의 발이 겨우 닿을락 말락 하는 높이여서 딛고 서 있을 수는 있었지만 앤이 몸을 끌어 올릴 정도는 못 되었다.

"내가 지붕 위로 올라가면 너를 끌어 올릴 수 있지 않을까?"

앤은 고개를 저었다.

"안 돼⋯⋯ 판자가 찔러서 아파. 도끼가 있다면 판자를 부숴버릴 수 있을 텐데. 아, 정말 나는 불운의 별 아래 태어났다는 걸 인정할 수밖에 없구나."

다이애나는 앤의 말대로 도끼를 찾아보았으나 보이지 않아, 포로가 된 친구에게 돌아와 말했다.

"누구든 사람을 불러와야겠어."

앤은 맹렬히 반대했다.

"안 돼, 안 돼. 사람을 부르지 말아줘. 그랬다가는 온통 소문이 퍼져 얼굴을 들고 다닐 수 없을 거야. 콥 자매분들이 돌아올 때까지 기다렸다가 두 사람에게 절대로 비밀을 지켜달라고 부탁하는 방법밖에 없어. 그분들은 도끼가 어디 있는지 알 테니까 나를 구해줄 거야. 움직이지만 않으면 그다지 힘들지 않아⋯⋯ '몸'만은 말이야. 콥 자매가 이 헛간을 어느 정도로 가치 있게 생각하는지 모르겠지만 손해배상을 해줘야겠지. 내가 식료품 저장실을 들여다본 동기를 이해해준다면 그런 일쯤 아무것도 아니야. 그래도 다행스러운 것은 원하던 접시를 찾은 일이야. 미스 콥이 그걸 내게 넘겨주기만 한다면 이 고통쯤은 얼마든지 참을 수 있어."

다이애나는 불길한 말을 했다.

"그분들이 밤에도⋯⋯아니, 내일까지도 돌아오지 않으면 어떡하지?"

앤은 마지못해 말했다.

"저녁때까지 돌아오지 않으면 다른 사람을 부르는 수밖에 없겠지. 하지만 그것은 정말정말 불가피할 때 써야 할 최후의 수단이야.

아, 그렇지만 이렇게 운 나쁜 사람이 또 있을까. 어떤 재난을 당하더라도 모건 부인의 여주인공들처럼 낭만적이라면 얼마든지 참겠어. 하지만 난 만나는 재난마다 우스꽝스러운 일뿐이거든. 생각 좀 해 봐. 콥 자매가 집에 돌아와 자기네 오리집 지붕에서 어떤 아가씨가 머리와 어깨를 내밀고 있는 것을 보면 얼마나 놀랄까?

잠깐…… 저건 마차 소리인가? 아니야, 다이애나, 천둥소리야."

틀림없는 천둥소리였다.

서둘러 집 주위를 한 바퀴 둘러보고 온 다이애나는 북서쪽에서 시커먼 구름이 이쪽으로 몰려오고 있다고 말했다.

"엄청난 비가 쏟아지겠어. 아, 앤, 우리 어떻게 하면 좋지?"

다이애나는 어쩔 줄 몰라 발을 동동 구르고 있었다.

"준비를 갖추어야지."

앤은 침착했다. 이미 당한 일에 비하면 소나기쯤은 아무것도 아니라고 여기는 듯했다.

"마차와 말을 저기 문이 열려 있는 헛간에 넣는 게 좋겠어. 다행히 마차 안에 양산이 있으니 갖다줘. 그리고 이 모자를 네가 가지고 있어. 토리 가도를 달리면서 가장 좋은 모자를 쓰고 가는 건 어리석다고 마릴라가 말렸었는데, 늘 그렇지만 역시 마릴라의 말이 맞았어."

다이애나가 매어놓은 말을 풀어 헛간으로 끌고 들어갔을 때 굵은 빗방울이 뚝뚝 떨어지기 시작하더니 금세 소나기로 변해버렸다. 다이애나는 그대로 헛간에 앉아 폭포처럼 쏟아지는 소나기를 멍하니 바라볼 수밖에 없었다. 빗발이 너무 심하여 맨머리에 양산을 쓰고 비와 맞서고 있는 용감한 앤의 모습도 보이지 않을 정도였다. 천둥은 대단하지 않았지만 비는 한 시간이나 사정없이 퍼부어댔다. 이따금 앤은 양산을 뒤로 젖혀 다이애나에게 손을 흔들어 보였다. 거리가 먼 데다 굉장한 빗소리 때문에 도저히 말을 주고받을 수 없었다. 가까스로 비가 그치고 해가 나오자 다이애나는 마당의 물웅덩이를 피해 앤 곁으로 달려갔다.

다이애나는 근심스레 물었다.

"많이 젖었니?"

앤이 씩씩하게 말했다.

"아니, 머리와 어깨는 하나도 젖지 않았고 틈새를 타고 흘러내린 빗물로 치마만 조금 젖었어. 날 동정하지 마 다이애나. 난 조금도 힘들지 않았으니까.

이 비는 축복의 비야. 이 비가 우리 집 정원을 얼마나 기쁘게 해주었을까 하는 생각만 했어. 첫 빗방울이 떨어졌을 때 꽃이며 꽃봉오리들이 어떤 생각을 했을까 상상해봤지. 과꽃과 스위트피와 라일락 덤불 속의 카나리아와 정원을 지키는 나무의 요정이 주고받는 즐거운 대화도 상상하고 있었고.

집에 돌아가면 다 글로 써야지. 지금 여기 종이와 연필이 있으면 좋을 텐데. 집까지 가는 동안 가장 좋은 부분을 잊어버릴 것 같아."

충실한 친구 다이애나는 연필을 가지고 있었고, 마차 안에서 포장지를 한 장 찾아냈다. 앤은 물이 뚝뚝 떨어지는 양산을 접고 모자를 쓴 다음 다이애나가 건넨 포장지를 지붕널 조각 위에 펴놓고 목가(牧歌)를 써나가기 시작했다. 아무래도 문학 창작에 어울리는 환경이라고는 할 수 없었으나 그 결과는 최고였으며 앤이 읽어 내려가는 것을 듣고 다이애나는 황홀해졌다.

"아, 앤, 훌륭해…… 정말 최고야.《캐나다 여성》에 꼭 보내도록 해."

하지만 앤은 고개를 저었다.

"그건 안 돼. 구성이랄 만한 게 없는걸. 머릿속에 떠오르는 것을 그저 늘어놓았을 뿐이니까. 나는 이런 식으로 쓰는 것을 좋아하지만 발표하기에는 아직 무언가 부족해. 편집자는 구성을 중요시한다고 프리실라가 말했거든. 어머나, 미스 세라 콥이 오시는 게 보인다. 부탁이야, 다이애나, 사정을 잘 설명해줘."

미스 세라 콥은 작은 몸집에 후줄근한 검은 옷을 입었으며 모자는 헛되게 허영심이나 채우는 장식용이 아니라 튼튼하고 실용적인 것이었다. 자기 집 뒤뜰의 기묘한 광경이 눈에 들어오자 예상했던 대로 놀란 표정을 지었으나 다이애나로부터 사정을 듣고는 몹시 안타까워하였다. 그리고 급히 뒷문을 열어 도끼를 가져와 능숙하게 두세 번 도끼질을 하여 앤을 구출해주었다.

앤은 몹시 피곤했고 몸이 굳어 있었으나 갇혀 있던 감옥 안으로 몸을 숙여 들어갔다가 기뻐하며 자유의 몸이 되어 밖으로 나왔다.

앤은 필사적으로 말했다.

"미스 콥, 제가 댁의 식료품 저장실을 들여다본 건 도자기 접시를 가지고 계신지 알아보기 위해서였고 다른 건 아무것도 보지 않았어요…… 정말 다른 건 조금도 훔쳐보지 않았어요."

"아니, 상관없어요. 걱정하지 말아요. 무슨 해를 끼친 것도 아니니까요. 다행히도 우리 콥 집안사람들은 언제나 식료품 저장실을 깨끗이 정돈해두니까 누가 들여다본다 해도 상관없어요.

그리고 저 낡아빠진 오리집을 부숴줘서 오히려 고마워요. 이렇게 된 이상 마사도 그냥 두자고는 하지 못할 테니까요. 지금까지는 언젠가 소용 있을 거라며 부수지 못하게 했거든요. 그래서 해마다 봄에 내가 회칠을 해야 했답니다. 마사 언니를 설득하는 것은 쇠귀에 경 읽기나 마찬가지라서요. 오늘은 샬럿타운에 나간다고 해서 역까지 마차로 바래다주고 오는 길이에요. 그래, 내 접시를 사고 싶다고요? 값은 얼마나 내겠어요?"

"20달러요."

앤은 콥 집안사람을 상대로 흥정을 할 마음은 없었다. 그런 마음이었다면 처음부터 이쪽에서 그 가격을 먼저 말하지는 않았을 것이다.

미스 세라는 신중하게 말했다.

"그래요? 저 접시는 다행히 내 것이니 망정이지 그렇지 않았다면 마사가 없는 동안에 판다는 것은 어림없는 일이에요. 행여나 그랬다면 틀림없이 야단법석이 날 테니까요. 이 집에서 일어나는 모든 일에 대한 결정권은 언니한테 있거든요. 이 나이 먹도록 다른 사람이 시키는 대로 따르며 살아가야 하는 일에는 진절머리가 나요. 이만저만 참고 사는 게 아니에요. 어쨌든 안으로 들어갑시다. 많이 배고프고 지쳤죠. 따뜻한 차라도 한잔 들어요. 하지만 버터 바른 빵과 오이밖에 없어요. 마사가 나가기 전에 케이크며 치즈며 설탕절임은 모두 넣고 자물쇠를 잠가버렸거든요. 늘 그렇답니다. 손님이 오면 내가 너무 선심을 쓴다는 거예요."

두 사람은 몹시 배가 고팠으므로 미스 세라가 내온 버터를 바른 맛있는 빵과 오이를 맛있게 먹었다.

차를 마시고 나자 미스 세라가 말을 꺼냈다.

"접시를 팔긴 하겠지만 25달러는 받아야 해요. 아주 오래된 귀한 물건이니까요."

다이애나는 식탁 밑에서 앤의 다리를 살짝 찼다. '승낙하면 안 돼! 버티면 20달러로 살 수 있어.'라는 뜻이었다. 그러나 그 귀중한 접시를 손에 넣을 수만 있다면 어떤 기회도 놓쳐서는 안 된다고 여겨 앤이 그 자리에서 승낙했으므로 미스 세라는 30달러라고 말할걸 그랬다는 아쉬운 표정을 지었다.

"그럼 줄게요. 지금 나는 돈이 무척 필요하답니다. 사실은……."

미스 세라는 도도하게 턱을 치켜들었다. 여윈 뺨이 자부심으로 발그레하게 물들어 있었다.

"루서 월리스와 결혼하게 되었거든요. 루서는 20년 전 나에게 청혼을 했었죠. 나는 진심으로 좋아했지만 그 무렵 그 사람은 가난해서 우리 아버지가 단번에 거절했었어요. 순순히 헤어진 게 잘못이었죠. 하지만 자신도 없고 아버지가 무서웠거든요. 게다가 마땅한 남자가 이토록 없을 줄은 몰랐죠."

이윽고 다이애나가 말고삐를 잡고 앤은 접시를 소중히 무릎 위에 올려놓고 둘은 집으로 서둘러 출발했다. 두 사람의 해맑은 웃음소리가 한바탕 비에 싱그러움을 머금은 토리 가도의 풀빛 정적을 깨며 잇달아 울려 퍼졌다.

"내일 샬럿타운에 가서 너의 조지핀 할머니를 만나 오늘 일어난 이상한 사건들을 얘기하면 얼마나 배를 잡고 웃을까. 약간의 시련이 있었지만 이제 다 끝났어. 접시도 구했고 부연 흙먼지는 비에 깨끗이 씻겼으니, 이것이야말로 '끝이 좋으면 다 좋다'는 게 아니고 뭐니."

하지만 다이애나는 아직 마음을 놓지 못하고 있었다.

"아직 집에 닿은 건 아니야. 그 사이 또 무슨 일이 일어날지 모르잖니. 너는 정말이지 뜻밖의 사고를 일으키는 데 명수잖아, 앤."

앤은 태연하게 말했다.

"어떤 사람한테는 사건들이 줄줄이 따라다니는 법이야. 그런 재능이 있고 없고는 타고나는 건가 봐."

행복한 나날

언젠가 앤이 마릴라에게 이런 말을 한 적이 있었다.

"결국 즐겁고 행복한 나날은 특별히 멋진 일이나 놀라운 일, 가슴 두근거리는 일이 일어나는 날이 아니라, 진주가 한 알씩 살그머니 실에서 미끄러져 내리듯 단순하고 소박한 기쁨을 잇달아 가져오는 하루하루를 말하는 것 같아요."

그린게이블즈의 생활은 그런 나날 속에 지나가고 있었다. 앤이 만나는 예상치 못한 사건, 사고들도, 여느 사람들에게 그러하듯, 한꺼번에 일어나는 것이 아니라 아무 탈 없이 길게 이어지는 즐거운 나날 사이에 흩뿌려진 듯이 이따금씩 일어났고, 일과 꿈과 웃음과 공부로 채워진 행복한 1년이 훌쩍 흘러가고 있었다.

8월 끝 무렵의 하루도 그렇게 평화로운 날이었다. 오전에는 다이애나와 함께 잔뜩 신이 난 쌍둥이들을 데리고 호수에서 거룻배를 타고 모래톱에 가서 향모를 뜯기도 하며 밀려오는 물결 속에서 첨벙거리며 즐겁게 뛰놀았다. 물결 위를 스쳐 지나가는 바람은 이 세상이 시작되던 날에 배운 옛 가락을 읊조리는 듯했다.

저녁에 앤은 어빙 노부인 댁으로 폴을 만나러 갔다. 폴은 집을 에워싼 북쪽의 울창한 전나무숲 옆 푸른 둑에 누워 책을 읽다가, 앤을 보자마자 얼굴을 환하게 빛내며 벌떡 일어났다.

"선생님이 오셔서 정말 기뻐요. 할머니가 안 계시거든요. 선생님, 나랑 같이 저녁 먹고 가실 거죠? 혼자 먹는 것은 쓸쓸해서요. 메리 조에게 함께 먹자고 할까 생각했지만 틀림없이 할머니가 싫어할 거예요. 프랑스 사람들은 분수를 알아야 한다고 입버릇처럼 말씀하시거든요. 그게 아니더라도 메리 조와는 이야기보따리를 풀기 힘들어요. 웃기만 하고 '너는 내가 본 아이들 중에 제일 특이한 것 같아.'라는 말밖에 할 줄 모르니까요. 그런 걸 대화라고 하기는 힘들잖아요."

앤이 밝게 웃으며 말했다.

"물론 저녁 먹고 갈게. 선생님은 네가 물어봐주기를 바라고 있었단다. 언젠가 여기서 너희 할머니가 만든 맛있는 쇼트브레드를 얻어먹고 나서부터는 생각날 때마다 입안에 군침이 돌았거든."

폴은 바지 앞주머니에 두 손을 집어넣으며 작은 얼굴에 갑자기 근심스러운 표정을 지었다.

"내 마음대로 할 수 있다면 얼마든지 쇼트브레드를 드리겠지만 메리 조에게 물어봐야 해요. 할머니가 나가시면서 쇼트브레드는 버터가 많이 들어가서 아이에게 좋지 않으니 폴에게는 주지 말라고 메리 조에게 말씀하시는 걸 들었거든요. 하지만 나는 먹지 않겠다고 약속하면 메리 조가 선생님에게는 한 조각 드릴지도 몰라요. 희망을 버리지 마세요, 선생님."

"물론이지."

앤은 귀여운 폴의 말이 매우 마음에 들었다. 무엇이든 밝은 쪽으로 생각하는 것은 앤도 바라는 바였다.

"그리고 만약 메리 조가 선생님에게 쇼트브레드를 주지 않는다 해도 전혀 상관없어. 그러니 너무 걱정하지 마."

폴이 그래도 불안한 듯 물었다.

"정말 괜찮아요?"

"그렇고말고."

"그럼 걱정하지 말아야지."

폴은 이제야 마음이 놓이는 듯 환하게 웃었다.

"메리 조는 잘 얘기하면 분명 들어줄 거예요. 원래 꽉 막힌 사람은 아닌데, 그래도 여기서 일하는 동안 할머니 말씀을 어기면 힘들다는 것을 직접 겪어 잘 알게 되었죠. 할머니는 좋은 분이지만 누구든 시키는 대로 하지 않으면 큰일 나거든요. 오늘 아침엔 내가 드디어 오트밀 한 그릇을 말끔히 다 먹어서 할머니가 엄청 좋아했어요. 무척 힘들었지만 결국 해냈어요. 할머니는 이제 이 정도면 나도 늠름한 남자가 될 수 있을 것 같다고 하셨어요. 선생님, 한 가지 꼭 여쭤보고 싶은 중요한 질문이 있는데 솔직하게 대답해주시겠어요?"

"응, 뭔데?"

앤이 약속했다.

"나는 혹시 머리가 좀 이상한 건 아닐까요?"

자신의 생사가 앤의 대답 하나에 달려 있는 듯이 폴은 진지한 얼굴로 기다렸다.

앤은 깜짝 놀라며 큰 소리로 말했다.

"어머, 무슨 소리 하는 거야, 절대로 그렇지 않아, 폴. 어째서 그런 생각을 했니?"

"메리 조가 그랬는데…… 내가 듣고 있는 줄 모르고 한 말이에요. 어젯밤 피터 슬론 씨네 하녀 베로니카가 메리 조를 만나러 왔을 때 내가 거실을 지나가는데 두 사람이 부엌에서 이야기하는 소리가 들렸거든요. 그때 메리 조가 '저 폴이라는 아이는 참 별난 것 같아. 이상한 말만 하거든. 머리가 좀 어떻게 된 게 아닌지 모르겠어.' 하고 말했어요. 어젯밤에 잠도 못 자고 밤새 그 생각만 했어요. 메리 조의 이야기가 정말일까 하고요. 할머니께 여쭤보고 싶은 걸 꾹 참고 선생님에게 확인해봐야겠다고 마음먹은 거예요. 그래도 선생님이 내 머리가 아무렇지도 않다고 하시니 정말 기뻐요."

"물론이야. 메리 조가 아무것도 모르면서 주책없이 한 말이니까 무슨 말을 하든 마음에 담아둘 필요 없어."

앤은 속으로 분개하며 폴의 할머니에게 얘기해 메리 조를 말조심시켜야겠다고 마음먹었다.

"아, 다행이다. 이제 마음이 놓여요. 선생님 덕분에 이젠 행복해요. 내 머리가 이상하다는 건 그리 기분 좋은 일이 아니거든요. 선생님, 고마워요. 메리 조가 그렇게 말한 건 내가 이따금 상상한 일을 그대로 이야기하기 때문일 거예요."

앤은 자기의 경험에서 정말 맞는 말이라고 생각하며 말했다.

"그건 좀 위험한 일일지도 몰라."

"선생님에게도 이야기해드릴 테니 어디가 이상한지 들어봐주세요. 하지만 지금은 말고 어두워진 뒤에 할게요. 깜깜한 밤이 되면 나는 마음에 떠오른 생각을 누군가에게 이야기하고 싶어 견딜 수 없지거든요. 아무도 없을 때에는 하는 수 없이 메리 조에게 이야기하죠. 하지만 이제부터는 말하지 않겠어요. 나를 이상하게 생각하는 건 싫거든요. 힘들어도 참을래요."

"그래도 참을 수 없으면 우리 집에 와서 내게 이야기하렴."

앤은 진지한 얼굴로 말했다. 아이들은 자기 말을 진지하게 들어주기를 바라기 때문에, 그렇게 대해주는 앤이 아이들에게 사랑받는 것이었다.

"네, 그렇게 할게요. 하지만 내가 갔을 때 데이비가 없으면 좋겠어요. 데이비는 나를 보면 못마땅한 표정을 지으며 싫어하거든요. 그렇다고 내가 신경을 많이 쓰는 것은 아니에요. 데이비는 아직 어리고 나는 이렇게 크니까요.

 그래도 역시 나를 보고 얼굴을 찌푸리면 기분이 썩 좋지는 않아요. 게다가 데이비는 엄청 무섭게 째려봐요. 저러다가 예전 얼굴로 돌아가지 않는 게 아닌가 여겨질 만큼요. 교회에서도 그래서, 하느님을 생각하고 있어야 할 때인데도 데이비 생각을 하게 될 때도 있어요.

 하지만 도라는 나를 좋아하고 나도 도라가 좋아요. 그런데 그전만큼은 아니에요. 도라가 앞으로 어른이 되면 나랑 결혼하겠다고 미니 메이 배리에게 말한 걸 알고부터요. 나중에 크면 제가 누군가랑 결혼을 할지도 모르지만 벌써 그런 생각을 하기엔 제가 아직 어리잖아요. 그렇죠, 선생님?"

 "그래, 아직 어리지."

 선생님도 같은 의견이었다.

 "결혼 이야기를 하다 보니 생각났는데요, 요즘 나는 걱정거리가 하나 있어요. 지난주에 린드 아주머니가 할머니를 뵈러 왔을 때 할머니가 우리 엄마 사진을 보여주라고 했어요. 아빠가 생일 선물로 보내준 그 사진을요. 나는 린드 아주머니에게 보여주고 싶지 않았어요. 아주머니는 친절하고 좋은 분이지만 우리 엄마 사진을 보여주고 싶은 사람은 아니거든요.

 그렇지만 어쩔 수 없이 나는 할머니가 시키는 대로 했어요. 아주머니는 우리 엄마가 아주 예쁘지만 여배우처럼 예쁜 얼굴이라며 아빠보다 훨씬 더 젊어 보인다고 했어요. 그리고 나에게 물었죠.

 '머지않아 너희 아버지도 다시 결혼할 텐데 너는 새엄마가 생기는 게 좋으냐, 폴?'

순간 숨이 딱 멎을 만큼 놀랐지만 린드 아주머니에게 절대로 그런 표정을 보여서는 안 되겠다고 결심하고 아주머니의 얼굴을 똑바로…… 이렇게…… 똑바로 바라보며 말했죠.

'아주머니, 우리 아빠는 엄마를 고를 때도 잘했으니까 두 번째에도 틀림없이 좋은 분을 선택할 거예요.'

정말 나는 아빠를 믿고 있어요, 선생님. 하지만 아빠가 새엄마를 맞는다면 꼭 내 의견도 물어봐주었으면 좋겠어요. 아, 메리 조가 부르고 있어요. 잠깐 가서 쇼트브레드에 대해 의논하고 올게요."

그 '의논'의 결과, 메리 조는 쇼트브레드뿐만 아니라 설탕절임까지 내놓았다. 앤과 폴이 바닷가에서 산들바람이 불어오는 어스레한 옛날식 거실에서 즐겁게 식사를 하면서 '이상한' 이야기를 하도 많이 해서, 메리 조는 다음 날 밤 찾아온 베로니카에게 어처구니가 없어 하며 말했다.

"학교 선생님도 폴 못지않게 이상한 사람이야."

식사가 끝나자 폴은 앤을 자기 방으로 데리고 가 어머니 사진을 보여주었다. 그 사진이 폴의 할머니가 책장 서랍에 넣고 꽁꽁 잠가두었던 수수께끼의 선물이었다. 천장이 낮은 폴의 방에는 바다에 잠기어가는 태양의 불그스름한 빛이 가득했다. 네모진 창문 옆에 우거진 전나무숲이 춤추는 그림자를 던지고 있었다. 붉은빛과 일렁이는 그림자가 조용히 소용돌이치고 있는 것 같았다. 이 부드러운 빛과 그림자 속에 다정한 어머니의 눈을 한 아름다운 소녀 같은 얼굴이 침대 발치의 벽에서 빛나고 있었다.

폴은 애정을 담아 자랑스러운 듯이 말했다.

"엄마 사진이에요. 아침마다 눈을 뜨면 맨 먼저 보이도록 할머니에게 저 자리에 걸어달라고 부탁했어요. 이젠 밤에 잘 때 램프가 없어도 조금도 무섭지 않아요. 엄마가 여기에 나와 함께 있으니까요. 아빠는 내게 묻지 않고도 생일 선물로 무엇을 가장 바라는지 알고 있었죠. 아빠는 어떻게 그렇게 뭐든지 훤히 알까요."

"네 어머니는 정말 아름다운 분이로구나, 폴. 너도 좀 닮았어. 하지만 어머니는 눈이며 머리카락이 너보다 짙은 색깔인 것 같구나."

"내 눈은 아빠와 같은 색이에요."

폴은 온 방안을 폴짝폴짝 뛰어다니며 쿠션을 몽땅 모아 와서 서쪽 창가에 쌓아 올렸다.

"하지만 아빠의 머리카락은 흰머리가 섞여서 잿빛이에요. 이제 50살이 가까우니까요. 그 정도면 나이가 많은 거죠. 그런데 아빠는 겉으로는 나이 들어 보이지만 마음은 아직 젊어요. 자, 선생님, 여기 앉으세요. 나는 선생님 발치에 앉을게요. 선생님 무릎에 머리를 기대도 괜찮을까요? 엄마와 나는 늘 이렇게 앉아 있었어요. 아, 기분 좋아."

앤은 폴의 곱슬머리를 쓰다듬으며 말했다.

"자, 메리 조가 이상하다고 한 이야기를 해주겠니?"

폴은 적어도 마음 맞는 이에게는 그의 생각을 서슴지 않고 얘기했다.

폴은 꿈을 꾸듯이 얘기하기 시작했다.

"이 이야기는 어느 날 밤 전나무숲에서 생각했어요. 물론 정말 있었던 일이 아니라 내가 상상한 일이에요. 누구에게든 말하고 싶었는데 아무도 없어서 하는 수 없이 부엌에서 빵을 반죽하고 있는 메리 조에게로 가서 그 옆 긴 의자에 앉아 이렇게 말했죠.

'메리 조, 내 이야기 한번 들어봐. 나는 말이야, 어둠별이란 요정 나라의 등대라고 생각해.'

그러자 메리 조는 말했어요.

'너는 정말 이상한 아이야. 요정 나라 같은 것은 절대로 없어.'

나는 무척 화가 났어요. 물론 요정 나라가 없다는 것은 알지만 있다고 생각해서 나쁠 건 없잖아요. 그렇죠, 선생님? 하지만 꾹 참고 다시 말했어요.

'그럼 메리 조, 내가 또 무엇을 떠올렸는지 알아? 해가 지면 천사가 이 세상 위를 걸어 다닌다고 생각해…… 은빛 날개를 접은 키 큰 하얀 천사가 말이야. 그리고 꽃이나 새들에게 자장가를 불러주며 재워줘. 아이들도 귀 기울이면 그 노랫소리를 들을 수 있어.'

메리 조는 밀가루가 잔뜩 묻은 두 손을 항복하듯이 높이 들고서 말했어요.

'너는 정말 말도 안 되는 소리만 해. 어쩐지 네가 무서워.'

정말 무서워하는 것 같았어요. 나는 밖으로 나가 나머지 이야기를 뜰에 있는 나무에게 조용히 들려주었어요. 뜰에는 바짝 말라버린 조그만 자작나무가 있어요. 할머니는 파도가 튀어 소금물에 젖어서 시들었다고 했는데, 나는 그 나무의 요정인 드리아스가 바보같이 세상 구경을 나갔다가 길을 잃어버려서라고 생각해요. 아마 그 작은 자작나무는 외롭고 슬퍼서 그만 죽어버렸을 거예요."

"그리고 바보 같은 나무 요정도 온 세상을 떠돌아다니다가 여행에 지쳐 돌아왔을 때 죽은 자작나무를 보고 자기도 역시 슬퍼서 죽어버리겠지."

"그래요. 나무의 요정도 바보짓을 했으면 사람처럼 그 책임을 져야 해요. 선생님, 초승달은 어쩌면 꿈을 가득 실은 황금 조각배일지도 몰라요."

"그리고 넘실넘실 구름 위를 떠가다가 흔들려서 기우뚱했을 때, 실려 있던 꿈이 사르르 조금 쏟아져 우리의 잠 속에 떨어진다는 말이겠지?"

"맞아요. 아, 선생님은 잘 아는군요. 제비꽃은 반짝반짝 빛나는 별빛이 잘 보이도록 천사들이 하늘에 별구멍을 뚫었을 때 떨어진 하늘의 조각 같아요. 노란 미나리아재비는 오래된 햇살로 만든 것이고요. 스위트피는 천국에 가면 나풀거리는 나비가 될 것 같아요.

선생님, 내가 상상하고 있는 것이 모두 이상하게 여겨져요?"

"아니, 조금도 이상하지 않아. 신비롭고 아름다워. 세상에는 백 년이 걸려도 그런 건 생각해낼 수 없는 사람들이 있지. 그런 사람들은 조그만 아이가 그런 생각을 하는 것을 이해할 수 없고 이상하게만 보는 거야. 그렇지만 폴은 멈추지 말고 계속하도록 해…… 언젠가 너는 시인이 될 수 있을 거야."

앤이 집에 돌아오니 폴과는 정반대인 한 남자아이가 시무룩한 얼굴로 재워주기를 기다리고 있다가 앤이 잠옷으로 갈아입혀주자 침대에 폴짝 들더니 베개에 얼굴을 묻었다.

앤이 타일렀다.

"데이비, 기도를 깜빡했잖아."

데이비는 잔뜩 볼멘소리로 말했다.

"깜빡한 게 아니야. 앞으로 기도 같은 건 안 해. 착한 아이도 되기 싫어. 아무리 내가 착한 아이가 되어도 앤 누나는 폴 어빙을 더 좋아하는걸, 뭐. 나는 차라리 나쁜 아이가 되어 내 마음껏 재미있게 놀 테야."

앤은 진지한 표정으로 말했다.

"폴 어빙을 더 좋아하는 게 아니야. 너도 그만큼 좋아해. 다만 좋아하는 방법이 다른 거란다."

"하지만 나는 폴이랑 똑같이 좋아해주었으면 좋겠어."

데이비는 입을 뾰족이 내밀었다.

"다른 두 사람을 어떻게 똑같은 방법으로 좋아할 수 있겠니? 너는 도라와 나를 똑같이 좋아할 수 있니?"
 데이비는 일어나 앉아 곰곰이 생각한 끝에 인정했다.
 "아니. 내가 도라를 좋아하는 건 나랑 쌍둥이기 때문이야. 하지만 앤 누나를 좋아하는 것은 앤 누나이기 때문이지."
 "그러니까 나도 폴은 폴이니까 좋아하고 데이비는 데이비니까 좋아하는 거야."
 데이비는 앤의 설명을 듣고 겨우 납득이 된 듯했다.
 "그렇다면 기도드릴 걸 그랬네. 하지만 지금 침대에서 내려가 기도를 드리는 것은 귀찮으니까 내일 아침에 두 번 할 테야, 누나. 그래도 괜찮겠지?"
 앤이 안 된다고 딱 잘라 말했으므로 데이비는 하는 수 없이 침대에서 내려와 앤의 무릎 앞에 두 손을 모으고 허벅지를 세워서 꿇어앉았다. 그리고 기도가 끝나자 작고 그을린 맨발의 뒤꿈치를 푹 깔고 앉으며 앤을 올려다보았다.
 "앤 누나, 나 말야, 그전보다는 훨씬 착해졌어."
 "그렇고말고. 정말 착해졌어."
 앤은 조금이라도 잘한 일이 있으면 서슴지 않고 칭찬해주었다.
 그러자 데이비는 자신만만하게 말했다.
 "나는 내가 변했다는 것을 알아. 가르쳐줄까? 오늘 아줌마가 내게 잼을 바른 빵을 줬어. 하나는 내 몫이고 또 하나는 도라 몫으로. 한 개가 훨씬 더 컸는데, 아줌마는 어느 것이 내 몫이라고 말하지 않았지만 나는 큰 것을 도라에게 줬어. 나 잘했지?"
 "정말 장하구나. 아주 어른스러운 행동이었어, 데이비."
 데이비가 털어놓았다.
 "그런데 도라는 배가 많이 안 고파서 절반만 먹고 나머지는 나한테 줬어. 하지만 도라가 그렇게 도로 줄 거라 생각지 않고 큰 걸 줬으니 그래도 나는 착한 아이지, 앤 누나?"

해 질 녘 앤이 한가로이 '드리아스의 샘'가를 거닐고 있는데 어두컴컴한 '도깨비숲'에서 길버트 블라이드가 이쪽으로 다가오는 것이 보였다. 앤은 갑자기 길버트가 이젠 학교에 다니는 소년이 아닌 청년임을 깨달았다. 얼마나 남자다워 보이는가. 헌칠한 키, 진실한 얼굴 표정, 맑고 정직한 눈, 떡 벌어진 어깨. 자신이 그리는 이상적인 남성과는 거리가 멀었으나 앤은 길버트가 아주 매력적이라고 생각했다.

앤과 다이애나는 오래전부터 자기들이 동경하는 남성은 어떤 사람인지 정해놓고 있었는데, 두 사람의 취향은 똑같았다. 그 남성이란 키가 크고 기품 있는 용모에, 우수에 차 있으면서도 헤아릴 길 없는 그윽한 눈과 다정하고 사려 깊은 목소리를 지니고 있어야 했다. 길버트의 용모에는 우수에 찬 헤아릴 길 없는 그윽한 눈빛은 없었지만 물론 그런 것이 우정에는 아무 문제가 되지 않았다.

길버트는 샘가의 풀고사리 위에 다리를 쭉 뻗고 비스듬히 앉아 만족스러운 듯 미소 지으며 앤을 바라보았다. 만약 누가 이상적인 여성에 대해 묻는다면 길버트는 망설이지 않고 앤의 끈질긴 고민거리인 일곱 개의 주근깨까지 포함하여 있는 그대로의 앤을 말하리라.

길버트는 이제 막 소년티를 벗었지만 누구 못지않게 커다란 꿈을 품고 있었으며, 그가 그리는 미래에는 언제나 크고 맑은 잿빛 눈과 꽃처럼 섬세한 아름다움을 지닌 얼굴의 한 아가씨가 있었다. 길버트는 자기의 미래를 그 여신에게 어울리도록 만들어야 한다고 굳게 마음먹고 있었다.

아무 일도 일어날 것 같지 않은 조용한 애번리에도 유혹은 얼마든지 있었다.

화이트샌즈의 젊은이들은 얼마쯤 개방적이었으며 길버트는 어디서나 인기가 있었다. 그러나 길버트는 앤의 우정에 부끄럽지 않은 사람이 되기 위해 힘썼고 언젠가는 앤의 우정이 사랑으로 바뀌기를 기대하고 있었다. 그리하여 앤의 맑은 눈동자가 어떤 판단을 내릴지 두렵기라도 한 듯 질투 같은 치졸한 감정에 사로잡히지 않으려 말도 생각도 행동도 조심하고 있었다. 높고 순수한 이상을 지닌 여자는 누구나 스스로 느끼지 못하는 사이에 친구에게 영향을 주는 법인데, 앤이 바로 그러했다. 그 힘은 그 여자가 자기 이상에 충실하다면 계속되지만, 일단 그 길에서 벗어나면 그 순간 잃어버리고 만다.

길버트에게 앤의 가장 큰 매력은 다른 애번리 아가씨들처럼 하찮은 일에 애를 태우거나 시샘을 하고, 사소한 일에 거짓말을 하거나 경쟁의식을 불태우고, 노골적으로 환심을 사려는 행동을 하지 않는 데 있었다. 앤은 그런 것과는 거리가 멀었다. 그것도 의식적으로 꾸며서 그러는 것이 아니라 동기와 목적이 수정같이 투명하고 순수한 성격에서 오는 것이었다.

그러나 길버트는 생각하고 있는 것을 말로 표현하려고 하지 않았다. 지금까지의 경험에서 이런 감정을 밝히면 앤은 인정사정없이 그 싹부터 잘라버릴 테고…… 어쩌면 길버트를 경멸할지도 몰랐기 때문이다. 그것이 무엇보다도 가장 두려웠다.

길버트가 짓궂게 놀리듯 웃으며 말했다.

"자작나무 밑에 그렇게 서 있으니까 정말 드리아스같이 보이는구나."

"나는 자작나무가 좋아."

앤은 크림빛의 보드랍고 가느다란 나무줄기에 뺨을 대며 어루만졌다. 참으로 꾸밈없이 나오는 앤다운 행동이었다.

"그렇다면 오늘의 좋은 소식을 알려주지. 메이저 스펜서 씨가 개선회를 격려

하는 뜻에서 자기네 밭 옆 길가에 자작나무를 가로수로 심겠다고 내게 말했어. 그분이야말로 애번리에서 가장 진보적이고 공공심이 강한 사람이지. 윌리엄 벨 씨도 집 앞 오솔길과 마찻길 사이에 가문비나무 산울타리를 만들겠다고 했고.

우리 개선회는 굉장한 성과를 올리고 있어, 앤. 이미 시험적인 단계는 지났고 정식 활동으로 인정받고 있지. 나이 지긋한 분들도 흥미를 갖기 시작했고 화이트샌즈에서도 개선회를 조직하겠다고들 한대. 엘리셔 라이트조차도 호텔에 묵고 있는 미국 사람들이 바닷가로 소풍을 다녀와서 한 말을 들은 뒤부터 생각을 달리하게 되었어. 미국 사람들이 우리가 손질한 길을 보고 이 섬의 어느 곳보다도 아름답다고 칭찬했기 때문이야.

차차 다른 사람들도 스펜서 씨를 본받아 자기 집 앞에 관상용 나무를 심거나 산울타리를 만들 테니 애번리는 이 지방에서 가장 아름다운 마을이 될 거야."

"부인회에서도 묘지 문제를 다루자는 이야기가 나왔대. 그렇게 해주면 참 좋겠어. 묘지를 개선하려면 기부금을 거둬야 하는데 개선회로서는 공회당 사건 뒤로 손을 벌리지 못하고 있잖아.

부인회도 개선회가 묘지 문제를 넌지시 제안하지 않았다면 그런 움직임은 보이지 않았을 거야. 교회 대지 안에 우리가 심은 나무는 잘 자라고 있고 이사회에서는 내년에는 학교 교정에도 울타리를 두르겠다고 약속했어. 그렇게 되면 식목일을 정해서 학생 한 사람이 한 그루씩 나무를 심도록 해야지. 그리고 길에 잇닿은 운동장 가장자리에 꽃밭을 만들 생각이야."

"지금까지는 대체로 우리의 계획이 거의 모두 성공했어. 볼터 씨의 낡은 집 건만 빼고는 말이야. 안타깝지만 그것만은 체념해야겠어. 우리를 애먹이는 게 재밌어서 레비 씨는 더더욱 그 집을 부수려 하지 않을 테니까. 볼터 집안사람들은 다 어깃장을 놓고 싶어하는 기질이 있는데 레비 씨는 특히 심해."

"줄리아 벨은 특별위원을 보내 다시 한번 설득해야 한다고 하지만 그런 사람들은 내버려둬서 고립시키는 게 제일인 것 같아."

"그리고 린드 아주머니 말처럼 하느님께 맡기는 거야. 그래, 특별위원을 보내는 건 안 돼. 불에 기름을 붓는 격이지. 줄리아 벨은 특별위원회만 만들면 뭐든지 해결되는 줄 알아.

내년 봄에는 말이야, 앤, 아름다운 잔디밭과 뜰을 만드는 운동을 벌이자. 그러려면 올겨울 동안 일찌감치 씨를 뿌려놓아야 해. 여기 잔디 키우는 방법에 대해 설명한 글이 있으니까 이걸 토대로 기사를 써야겠어. 이제 곧 방학도 끝나고 월요일부터 새 학기가 시작돼. 카모디의 학교에는 루비 길리스가 오게 되었다지?"

"응, 프리실라한테서 편지가 왔어. 프리실라가 자기 집 가까운 학교에서 가르치게 돼서 카모디의 이사회가 루비를 채용하기로 했어. 프리실라가 돌아오지 않는 것은 섭섭하지만 그 대신 루비가 오게 되어서 다행이라고 생각해. 토요일마다 집에 돌아올 테고, 그렇게 되면 루비, 제인, 다이애나와 내가 모두 모일 수 있으니까 예전 같지 않을까 싶어."

앤이 집에 돌아와보니 마릴라가 린드 부인 집에서 돌아와 뒷문 돌층계에 앉아 있었다.

"레이철 린드와 내일 샬럿타운에 좀 다녀기로 했어. 린드 씨가 이번 주에는 건강이 좀 나아진 것 같아서 다시 나빠지기 전에 갔다와야겠다고 했거든."

앤은 기운차게 말했다.

"내일 아침에는 특별히 일찍 일어나겠어요. 해야 할 일이 많아요. 먼저 내 깃털이불의 낡은 이불잇을 바꿔야겠어요. 벌써 했어야 하는데 귀찮아서 자꾸 미뤘었죠…… 하기 싫은 일을 미루는 것은 아주 나쁜 버릇이니까 다시는 그러지 않으려고 해요. 그렇지 않으면 학생들에게 가르칠 자격이 없어요. 말과 행동이 다르니까요.

그리고 해리슨 씨에게 갖다 드릴 케이크를 만들고, 개선회에서 발표할 정원에 대한 논문을 완성하고, 스텔라에게 편지도 쓰고, 모슬린 옷을 빨아 풀을 먹인 다음, 마지막으로 도라의 새 앞치마를 만들어야겠어요."

"그 절반도 다 못 하겠다."

그리고 마릴라는 비관적인 목소리로 덧붙였다.

"이것도 하고 저것도 해야겠다고 계획을 세운 날일수록 방해꾼이 나타나는 법이니까."

뜻밖의 손님

이튿날 앤은 따사로운 햇살이 진줏빛 하늘에 의기양양하게 퍼져갈 무렵 들뜬 마음으로 일어나 새로운 하루를 맞이했다. 양지바른 곳에 있는 그린게이블즈의 포플러와 버드나무가 바람결에 일렁이는 그림자를 만들었다. 오솔길 저쪽에는 황금빛으로 물들기 시작한 해리슨 씨의 밀밭이 물결치는 바다처럼 펼쳐져 있었다. 눈부신 아름다움에 넋을 잃은 채 앤은 10분 동안이나 뜰의 대문에 기대서서 그 아름다움을 한껏 음미했다.

아침 식사가 끝나자 마릴라는 곧 외출 준비를 시작했다. 전부터 한 약속대로 도라도 함께 따라가기로 되어 있었다.

"자, 데이비, 오늘 하루 누나 말 잘 듣고 누나를 성가시게 하면 못써."

마릴라가 엄하게 잔소리를 늘어놓은 뒤 덧붙였다.

"말 잘 듣고 있으면 시내에서 막대사탕 사다줄게."

아뿔싸, 마침내 마릴라마저 아이에게 무언가를 줌으로써 말을 듣게 하는 나쁜 습관이 붙고 말았다.

"일부러 말썽을 부리지는 않을 거야. 그런데 나도 모르게 실수로 말썽 부리면 어떻게 하지?"

데이비는 진심으로 알고 싶어했다.

"그러지 않도록 조심하면 된다. 앤, 오늘 시어러 씨가 오면 로스구이와 스테이크를 만들 고기를 조금 사두어라. 오지 않으면 내일 점심에 먹을 닭을 네가 잡아야 해."

앤은 고개를 끄덕였다.

"오늘 점심은 데이비와 나뿐이니 굳이 뭘 만들어 먹지 않고 가볍게 햄으로 때울래요. 대신에 오늘 저녁에는 마릴라가 먹을 스테이크를 구워놓을게요."

데이비가 자랑하듯이 말했다.

"나는 아침에 해리슨 아저씨하고 덜스[1]를 따러 가기로 했어. 아저씨가 부탁했거든. 아마 점심도 주실 거야.

그 아저씨는 이야기도 잘해주시고 정말 친절한 분이야. 나도 크면 아저씨처럼 되고 싶어. 아저씨처럼 행동하고 싶다는 거지…… 아저씨 같은 울퉁불퉁한 얼굴이 되는 건 싫어. 하지만 그럴 걱정은 없다고 생각해. 린드 아줌마가 나보고 아주 잘생겼다고 했거든. 어른이 되어도 그대로일까, 앤 누나? 가르쳐줘."

앤이 진지한 얼굴로 말했다.

"당연하지. 너는 귀여운 얼굴이야, 데이비."

마릴라가 아이의 허영심을 부추길 말을 해서는 안 된다는 눈길을 보내고 있음을 눈치채고 앤은 덧붙였다.

"하지만 얼굴만 잘생긴 게 다가 아니야. 그만큼 마음씨도 착하고 신사다워야지."

데이비는 재미없다는 듯이 바지 주머니에 손을 찔러 넣고 말했다.

"요전에 미니 메이 배리가 못생겼다는 놀림을 받고 우니까 앤 누나가 착하고

---

[1] dulse. 북대서양 연안에서 자라는 붉은 해조류로, 짭짤하고 감칠맛이 있어 캐나다 해안 지역에서 말려서 간식이나 반찬으로 오랫동안 먹음.

마음씨 고운 아이라면 어떤 얼굴을 하고 있어도 상관없다고 했어. 왜 그런지 모르겠지만 무엇을 하든 늘 말 잘 듣는 착한 아이가 되어야 한다는 말은 빠지지 않는 것 같아. 맨날 말을 잘 들으래."

"너는 착한 아이가 되고 싶지 않니?"

마릴라가 다그쳐 물었다. 마릴라는 아이들을 키우면서 많이 나아졌음에도 지금도 때때로 이런 어리석은 질문을 했다.

데이비는 조심하며 말했다.

"착한 아이가 되고 싶어. 하지만 너무 착하게 되고 싶지는 않아. 아주 착하지 않아도 주일학교 교장 선생님이 될 수 있나 봐. 벨 선생님처럼. 그분은 아주 나쁜 사람이니까."

마릴라가 엄하게 나무랐다.

"그렇지 않아."

"아니야…… 선생님이 그렇게 말했는걸. 지난 일요일 주일학교에서 기도드릴 때 분명 말했어. '나는 보잘것없는 벌레 같은 인간입니다, 가련한 죄인입니다, 아주 나쁜 죄를 지었습니다.' 이렇게 말이야. 벨 선생님은 얼마나 나쁜 짓을 했을까? 사람을 죽였을까? 아니면 헌금상자에서 돈을 훔쳤을까? 아줌마, 가르쳐줘."

때마침 린드 부인이 뒤뜰로 마차를 몰고 들어와 마릴라는 올가미에서 벗어나는 홀가분한 기분으로 달아날 수 있었지만, 벨 씨가 사람들 앞에서 기도드릴 때에는, 특히 '캐묻기 좋아하는' 어린 남자아이들 앞에서는 지나치게 비유적인 말은 제발 삼갔으면 좋겠다고 생각했다.

마릴라가 외출을 하자 앤은 바닥을 쓸고 이부자리를 정리했다. 그리고 닭모이를 주고 모슬린 옷을 빨아서 빨랫줄에 너는 등 신이 나서 척척 일을 해나갔다. 이윽고 이불을 뜯으려고 자기 방으로 올라갔다가 제일 먼저 눈에 띈 남색 캐시미어 원피스로 갈아입었다. 앤이 14살 때 입던 옷인데, 입고 보니 마치 앤이 처음 그린게이블즈에 왔을 때 입었던 그 악명 높은 원시[2] 옷과 마찬가지로 치마 길이가 댕강 올라가고 품은 여유 없이 꽉 끼었다. 그렇다고 깃털이불에 이불잇을 씌우는 데 지장이 있을 것 같지는 않았다. 머리에는 매슈가 늘 지니고 다녔던 빨강과 흰 점이 군데군데 박힌 커다란 손수건을 쓰고 부엌 옆 방으로 내려갔다. 마릴라가 나가기 전 그 방으로 깃털이불을 함께 날라놓았던 것이다.

창문 옆에 금이 간 거울이 걸려 있었는데, 무심코 거울을 봤다가 보지 않았으면 좋았을 것을 보고야 말았다. 창문 가리개가 없는 창을 통해 직사광선을 받았기 때문인지 콧등의 주근깨 일곱 개가 여느 때보다 한층 눈에 띄었다.

"어머, 어젯밤 화장수 바르는 것을 잊었구나. 지금 가서 발라야지."

지금까지 앤은 주근깨를 없애보려고 여러 방법을 써 봤다. 한번은 피부가 한 꺼풀 벗겨졌는데도 주근깨는 그대로 남아 있었다. 바로 2, 3일 전 잡지에서 주근깨에 잘 듣는 화장수 만드는 법을 보고 마침 재료도 있어서 마릴라의 반대를 무릅쓰고 곧 화장수를 만들었다. 마릴라는 하느님께서 코에 주근깨를 만드셨다면 그 주근깨를 그대로 두는 것이 반드시 지켜야 할 의무라고 생각했다.

앤은 급히 식료품 저장실로 갔다. 창문 옆에 큰 버드나무가 서 있어 늘 햇빛을 가리는 데다 파리가 들어오지 못하도록 창문 가리개를 내려놓아 그날은 더욱더 어두웠다. 앤은 선반에서 병을 내려 조그만 스펀지에 화장수를 묻혀 코에 듬뿍 발랐다. 이 중대한 일을 마치고 이불 있는 데로 돌아갔다.

깃털이불의 이불잇을 갈아본 사람이라면 쉽게 짐작하겠지만 그 일을 끝마

---

[2] 대체로 날실은 아마사나 면사, 씨실은 양모사를 사용하여 성글고 느슨하게 짠 값싼 직물로, 일상에서 실용적인 용도로 입는 일옷, 속옷, 잠옷 등을 만드는 데 주로 쓰였음.

친 앤의 모습은 정말 볼만했다. 옷은 솜털 범벅이 되어 온통 새하얗고 손수건 밑으로 비어져 나온 앞머리에 깃털이 들러붙어 마치 얼굴에 광륜을 두른 것 같았다. 이 절묘한 순간에 부엌문을 두드리는 소리가 들렸다.

"시어러 씨겠지. 꼴이 엉망이지만 그분은 늘 서두르니까 이대로 나가봐야겠다."

앤은 부엌문으로 얼른 달려갔다. 만약 부엌 바닥에 자비심이라는 것이 있어 깃털을 뒤집어쓰고 있는 비참한 꼴의 아가씨를 막을 수만 있다면 그린게이블즈의 바닥은 당장 입을 쩍 벌리고 앤을 집어삼켰어야 했다. 입구 층계에 서 있는 사람은 아름다운 비단옷을 입은 금발의 프리실라와 트위드 슈트를 입은 키가 작고 통통한 백발의 부인, 그리고 또 한 사람, 키가 크고 기품 있으며 화려한 옷차림을 한 부인이었다. 이 부인의 아름답고 고상한 얼굴과 검은 속눈썹 아래의 커다란 보랏빛 눈을 보았을 때, 앤은 이 사람이 바로 '샬럿 모건 부인'이라고 '직감'했다.

당황하면서도 혼란스러운 앤의 머릿속에 문득 어떤 생각이 떠올라, 물에 빠진 사람은 지푸라기라도 붙잡는다는 속담 그대로 앤은 그것에 매달렸다. 모건 부인의 여주인공들은 저마다 '난관을 슬기롭게 헤쳐나가는' 것으로 유명하며 어떠한 때 어떤 장소에서 어떤 일을 당해도 정면으로 맞서 극복함으로써 자기의 진가를 발휘한다. 앤은 자기도 이 난관을 지혜롭게 헤쳐나가는 것이 의무라고 느꼈고, 다행히 훌륭하게 극복했다. 너무도 잘 처신하여 나중에 프리실라는 그때만큼 앤에게 감탄한 적이 없다고 말했을 정도였다.

앤은 마음속의 낭패감은 조금도 겉으로 드러내지 않고 프리실라와 인사를 나눈 다음 마치 보라색과 하얀색의 최고급 리넨으로 성장을 한 사람처럼 침착하게 두 손님과 인사를 나누었다. 틀림없이 모건 부인이라고 직감했던 사람은 모건 부인이 아니라 펜덱스터 부인이었으며 통통하고 키가 작은 백발 부인이 모건 부인임을 알았을 때에는 좀 충격을 받았지만 이후에 닥칠 그보다 더 큰 놀라움으로 그런 실망도 금세 가셨다. 앤은 손님을 응접실로 안내하고 급히 뜰로 나가 프리실라가 말의 마구를 푸는 것을 도와주었다.

프리실라가 사과했다.

"이렇게 연락도 없이 불쑥 찾아와서 미안해. 어젯밤 갑자기 올 수 있게 돼서 말이야. 샬럿 이모님은 월요일에 돌아가시는데 원래는 오늘 샬럿타운에 사는 친구분을 방문할 계획이었어. 그런데 어젯밤 그 친구분한테 전화가 걸려와 성홍열로 격리 중이니 오지 말라는 거야.

그래서 네가 이모님을 만나고 싶어하는 것을 아니까 이곳으로 오시는 게 어떻겠느냐고 은근슬쩍 권유했지. 도중에 화이트샌즈 호텔에 들러 펜덱스터 부인한테도 함께 가자고 했어. 저분은 이모님의 친구인데 뉴욕에 살고 있어. 남편이 백만장자래. 펜덱스터 부인이 5시까지 호텔로 돌아가야 한대서 오래 있을 수는 없을 것 같아."

두 사람이 말을 헛간에 매어놓는 동안 프리실라가 묘한 얼굴로 자꾸만 흘깃거리는 것을 알아차리고 앤은 기분이 좀 상했다.

앤은 마음속으로 투덜거렸다.

'그렇게 자꾸 볼 것까진 없잖아. 아무리 깃털이불의 이불잇을 갈아본 적이 없다 해도 얼마나 힘든 일인지 상상은 할 수 있지 않겠니?'

프리실라가 응접실로 가고 앤이 옷을 갈아입기 위해 2층으로 올라가려는데 다이애나가 불쑥 부엌으로 들어왔다. 앤은 깜짝 놀라 멍하니 서 있는 다이애나의 팔을 붙잡고 말했다.

"다이애나 배리, 지금 이 순간 응접실에 누가 있을 것 같니? 바로 샬럿 모건 부인이야…… 그리고 뉴욕의 백만장자 부인…… 그런데 내 꼴을 좀 봐…… 더욱이 점심 식사를 대접해야 하는데 지금 집에 있는 음식이라곤 햄이 다니 어쩌지, 다이애나!"

그렇게 말하는 동안 다이애나도 프리실라와 마찬가지로 묘한 얼굴로 앤을 멀뚱멀뚱 쳐다보고 있었다. 아무리 그래도 이건 너무한다 싶었다.

"아이참, 다이애나, 그런 식으로 보지 마. 깃털이불의 이불잇을 갈다보면 이 세상에서 가장 깔끔한 사람도 이렇게 된다는 것을 모르는 것도 아니면서."

다이애나는 머뭇거렸다.

"그…… 그…… 깃털 때문이 아니야. 그…… 그…… 그…… 네 코 말이야, 앤."

"내 코? 다이애나, 내 코가 뭐 어쨌다는 거니?"

앤은 싱크대 위에 걸린 작은 거울 앞으로 뛰어갔다. 흘끗 보는 것만으로 충분했다. 앤의 코는 불타오르는 듯한 새빨간 색이었다.

어지간한 일에는 놀라지 않는 앤도 그만 의자에 털썩 주저앉았다.

놀란 다이애나는 상대에 대한 배려도 잊고 궁금증을 누르지 못하여 다짜고짜 물었다.

"대체 어떻게 된 거니?"

"나는 주근깨가 옅어지는 화장수를 발랐다고 생각했는데, 마릴라가 깔개에 짜 넣을 무늬를 표시할 때 쓰는 빨간 물감을 발랐나 봐. 어떡하면 좋지?"

앤의 절망적인 대답이었다.

다이애나가 씩씩하게 말했다.

"씻으면 되지 뭐."

"씻어도 안 지워질지 몰라. 전에는 머리카락을 물들이더니 이번에는 코를 물들였네. 머리카락은 마릴라가 잘라줄 수라도 있었지만 코는 자를 수도 없잖아."

이것도 허영심에 대한 벌인가 보다. 벌받을 만한 짓을 했으니 하는 수 없지…… 하지만 그렇게 생각해도 그리 기분이 나아지지는 않아. 이런 일만 생기니 나처럼 운 나쁜 사람도 없다는 생각을 자꾸 하게 된다니까. 린드 아주머니는 세상에는 원래 운이라는 건 없다고 했지만. 숙명이란 처음부터 미리 다 정해져 있다고."

다행히 물감은 쉽게 지워졌으므로 앤은 조금은 안심하고 방으로 올라갔고 다이애나는 집으로 달려갔다. 잠시 뒤 앤은 옷을 갈아입고 침착하게 내려왔다. 이때를 위해 입으려 했던 모슬린 옷은 바깥의 빨랫줄에서 기세 좋게 펄럭이고 있기 때문에 하는 수 없이 검은 프랑스산 리넨 옷을 입는 것으로 만족해야 했다. 부엌에서 불을 피워 차를 끓이고 있는데 다이애나가 돌아왔다. 그래도 다이애나는 바라던 대로 모슬린 옷을 입고 왔고, 뚜껑 덮은 그릇을 안고 있었다.

"어머니가 주셨어."

뚜껑을 열어보니 금방이라도 식탁에 내놓을 수 있게 잘 썰어놓은 구운 닭고기였다. 앤은 정말로 고마웠다.

닭고기에 곁들여 새로 구워놓은 빵과 고급 버터와 치즈, 마릴라가 만든 과일케이크, 여름 햇살 같은 금빛 시럽에 잠긴 자두 설탕절임 등을 내놓았다. 식탁에는 분홍색과 흰색 과꽃이 큰 단지에 꽂혀 있었다. 그러나 지난번 모건 부인을 위해 준비했던 호화로웠던 식탁에 비하면 말할 수 없이 초라했다.

시장했던 손님들은 무엇 하나 부족함이 없는 듯 소박한 식사를 맛있게 먹었다. 처음 얼마 동안 앤은 이것도 없고, 저것도 부족해서 어떡하나 마음 졸였으나 그런 것은 금방 잊어버리고 말았다.

모건 부인에 대해서 그 충실한 숭배자인 앤과 다이애나는 겉모습에 약간 실망한 건 사실이지만, 부인은 참으로 능숙한 이야기꾼이었고 두루 여행을 다닌 까닭에 화제 또한 풍부했다. 인간에 대해 많은 것을 보고 들은 경험이 재치에 넘치는 짧은 문장과 경구가 되어 모건 부인의 입에서 흘러나올 때는 훌륭한 작품 속 인물이 실제로 말하고 있는 듯한 느낌이었다. 더욱이 번뜩이는 영감 속에 사려 깊은 헤아림과 자상한 마음이 강하게 느껴져 부인의 재능에 대한 존경심과 더불어 인간적으로 경애하는 마음마저 품게 되었다. 그렇다고 해서 부인은 자기 혼자 이야기를 독점하지 않았다. 다른 사람들도 자연스럽게 끌어들이는 능력이 있어서 앤과 다이애나도 어느덧 마음을 터놓고 부인과 이야기를 나누었다.

펜덱스터 부인은 거의 말하지 않고 다만 눈을 빛내며 입가에 미소를 머금고서 닭고기와 과일케이크와 설탕절임을 아주 우아하게 먹었는데, 그 모습이 말할 수 없이 아름다워 마치 여신이 암브로시아[3]와 감로(甘露)를 먹고 있는 듯한 느낌이 들 정도였다. 그러나 나중에 앤이 다이애나에게 말했듯이 펜덱스터 부인처럼 거룩하리만큼 고결한 아름다움을 지닌 사람은 굳이 말할 필요도 없었으며 오직 그 자리에 있는 것만으로도 충분했다.

식사 뒤 그들은 산책을 나가 '연인의 오솔길'이며 '제비꽃 골짜기'며 '자작나무길'과 '도깨비숲'을 지나 '드리아스의 샘'으로 돌아왔다. 샘가에 앉아 유쾌한 이야기를 주고받는 동안 남은 시간 30분이 지나가고 말았다. 모건 부인이 '도깨비숲'이라는 이름의 유래를 물었으므로 앤이 몇 년 전 도깨비가 나타날 것 같은 해 질 녘에 마릴라가 억지로 이 숲을 지나게 했던 그 잊을 수 없는 추억을 연기까지 섞어가며 생생하게 들려주자 부인은 눈물을 흘릴 만큼 배꼽을 잡고 웃었다.

---

3) 고대 그리스·로마 신화에 나오는, 신들이 먹는 음식.

손님이 돌아가고 다이애나와 단둘이 남자 앤이 말했다.

"이것이야말로 정말 이지(理智)의 향연, 영혼의 소통이겠지. 나는 모건 부인의 이야기를 듣는 것과 펜덱스터 부인을 바라보는 것 어느 쪽에 더 정신이 쏠렸는지 모르겠더라. 갑자기 찾아온 것이 오히려 다행이지 싶어. 미리 알고 있었으면 이것저것 대접하느라 정신없었을 거야. 다이애나, 나하고 차 마시고 돌아가. 우리 오늘의 일을 다시 한번 천천히 음미하며 이야기해보자."

"프리실라가 말했는데, 펜덱스터 부인의 시누이가 영국 백작과 결혼했대. 그런데 펜덱스터 부인은 자두 설탕절임을 두 그릇이나 먹었어."

다이애나는 귀족 부인과 마릴라의 설탕절임이 서로 어울릴 수 없다는 듯한 말투였다.

앤은 자랑스레 말했다.

"비록 영국 백작이 직접 왔다 하더라도 우리 마릴라의 자두 설탕절임에는 감탄하지 않을 수 없었을 거야."

그날 밤, 마릴라에게 오늘 일어났던 일을 이야기할 때 앤은 코에 얽힌 비극적인 사건에 대해서는 언급하지 않았다.

앤은 주근깨 화장수를 창문 밖으로 쏟아버리며 씁쓰레한 얼굴로 중얼거렸다.

"다시는 예뻐지는 약 같은 데는 손대지 않겠어. 조심성 있고 분별 있는 사람은 괜찮을지도 모르지. 하지만 나 같은 덜렁이가 덮어놓고 그런 것에 손대는 것은 짓궂은 운명의 신에게 내 인생에 끼어들어 장난치도록 유혹하는 거나 마찬가지야."

미스 라벤더

학기가 시작되었다. 앤은 이제 이론을 앞세우는 대신 많은 경험을 가지고 교사의 일상으로 수월하게 돌아왔다. 예닐곱 살 신입생이 몇몇 들어와 눈을 초롱초롱 빛내며 새로운 세계에 뛰어들었다. 그 가운데 데이비와 도라도 있었다.

데이비는 밀티 볼터와 함께 앉았다. 밀티는 1년 전부터 학교에 다녔으므로 모든 사정에 밝은 대선배라 할 수 있었다. 도라는 지난주 주일학교에서 릴리 슬론과 함께 나란히 앉기로 약속해두었는데, 첫날 릴리가 결석하여 우선 미러벨 코튼과 짝꿍이 되었다. 미러벨은 열 살이나 되었기 때문에 도라에게는 '아주 나이 많은 큰 언니'였다.

그날 저녁 데이비는 집에 돌아오자 마릴라에게 신나서 말했다.

"학교는 재미있는 곳이야. 아줌마 말대로 책상에 가만히 앉아 있는 건 정말 힘들었어. 아줌마 말은 언제나 맞아. 하지만 책상 밑에서 다리를 이리저리 움직이니 훨씬 나았어.

같이 놀 수 있는 남자아이들이 그렇게나 많으니 굉장히 기뻐. 나는 밀티 볼터하고 앉았어. 밀티는 괜찮은 아이야. 밀티는 나보다 길쭉하지만 옆으로는 내가 더 커. 제일 뒤에 앉으면 더 재미있겠지만 발이 바닥에 닿아야 거기에 앉을 수 있대. 밀티가 석판에다 앤 누나의 얼굴을 아주 못생기게 그려서 나는 한번만 더 누나의 얼굴을 그렇게 그렸다가는 쉬는 시간에 나한테 맞을 줄 알라고 했어.

처음엔 밀티를 그려놓고 뿔과 돼지 꼬리를 달아줄까 생각했지만 밀티가 속상할지도 몰라서 그만뒀어. 친구를 속상하게 하면 안 된다고 누나가 말했으니까. 속상한 일을 당하는 건 누구한테나 싫은 일이지? 둘 중 하나를 고르라면 마음을 상하게 하는 것보다 차라리 때려눕히는 편이 나은 것 같아.

밀티는 나한테 너 같은 건 조금도 무섭지 않지만 다른 사람으로 해두겠다며 앤 누나의 이름을 지우고 바버라 쇼의 이름을 썼어. 밀티는 바버라를 몹시 싫어하거든. 밀티더러 귀여운 꼬마라며 머리를 쓰다듬었대."

도라도 학교가 재미있다고 얌전하게 말했다. 늘 얌전한 도라지만 유독 더 조용한 것이 좀 이상하게 느껴졌다. 밤이 되어 마릴라가 2층으로 올라가 자라고 하자 도라는 머뭇머뭇하더니 울음을 터뜨렸다.

"나…… 무서워…… 어두울 때 2층에 혼자 가기 싫어."

도라의 난데없는 울음에 마릴라는 어이없어하며 물었다.

"아니, 무슨 생각이 나서 그러니? 여름내 무서워하지 않고 혼자 자러 올라갔잖니?"

앤은 울음을 그치지 않는 도라를 꼭 껴안고 다정하게 속삭였다.

"언니에게 모두 이야기해보렴. 착하지. 뭐가 무서워서 그래?"

"미, 미러벨 코튼의 삼촌이 무서워. 오늘 미러벨이 자기 집안사람들 이야기를 모두 해주었어. 미러벨네 집안사람들은 모두…… 할아버지도 할머니도 여러 명 되는 삼촌도 고모도 모두 죽었대. 다 죽는 집안이래.

미러벨은 친척들이 많이 죽은 것을 굉장히 자랑했어. 그 사람들이 어떻게 죽었는지, 죽을 때 무슨 말을 했는지, 그리고 관 속에 누워있을 때의 모습이 어떴는지 모조리 이야기해주었어. 그런데 한 삼촌은 무덤 속에 묻힌 뒤에도 집 안을 돌아다니는 것을 미러벨의 어머니가 보았대. 다른 건 별로 안 무서운데 그 삼촌 이야기를 잊을 수가 없어."

앤은 도라를 데리고 2층으로 올라가 도리가 깊이 잠들 때까지 옆에 앉아 있었다.

다음 날 앤은 쉬는 시간에 미러벨을 불러 '다정하면서도 엄격한 말투로', 무덤 속에 묻힌 뒤에도 집 안을 돌아다니는 돌아가신 삼촌이 있다 하더라도 그런 기묘한 삼촌 이야기를 옆자리의 나이 어린 동생에게 하는 것은 좋지 않다고 타일렀다. 주의를 들은 미러벨은 앤을 야속하게 생각했다. 코튼 집안에는 자랑할 것이 통 없었다. 단 한 가지 자랑거리라고 내세울 수 있는 집안의 유령을 이용하지 말라면 어떻게 학교에서 자기 위신을 세울 수 있겠는가?

어느덧 9월은 지나가고 짙은 황금빛과 진홍빛으로 물드는 아름다운 10월이 다가왔다.

어느 금요일 밤, 다이애나가 놀러 왔다.

"오늘 엘러 킴벌한테서 편지가 왔는데, 그 사람의 사촌 동생 아이린 트렌트가 샬럿타운에서 왔다고 내일 오후 우리더러 차 마시러 오래. 하지만 우리 집 말은 내일 모두 써야 해서 안 되고 너의 집 말은 다리가 아프니…… 아무래도 못 가겠지?"

"걸어가면 되잖니. 숲을 곧장 빠져나가면 웨스트그래프턴 가도에 닿아. 거기서 킴벌 씨네는 얼마 멀지 않고. 지난겨울에도 그 길을 지나간 일이 있어서 알고 있어. 한 4마일(6.4킬로미터)쯤 될 거야. 돌아올 때는 올리버 킴벌이 마차로 바래다줄 테니 걸어오지 않아도 돼. 마차를 몰 수 있는 핑계가 생겨서 오히려 좋아할걸. 올리버는 캐리 슬론을 만나러 갈 때도 아버지가 좀처럼 마차를 내

주지 않는대."

그리하여 두 사람은 걸어가기로 결정하고 다음 날 오후 길을 나섰다. '연인의 오솔길'에서 커스버트네 농장 뒤쪽을 지나자 한 줄기 길이 너도밤나무와 단풍나무 숲 한가운데로 죽 이어져 있었다. 숲에는 발그레한 빛이 비쳐들며 보랏빛 정적이 감돌고 있었다.

앤은 꿈꾸듯 말했다.

"마치 스테인드 글라스를 뚫고 부드러운 빛이 비쳐드는 큰 성당 안에서 해가 무릎 꿇고 기도드리는 것 같아. 이런 곳을 빨리 지나가는 것은 교회 안에서 뛰는 것과 마찬가지로 불경스러운 기분이야."

다이애나는 시계를 흘끗 보았다.

"하지만 빨리 가야겠어. 시간이 얼마 없는걸."

"좋아, 그렇다면 빨리 걷겠지만 나에게 말 걸지 마. 오늘의 이 아름다움을 마음속 깊이 음미하고 싶어. 공기처럼 가볍게 찰랑거리는 와인이 들어 있는 술잔을 내 입에 내밀고 있는 것 같은걸. 한 걸음 옮길 때마다 맛을 보면서 걸어갈래."

아마도 지나치게 아름다움에 취한 탓이었는지 갈림길에서 오른쪽으로 꺾어 들어가야 할 것을 앤은 왼쪽으로 잘못 접어들고 말았다. 그러나 뒷날까지 앤은 이 실수를 두고두고 행운으로 생각했다.

마침내 두 사람은 인적이 없고 풀이 무성한 길로 나왔다. 양옆에는 어린 가문비나무가 줄지어 있을 뿐, 아무것도 눈에 들어오지 않았다.

다이애나가 놀라며 외쳤다.

"어머나, 여기가 어디지? 여기는 웨스트그래프턴 가도가 아니야."

앤이 멋쩍은 듯 말했다.

"정말 아니네. 미들그래프턴 가도 어디쯤인 것 같은데, 아마 갈림길에서 잘못 들었나 봐. 여기가 어딘지는 잘 모르지만 킴벌 씨네까지 가려면 3마일(약 4.8킬로미터)은 더 가야 할 것 같아."

"그렇다면 5시까지 도착할 수 없겠어. 벌써 4시 30분인걸."

다이애나는 시계를 들여다보며 어쩔 줄 몰라했다.

"우리가 도착했을 때는 이미 차를 다 마시고 난 뒤여서 우리를 위해 다시 준비해야 할 거야."

앤이 미안한 듯 물었다.

"차라리 그냥 집으로 돌아가는 게 낫겠지?"

다이애나는 잠시 고민하더니 말했다.

"애써 여기까지 왔으니까 그래도 가는 게 낫겠어."

얼마 더 가지 않았는데 또 갈림길이 나타났다. 다이애나가 불안한 얼굴로 물었다.

"어느 쪽으로 가지?"

앤은 고개를 가로저었다.

"모르겠어. 이 이상 또 잘못 들어서면 정말 낭패야. 마침 저기 조그마한 대문이 있고 오솔길이 숲속으로 쭉 뻗어 있거든. 저 끝에 집이 있을지도 모르니 가서 물어보기로 하자."

꼬불꼬불한 오솔길을 걸어가며 다이애나가 말했다.

"어쩌면 이토록 낭만적이고 고풍스러운 길이 있을까!"

오솔길은 가지가 얽힌 늙은 전나무 밑을 지나고 있었으므로 온통 어두컴컴하여 이끼만이 자라고 있을 뿐이었다. 길 양옆에는 땅 위에 드러난 갈색 나무뿌리들 위로 군데군데 한 줄기 눈부신 햇살이 비쳐들었다. 인가와 멀리 떨어져 있어 주위는 쥐죽은 듯 고요하고 세상으로부터도, 그리고 세상살이의 시름에서도 멀리 떠나온 듯한 느낌이었다.

"마치 마법의 숲을 걸어가는 기분이야. 다시 세상으로 돌아갈 수 없을 것 같지 않니, 다이애나? 이제 곧 마법에 걸린 공주님이 있는 성이 나타날 거야."

모퉁이를 돌았을 때 덩그러니 놓여 있는 작은 집이 한 채 보였다. 어딜 가든 마치 한 가지 씨앗에서 자라나온 똑같은 구조의 목조 농가뿐인 이 고장에서 이 집을 보았을 때 두 사람은 오래된 성이라도 발견한 듯 놀라움을 느꼈다.

앤은 기뻐서 걸음을 멈췄고 다이애나는 환성을 질렀다.

"아, 여기가 어디인지 알았어. 저 집이 바로 미스 라벤더 루이스가 살고 있는 돌집이야…… 아마도 '메아리집'이라는 이름이었던 것 같아. 소문으로는 들었지만 직접 보는 것은 처음이야. 정말 낭만적인 곳 아니니?"

앤은 몹시 기뻐했다.

"이토록 아름답고 멋진 곳을 나는 본 적도, 상상한 적도 없어. 마치 동화책이나 꿈속에 나오는 집 같아."

집은 추녀가 낮고 섬에서 나오는 손질하지 않은 붉은 사암으로 지어져 있었다. 경사가 가파른 지붕에 지붕창이 두 개 있고 고풍스러운 나무 차양이 삼각형으로 달려 있었다. 큰 굴뚝이 두 개 보였으며, 거친 돌을 발판 삼아 잘 뻗어나간 담쟁이덩굴이 집 전체를 덮은 채, 가을 서리를 맞아 청동색과 포도주 같은 붉은색으로 물들어 있었다.

집 앞에는 길쭉한 뜰이 있고 지금 두 사람이 서 있는 대문에서 좁은 길이 집까지 이어져 있었다. 뜰의 한쪽 끝에 집이 자리 잡고 나머지 삼면은 낡은 돌담으로 둘러싸여 있었는데, 이끼며 풀이며 풀고사리가 무성하여 푸르른 둑처럼 보였다. 돌담 밖의 양옆에는 키 큰 가문비나무가 돌담 위에 종려나무잎 같은 가지를 드리우며 울창하게 자라고 있고 그 아래에는 클로버가 무성한 작은 초원이 완만한 비탈을 이루었다. 그 끄트머리에 그래프턴강의 푸른 물결이 주위를 에워싸듯이 잔잔하게 흐르고 있었다. 그 밖에는 집도 밭도 없었으며, 보이는 것은 온통 어린 전나무로 뒤덮인 언덕과 골짜기뿐이었다.

대문을 열고 뜰 안으로 들어서며 다이애나가 말했다.

"미스 루이스는 어떤 사람일까? 아주 색다르다는 평판이 있던데."

앤이 말했다.

"그렇다면 틀림없이 재미있는 사람일 거야. 독특한 사람이라면 다른 점은 어떨지 몰라도 지루한 사람은 아닐걸. 그것만은 확실해. 마법에 걸린 성이 나올 거라고 내가 말했지, 다이애나? 요정들이 아무 이유도 없이 그 오솔길에 마법을 걸어놓았을 리가 없다고 생각했어."

다이애나가 웃으며 말했다.

"미스 루이스는 마법에 걸린 공주님과는 거리가 먼 사람이야. 노처녀거든. 나이는 45살이고 머리가 완전히 백발이래."

"어머나, 그게 바로 마법에 걸렸다는 증거야."

앤은 어디까지나 자신 있었다.

"사실은 아직 젊고 아름다울 거야…… 우리가 그 마법을 풀 수 있는 방법을 안다면 다시 한번 눈부시게 아름다운 모습으로 되돌려줄 수 있을 텐데. 슬프지만 우리는 알지 못해. 그 방법을 아는 사람은 오직 왕자님뿐이지…… 그리고 미스 루이스의 왕자님은 지금 목숨을 위협하는 어려움이 닥쳐서 아직 못 오는 게 아닐까? 그러면 보통의 옛날이야기의 결말과는 달라지지만."

"왕자님은 오래전에 왔다가 가버린 게 아닐까? 젊었을 때 미스 루이스는 스티븐 어빙과 약혼한 사이였다잖니. 폴의 아버지 말이야. 하지만 다투고 헤어졌대."

"쉿! 문이 열려 있어."

앤이 조심하라는 듯이 주의를 주었다.

두 사람은 담쟁이덩굴이 늘어진 입구에 서서 열려 있는 문을 두드렸다. 안에서 타박타박 발소리가 나더니 작고 기묘한 인물이 나타났다. 14살쯤 된 소녀로 까뭇까뭇 주근깨투성이 얼굴에 들창코였으며 입은 마치 양쪽 귀에 걸릴 듯이 컸다. 두 가닥으로 땋아 늘어뜨린 금발에는 파란색의 엄청나게 큰 나비 리본이 하나씩 묶여 있었다.

다이애나가 물었다.

"미스 루이스 계시나요?"

"네, 계세요. 들어오세요, 아가씨들...... 이쪽으로 앉으세요. 마님께 알리고 올게요. 2층에 계세요."

어린 하녀는 금방 눈앞에서 사라져버렸다. 뒤에 남은 두 사람은 재미있어하며 주위를 둘러보았다. 이 작은 집의 아기자기한 내부는 겉보기만큼이나 두 사람의 흥미를 잡아끌었다.

천장은 낮고, 촘촘한 짜임의 격자창 두 개에는 프릴 장식이 달린 모슬린 커튼이 드리워져 있었다. 가구는 모두 구식이었지만 말끔하게 잘 손질되어 있어 보기에도 산뜻했다. 그렇지만 솔직하게 말하자면 쌀쌀한 가을 공기를 마시며 4마일(약 6.4킬로미터)이나 걸어온 아가씨들의 눈길을 가장 끈 것은 식탁이었다. 맛있는 음식이 담긴 연푸른 도자기 접시가 올려져 있고 황금빛의 작은 풀고사리가 식탁보 위 여기저기 장식되어 있는 것을 보니 앤의 말을 빌리자면, '축제 분위기'가 감돌고 있었다.

앤이 속삭였다.

"미스 라벤더는 손님을 기다리고 있나 봐. 여섯 사람 몫을 준비해두었어. 그나저나 아까 그 여자아이는 참 특이하다. 장난꾸러기 요정 나라에서 온 전령(傳令) 같아. 길은 그 아이에게 길을 물어봐도 되지만 나는 미스 라벤더를 만나보고 싶었어. 쉿! 오나 봐."

문가에 나타난 미스 라벤더 루이스를 보았을 때 두 사람은 너무 놀라 인사하는 것도 잊은 채 그저 넋을 잃고 쳐다보았을 뿐이었다. 두 사람 다 무의식중에 자기들이 늘 보아오던 여느 노처녀가 나타날 것으로 생각했던 것이다. 여위고 딱딱한 몸매, 말끔히 빗어 올린 잿빛 머리칼, 그리고 안경. 그러나 그런 모습과는 비슷하지도 않았다.

아담한 몸매에 아름답게 물결치는 눈처럼 하얀 머리칼을 적절하게 부풀리고 말아서 보기 좋게 묶었는데 그게 아주 잘 어울렸다. 그리고 흡사 소녀 같은 인상을 주는 얼굴에는 복숭아빛 뺨, 귀여운 입매, 크고 부드러운 갈색 눈동자에 보조개마저 있었다. 연한 색 장미무늬의 크림색 모슬린 옷을 입었는데, 같은 연배의 다른 여성이 입었다면 지나치게 어린 취향의 옷을 입어 우스꽝스러워 보였겠지만 미스 라벤더에게는 참으로 잘 어울렸다.

"나를 만나러 왔다고 샤를로타 4세가 말하던데요……."

그 목소리도 그녀의 모습과 잘 어울렸다.

다이애나가 말했다.

"저, 웨스트그래프턴으로 나가는 길을 물어보고 싶어서요. 우리는 차를 마시러 오라는 초대를 받아서 킴벌 씨네로 가다가 숲속에서 길을 잘못 들어 이쪽으로 오게 되었어요. 웨스트그래프턴 가도로 나가는 대신에 여기까지 와버렸거든요. 댁의 대문에서 오른쪽으로 가야 할까요, 아니면 왼쪽으로 가야 할까요?"

"왼쪽인데요……."

미스 라벤더는 망설이는 듯 식탁을 내려다보더니 갑자기 무엇인가 결심한 사람처럼 큰 소리로 말했다.

"우리 집에서 차를 마시고 가지 않겠어요? 부디 그렇게 해줘요. 킴벌 씨 댁에 도착할 무렵엔 이미 차를 다 마신 뒤일 거예요. 그렇게 해준다면 샤를로타 4세도 나도 정말 기쁘겠어요."

다이애나는 어찌하면 좋을지 묻는 듯한 눈길로 앤을 바라보았다.

"폐가 되지 않는다면 저희도 좀 더 있고 싶어요."

앤은 서슴없이 이렇게 대답했다. 이 뜻밖에 만난 미스 라벤더라는 사람을 좀 더 알고 싶었기 때문이다.

"하지만 다른 손님이 오시는 것 아닌가요?"

미스 라벤더는 차가 준비되어 있는 식탁을 바라보며 볼을 살짝 붉게 물들이고는 대답했다.

"나를 바보 같다고 여길 거예요.. 사실 어리석은 일이니까요…… 들켰을 때에는 부끄럽지만 어쨌든 남들이 모르면 부끄럽진 않아요.

실은 누가 오기로 되어 있는 건 아니에요…… 그저 누군가를 초대한 것처럼 생각하고 차려본 거죠. 보다시피 이렇듯 외롭게 살고 있어요. 손님이 오는 걸 무척 좋아하는데…… 그러니까, 마음 맞는 손님이라면 말이에요.

그런데 여기는 워낙 외진 곳이어서 좀처럼 찾아오는 사람이 없어요. 샤를로타 4세도 몹시 쓸쓸해하죠. 그래서 이따금 손님을 초대하는 시늉을 해요. 요리를 만들고…… 식탁을 꾸미고…… 어머니가 결혼식 때 썼던 도자기를 내놓고…… 이렇게 옷도 갖춰 입죠."

다이애나는 마음속으로 미스 라벤더는 과연 소문대로 별난 사람이라고 생각했다. 어린아이도 아니고 45살이나 된 사람이 소꿉장난을 하다니!

그러나 앤은 눈을 반짝이며 기쁨에 가득 찬 목소리로 외쳤다.

"어머나! 그럼 미스 라벤더도 여러 상상을 하시겠군요."

'미스 라벤더도'라는 말을 듣자 미스 라벤더는 앤이 자기와 '닮은꼴 영혼'임을 알고 용기를 내어 털어놓았다.

"네, 그래요. 물론 이 나이에 어리석은 일인 줄은 알지만, 하고 싶을 때 어리석은 일조차 마음대로 할 수 없다면 혼자 사는 의미가 없지 않겠어요? 그렇다고 남에게 폐를 끼치는 것도 아닌데? 그러니까 이런 어리석은 일이라도 해서 혼자 사는 자유를 누리는 것으로 쓸쓸함을 메워보는 거지요. 때때로 공상마저 하지 않는다면 도저히 살 수 없을 것 같다는 생각을 해요. 다른 사람에게 들킨 적은 그리 없어요. 샤를로타 4세는 결코 소문을 퍼뜨리지 않으니까요.

하지만 오늘은 이렇게 들켜서 차라리 참 잘됐다는 생각이 드는군요. 정말로 두 분이 와주었고, 차 준비도 되어 있으니 잘됐어요. 손님방에 가서 모자를 벗어놓고 와요. 층계를 올라가서 바로 보이는 하얀 문이에요. 나는 부엌에 가서 샤를로타 4세가 차를 너무 뜨겁게 끓이지 않는지 보고 올게요. 아주 착하지만 일은 서툰 아이거든."

미스 라벤더는 사뿐거리며 부엌으로 총총히 사라졌고 두 사람은 2층으로 올라갔다. 손님방은 문과 마찬가지로 안도 모두 하얀색이었으며, 담쟁이덩굴이 드리워진 지붕창으로 비쳐드는 빛을 받아 앤의 말대로 여기서라면 행복한 꿈을 마냥 꿀 수 있을 것 같았다.

다이애나가 말했다.

"이거 굉장히 멋진 모험 아니니? 게다가 미스 라벤더는 좀 특이하기는 해도 친절한 사람 같지? 조금도 나이 든 독신녀 같지 않아."

앤이 맞장구쳤다.

"마치 음악 소리가 사람의 모습으로 탈바꿈한 것 같은 분이야."

두 사람이 아래층으로 내려가자 미스 라벤더가 주전자를 가지고 들어왔다. 갓 구운 비스킷을 담은 접시를 들고 샤를로타 4세가 기쁜 빛을 띠며 그 뒤를 졸졸 따라 들어왔다.

"자, 두 사람의 이름을 가르쳐주겠어요? 젊은 아가씨들이어서 정말 기뻐요. 나는 젊은 사람들을 아주 좋아해요. 젊은 사람들과 함께 있으면…… 나까지 아직 어리다는 기분에 쉽게 젖을 수 있거든요. 나는 말이죠…… 내가 나이 먹었다고 생각하는 게 제일 싫어요."

마지막 말을 하면서 미스 라벤더는 얼굴을 조금 찌푸렸다.

"자, 그래서, 이름이 뭐죠? 아, 다이애나 배리? 그리고 그쪽이 앤 셜리? 저, 백년 전부터 알고 있는 사이처럼 당장 앤, 다이애나로 불러도 괜찮겠어요?"

두 사람이 이구동성으로 대답했다.

"괜찮고말고요."

미스 라벤더는 감정을 숨기지 않고 말했다.

"자, 편하게 앉아서 많이 들어요. 샤를로타, 너도 앉아서 닭고기 좀 먹지 그러니. 스펀지케이크랑 도넛을 만들어놓길 잘했어요. 오지 않는 손님을 위해 그런 걸 만들다니 우스운 일이죠. 샤를로타 4세도 그렇게 생각했을 거예요. 그렇지, 샤를로타? 하지만 이렇게 좋은 일이 생겼잖니. 어쨌든 아무도 오지 않았다고 해도 낭비하는 일은 없어요. 샤를로타와 둘이서 며칠 동안 먹었을 테니까요. 스펀지케이크는 오래 둘수록 맛이 없기는 하지만."

이 즐겁고 잊을 수 없는 소중한 추억의 식사가 끝난 뒤 그들은 저녁놀이 붉게 비치는 뜰로 나갔다.

다이애나는 황홀한 듯 주위를 빙 둘러보았다.

"정말 아름다운 곳이에요."

앤이 물었다.

"왜 '메아리집'이라고 이름 지으셨어요?"

"샤를로타, 안에 가서 시계 선반에 걸린 그 작은 양철 나팔을 가져오렴."

샤를로타 4세는 뛰어가서 나팔을 가져왔다.

"불어봐, 샤를로타."

샤를로타 4세가 시키는 대로 나팔을 불자 다소 귀에 거슬리는 새된 소리가 울려 퍼졌다. 한순간 주위가 고요했다…… 그러더니 다음 순간 강 건너 숲에서 마치 '요정 나라의 나팔'[1]이 한꺼번에 저녁놀 물든 하늘을 향해 울려 퍼지듯 은방울 같은 메아리가 되어 돌아왔다.

앤과 다이애나는 환성을 지르며 기뻐했다.

"자, 웃어보렴, 샤를로타…… 큰 소리로 웃어봐."

미스 라벤더의 말이라면 물구나무서기라도 마다하지 않을 것 같은 샤를로타는 돌 벤치에 올라가 진심 어린 마음으로 크게 웃었다. 그러자 많은 요정들이 흉내라도 내듯 노을에 물든 보랏빛 숲과 전나무가 에워싼 가장자리를 따라 웃음소리가 되돌아왔다.

"어느 분이든 우리 메아리를 들으면 탄복하죠."

미스 라벤더는 마치 메아리가 자기 것이기라도 한 듯이 말했다.

"나도 아주 좋아해요. 좋은 동무가 되어주니까요. 고요한 저녁 무렵 곧잘 샤를로타 4세와 이곳에 앉아 메아리를 즐겨요. 샤를로타, 그 나팔은 이제 갖다가

---

1) 영국 빅토리아 시대 계관시인 앨프리드 테니슨(1809~1892)의 이야기시 《공주》에서 따옴.

제자리에 잘 걸어둬."

"어째서 샤를로타 4세라고 부르죠?"

그것이 궁금해서 견딜 수 없었던 다이애나의 질문에 미스 라벤더가 대답했다.

"내 머릿속에서 다른 샤를로타하고 혼동하지 않기 위해서예요. 모두들 너무 비슷해서 구별할 수 없을 정도거든요. 저 아이의 이름은 원래 샤를로타가 아니라…… 저…… 잠깐만요…… 뭐였지? 리어노라였던가…… 맞아요, 리어노라예요.

10년 전 어머니가 돌아가신 뒤 나는 이곳에서 혼자 살 수도 없고, 그렇다고 정식 가정부를 둘 형편은 안 되었어요. 그러다 샤를로타 보먼이라는 아이에게 먹여주고 재워주고 옷만 주면서 와 있게 했죠. 그 아이의 이름이 샤를로타였으니 샤를로타 1세인 셈이에요. 처음 왔을 때가 13살이었는데 16살까지 3년 동안 여기 있다가 보수가 더 좋은 곳이 있어서 보스턴으로 갔어요. 그 뒤 동생 줄리에타가 왔는데…… 아 보먼 부인이 아이들에게 예쁘고 특이한 이름을 지어주는 것을 좋아했나 봐요…… 아무튼 그 애가 언니와 너무 닮아서 내가 자꾸 샤를로타라고 불렀어요. 줄리에타가 딱히 싫어하지 않아서 그냥 아이의 원래 이름으로 부르는 것을 아예 포기하고 샤를로타 2세라고 불렀지요. 그 아이가 가버리고 다음에 온 아이는 이블리나였는데 그 애가 샤를로타 3세지요. 지금 있는 저 아이는 샤를로타 4세예요.

저 아이도 16살이 되면—지금은 14살이에요—또 보스턴으로 가고 싶어할 테니 나는 어찌하면 좋을지 벌써부터 걱정스러워요. 저 아이가 보먼 집안 막내딸인데 마음씨가 가장 착해요. 다른 샤를로타들은 내가 공상을 하면 바보 같다고 생각하는 것을 숨기려 하지 않았지만 샤를로타 4세만은 마음속으로는 어떻게 생각하든 얼굴에 나타내지 않아요. 나는 남이 나를 어떻게 생각하든 겉으로 티를 내지 않으면 조금도 상관없거든요."

다이애나가 안타까운 눈길로 저무는 해를 바라보며 말했다.

"어두워지기 전에 킴벌 씨네에 도착하려면 이제 그만 가봐야겠어요…… 정말 즐거웠어요."

미스 라벤더는 부탁하듯이 간절한 눈빛으로 말했다.

"또 와줄 거죠?"

키가 큰 앤이 몸집 작은 미스 라벤더를 포옹했다.

"오고말고요. 이런 곳에 숨어 있는데도 찾아냈으니, 앞으로 미스 라벤더가 귀찮아할 만큼 올게요. 정말이에요. 이제 그만 진짜로 가봐야겠어요. 폴 어빙은 아니지만 '가슴이 찢어지는 듯한 심정으로' 작별하는 거예요. 폴은 그린게이블즈에 놀러 왔다가 돌아갈 때마다 그렇게 말해요."

미스 라벤더는 미묘하게 달라진 목소리로 되물었다.

"폴 어빙이라고요? 그게 누구죠? 애번리에 그런 이름을 가진 사람은 없었던 것 같은데요."

앤은 자기의 경솔함에 화가 났다. 미스 라벤더의 옛날 로맨스를 잊고 그만 폴의 이름을 입 밖에 내버린 것이다.

앤은 뭐라고 말하면 좋을지 생각하며 천천히 설명했다.

"내가 가르치는 어린 학생이에요. 지난해에 보스턴에서 왔는데, 바닷가길의 어빙 씨 댁에 할머니와 같이 살고 있죠."

미스 라벤더는 자기와 같은 이름의 라벤더 무더기 앞에 앉아 얼굴을 보이지 않은 채 물었다.

"스티븐 어빙의 아들인가요?"

"네, 맞아요."

"두 분에게 라벤더 꽃다발을 하나씩 드릴게요."

미스 라벤더는 앤의 대답이 들리지 않은 듯 명랑한 목소리로 말했다.

"향기가 아주 좋죠? 어머니가 무척 좋아했어요. 이곳에 심은 것도 어머니였죠. 물론 아버지도 퍽 좋아했어요. 그래서 내 이름을 라벤더라고 지었대요.

아버지가 어머니를 처음 만난 것은 어머니의 오빠와 함께 이스트그래프턴의 어머니 집을 방문했을 때였어요. 아버지는 어머니에게 첫눈에 반했대요. 그날 밤 손님방 침대 시트에서 라벤더 향이 풍겼는데 아버지는 한잠도 못 자고 어머니 생각만 했다더군요. 그다음부터 라벤더 향기를 아주 좋아하게 되었고…… 내 이름도 그렇게 해서 지어준 거래요.

잊지 말고 또 놀러 와줘요. 샤를로타 4세와 나는 두 사람을 기다리고 있겠어요."

미스 라벤더는 전나무 아래 대문을 열어주었다. 그때 미스 라벤더는 갑자기 나이를 먹고 피곤해진 듯한 모습이었다. 얼굴에서 지금까지 밝게 빛나던 빛이 사위었고 헤어질 때 싱그럽고 부드러운 미소를 보내주었지만 길모퉁이에서 두 사람이 돌아보았을 때 미스 라벤더는 뜰 한가운데 있는 은빛 포플러 밑의 돌벤치에 앉아 한 손으로 머리를 짚고 있었다.

다이애나가 가만히 말했다.

"쓸쓸해 보여. 우리 자주 오도록 하자."

앤이 말했다.

"미스 라벤더의 부모님은 딸에게 딱 어울리는 이름을 잘 지어주셨어. 혹시라도 엘리자베스나 넬리나 뮤리얼 같은 어울리지 않는 이름을 지었다 해도 역시 라벤더라고 부르지 않을 수 없었을 거야. 상냥하고 예스러운 품위와 비단옷을 연상케 하는 이름이야. 그에 비하면 내 이름에서는 버터 바른 빵이나 잡동사니, 허드렛일 같은 냄새가 물씬 풍기지."

"나는 그렇게 생각하지 않아. 앤이라는 이름에서는 정말로 위엄 있는 여왕의 풍모가 느껴져. 비록 네 이름이 케런하푸지였다고 해도 나는 역시 그 이름을 좋아했을 거야. 자신의 이름을 멋있게도, 추하게도 하는 것은 모두 그 사람한테 달린 게 아닐까. 나는 지금은 조지나 거티라는 이름을 듣기만 해도 싫지만, 그 아이들을 알기 전에는 꽤 좋은 이름이라고 생각했었어."

앤은 진심으로 감격했다.

"정말 근사한 생각이야, 다이애나. 아름다운 삶을 살아감으로써 자기 이름을 아름답게 만든다는 거지? 비록 그 이름이 처음에는 아름답지 않았다 해도 그 이름을 들었을 때 사람들 마음에 어떤 사랑스럽고 기분 좋은 느낌이 떠오르도록 말이야. 정말 고마워, 다이애나."

차를 마시며

다음 날 아침 식사 때 마릴라가 말했다.

"그래, 그 돌집에서 라벤더 루이스에게 차 대접을 받았단 말이지? 지금은 어떤지 모르겠구나. 15년 전 어느 일요일 그래프턴 교회에서 그 사람을 본 것이 마지막이었는데. 많이 달라졌겠지.

데이비 키스, 손에 닿지 않는 것을 먹고 싶을 때에는 다른 사람한테 집어 달라고 해야지. 그렇게 식탁 위로 기어 올라가면 못써. 폴 어빙이 우리 집에서 음식을 먹을 때 그런 짓 하는 걸 한 번이라도 본 적 있니?"

데이비는 불평을 늘어놓았다.

"그야 폴은 나보다 팔이 길잖아. 폴의 팔은 11년이나 자랐고 나는 겨우 7년이야. 게다가 나는 분명히 집어 달라고 했어. 아줌마와 누나가 정신없이 이야기하느라 못 들었지.

폴은 여기서 차랑 간식만 먹었지 한 번도 아침 식사는 하지 않았어. 간식을 먹을 때는 아침 식사 때보다 예절을 훨씬 더 잘 지킬 수 있어. 배가 아침보다 절반도 고프지 않으니까. 밤부터 아침 사이는 굉장히 길잖아. 앤 누나, 이 숟가락은 작년보다 커지지 않았지만 나는 많이 자랐단 말이야."

앤은 데이비에게 메이플 시럽을 두 숟가락 듬뿍 떠주어서 달랜 다음 이야기를 계속했다.

"물론 나는 미스 라벤더의 옛날 모습은 모르지만, 예전이랑 그리 달라지지 않았으리라 여겨요. 머리카락은 눈처럼 희어도 얼굴은 풋풋하면서 뽀얬어요. 게다가 깊은 갈색 눈이 얼마나 다정하고 부드러운지, 아주 예쁜 다갈색에 금색이 약간 섞여서 빛나고 있었죠…… 목소리는 또 하얀 새틴이 스치는 소리와 시냇물이 잔잔히 흐르는 소리, 그리고 요정의 방울 소리를 모두 합친 것 같은 느낌이었어요."

"그 사람이 젊었을 때는 손꼽히는 미인이었어. 그리 친한 사이가 아니었지만 그녀에게 호의를 갖고 있었지. 그 무렵에도 어떤 사람들은 그녀를 아주 별나다고 말했단다."

'데이비, 또다시 그런 짓을 하면 프랑스 사람들이 하는 것처럼 어른들이 모두 식사를 끝낸 다음에 너 혼자 먹게 하겠어."

쌍둥이가 동석한 자리에서 대화를 나누다 보면, 두 사람의 얘기는 데이비에게 잔소리를 하느라 자주 중단되었다. 데이비는 접시에 남은 시럽이 숟가락으로 잘 떠지지 않자 손쉬운 방법으로 두 손으로 접시를 들어 혀로 핥고 있었다.

앤이 경악한 표정으로 데이비를 보자 조그만 죄인은 얼굴을 붉히며 부끄러움과 뻔뻔스러움이 반씩 섞인 태도로 말했다.

"이렇게 하면 한 방울도 안 남기잖아."

앤이 말했다.

"사람들은 여느 사람과 같지 않으면 별나다고 해요. 미스 라벤더도 확실히 다른 사람들과 다르기는 하지만 어디서 비롯되는 차이인지는 잘 모르겠어요. 아마 언제까지나 나이를 먹지 않는 그런 부류의 사람이라서 그런 걸까?"

"자기 연배의 사람들이 늙어가면 자기도 같이 나이를 먹는 게 좋아. 그렇지 앉으면 어디를 가나 어울릴 수 없으니까. 라벤더 루이스만 해도 어느 날 갑자기 세상에서 낙오되고 그런 외진 곳에 틀어박혀 잊히고 있잖니. 그 돌집은 이 섬에서 제일 오래된 집 가운데 하나야. 라벤더의 아버지인 루이스 씨가 영국에서 건너왔을 때 지었으니 80년은 되었지.

데이비, 도라의 팔꿈치를 그렇게 잡고 흔들지 마라. 아니야, 다 봤어. 시치미 떼도 소용없어. 어째서 오늘 아침에는 이렇게 버릇없이 굴지?"

"틀림없이 오늘 아침 침대에서 꿈자리가 사나운 쪽으로 내려왔나 봐. 밀티 볼터가 말했는데 그러면 하루 종일 되는 일이 없대. 걔네 할머니가 말해준 거래. 그런데 꿈자리가 사나운 쪽은 어느 쪽이야? 그리고 침대가 벽에 붙어 있어서 맨날 꿈자리가 사나운 쪽으로만 내려와야 하면 어떡해? 가르쳐줘."

데이비의 질문을 무시하고 마릴라는 이야기를 계속했다.

"그런데, 스티븐 어빙과 라벤더 루이스는 어쩌다가 그렇게 되었는지 모르겠어. 25년 전에 확실히 약혼까지 했었는데 갑자기 틀어졌으니 뭔가 대단한 일이 있었겠지. 그 뒤 스티븐은 미국으로 가버리고 다시는 돌아오지 않았어."

"어쩌면 그리 중요한 일이 아니었는지도 몰라요. 인생에는 큰일보다 하찮은 일이 오히려 갈등의 원인이 되는 경우가 더 많기도 하니까요."

앤은 가끔 인생에 대한 번뜩이는 통찰을 보여주었는데, 그것이 반드시 경험의 양에 비례하는 것은 아니었다.

"마릴라, 내가 미스 라벤더의 집에 갔다 온 걸 린드 아주머니에게는 말하지 마세요. 아주머니는 틀림없이 꼬치꼬치 물어볼 텐데, 왠지 말하고 싶지 않아요…… 분명 미스 라벤더도 자기 이야기가 퍼지는 것을 바라지 않을 거예요."

"레이철은 분명 이것저것 물어보겠지. 하지만 전처럼 남의 일에 참견할 틈이 없단다. 지금은 토머스를 간호하느라 집에서 꼼짝도 못 하고 있으니까.

요즘은 무척 낙심하고 있어. 토머스가 더 이상 나아질 가망이 없다고 여기는 것 같아. 만일 토머스가 어떻게 된다면 레이철도 퍽 쓸쓸할 거야. 아이들은 모두 서부에 살고 있지. 일라이자 하나만 샬럿타운에 살고 있지만, 사위가 그리 마뜩지 않은 것 같더라."

마릴라의 말투로 미루어 린드 부인이 일라이자의 안목을 그다지 좋게 여기지 않는 듯싶었지만, 당사자인 일라이자 부부는 아주 원만했다.

"레이철의 말로는 토머스의 의지가 너무 약하대. 살려는 의지만 강하다면 좀 더 빨리 나을 수 있다는 거지. 하지만 해파리한테 똑바로 앉아 있으란다고 그럴 수가 있겠니. 토머스 린드는 지금까지 한 번도 스스로 뭔가 해 보겠다는 생각을 한 적이 없는 사람이거든. 결혼 전까지는 어머니에게 눌려 살았고 그 뒤로는 아내 레이철에게 기를 못 펴고 살았으니까. 이번에 레이철의 허락도 안 받고 병에 걸린 일이 외려 이상할 정도라니까.

아, 이런 말 하는 게 아니야. 레이철은 둘도 없이 좋은 아내인걸. 레이철이 없었다면 토머스는 제구실을 못 했을 거야. 그것만은 분명히 말할 수 있어. 선천적으로 남이 시키는 대로 하도록 태어났으니까 차라리 레이철처럼 영리하고 부지런한 사람을 만난 것이 다행이지. 토머스는 레이철이 하는 방식에 아무 불만이 없었어. 모든 일에 자기 스스로 결단을 내려야 하는 수고를 덜어준 셈이니까.

데이비, 그렇게 뱀장어처럼 꼼지락대지 좀 말아라."

"심심해. 이젠 배도 부르고 아줌마와 앤 누나가 먹는 것을 지켜보는 일도 재미없어."

"그럼 도라와 둘이 밖에 나가서 닭모이를 주렴. 또 수탉 꽁지에서 흰 깃털을 뽑으면 안 돼."

데이비는 볼멘 얼굴이 되었다.

"나는 깃털로 인디언 머리장식을 만들고 싶어. 밀티 볼터는 멋진 것을 가지고 있단 말이야. 엄마가 흰 칠면조를 잡을 때 주었대. 나도 조금만 가지면 안 돼? 그 수탉은 깃털을 그렇게 많이 달고 있지 않아도 되잖아."

앤이 말했다.

"너에게 다락에 있는 헌 깃털 먼지떨이를 줄게. 나중에 누나가 그 깃털을 초록, 노랑, 빨강으로 알록달록 물들여주면 어떨까."

그러자 데이비는 의기양양하게 어깨를 펴고 얼굴을 빛내며 얌전한 도라의 뒤를 따라 나갔다.

마릴라가 말했다.

"너는 저 아이의 응석을 너무 받아주는 것 같구나."

지난 6년 동안 마릴라의 교육관은 눈부시게 진보했지만 그래도 아직 아이들이 원한다고 뭐든지 들어주는 것은 좋지 않다는 생각을 버리지 못하고 있었다.

"데이비네 반 남자아이들은 모두 인디언 머리장식을 가지고 있어요. 그래서 데이비도 가지고 싶어하는 거예요. 나는 그 기분을 누구보다 잘 알아요. 다른 여자아이들이 모두 퍼프소매가 달린 옷을 입고 있을 때 얼마나 입고 싶었는지 그때의 기분은 지금도 잊을 수가 없으니까요.

데이비는 결코 응석받이가 아니에요. 정말 하루하루 나아지고 있는걸요. 1년 전 우리 집에 왔을 때와는 많이 다르잖아요."

"학교에 다니기 시작한 다음부터 확실히 말썽을 덜 부리는 것 같아. 다른 아이들과 어울려 놀게 되니 장난도 좀 덜 치게 되는 모양이야. 그건 그렇고, 리처드 키스로부터 도무지 소식이 없으니 이상하지 않니? 5월에 편지가 온 이후에는 통 소식이 없구나."

앤은 한숨을 쉬며 식탁을 치우기 시작했다.

"나는 편지가 올까 봐 겁나요. 편지가 온다 해도 쌍둥이를 데려가겠다고 씌어 있을까 봐 겉봉을 뜯을 용기가 나지 않을 거예요."

한 달 뒤 편지가 왔다. 리처드 키스가 아니라 그 친구로부터 온 것으로, 리처드 키스는 2주일 전 폐병으로 세상을 떠났다는 소식이었다. 편지를 보낸 사람은 고인의 유언 집행인으로, 키스의 유언에 따라 2천 달러를 데이비 키스 및 도라 키스가 성년이 되거나 결혼할 때까지 미스 마릴라 커스버트에게 맡기며 그동안 이자는 두 아이의 양육비로 써주기 바란다고 씌어 있었다.

"키스 씨가 돌아가신 것은 안됐지만 쌍둥이들이 우리와 계속 함께 살 수 있다는 건 정말 기뻐요."

앤이 진지했고, 마릴라는 역시 현실적이었다.

"돈을 남겨주어 한시름 놓았구나. 나도 저 아이들을 데리고 있고 싶었지만 무엇으로 키우나 걱정스러웠거든. 특히 자랄수록 말이야. 농장을 빌려주고 받는 돈으로는 이 집을 유지하는 데도 빠듯하고 네 돈은 한 푼도 쌍둥이를 위해 써서는 안 된다고 생각하니까.

지금도 너는 저 아이들에게 지나칠 만큼 잘해주고 있어. 지난번 도라에게 사준 새 모자만 하더라도 고양이에게 꼬리 두 개가 필요하지 않듯이 굳이 없어도 되는 거였잖니. 아무튼 이제 한시름 놨다. 이것으로 저 아이들에 대한 문제가 일단락되었고 앞으로 아이들을 입히고 먹일 돈도 생겼으니."

데이비와 도라는 자기들이 '언제까지나' 그린게이블즈에서 살게 되었다는 말을 듣고 몹시 기뻐했다. 그것에 비하면 한 번도 만난 적이 없는 삼촌의 죽음은 아무 일도 아니었다. 그러나 도라에게는 한 가지 걱정이 있었다.

도라는 앤에게 물었다.

"리처드 삼촌은 무덤에 묻히셨어?"

"물론이지, 도라."

도라는 더욱 작고 떨리는 목소리로 또다시 물었다.

"하지만…… 하지만…… 미러벨 코튼의 삼촌 같지는 않겠지? 흙 속에서 나와 집 안을 걸어다니는 일은 없겠지, 앤 언니?"

닮은꼴 영혼

12월 어느 금요일 오후에 앤이 말했다.
"오늘 저녁 '메아리집'에 가볼까 해요."
마릴라가 걱정스럽게 말했다.
"눈이 내릴 것 같은데……."
"그 전에 도착할 테고, 오늘 밤은 거기서 묵고 올 생각이에요. 다이애나는 손님이 있어서 못 가는데, 미스 라벤더는 틀림없이 우릴 기다릴 거예요. 벌써 2주 동안이나 안 갔거든요."

미스 라벤더를 처음으로 본 10월 이후 앤은 이따금 '메아리집'을 찾아갔다. 다이애나와 함께 마차를 타고 큰길을 돌아서 가기도 하고 숲을 지나 걸어가기도 했다. 다이애나가 가지 못할 때에는 앤 혼자 갔으며, 앤과 미스 라벤더 사이에는 따뜻한 우정이 자연스레 맺어지고 있었다. 그것은 나이가 들고도 언제까지나 정신과 영혼의 젊음을 간직하고 있는 중년의 여성과 경험은 모자라지만 그것을 메울 만한 상상력과 통찰력을 지닌 젊은 여성 사이에서만 솟아날 수 있는 순수한 우정이었다.

앤은 마침내 진정으로 '닮은꼴 영혼'을 찾아낸 셈이고, 한편 미스 라벤더는 세상과 담을 쌓고 꿈속에서 사는 외로운 은거 생활에 앤과 다이애나가 바깥 세상의 기쁨과 활기를 가져다준다고 생각했다. 그것은 '세상을 잊고, 세상으로부터 잊힌'[1] 미스 라벤더가 오랫동안 맛보지 못한 것이었다. 앤과 다이애나가 이 작은 돌집에 청춘과 현실세계의 숨결을 불어넣은 것이다.

샤를로타 4세는 숭배하는 여주인을 위하는 마음에서는 물론이거니와, 자신도 그녀들 자체를 좋아하게 되어 앤과 다이애나를 언제나 기꺼이 반겼다. 그리고 그녀의 입이 갈수록 더 커다랗게 함박웃음을 짓는 모습에서 그녀의 진심을 알 수 있었다. 그해 가을은 마치 끝나는 것이 싫어 11월에 다시 10월이 되돌아왔나 할 정도였고 12월에 들어서도 여름 같은 햇살이 쏟아지고 아지랑이가 피어오르기도 했다. 그 아름다운 늦가을과 초겨울 내내, 작은 돌집에서는 이제까지 없었던 시끌벅적한 수다와 유쾌한 웃음소리가 이따금 들려오곤 했다.

그러나 이날은 12월이 갑자기 스스로 겨울이라는 걸 깨닫기라도 한 듯 바람도 없이 잔뜩 찌푸린 하늘엔 눈이 내릴 것을 예고하는 정적이 감돌고 있었다. 하지만 앤은 그런 날씨는 아랑곳도 하지 않고 울창한 너도밤나무숲 속을 크나큰 기쁨을 느끼며 외롭다는 생각도 없이 혼자 걸어갔다. 상상 속에서 명랑한 길동무들과 즐겁게 이야기 나누며 오솔길을 걸어갔기 때문이다. 안타깝지만 현실세계에서는 상대방이 반드시 이쪽이 생각한 반응을 보이지 않을 때가 많지만 상상 속 세계에서는 마음에 드는 요정과 하고 싶은 말만 주고받으므로 대화는 훨씬 재치 있고 매혹적이었다. 이 눈에 보이지 않는 친구들과 함께 숲을 지나 전나무 오솔길에 이르렀을 때 커다란 솜털 같은 눈이 펑펑 내리기 시작했다.

---

[1] 영국 시인 알렉산더 포프(1688~1744)의 시 〈엘로이즈가 아벨라르에게〉에서 따옴. 바로 다음에 이어지는 '티 한 점 없는 정신의 영원한 햇살!(Eternal sunshine of the spotless mind!)'이라는 시구가 잘 알려져 있음.

첫 모퉁이에 접어드니 미스 라벤더가 큰 가지가 사방으로 뻗어 있는 전나무 밑에 오도카니 서 있는 모습이 보였다. 포근해 보이는 빨간 드레스를 입고 은빛 비단 숄을 둘러 머리와 어깨를 폭 감싸고 있었다.

앤이 즐거운 목소리로 말했다.

"어머나, 전나무숲 요정 여왕 같아요."

"오늘 밤에는 꼭 와주리라 생각했어요, 앤."

미스 라벤더는 반갑게 앤을 맞이했다.

"오늘은 평소보다 배(倍)로 반갑네요. 샤를로타 4세의 어머니가 병이 나서 그 아이는 오늘 밤 집에 가서 안 오거든요. 만일 앤이 와주지 않았다면 혼자 얼마나 쓸쓸했을지…… 이런 날은 상상이나 메아리 친구만으로는 마음을 달랠 수 없으니까요. 어머나, 앤, 어쩌면 이렇게 예뻐요?"

미스 라벤더는 갑자기 감탄의 소리를 지르며, 걸어오느라 두 뺨이 장밋빛으로 물든 키 크고 날씬한 아가씨를 올려다보았다.

"어쩌면 이토록 고울까. 17살이라는 나이는 참으로 행복한 때죠. 정말 부러워요."

미스 라벤더가 진심 어린 말로 찬사를 보냈다.

앤은 미소 지었다.

"미스 라벤더도 마음은 아직 17살이잖아요."

미스 라벤더는 한숨을 지었다.

"아니에요, 나는 할머니예요…… 아이, 중년이라고 해야 할까? 사실은 그게 더 잔인한 거지만. 때로는 그렇지 않은 척하며 잊어버리기도 하지만 어쩔 수 없이 나이를 느낄 때가 있어요. 게다가 나는 보통 여자들처럼 자기가 늙어가는 사실에 대해 체념할 수가 없거든요. 처음으로 흰 머리칼을 발견했을 때 안간힘을 쓰며 부정하고 싶었는데, 지금도 그때와 같은 심정이에요.

앤, 그렇게 이해한다는 듯한 표정을 짓지 않아도 돼요. 17살이라는 나이로는 이 기분을 알 수가 없어요. 앤이 와준 이상 나도 이제부터 17살의 기분으로 돌아갈래요. 앤은 언제나 젊음이라는 선물을 들고 오니까요.

오늘 밤 우리 신나게 지내요. 우선 차를 마시죠…… 차랑 같이 뭘 먹으면 좋으려나? 무엇이든 앤이 좋아하는 것을 먹기로 해요. 소화가 잘 안 되더라도 맛있는 것을 생각해봐요."

그날 밤 작은 돌집에서는 떠들썩한 소리가 흘러나왔다. 맛있는 음식과 달콤한 캔디를 만들어 잔치를 벌이고 놀이를 하며 즐겁게 웃는 소리가 들려왔다. 미스 라벤더와 앤은 45살 된 독신녀와 단정한 학교 선생이라는 격에 맞는 품위 같은 것은 멀리 날려 보내버리고 마음껏 자유롭게 즐겼다.

마침내 웃다 지쳐버린 두 사람은 응접실 벽난로 앞 카펫에 앉았다. 방 안에는 벽난로 불빛이 희미하게 비치고 있었고 장미 꽃잎을 말려서 담아 맨틀피스[2] 위에 얹어 놓은 병에서는 은은한 향기가 풍겨 왔다. 강한 바람이 처마 밑에서 소리 내며 휘몰아쳤고 무수한 눈보라의 요정들이 집 안으로 들여보내달라고 두드리기라도 하듯 창문에 눈이 사락사락 부딪쳤다.

미스 라벤더는 캔디를 오도독 깨물며 말했다.

"와줘서 정말 고마워요, 앤. 그렇지 않았으면 우울한 기분에 빠졌을 거예요…… 아주 깊고…… 어두운 우울 말이에요. 꿈도 상상도 낮이나 해가 비치는 동안은 좋지만 밤이 되고, 비바람이 불면 소용없어요. 그런 때는 진짜가 아니면 안 돼요.

---

[2] 벽난로의 윗면에 설치한 장식용 선반.

앤은 이 기분을 모를 거예요…… 17살 때는 꿈만으로 충분하니까요. 그 나이에는 꿈이 실현될 장밋빛 미래가 기다리고 있잖아요. 나도 17살 때는 설마 내가 45살에 이런 백발의 노처녀가 되어 꿈으로 하루하루 지새는 생활을 하리라고는 생각지 못했어요, 앤."

앤은 미스 라벤더의 우수에 젖은 갈색 눈을 보며 미소 지었다.

"미스 라벤더는 노처녀가 아니에요. 노처녀란 처음부터 그렇게 태어나는 거예요…… 나중에 되는 것이 아니에요."

미스 라벤더가 앤의 말을 장난스럽게 받아치며 말했다.

"노처녀로 태어나는 사람이 있는가 하면, 노력해서 노처녀의 자격을 따는 사람도 있고, 억지로 노처녀의 삶에 떠밀려 가는 사람이 있죠."

앤은 웃었다.

"그렇다면 미스 라벤더는 노력해서 자격을 딴 셈이에요. 게다가 너무 훌륭하게 해내고 있어서, 모든 노처녀가 미스 라벤더 같다면 틀림없이 독신 생활이 크게 유행할걸요."

미스 라벤더는 생각에 잠기며 말했다.

"나는 무엇이든지 최선을 다하지 않으면 직성이 풀리지 않아요. 이왕 될 바에는 멋진 노처녀가 되어야겠다고 마음먹었죠. 세상 사람들은 나를 이상한 사람이라고 말하는데, 그것은 내가 나만의 방식으로 독신 생활을 하고 있기 때문이에요. 나는 전통적인 방식을 따르지 않거든요.

앤, 스티븐 어빙과 나에 관해 들은 적 있어요?"

앤은 솔직하게 말했다.

"네, 전에 약혼한 적이 있다고 들었어요."

"그래요…… 25년 전이었어요…… 마치 전생의 일 같네요. 우리는 새해가 되면 봄에 결혼식을 하기로 되어 있었고, 나는 웨딩드레스까지 만들었어요. 물론 그것을 알고 있었던 것은 어머니와 스티븐뿐이었지만요.

아주 어릴 때부터 약혼했었다고 할 수 있어요. 스티븐이 아직 어릴 때 늘 자기 어머니를 따라 우리 집에 놀러 왔었거든요. 두 번째 왔을 때—그는 9살이고 나는 6살이었는데—이 뜰에서 그는 이런 말을 했어요. 어른이 되면 나와 결혼하기로 마음먹었다고요.

그때 나는 고맙다고 대답했던 것을 지금도 기억하고 있어요. 스티븐이 돌아간 다음 어머니에게 진지한 표정으로 '이젠 안심했어요, 노처녀가 될 걱정은 없어졌으니까.'라고 말해서 어머니가 얼마나 웃었는지 몰라요."

앤이 숨 돌릴 틈도 없이 물었다.

"그런데 무슨 일로 틀어진 건가요?"

"아주 하찮고 흔해빠진 일로 말다툼했어요. 너무도 사소한 일이어서 무엇 때문에 말다툼이 시작되었는지 기억조차 나지 않아요. 어느 쪽이 더 잘못이었는지도 모르겠어요. 아무튼 시작한 것은 스티븐이지만 그건 내가 바보 같은 짓을 해서 화나게 했기 때문이었어요.

스티븐에게는 경쟁자가 한두 사람 있었어요. 나는 허영심이 강하고 장난기가 있어서 스티븐을 좀 애태우고 싶었죠. 그런데 그는 예민하고 욱하는 성격이었거든요. 그러다 우리는 그날 서로 몹시 화가 난 채 헤어져버렸어요. 나는 다시 화해하리라 생각했고 스티븐이 그렇게 금방 돌아오지만 않았더라면 그렇게 되었을 거예요. 그래요, 앤. 이런 말은 쑥스럽지만……."

미스 라벤더는 마치 살인하기를 좋아한다는 악덕을 털어놓기라도 하는 듯이 목소리를 낮추었다.

"나는 토라지면 꽁해 있는 성미였거든요. 어머나, 웃지 말아요. 정말이에요.

정말 그렇게 있는데 스티븐이 화해하려고 찾아왔어요. 나는 스티븐의 말에 귀 기울이지도 않고 용서하려 하지도 않았어요. 그 일로 스티븐은 영원히 가버렸죠. 그는 자존심 강한 사람이어서 다시는 돌아오지 않았어요. 스티븐이 돌아오지 않아서 나는 서운한 마음에 더욱더 화가 나고 말았죠.

부디 돌아와달라고 말했더라면 일이 잘되었을지도 모르지만 나는 그렇게까지 비굴해질 수가 없었어요. 나도 스티븐 못지않게 자존심이 강했으니까요…… 자존심과 꽁한 성격이 합쳐져서 좋은 일이 있을 리 없지요.

나는 스티븐이 아닌 다른 사람을 좋아할 수 없었고 그럴 마음도 없었어요. 스티븐과 결혼하지 않는다면 평생 독신으로 사는 편이 차라리 낫다고 생각했죠. 물론 지금에 와서는 모든 일이 꿈만 같아요.

어머나, 그렇게 안됐다는 얼굴을 하지 말아요, 앤. 아직 17살이니까 그렇게 동정하는 얼굴을 할 수 있는 거겠지만요. 그래도 지나치게 마음 쓸 건 없어요. 사랑은 깨졌지만 지금은 이렇게 추억하며 행복하게 살고 있으니까요.

결국 스티븐이 돌아오지 않는다는 것을 알았을 때 나는 정말 가슴이 찢어지는 것 같았어요. 하지만 앤, 현실 속에서 가슴이 찢어지는 듯한 고통은 소설처럼 그렇게 무서운 것은 아니에요. 마치 충치 때문에 아픈 느낌이죠…… 그리 낭만적인 비유가 아니라고 여기겠죠? 한동안 견딜 수 없이 아프기도 하고 이따금 잠을 이룰 수 없는 적도 있지만 그 사이사이에는 마치 아무 일도 없었던 듯이 일상이며 꿈이며 메아리며 캔디를 또 태연히 즐길 수 있어요.

어머나, 실망했나 보군요. 5분 전만 해도 내가 비극적 추억의 포로로 가슴에는 슬픔을 간직하고도 겉으로는 용감하게 미소 짓는 장한 사람처럼 보였는데, '애걔, 겨우 그 정도야?' 하면서 내가 더 이상 흥미로운 사람이 아니라고 생각하는 건 아닌가요.

"그런데 인생의 잔인한 점이기도 하고…… 좋은 점이기도 한 것이 그거예요, 앤. 삶은 사람을 언제까지나 비참하게 내버려두지는 않지요. 즐겁게 살아갈 수 있도록 힘을 북돋아주고…… 마침내 성공하고 말아요. 자신이 아무리 낭만적인 우울과 불행한 기분에 젖어 있으려 완강히 버텨봐도 소용없어요.

이 캔디 참 맛있지 않아요? 벌써 너무 많이 먹은 것 같지만 그런 건 무시하고, 우리 더 먹어요."

미스 라벤더는 잠시 입을 다물고 있다가 불쑥 말을 이었다.

"앤이 처음 우리 집에 왔던 날 스티븐의 아들 이야기를 듣고 가슴이 철렁했었어요. 그 뒤 한 번도 그 아이에 대해 물어보지 않았지만, 무슨 얘기든 듣고 싶었어요. 어떤 아이죠?"

"그토록 사랑스럽고 다정한 아이는 없을 거예요, 미스 라벤더…… 게다가 우리처럼 많은 상상을 하고 정말인 것처럼 생각하죠."

미스 라벤더는 혼잣말처럼 나직이 중얼거렸다.

"만나보고 싶어요, 앤. 그 아이는 나와 여기서 살고 있는 '꿈속의 어린 남자애'와 비슷할까요…… 나의 '꿈속의 어린 남자애.'"

"폴을 만나고 싶다면 언제 한번 데려올게요."

"꼭 만나보고 싶어요…… 그래도 너무 빨리 데려오지는 말아요. 마음의 준비를 할 시간이 좀 필요하니까요. 스티븐을 꼭 닮았다면…… 아니면 조금도 닮지 않았다면…… 어느 쪽이든 기쁨보다 고통을 느낄 거예요. 한 달쯤 뒤에 데려와 줘요."

한 달 뒤 앤은 폴과 함께 숲에서 돌집 쪽으로 걸어가다가 오솔길에서 미스 라벤더를 만났다.

그들이 올 줄 몰랐기에 놀란 미스 라벤더는 해쓱해진 얼굴로 나직이 말했다.

"이 아이가 스티븐의 아들이군요."

미스 라벤더는 폴의 손을 살며시 잡고 멋진 털가죽 외투와 모자 차림의 아름다운 소년을 지그시 바라보았다.

"이 아이는…… 이 아이는 아버지와 정말 똑같네요."

폴은 긴장하지 않고 자연스럽게 대답했다.

"모두 나를 보면 아버지를 쏙 빼닮았다고들 하세요."

숨을 죽이고 둘을 지켜보던 앤은 미스 라벤더와 폴이 한눈에 서로를 마음에 들어하는 듯한 태도여서 마음이 놓였다. 어색하거나 딱딱한 분위기가 되지 않을까 걱정할 필요가 전혀 없었다.

미스 라벤더는 꿈과 낭만에 젖어 사는 인물인데도 불구하고 한편으로는 분별심이 있는 사람이어서 처음에만 좀 놀란 감정을 드러냈을 뿐 그 뒤부터는 누구의 아들인지 조금도 의식하지 않은 듯이 명랑하고 자연스럽게 폴을 대했다.

그날 오후 그들은 다 함께 즐겁게 지냈고 폴의 할머니가 알았다면 아마 폴의 위장이 탈 날 거라며 기절초풍할 만큼 기름진 음식을 맘껏 먹었다.

"또 놀러 오렴."

미스 라벤더는 폴과 작별의 악수를 나누었다.

폴은 진지한 표정으로 말했다.

"저한테 뽀뽀해도 돼요."

미스 라벤더는 허리 굽혀 입맞춤을 한 뒤 작은 목소리로 물었다.

"내가 뽀뽀해주고 싶어하는 것을 어떻게 알았니?"

"우리 엄마가 내게 뽀뽀하고 싶어할 때와 똑같은 눈으로 나를 바라보았으니까요. 나는 누가 뽀뽀해주는 것을 그리 좋아하지 않아요. 남자아이들이란 그렇거든요. 미스 루이스도 알죠? 하지만 미스 루이스라면 괜찮다고 생각했어요. 물론 또 올게요. 미스 루이스를 나의 특별한 친구로 삼고 싶어요. 싫지 않다고 하시면요."

"시…… 싫다니. 그럴 리가 있겠니?"

그렇게 말한 뒤 미스 라벤더는 등을 돌리고 얼른 집 안으로 들어가버렸다. 그러나 곧 창문으로 두 사람에게 밝게 미소를 보내며 손을 흔들었다.

폴은 너도밤나무숲을 걸어가며 말했다.

"나는 미스 라벤더가 좋아요. 나를 바라볼 때의 눈도 좋고 그 돌집과 샤를로타 4세도 다 좋아요. 할머니도 메리 조 대신 샤를로타 4세 같은 사람을 두면 좋을 텐데. 샤를로타 4세라면 내가 상상한 것을 이야기해도 절대로 머리가 어떻게 됐다고 생각하지 않을 거예요.

저녁 식사 정말 맛있었어요. 그렇죠, 선생님? 할머니는 남자아이가 먹을 것에 대해 생각하면 못쓴다고 하지만 무척 배고플 때는 참을 수가 없어요. 미스 라벤더는 아이가 싫다고 하면 아침으로 오트밀을 먹이지 않고 좋아하는 음식을 만들어줄 것 같아요. 하지만……."

그러나 폴은 현명한 아이였다.

"물론 아이를 위해 그리 좋은 일은 아니겠죠. 그래도 이따금씩은 괜찮겠죠. 선생님, 그렇죠?"

예언자 에이브 아저씨

 5월 어느 날, 샬럿타운의 《데일리엔터프라이즈》 신문에서 '애번리 소식'이라는 기사를 보고 마을 사람들 사이에 가벼운 술렁임이 일었다. 필자는 '관찰자'로 되어 있었다. 사람들은 이 기사를 쓴 사람은 찰리 슬론임에 틀림없다고들 말했다. 찰리 슬론은 전에도 이런 글을 쓴 적이 있는 데다, 또 한 가지 이유는 그 기사 속에 길버트 블라이드를 비웃는 뜻이 담겨 있었기 때문이었다. 애번리의 젊은이들은 길버트 블라이드와 찰리 슬론이 어느 잿빛 눈동자의 상상력이 풍부한 아가씨를 두고 경쟁 관계에 있다고 수군대고 있었다.
 뜬소문이 맞는 일이 잘 없듯, 사실 그 기사는 길버트가 쓴 것이었다. 앤의 부추김과 도움을 받아 몇 편 썼는데 그 가운데 하나에는 자신을 등장시켜 일종의 연막을 친 셈이었다. 그 가운데 이 책과 관련된 기사는 다음의 두 꼭지뿐이다.

 소문에 따르면 데이지가 피기 전에 우리 마을에서 결혼식이 있을 것이라고 한다. 새로 온 존경받는 신사와 우리 마을에서 가장 인기 있는 어떤 여인이 화촉을 밝힐 것이다.

우리 마을의 유명한 날씨 예언자 에이브 아저씨의 예언에 따르면 5월 23일 저녁, 7시 정각부터 천둥 번개를 동반한 거센 폭풍이 몰아칠 것이라 한다. 그 폭풍우는 프린스에드워드섬 전역에 걸칠 가능성이 있다 하니, 23일 저녁에 외출하실 분은 우산과 비옷을 준비할 것.

길버트가 앤에게 말했다.
"정말로 에이브 아저씨는 봄부터 폭풍우가 일어난다고 예언했어. 그런데 해리슨 씨가 이저벨라 앤드루스를 만나러 간다는 게 사실일까?"
앤은 웃었다.
"아닐 거야. 해리슨 씨는 다만 하면 앤드루스 씨와 장기를 두러 갈 따름이야. 하지만 린드 아주머니는 이저벨라 앤드루스가 올봄에 왠지 기세가 당당한 것으로 보아 결혼할 것 같다고 했어."
가엾은 에이브 아저씨는 이 기사를 읽고 '관찰자'가 자기를 놀리는 듯이 느껴져 분개했다. 그리고 폭풍우가 일어나는 날짜까지 정확하게 말한 기억은 없다고 발끈하며 항의했으나 아무도 그 말을 귀담아듣지 않았다.
애번리에서는 평화스러운 나날이 유유히 흘러갔다. 개선회에서 '식목일'을 정하여 나무 심기를 실행에 옮겼다. 개선회원 한 사람이 다섯 그루의 관상용 나무를 심었는데, 지금은 회원이 40명이나 되어 모두 합하여 2백 그루의 묘목을 심은 셈이었다.
황토밭에는 메귀리가 파릇파릇하게 자라기 시작했고 집집마다 사과나무는 꽃이 핀 가지를 한껏 벌려 집을 감싸고 있었으며, '눈의 여왕'도 흐드러진 꽃으로 단장하며, 신랑을 기다리는 신부로 변신해 있었다. 앤은 밤새도록 창문을 열어놓은 채 바람을 타고 들어오는 벚꽃 향기를 맡으며 잠을 잤다. 앤은 그것을 시적이라며 좋아했지만 마릴라는 매우 위험한 일이라고 생각했다.

어느 날 밤 앤은 마릴라와 현관문의 돌층계에 나란히 앉아 요란스러운 개구리 합창을 듣다가 말했다.

"추수감사절이 봄에 있었으면 더 좋았을 거예요. 그 편이 모든 게 시들거나 잠들어버린 11월보다 훨씬 낫지 않겠어요. 11월에는 감사하는 마음을 가지려고 기억을 짜내야 해요. 하지만 5월에는 감사하는 마음이 절로 우러나잖아요. 다른 건 몰라도, 그저 살아있다는 사실만으로도 감사하니까요.

선악과를 따 먹기 전 에덴동산에 살던 이브도 지금의 나 같은 기분이었을 것 같아요. 저 아래쪽 땅에 자라고 있는 저 풀, 초록색일까요, 아니면 금색일까요? 꽃이 가득 피었고, 바람은 바람대로 마냥 좋아서 어느 쪽으로 불어야 할지 모를 만큼 들떠 있어요. 정말 아름다운 날이죠? 이런 날이면 전 천국이 바로 이렇지 않을까 생각해요."

앤의 이야기에 당황한 마릴라는 혹시 쌍둥이들이 듣고 있지 않나 하고 주위를 둘러보았다. 그때 쌍둥이들이 집 모퉁이에서 나타났다.

"굉장히 좋은 냄새가 나는 밤이야!"

데이비는 즐거운 듯 코를 킁킁거리며 더러운 손으로 괭이를 휘둘렀다. 데이비는 지금까지 자기 텃밭에서 일하고 있었다. 데이비가 너무 흙장난을 좋아하여 마릴라는 그럴 바엔 차라리 유익한 일을 시키려는 생각으로, 올봄에 쌍둥이들에게 뜰 한구석을 나눠주고는 밭을 일구어보라고 한 것이다.

두 아이는 자기들의 성격에 따라 열심히 밭을 가꾸었다. 도라는 조바심치지 않고 정성스럽고 체계적으로 씨를 뿌리고 잡초를 뽑고 물을 주어 이미 야채나 한해살이풀들이 줄지어 싹이 돋아나고 있었다. 데이비는 의욕이 넘치기는 하는데 영 계획성이 없었다. 즉, 지나치게 열심히 파헤치고 갈고 갈퀴질하고 물을 주고 옮겨심기를 하는 통에 싹이 돋아날 틈이 없었던 것이다.

"네 텃밭은 어떻게 되어가니, 데이비?"

앤이 묻자 데이비는 한숨을 쉬었다.

"잘 자라지 않아. 어째서 좀 더 빨리 자라지 않는지 모르겠어. 밀티 볼터가 말했는데 달 없는 밤에 심었기 때문이래. 씨를 뿌리거나 돼지를 잡거나 머리를 깎는 중요한 일을 해서는 안 될 때가 있으니까, 달님한테 잘 물어보고 해야 한대. 그게 정말이야, 앤 누나? 가르쳐줘."

마릴라가 놀리듯 말했다.

"너처럼 하루가 멀다 하고 심어놓은 것을 잡아 뽑아 뿌리가 자랐는지 보아서야 어디 되겠니. 그렇지 않으면 좀 더 잘 자랄 게다."

"나는 여섯 개밖에 안 뽑았어. 뿌리에 애벌레가 있는지 알고 싶었어. 밀티가 달 때문이 아니라면 애벌레 때문이라고 했거든.

근데 한 마리밖에 없었어. 굉장히 크고 뭉클뭉클하고 둥글게 몸을 말고 있었어. 돌 위에 올려놓고 다른 돌로 짓이겨줬지. 아주 신났어. 더 있었으면 훨씬 재미있었을 텐데. 도라도 나와 같은 날에 심었는데 잘 자라는 것을 보면 달 때문은 아닌가 봐."

데이비는 곰곰이 생각해봤다는 듯이 마지막에 한마디 덧붙였다.

그때 앤이 말했다.

"마릴라, 저 사과나무를 보세요. 마치 사람 같아요. 기다란 팔을 뻗어 살포시 핑크빛 치맛자락을 들어올리는 듯한 모습으로 우리가 칭찬해주기를 기다리고 있어요."

마릴라가 흡족해하며 말했다.

"저 노란 더치스종 나무는 늘 열매를 많이 맺지. 올해도 잔뜩 열릴걸. 고마운 일이야…… 파이를 만들 수 있으니까."

 그러나 마릴라도 앤도, 다른 어느 누구도 그해에는 노란 더치스종 사과로 파이를 만들 수 없는 운명에 놓여 있었다.

 5월 23일이 왔다…… 때아닌 무더위로, 앤과 학생들은 교실에서 땀을 뻘뻘 흘리며 수학이며 문법과 씨름하느라 다른 사람들보다 더위를 더 느끼고 있었다. 오전 중에는 내내 후텁지근한 바람이 불었으며 오후가 되자 바람이 딱 멎더니 답답하고 무거운 공기가 감돌았다.

 3시 30분쯤 멀리서 천둥소리가 들려와 앤은 비가 쏟아지기 전에 아이들이 집으로 돌아갈 수 있도록 서둘러 수업을 끝냈다. 모두들 운동장으로 나가자 해가 밝게 빛나는데도 어두컴컴한 그림자가 온누리를 뒤덮으려 하는 기색을 앤은 느꼈다.

 애네타 벨이 불안한 듯 앤의 손에 매달렸다.

 "선생님, 저 무서운 구름을 보세요!"

 앤은 저도 모르게 놀라서 소리를 질렀다. 북서쪽에서 앤이 이제까지 한 번도 본 적 없는 거대한 구름 덩어리가 굉장히 빠른 속도로 퍼지고 있었다. 뭉게뭉게 피어오른 시커먼 구름 덩어리는 말려 올라간 것 같은 가장자리만이 기분 나쁠 만큼 흰색이었으며 그런 구름이 맑은 하늘을 검게 뒤덮은 그 모습은 뭔가 형언할 수 없는 공포를 느끼게 했다. 이따금 검은 구름 속에서 번갯불이 번쩍 일고 천둥이 그 뒤를 이어서 으르렁거리듯 울렸다. 구름은 몹시 낮게 드리워져 나무로 뒤덮인 언덕 꼭대기에 금세 닿을 것 같았다.

 하면 앤드루스 씨가 회색 말들을 전속력으로 몰아 짐마차를 덜커덩거리며 언덕을 올라왔다.

 그는 학교 앞에서 말을 세우고 외쳤다.

"아무래도 에이브 아저씨가 태어나서 처음으로 맞힌 모양이오. 시간은 조금 이른 것 같지만 말이오. 저런 구름을 본 적 있소?

자, 애들아, 나와 같은 방향으로 가는 아이들은 모두 이 마차에 타라. 집이 먼 아이는 모두 우체국으로 달려가 소나기가 멎을 때까지 기다려."

앤은 데이비와 도라의 손을 붙잡고 두 아이의 작은 다리가 달릴 수 있는 최대한으로 빨리 뛰어 자작나무길을 따라 제비꽃 골짜기와 윌로미어를 지나 언덕을 내려갔다. 그린게이블즈에 닿았을 때 문 앞에서 마릴라와 만났다. 마릴라는 오리와 닭을 우리에 막 몰아넣고 오는 참이었다. 모두들 부엌으로 뛰어들어갔을 때 마치 거인이 훅 입김을 불어 끈 것처럼 일대에서 빛이 사라졌다. 두꺼운 구름이 해를 가려 온 세상이 갑자기 캄캄해진 것이다. 갑자기 눈이 아찔해지는 번갯불이 일더니 하늘이 두 쪽이라도 날 듯이 엄청난 천둥소리가 들린 동시에 세찬 우박이 쏟아져서 바깥 세계를 흰색으로 덮어버렸다.

미친 듯한 폭풍 속에서 찢긴 나뭇가지가 집의 창문에 철썩 부딪쳐 쨍그랑 유리 깨지는 소리가 났다. 3분 뒤에는 북쪽과 서쪽 유리가 한 장도 남김없이 모두 깨져 바닥이 쏟아져 들어오는 우박으로 온통 뒤덮였다. 가장 작은 우박조차도 달걀만큼이나 컸다.

폭풍은 한 시간 가까이 휘몰아쳤고 그 기세는 누구도 평생 잊지 못할 만큼 무서웠다. 마릴라마저도 무서움 때문에 태어나 처음으로 냉정을 잃고 부엌 한 구석에 놓인 흔들의자 옆에 꿇어앉아 귀청이 터질 듯한 천둥소리를 들으며 흐느끼고 있었다. 앤은 종잇장처럼 하얗게 질렸지만 그래도 소파를 창가에서 당겨와 양팔에 쌍둥이를 끌어안고 앉아 있었다.

데이비는 첫 번째 유리가 깨지는 소리를 듣고 큰 소리로 외쳤다.

"앤 누나, 앤 누나, 심판의 날이 온 거야? 누나, 누나, 나는 일부러 나쁜 짓 한 것은 아니야."

 데이비는 앤의 무릎에 얼굴을 파묻고 오들오들 떨 뿐 그 뒤부터는 아무 소리도 내지 않았다. 도라는 좀 핼쑥한 얼굴이었지만 앤의 손을 꼭 쥔 채 꼼짝하지 않고 침착하게 앉아 있었다. 설사 지진이 일어나도 도라는 절대로 당황하지 않을 것 같았다.

 마침내 처음 일기 시작할 때와 마찬가지로 폭풍우가 갑자기 그쳤다. 우박이 멎고 천둥도 나지막하게 울리며 동쪽으로 사라졌으며 태양이 얼굴을 내밀고 찬란한 빛을 세상을 향해 비추기 시작했다. 햇빛 속에 드러난 세상은 한 시간도 채 못 되는 사이에 이토록 달라질 수 있을까 눈을 의심하지 않을 수 없을 만큼 변해 있었다.

 무릎을 꿇고 있던 마릴라는 아직도 몸을 덜덜 떨며 가까스로 일어나 자신의 흔들의자에 풀썩 쓰러지듯 앉았다. 초췌해진 얼굴이 10년은 더 늙어 보였다.

 "모두 무사하니?"

 마릴라가 엄숙하게 묻자, 데이비는 곧 기운을 되찾아 힘차게 대답했다.

 "아무렇지도 않았어. 하나도 무섭지 않았어…… 처음에는 조금 놀랐지만. 너무 갑작스러웠으니까. 나는 월요일에 테디 슬론과 결투하기로 약속되어 있는데 아까는 그만둬야겠다고 생각했지. 하지만 역시 해야겠어. 도라, 넌 무서웠니?"

 도라는 새침한 목소리로 대답했다.

 "응, 좀 무서웠어. 하지만 나는 앤 언니의 손을 꼭 붙잡고 조용히 기도를 드렸어."

 "나도 기도 생각이 났으면 좋았을 텐데. 하지만……."

 데이비는 의기양양하게 덧붙였다.

"나는 기도드리지 않았는데도 너랑 마찬가지로 아무 일 없잖아."

앤은 어릴 때 다이애나에게 큰 실수를 저질렀던 그 까치밥나무 열매로 만든 진한 과실주를 한 잔 가득 따라 마릴라에게 갖다주었다. 그러고 나서 그들은 모두 문 앞에 나가 무슨 일이 있었냐는 듯 다른 세상으로 뒤바뀌어버린 바깥을 내다보았다.

눈에 보이는 세상은 온통 무릎까지 잠길 정도의 우박으로 새하얗게 뒤덮이고 처마 밑이며 층계에 쌓인 우박은 작은 산을 이루었다. 3, 4일 뒤 우박이 녹은 다음 비로소 참담한 피해를 눈으로 확인할 수 있었다. 밭이며 뜰의 푸른 식물은 전멸당했고 사과나무는 꽃이 죄다 떨어졌을 뿐만 아니라, 큰 가지 작은 가지 할 것 없이 모조리 꺾여버렸다. 개선회원들이 심은 2백 그루의 나무들도 대부분 뿌리째 뽑히거나 갈기갈기 찢겨 있었다.

앤이 멍하니 말했다.

"이게 한 시간 전의 그 세상이 맞나요? 겨우 한 시간 동안에 이처럼 황폐해질 수가 있을까요? 도저히 믿어지지 않아요."

마릴라가 말했다.

"이런 일은 프린스에드워드섬이 생긴 이래 처음이야. 내가 어렸을 때 심한 폭풍이 분 적 있었지만 이번에 비하면 아무것도 아니야. 아마 굉장한 피해를 입었을 거야."

앤은 걱정스럽게 말했다.

"아이들이 모두 무사히 집에 갔을까요? 도중에 폭풍우를 만나지 않았어야 할 텐데요."

나중에 안 바로는 집이 먼 아이들은 앤드루스 씨의 현명한 충고 덕분에 무사히 우체국에서 몸을 피할 수 있었다.

마릴라가 말했다.

"어머나, 존 헨리 카터가 오는구나."

존 헨리는 겁먹은 얼굴로 이를 드러내고 웃으며 우박을 헤치며 왔다.

"이럴 수가 있습니까, 미스 거스버트? 해리슨 씨가 다들 무사한지 보고 오라고 했어요."

지친 마릴라가 굳은 얼굴로 물었다.

"모두 목숨은 지장 없고 건물도 무사해. 그 집은 괜찮은가?"

"그리 무사하지 않습니다…… 벼락이 떨어졌죠. 굴뚝을 통해 마룻바닥 한가운데로 떨어져 진저의 새장을 엎어뜨리고 바닥에 구멍을 뚫으며 지하실로 들어갔답니다."

앤이 물었다.

"진저가 다쳤나요?"

"네, 굉장히 심하게 다쳐서 그만 죽어버렸어요."

잠시 뒤 앤이 해리슨 씨를 위로하러 가보니, 해리슨 씨는 식탁 앞에 앉아 죽은 진저의 싸늘히 식은 몸을 떨리는 손으로 어루만지고 있었다.

해리슨 씨는 슬프게 말했다.

"가엾은 이놈이 이제 앤의 흉을 볼 일은 없게 되었소."

앤은 진저를 위해 우는 일이 있으리라고는 상상도 못 했는데 눈에서 눈물이 흘러나왔다.

"나한테는 이놈밖에 없었는데…… 이렇게 가다니. 아니야, 이렇게 슬퍼하다니, 못난 늙은이들이나 하는 짓이지. 이제 더는 슬퍼하지 않겠소. 내가 말을 마치면 안됐다느니 하는 말로 위로할 생각인 걸 알아요. 하지만 그런 말은 하지 말아요. 그런 말을 들으면 나는 어린애처럼 울음을 터뜨릴 거요.

그러나저러나 정말 엄청난 폭풍이었소. 이제는 아무도 에이브 아저씨를 비웃지 못하게 생겼어. 지금까지 예언했지만 안 맞았던 폭풍우가 쌓였다가 한꺼번에 몰려온 모양이오. 어떻게 날짜까지 정확하게 알아맞혔을까? 엉망이 된 이 집 안 꼴을 좀 봐요. 어서 판자를 찾아다가 이 바닥의 구멍을 막아야겠소."

다음 날도 애번리 사람들은 모두 아무 일도 하지 않고 서로 위로하러 다니며 피해를 알아볼 뿐이었다. 길은 우박 때문에 마차가 지나갈 수 없어서 걷거나 말을 타고 다녀야만 했다. 우편이 늦게 도착해 그날 밤늦게야, 온 섬 곳곳의 나쁜 소식들이 알려졌다. 집들은 벼락을 맞거나 심한 비바람에 부서졌으며, 죽거나 다친 사람도 많았다. 전신 전화 체계는 모조리 와해되었고 목장에 나가 있던 어린 가축은 모두 죽었다.

그날 아침 일찍 에이브 아저씨는 우박을 헤치며 대장간으로 일하러 나가 하루 종일 그곳에서 지냈다. 이번만큼은 에이브 아저씨도 의기양양하여 그 승리감을 실컷 즐길 수 있었다. 폭풍우가 일어난 것을 기뻐했다면 에이브 아저씨를 오해한 것이 될 테지만 어차피 일어났으므로 자기의 예언이—심지어 그 날짜까지—맞은 것이 아저씨는 기뻤다. 에이브 아저씨는 자신이 날짜까지는 말하지 않았다고 분개했던 일은 까맣게 잊고 있었다. 시각이 조금 틀린 것은 대수로운 일이 아니었다.

저녁때 길버트 블라이드가 그린게이블즈로 가 보니 마릴라와 앤이 깨진 유리창에 에나멜 입힌 천을 열심히 붙여 구멍을 막고 있었다.

1층에서 길버트를 맞은 마릴라가 걱정스럽게 말했다.

"언제쯤 유리를 살 수 있을지 모르겠구나. 오늘 오후 배리 씨가 카모디에 갔었는데, 돈을 산더미처럼 내도 유리 한 조각 살 수 없다더구나. 이미 10시쯤에 카모디 사람들이 모두 사 가서 로슨 상점에도 블레어 상점에도 한 장도 없었대. 화이트샌즈는 어땠니? 길버트?"

길버트가 대답했다.

"굉장했어요. 아이들과 함께 학교에 갇혀 있었는데, 아이들이 무서워서 거의 다 발작을 일으키는 게 아닌가 걱정했을 정도예요. 사실 세 아이가 기절했고 여자아이 두 명이 히스테리를 일으켜 울면서 마구 소리를 질렀는데, 토미 블뤼엣은 처음부터 끝까지 비명을 질러대서 정신없었죠."

데이비는 자랑했다.

"난 딱 한 번밖에 소리를 안 질렀어. 내 밭은 엉망이 되었지. 그렇지만 도라의 밭도 마찬가지야."

조금은 슬픈 듯이 말한 뒤, 마지막에 덧붙인 말은 세상에는 그래도 위안 되는 것이 있다는 투였다.

지붕 밑 서쪽 방에 있던 앤이 뛰어 내려왔다.

"아, 길버트, 레비 볼터 씨의 그 낡은 집에 벼락이 떨어져 완전히 타버렸다는 소식 들었어? 이 재난으로 모두가 심한 피해를 입은 와중에 그 일로 기뻐하는 것은 너무 못된 것 같지만. 볼터 씨는 개선회가 마법을 부려 일부러 그 폭풍우를 일으켰다고 말한대."

길버트가 웃으며 말했다.

"한 가지 사실만은 확실해. '관찰자'의 펜이 에이브 아저씨의 일기예보 예언자로서의 명성을 올려준 일이지. '에이브 아저씨의 폭풍우'는 이 지방 역사에 길이 길이 남는 사건이 될 것 같아.

우리가 고른 날짜와 딱 들어맞다니, 정말 놀라운 우연이야. 마치 내가 정말로 마법을 부린 것 같아서 기분이 약간 섬뜩해. 이왕 이렇게 되었으니 그 낡은 집이 없어진 일이나마 기뻐해야지, 뭐. 애써 심어놓은 묘목이 전멸했어. 열 그루도 남지 않았을 거야."

앤은 철학자 같은 말을 했다.

"상관없어. 내년 봄에 또 심지, 뭐. 이 세상이 정말 놀라운 것이 바로 그 점 아니겠니?…… 언제나 봄은 또다시 온다는 거."

애번리의 스캔들

 에이브 아저씨의 폭풍우가 있은 지 2주일쯤 지난 6월의 어느 쾌청한 날 아침, 앤은 비실비실한 흰 수선화 두 송이를 들고 정원에서 뒤뜰로 천천히 갔다.
 "이것 좀 보세요, 마릴라."
 앤은 시들어버린 꽃을 무뚝뚝한 마릴라의 코앞에 내밀었다.
 초록색 깅엄 수건을 머리에 두른 마릴라는 털 뽑은 닭을 손에 들고 집 안으로 들어가는 참이었다.
 "겨우 이것만이 폭풍우 속에서 살아남았는데, 그나마도 온전하지 못해요. 몹시 가슴이 아파요. 매슈의 무덤에 바칠 것이 조금이라도 있었으면 했거든요. 아저씨는 흰 수선화를 아주 좋아했으니까요."
 마릴라가 솔직하게 말했다.
 "나도 애석하구나. 하지만 더 큰 피해가 많았으니 꽃 따위로 슬퍼할 때가 아니지. 곡식도 과일도 모두 엉망이 되어버렸으니 말이다."
 "메귀리는 벌써 다시 씨를 뿌렸고, 올여름에 날씨만 좋으면 좀 늦어지기는 하겠지만 수확에는 지장 없을 거라고 해리슨 씨가 말했어요. 내가 심은 한해살이풀들도 모두 싹이 났고요.
 아, 하지만 수선화만은 도저히 안 되겠어요. 가련한 헤스터 그레이의 무덤에도 갖다 바칠 것이 없어요. 어젯밤 헤스터의 정원에 가보니 한 송이도 남아 있지 않더라고요. 헤스터도 그 꽃을 몹시 그리워할 텐데."

마릴라가 단호하게 말했다.

"그런 말은 이제 안 하는 게 좋겠다, 앤. 헤스터 그레이가 죽은 지 30년이나 지났잖니. 헤스터의 영혼은 천국에 가 있을 게다."

"네, 하지만 천국에 있어도 이 세상에 남기고 간 자기의 사랑스런 정원을 지금도 잊지 못하고 있을 거예요. 나 같으면 천국에 아무리 오래 있다 해도 지상을 내려다보며 누군가가 내 무덤에 꽃을 바쳐주지 않을까 지켜볼 것 같아요. 저한테 만일 헤스터 그레이의 정원 같은 정원이 있었다면 천국에 간 지 30년이 훨씬 더 지났다 해도 잊을 수 없을 거예요."

"어쨌든 쌍둥이들 앞에서는 그런 말 하지 마라."

마릴라는 나지막한 목소리로 충고를 남기고 닭을 부엌으로 가지고 갔다.

앤은 수선화를 머리에 꽂고 오솔길로 향하는 대문가에서 토요일 아침의 일을 시작하기 전에 잠시 6월의 햇살을 듬뿍 받으며 서 있었다. 세상은 또다시 아름다운 모습으로 돌아왔다. 어머니인 대자연은 폭풍의 흔적을 지우려고 온 힘을 다하고 있었다. 완전히 옛 모습을 찾기에는 아직도 여러 달이 걸릴 테지만 그래도 이미 놀라운 성과를 올리고 있었다.

앤은 버드나무 가지에서 지저귀고 있는 파랑새에게 말을 걸었다.

"이런 날은 하루 종일 아무 일도 하지 않고 빈둥댈 수 있으면 얼마나 좋을까? 하지만 나는 학교 선생이고 집에서는 쌍둥이를 키워야 하는 처지니 게으름 부릴 수가 없단다, 작은 새야. 너는 참 아름다운 목소리를 가지고 있구나. 내 마음을 그대로 노래해주고 있어. 나는 도저히 그렇게 하지 못하는데. 어머나, 누가 오나 봐."

열차로 도착한 짐을 실어다 주는 짐마차가 덜컹거리며 그린게이블즈로 향하는 오솔길을 달려왔다. 가까이 다가왔을 때 보니 앞자리에는 고삐를 잡은 브라이트리버역 역장의 아들과 낯선 부인이 앉고 뒷자리에는 커다란 트렁크가 하나 실려 있었다. 부인은 마차가 대문 앞에서 미처 멎기도 전에 가볍게 뛰어내렸다. 자그맣고 예쁜 부인으로 나이는 마흔 살보다는 쉰 살 쪽에 더 가깝게 보였다. 장밋빛 뺨에 흑진주처럼 반짝이는 눈과 윤기 흐르는 검은 머리에 꽃이며 깃털로 화려하게 장식한 모자를 쓰고 있었다. 마차를 타고 먼지가 풀풀 날리는 길을 8마일(약 13킬로미터)이나 왔을 텐데, 금방 그림 속에서 나온 듯 깨끔한 차림새였다.

부인은 활기 넘치는 말투로 물었다.

"제임스 A. 해리슨 씨 댁이 여기인가요?"

"아뇨, 해리슨 씨 댁은 저쪽이에요."

대답을 하면서도 앤은 어리둥절했다.

작은 부인은 싹싹하게 말을 이었다.

"어쩐지 제임스 A가 사는 집치고는 너무 깨끗하다 싶었어요. 내가 알던 무렵이랑 완전히 변했다면 또 몰라도. 제임스 A가 이 마을의 여자분과 결혼한다는 것이 정말인가요?"

"설마, 그럴 리가요."

앤이 몹시 당황하여 얼굴을 붉혔으므로 낯선 부인은 마치 해리슨 씨가 결혼한다는 상대가 혹시 이 아가씨인가 하고 의심하는 듯한 눈길로 앤을 쳐다보았다.

"하지만 섬 신문에서 보았는걸요. 친구가 그 기사에 표시를 해서 보내주었거든요. 친구들이란 언제나 그런 일에 관심을 보이는 법이니까요. '새로 온 신사라고 인쇄되어 있던 자리에 제임스 A.의 이름을 적어서 보냈더라고요."

미지의 미인이 한 이 말에 앤은 깜짝 놀라 숨이 멎을 것 같았다.

"아, 그 기사는 그저 농담으로 쓴 거예요. 해리슨 씨는 '아무하고도' 결혼할 생각이 없어요. 그것만은 확실해요."

"그렇다면 다행이에요."

장밋빛 뺨을 한 부인은 다시 마차에 오르며 말했다.

"실은 그 사람은 이미 결혼했고 '내가' 바로 그의 아내예요. 아, 놀라는 것도 무리가 아니에요. 그 사람 틀림없이 독신자인 척하며 이 사람 저 사람의 마음을 애태우고 다녔을 테죠. 어디 두고 보자, 제임스 A."

부인은 밭 저쪽 기다란 하얀 집을 향해 힘차게 고개를 끄덕여 보였다.

"내가 왔으니 이제 좋은 시절은 지나간 줄 알아요. 하기야 당신이 뭔가 엉뚱한 일을 꾸미고 있다고 생각지 않았다면 이렇게 오지도 않았겠지만요."

부인은 이번에는 앤 쪽을 보며 말했다.

"그 앵무새는 여전히 그렇게 입버릇이 고약하겠죠?"

"그 앵무새는…… 저…… 죽었……을 거예요."

가엾게도 앤은 숨도 제대로 안 쉬어지는 듯한 상태로 겨우 대답했다. 너무나도 놀라 자기 이름이 앤이 정말 맞는지조차 의심스러운 지경이었다.

장밋빛 뺨의 부인은 득의만면해서 외쳤다.

"죽었다고요? 그렇다면 이제 만사형통이군요. 그 새만 없으면 제임스 A. 같은 남자쯤 문제도 없으니까."

이 수수께끼 같은 말만 남겨놓고 부인은 기쁨에 차서 해리슨 씨 집으로 향했다. 앤이 부엌으로 달려가니 마릴라가 문 앞에 서 있었다.

"앤, 방금 그 사람 누구니?"

"마릴라, 지금 나 정신이 나간 사람 같아 보여요?"

앤의 말투는 진지했지만 눈은 장난꾸러기 아이처럼 빛나고 있었다.

마릴라는 별로 비꼬는 듯한 기색도 없이 덤덤하게 말했다.

"글쎄다. 평소하고 그다지 달라 보이지 않는다만."

"마릴라, 내가 지금 정신이 이상하거나 꿈꾸고 있는 것이 아니라면 그 사람은 내 상상 속에서 만들어진 인물이 아니에요. 그러니까 진짜라고요. 어쨌든 내 상상력으로는 저런 모자는 도저히 만들 수 없는걸요. 그 사람, 해리슨 씨의 부인이래요, 마릴라."

이제 마릴라가 깜짝 놀랄 차례였다.

"해리슨 씨 부인이라고? 앤 셜리! 그렇다면 어째서 그 사람은 독신인 척했다니?"

앤은 해리슨 씨를 변호하려 애쓰며 말했다.

"잘 생각해보면 해리슨 씨 입으로 그렇게 말한 적은 없는 것 같아요. 결혼하지 않았다는 말은 한 번도 안 했어요. 당연히 그럴 거라고 사람들이 제멋대로 넘겨짚었을 뿐이죠. 아, 마릴라, 린드 아주머니가 이 소식을 들으면 뭐라고 할까요?"

뭐라고 할지는 그날 저녁 린드 부인이 왔기 때문에 금방 알 수 있었다. 린드 부인은 놀라지 않았다! 언제고 이런 식의 일이 터지리라 짐작하고 있었으며, 틀림없이 해리슨 씨에게는 어떤 사연이 있을 것으로 생각했었다는 것이다.

린드부인은 분개하며 말했다.

"자기 아내를 저버리다니! 미국이라면야 그런 일이 벌어져서 신문에 실릴지도 모르지만, 설마 이 캐나다의 애번리에서 그런 일이 있을 줄 누가 생각이나 했겠니?"

흑백이 가려질 때까지는 친구의 결백을 믿고 싶었던 앤이 항의했다.

"하지만 해리슨 씨가 아내를 저버렸는지 어떤지 아직 모르잖아요."

"그렇다면, 금방 알 수 있어. 내가 당장 가보고 올 테니까."

린드 부인의 사전에는 '사려'라는 말이 실려 있지 않음이 분명했다.

"난 아직 아무 일도 모르는 걸로 하고 건너가면 돼. 해리슨 씨가 오늘 카모디에서 토머스의 약을 사다 주기로 되어 있으니 마침 좋은 핑곗거리도 있고. 돌아오는 길에 들러서 모두 이야기해줄 테니 기다리고 있어."

앤이라면 발을 들여놓기조차 겁이 나는 장소를 향해 린드 부인은 곧장 쳐들어갔다. 도저히 건너가볼 엄두는 안 나도 당연히 사정이 궁금하기는 했기 때문에 앤은 오히려 린드 부인이 대신 알아오겠다고 하여 내심 기뻤다. 마릴라와 둘이서 빨리 그녀가 돌아오기를 기다렸다. 그러나 아무리 기다려도 린드 부인은 그날 밤 그린게이블즈에 나타나지 않았다.

밤 9시쯤, 볼터 씨네에서 돌아온 데이비가 그 까닭을 말해주었다.

"나 집에 오는 길에 린드 아줌마랑 어떤 처음 보는 아줌마를 만났어. 둘이서 어찌나 지지 않고 열심히 이야기하는지, 아무튼 굉장했어. 린드 아줌마가 미안하지만 오늘 밤에는 늦어서 갈 수 없다고 전해달라고 했어.

앤 누나, 배가 몹시 고파. 밀티네에서 4시에 저녁을 먹었지만 밀티네 엄마는 너무 깍쟁이야. 우리에게 설탕절임도 케이크도 주지 않는걸…… 빵도 쪼끔밖에 안 줬어."

앤이 엄하게 타일렀다.

"데이비, 남의 집에 갔다 와서 그 집 음식에 대해 이러니저러니 하면 못써. 예의에 어긋나는 행동이야."

데이비는 기분 좋게 약속했다.

"응, 알겠어. 속으로만 생각할게. 먹을 것 좀 줘, 누나."

앤은 마릴라를 보았다.

마릴라는 앤의 뒤를 따라 식료품 저장실로 들어와 조심스레 문을 닫으며 말했다.

"빵에다 잼을 좀 발라서 줘라, 앤. 레비 볼터네 저녁이 어떤지는 나도 알고 있어."

데이비는 잼 바른 빵을 받아들고 한숨을 쉬었다.

"이 세상에는 따분한 일만 일어나. 밀티네 고양이가 3주일 동안이나 날마다 경기를 일으킨다고 해서 보러 갔었어. 그런데 오늘은 고양이 녀석이 경기는커녕 팔팔하게 잘만 놀더라. 밀티하고 둘이서 낮부터 계속 녀석 주변에서 기다렸는데. 하지만 괜찮아. 언젠가는 꼭 볼 수 있을 테니까. 오래전부터 일으키던 경기가 갑자기 나을 리 없잖아. 이 잼 바른 빵 참 맛있어."

데이비는 좋아하는 자두잼이 입에 들어가자 곧바로 힘이 났다. 데이비에게 자두잼으로 달래지지 않는 슬픔이란 없었다.

일요일은 비가 주룩주룩 내려 아무도 밖에 나갈 수 없었지만 월요일에는 온 동네가 해리슨 씨네 사건을 알고 있었다. 학교도 이 소식으로 온통 들끓었으며 데이비가 이런저런 소문을 주워듣고 돌아왔다.

"해리슨 아저씨에게 아줌마가 생겼대. 아니, 생긴 것 하고는 좀 다른가? 해리슨 아저씨는 한 번 결혼했지만 오랫동안 그만뒀다고 밀티가 말했어. 난 결혼은 한 번 하면 내내 계속해야 되는 줄만 알았거든. 그런데 밀티 말로는 상대가 싫어지면 그만두는 방법이 몇 개 있대. 부인을 집에 두고 나와버리는 것도 한 방법인데 해리슨 아저씨가 그렇게 한 거래. 밀티는 아줌마가 아저씨한테 물건을, 그것도 딱딱한 물건을 막 집어 던져서 아저씨가 아줌마를 두고 나왔다고 했고,

아티 슬론은 아줌마가 아저씨에게 담배 피우지 말라고 잔소리했기 때문이라고 했어. 그리고 네드 클레이는 아줌마가 아저씨를 사사건건 야단만 쳤기 때문이라고 했어.

나 같으면 그런 일로 부인을 두고 나오진 않을 거야. 그 대신 당당하게 말해 줘야지. '데이비 부인, 나 하고 싶은 대로 하게 내버려두시오. 난 남자니까.' 그러면 부인도 얌전해질 거야. 애네타 클레이는 아줌마가 아저씨를 버린 건데, 아저씨가 현관에서 구두에 묻은 흙을 털지 않고 들어갔기 때문이래. 그리고 그런 이유라면 그 아줌마를 탓할 수 없다고 했어. 아저씨네에 가서 어떤 아줌마인지 보고 올게."

데이비는 얼마 뒤 좀 실망한 표정으로 돌아왔다.

"아줌마는 없었어…… 린드 아줌마하고 같이 응접실 벽지를 사러 카모디에 갔대. 아저씨가 할 이야기가 있다고 앤 누나더러 좀 와 달래. 그리고 말이지, 바닥이 번쩍번쩍 빛나고 오늘은 설교 듣는 날도 아닌데 아저씨는 수염을 깨끗이 깎았어."

앤이 가 보니 해리슨 씨네 부엌은 싹 달라져 있었다. 데이비의 말대로 바닥은 얼룩 하나 없이 깨끗하게 청소되었고 가구도 반들반들했으며, 스토브는 얼굴이 비칠 정도였다. 벽은 회칠을 하여 하얘져 있었고 투명한 창문 유리는 햇빛에 반짝였다.

식탁 앞에 앉은 해리슨 씨는 바로 지난 금요일까지도 해지고 찢어진 작업복을 입고 있었는데 지금은 그 옷이 꿰매지고 손질까지 되어 있었다. 수염도 깨끗이 깎았고 얼마 안 되는 머리카락도 단정하게 빗어 넘겼다.

해리슨 씨는 애번리 사람들이 장례식 때 속삭거리는 소리보다 더 낮은 목소리로 말했다.

"어서 앉아요, 앤. 에밀리는 레이철 린드와 카모디에 가고 없소. 레이철 린드하고는 벌써 둘도 없는 친구 사이가 되어버렸소. 정말 여자들이란 알 수가 없다니까. 아, 앤, 나의 안락한 시대는 저 멀리 지나가버렸소. 이제 모든 게 끝장이오. 이젠 죽을 때까지 몸을 단정히 하고 결결하게 하리는 성화를 받아야 할 처지가 되어버렸소."

해리슨 씨는 어떻게든 슬픈 목소리를 내려고 했으나 눈에 떠오르는 기쁜 빛만큼은 감추지 못했다.

"부인이 돌아오셔서 무척 좋은 거죠? 감춰봐야 소용없어요. 얼굴에 다 씌어 있는걸요."

앤이 놀리듯이 해리슨 씨를 손가락으로 가리키며 말하자, 해리슨 씨는 그제야 얼굴에 힘을 빼고 멋쩍은 듯 씽긋 웃었다.

"그야…… 그…… 이것도 괜찮다는 생각을 하긴 해요. 에밀리가 와서 난처할 것은 없소. 정말이지 이런 마을에서 살려면 누군가 보살펴주는 사람이 없으면 사람들 등쌀에 견딜 수 없는 게 사실이니까. 이웃집에 장기 좀 두러 갔다고 그 집 누이동생과 결혼한다는 소문이 나고 신문에까지 실리니……."

앤이 따끔하게 말했다.

"만일 독신인 척하지 않았다면 아무도 해리슨 씨가 이저벨라 앤드루스를 만나러 간다는 말을 하지 않았을 거예요."

"나는 일부러 그런 척한 적은 없소. 누가 물었다면 나는 분명히 아내가 있다고 떳떳하게 대답했을 테니까. 모두 제멋대로 그렇게 넘겨짚었을 따름이지. 그렇다고 내 쪽에서 먼저 얘기할 일도 아니고. 나는 나대로 무척 괴로운 상태였으니까. 내 아내가 나를 버리고 간 일을 레이철 린드 부인이 알았다면 아주 좋아했을 거요, 그렇잖아요?"

"하지만 해리슨 씨가 부인을 두고 나왔다고 말하는 사람도 있는걸요."

"아내 쪽이 먼저였소. 아내가 먼저 그랬지요. 앤한테는 모든 걸 얘기해주겠소. 더 이상 나를…… 그리고 에밀리 또한 나쁘게 보면 난처하니까요.

우선 베란다로 나갑시다. 이곳에 있으면 모든 게 끔찍하게 정돈되어 있어서 예전 집이 그리워 향수병에 걸릴 것 같소. 차차 익숙해지겠지만 말이오. 그나마 뜰을 보고 있으면 마음이 좀 편해질 것 같소. 에밀리도 아직 뜰까지는 손대지 못했거든."

두 사람이 베란다로 나가 자리 잡자 해리슨 씨는 신세타령을 하기 시작했다.

"이곳에 오기 전 뉴브런즈윅의 스코츠퍼드에서 살았소. 누이동생이 집안일을 도맡아 내 뒤치다꺼리를 해주었는데 나로서는 더할 나위 없는 사람이었지요. 동생은 정돈된 걸 좋아했지만 지나칠 정도는 아니었고 내가 뭘 하든 내버려두었어요. 에밀리의 말로는 버릇을 잘못 들인 거라나. 그런데 3년 전에 동생이 죽어버렸소. 죽기 전에 하도 나를 걱정하기에 그만 결혼하겠다고 약속하고 말았소. 동생은 에밀리 스콧이 좋겠다고 했어요. 에밀리는 돈이 좀 있고 살림도 잘한다고 소문이 나 있다면서. 나는 에밀리 스콧이 나를 거들떠나 보겠냐고 말했지만, 동생은 물어보면 알게 될 거라고 했소.

그래서 동생의 마음이라도 편하게 해주기 위해 어쩔 수 없이 그러겠다고 했지만 설마 그처럼 영리하고 예쁜 여자가 나 같은 중늙은이의 아내가 되어주리라고는 꿈에도 생각지 못했는데, 뜻밖에도 에밀리가 승낙했소. 그렇게 놀란 적은 아마 평생에 없을 거요. 그때는 내가 정말 복에 겨운 사람이라고 생각했었소.

결혼식을 하고 곧이어 2주일간 세인트존으로 신혼여행을 다녀와서 집에 닿은 것이 밤 10시쯤이었소. 그런데 잘 들어봐요, 앤, 그런 지 30분도 채 못 되어 에밀리는 집 안 청소를 시작하는 거였소.

　내가 살던 집이니 오죽했겠느냐고 생각하는 것 다 알아요. 속마음이 마치 인쇄한 것처럼 얼굴에 또렷이 나타난다니까. 그런데 사실은 그렇게 더럽지 않았어요. 혼자 살 때 엉망이었던 것은 인정하지만 식을 올리기 전에 칠을 다시 하고 구석구석 손도 봤고 이미 사람을 시켜서 청소도 해놓았으니까요.

　장담컨대 에밀리는 새로 지은 새하얀 대리석 궁전에 들어갔다 해도 그 자리에서 헌 옷으로 갈아입고 청소하지 않고는 못 배길 여자요. 아무튼 돌아온 날 밤 1시까지 청소를 하더니 다음 날 새벽 4시부터 일어나 또 시작하는 거였소. 그리고 그 뒤에도 줄곧…… 내가 아는 한 그녀의 손은 쉴 적이 없었으니까. 쉴 새 없이 쓸고 닦고 터는 거요. 일요일만 빼고. 심지어 그날에조차 월요일이 되기를 좀이 쑤시도록 기다렸소. 그것이 에밀리의 낙이니까. 나에 대해서만 간섭하지 않는다면 어떻게든 받아들일 생각이었지.

　그런데 날 내버려두지 않더군요. 나를 개조하겠다고 결심을 한 것까지는 좋았는데, 그러기엔 내가 너무 나이를 먹었다는 생각은 조금도 없었으니까. 현관에 들어와서는 실내화로 갈아 신어라, 담배는 헛간에 가서 피워라, 그런 말투는 나쁘다는 둥 말이오. 그녀는 젊었을 때 학교 선생이었는데 그 버릇이 아직 남아 있었던 거요. 내가 나이프로 음식을 찍어 먹는 것도 싫어했소. 이런 식으로 줄곧 잘못만 들춰내어 잔소리를 해댔소.

　나도 잘했다는 건 아니오. 하라는 대로 순순히 고치면 될 것을 괜히 심통이 나서 옹고집을 부리니 말다툼이 그칠 날이 없었소. 그 사람에게 잔소리를 들을수록 짜증만 늘고 성질만 더 고약해졌지. 그러다 하루는 내가 청혼했을 때는 내 말투 갖고 왜 이러니저러니 하지 않았느냐고 말해버렸소. 그래서는 안 되었는데. 여자는 남자가 때리는 건 용서해도 남자를 잡고 싶어 안달이 났던 것 아니었느냐는 식의 말은 절대로 용서하지 않는다오. 뭐, 그렇게 서로 으르렁대면서 날이면 날마다 싸움이었지.

딱히 즐거울 것 없는 생활이었지만, 그래도 진저만 없었다면 그러다가 서로 익숙해졌을지도 모르는데, 마침내 그 새가 원인이 되어 우리는 갈라서고 말았소. 에밀리는 앵무새를 매우 싫어했고 특히 진저의 말씨가 거칠다고 질색이었지만 나로서는 선원이었던 형님이 남겨준 것이어서 소중히 여겼지. 우리가 어렸을 때 나는 형님을 무척 따랐소. 그래서 형님이 눈을 감을 때 앵무새를 유품으로 나에게 보내주고 간 거였소. 아무리 심한 말을 하기로서니 새한테 너무 그럴 것까지야 없지 않겠소? 사람이 그런다면 또 모르지만 상대는 기껏해야 앵무새데. 들은 소리를 그저 뜻도 모르고 따라할 뿐 아니오? 우리가 중국말을 모르듯이 말이오. 그런데 에밀리는 그렇게 생각하지 않았소. 여자는 논리적이지 못하니까. 어떻게 해서든 진저의 말버릇을 고쳐주려 했지만 잘 안 되었지. 문법에 어긋난 내 말투를 끝내 고치지 못했던 것처럼. 에밀리가 애쓰면 애쓸수록 나와 마찬가지로 진저도 더욱더 말을 듣지 않게 되었소.

그래서 나날이 사태가 악화되어 가다가 마침내 마지막이 오고 말았소. 하루는 에밀리가 우리 교구 목사님 부부와 다른 곳의 목사님 부부를 초대했지요. 나는 앵무새를 그 목소리가 들리지 않는 곳에 옮겨놓겠다고 에밀리에게 약속했소. 에밀리는 10피트(약 3미터)짜리 장대로도 녀석의 새장을 건들려 하지 않았기 때문에 내가 해야만 했소. 그리고 나도 내 집에서 목사님이 욕설을 듣는 건 원치 않았으니까. 그런데 에밀리가 칼라가 단정치 못하니, 그런 말씨는 나쁘니 하며 너무 잔소리를 해서 깜박 잊어버리고 식당에 앉았소.

그런데 우리 교구 목사님이 식전 기도를 드리기 시작하는 바로 그 순간 식당 창문 밖 베란다에 있던 진저가 뜰 안으로 들어오던 칠면조를 발견한 거요.

녀석은 평소에도 항상 칠면조만 보면 반응이 안 좋았는데, 그날따라 기도 소리도 들리지 않을 만큼 목청껏 욕을 퍼부었소.

앤, 웃고 싶으면 웃어요. 난 괜찮으니까. 지금에 와서 생각하면 나도 낄낄대고 웃을 때가 있지만, 그때만큼은 에밀리 못지않을 만큼 부끄러웠소. 얼른 나가서 진저를 헛간으로 데려다 놓고 왔지만, 식사도 하는 둥 마는 둥이었지. 에밀리의 표정으로 보아 진저와 이 제임스 A.를 가만두지 않을 게 뻔했거든.

손님들이 돌아간 뒤 나는 소들을 데리러 목장에 나가면서 생각했소. 에밀리에게 미안하고 내가 배려가 부족했다고 말이오. 더욱이 목사님들이 내가 앵무새에게 그런 말씨를 가르쳐주었다고 여기면 어쩌나 걱정스럽기도 했소. 결국 가엾긴 해도 진저를 없애야겠다고 마음먹고 에밀리에게 그 이야기를 하러 집으로 돌아갔소.

그런데 에밀리는 온데간데없고 소설에서처럼 식탁 위에 편지만 한 통 덜렁 놓여 있었소. 그 편지에는 자기나 진저 둘 중 하나를 택하라, 자기는 집으로 돌아간다, 내가 그 앵무새를 없애지 않는 한 자기는 돌아오지 않겠다고 씌어 있었소.

나는 화가 머리끝까지 치밀었소. 그래서 최후의 심판날까지 그렇게 하고 싶으면 해라, 하고는 에밀리의 짐을 모조리 꾸려서 돌려보냈지요. 그러자 크게 소문이 퍼졌소. 스코츠퍼드라는 곳은 애번리 못지않게 말 많은 고장이오. 다들 에밀리를 편들면서 몹시 동정하는 분위기라 나는 짜증이 나기도 하고 기분이 상하기도 했소. 거길 벗어나지 않으면 마음 편할 날이 없겠다고 생각했지. 그렇게 해서 이 섬에 오기로 한 거요.

이 섬은 어릴 때 와본 일이 있는데 좋은 곳이라는 기억이 남아 있었소. 에밀리는 늘 자기는, 어두워지고 나면 행여 절벽에서 바다로 굴러떨어지지 않나 무서워서 벌벌 떨며 걸어야 하는 곳에서는 살 수 없다고 했지. 그래서 어깃장을 놓고 싶은 마음에 일부러 이리로 온 거요. 이야기는 이게 전부요.

그 뒤 에밀리로부터 전혀 소식이 없었는데, 토요일에 뒷밭에서 돌아와보니 그녀가 바닥을 열심히 닦고 있었소. 게다가 에밀리가 집을 나가버린 뒤로는 한 번도 먹어본 적이 없는 제대로 된 저녁까지 차려두었더군요.

에밀리가 먼저 식사부터 하고 나서 이야기하자고 해서, 다 먹고 난 뒤 둘이서 진지하게 이야기를 나누었소. 그 사이 에밀리도 이제 남자를 대하는 방법이 조금은 나아진 듯했고 결국 여기 있기로 했소…… 진저도 없어졌고, 이 섬도 생각했던 것보다는 크다나.

아, 린드 부인과 에밀리가 돌아왔나 보군요. 아니, 가지 말아요, 앤. 에밀리와 친하게 지내줘요. 그녀는 토요일에 앤을 보고 무척 마음에 들더라며 옆집의 그 예쁜 빨강머리 아가씨는 누구냐고 물었소."

해리슨 부인은 상냥하게 앤을 맞이하며 부디 차를 마시라고 권했다.

"제임스 A.한테서 여러 가지 다 들었는데, 케이크도 만들어주고 무척 친절히 대해주었다고요. 나도 되도록 빨리 이웃들과 가까워지려고 해요. 린드 부인은 참 좋은 분이에요. 매우 친절해요."

돌아가는 길에 해리슨 부인이 동행해 앤을 바래다주었다. 6월 저녁놀 지는 밭에는 반딧불이 별처럼 반짝이고 있었다.

"아마 제임스 A가 우리 이야기를 했겠죠?"

"네."

"그렇다면 내가 또 말할 필요는 없겠군요. 그는 공명정대한 사람이라 사실 그대로 이야기했을 테니까요. 그 사람만 잘못한 게 아니라는 것을 나는 이제 겨우 알게 되었어요. 우리 집에 돌아가자마자 너무 경솔한 짓을 했다고 후회하기 시작했지만 숙이고 들어가기 싫어서 그대로 있었어요. 지금 생각하면 남자에게 지나치게 기대를 걸었나 봐요. 그 사람의 말씨에 그토록 신경 쓴 건 바보짓이었어요. 착실하게 일하고, 쓸데없이 부엌에 들어와 1주일에 설탕을 얼마나 쓰는지 감시하는 사람만 아니면 말씨가 좀 거친들 어떻겠어요?

이제부터는 제임스 A와 행복하게 살 수 있을 것 같아요. 그 '관찰자'가 누구인지 알 수 있다면 찾아가서 감사를 드리고 싶은 심정이에요. 정말로 그 사람 덕분이니까요."

앤은 관찰자의 정체에 대해 끝까지 입을 다물었고, 해리슨 부인은 설마 자기가 그 '관찰자'에게 직접 감사하다는 마음을 전하고 있는 줄은 꿈에도 생각지 못했다. 앤은 장난처럼 쓴 '애번리 소식'이 이런 엄청난 결과를 가져왔다는 사실에 놀라지 않을 수 없었다. 그 기사로 말미암아 한 남편과 아내가 화해했고 예언자에게는 명성을 가져다주었으니 말이다.

그린게이블즈 부엌에는 린드 부인이 와서 마릴라에게 자초지종을 설명해주는 중이었다.

부인은 앤을 보고 물었다.

"해리슨 부인을 어떻게 생각하니, 앤?"

"참 좋은 분인 것 같아요."

"맞아. 지금 마릴라에게도 그 말을 하고 있었는데, 해리슨 씨가 좀 특이하다 하더라도 그 부인을 위해 좀 눈감아줘야겠어. 그리고 그 부인이 어서 이곳에 잘 적응하도록 도와줘야지. 이제 가봐야겠다. 토머스가 눈이 빠지게 기다릴 테니까. 일라이자가 온 다음부터 좀 편해져서 나도 외출할 짬도 생기고 지난 2, 3일 동안은 토머스의 건강도 꽤 나아졌지만 그래도 혼자 오래 두고 싶지는 않아요. 길버트가 화이트샌즈 학교를 그만둔다던데, 올가을에 대학에 갈 모양이지?"

 린드 부인은 앤의 표정을 살피려 했으나 앤은 소파에서 꾸벅꾸벅 졸고 있는 데이비를 안아 올리려고 몸을 굽히고 있었으므로 얼굴이 보이지 않았다. 앳되고 갸름한 얼굴을 데이비의 금발에 댄 채 앤이 층계를 올라가고 있는데, 데이비는 졸면서도 앤의 목을 껴안고 뽀뽀했다.

 "누나가 굉장히 좋아. 오늘 밀티 볼터가 석판에다 글을 써서 제니 슬론에게 보여주었어.

　　장미꽃은 빨갛고 제비꽃은 파랗다
　　설탕은 달콤하고 너도 그렇다

 나는 누나도 그렇다고 생각해."

길모퉁이

 토머스 린드는 살아 있었을 때와 마찬가지로 조용히 이 세상을 떠났다. 린드 부인은 다정하고 참을성 있게 지칠 줄 모르고 남편을 정성스레 간호했다. 남편이 건강할 때에는 이따금 굼뜨고 순해빠진 그가 답답해서 울화가 치밀어 심하게 대한 일도 있었지만, 앓아눕게 되자 밤잠도 안 자고 그의 손발이 되어 부지런히 돌보아주었으며 불평 한마디 하지 않았다.
 어느 어둑어둑한 저녁 무렵, 린드 부인이 남편 옆에 앉아 일을 많이 해 마디가 굵어진 손으로 환자의 야위고 늙은 손을 꼭 잡고 있을 때 딱 한 번 토머스는 진심으로 말했다.
 "당신은 좋은 아내였소, 레이철. 정말 좋은 아내였소. 당신을 좀 더 편안히 살게 해주지 못해서 미안하오. 그래도 아이들이 당신을 돌봐줄 거요. 모두 당신을 닮아 똑똑하고 부지런하니까. 참 좋은 엄마였고…… 좋은 아내였소…….”
 그리고 토머스는 그대로 잠들었다.
 다음 날 아침 그린게이블즈 아래쪽의 전나무 우듬지 너머로 희끄무레 먼동이 터올 무렵 마릴라는 조용히 동쪽 방으로 올라가 앤을 깨웠다.
 "앤, 토머스 린드 씨가 돌아가셨어. 지금 그 집에서 일하는 아이가 와서 알려주었단다. 나는 지금 바로 레이철에게 갈 거야."

토머스 린드의 장례식 다음 날, 마릴라는 묘하게 마음이 가라앉지 않아 어수선한 모습으로 집 안을 서성거리고 있었다. 그리고 이따금 앤을 바라보며 무슨 말을 하려다가는 고개를 돌리며 입을 다물어버렸다.

저녁을 먹은 뒤 마릴라는 린드 부인 집을 다녀왔다. 그러고는 동쪽방으로 올라왔다. 앤은 학생들의 연습문제 답안지를 채점하고 있었다.

"오늘 밤 린드 아주머니는 좀 어떠세요?"

"꽤 진정이 된 것 같아."

마릴라는 앤의 침대에 걸터앉았다. 이것은 마릴라가 평소와 달리 마음이 어딘가 딴 데 가 있다는 증거였다. 여느 때라면 단정하게 정리해놓은 침대에 걸터앉는 일은 마릴라의 가정 윤리 강령에서는 결단코 있을 수 없는 일이었다.

"몹시 쓸쓸해 보였어. 일라이자는 아들이 아프다고 오늘 일찍 갔거든."

"이 연습문제를 다 보고 잠깐 가서 아주머니하고 이야기 좀 나누고 올게요. 오늘 밤에는 라틴어 작문을 공부할 예정이었지만 꼭 오늘 하지 않아도 상관없으니까요."

마릴라가 불쑥 말했다.

"길버트는 올가을 대학에 들어갈 모양이더구나. 앤, 너도 가고 싶지 않니?"

앤은 깜짝 놀라 얼굴을 들었다.

"물론 가고 싶어요, 마릴라. 하지만 불가능해요."

"난 가능할 것 같은데. 나는 늘 너를 대학에 보내야겠다고 생각하고 있었어. 나 때문에 단념했다고 생각하면 마음이 편치 않거든."

"마릴라, 나는 집에 남기로 한 걸 조금도 후회하지 않아요. 난 정말 행복해요. 지난 2년 동안 얼마나 즐거웠는지 몰라요."

"그야 네가 만족스러워하는 것은 나도 알아. 하지만 내 말은 그게 아니야. 너는 공부를 계속해야 해. 저축을 해두었으니 레드먼드 대학에서 1년은 공부할 수 있고, 가축을 팔아 돈이 들어오면 그다음 1년도 공부할 수 있어. 더욱이 장학금 같은 것도 받을 수 있잖니."

"네. 하지만 그래도 안 돼요, 마릴라. 물론 마릴라의 눈이 전보다 나아졌지만, 저렇게 손이 많이 가는 쌍둥이들을 마릴라한테만 맡기고 갈 순 없어요."

"나 혼자 돌보지 않아도 될 것 같아. 그 점을 너와 의논하고 싶어. 오늘 밤 레이철과 한참 이야기하고 왔단다.

레이철에게는 여러 가지 걱정거리가 있어. 이렇다 하게 모아놓은 돈도 없거니와, 8년 전 막내아들을 서부로 보낼 때 집을 저당 잡혀 돈을 마련해주었거든. 그 뒤 생활은 이자를 치르는 것이 고작이었던 모양이야. 그러다가 토머스가 앓아눕게 되어 또 이것저것 돈이 많이 들었나 봐.

결국 농장과 집을 팔아야만 하는데 모두 갚고 나면 그리 남는 것이 없대. 그렇게 되면 일라이자와 함께 살아야 하는데 애번리를 떠나야 한다고 생각하니 가슴이 찢어질 것 같다더구나. 그만한 나이가 되면 친구고 생활이고 새롭게 시작한다는 게 그리 쉬운 일이 아니거든.

그래서 앤, 그 이야기를 들으면서 문득 떠오른 생각인데, 레이철에게 여기 와서 나와 함께 살지 않겠느냐고 말해보면 어떨까? 먼저 너와 의논해야겠다 싶어서 레이철에게는 아무 말 하지 않았어. 만일 레이철이 와 있게 된다면 너는 대학에 갈 수 있지 않겠니. 어떻게 생각하니?"

"어쩐지…… 너무 꿈만 같아서…… 어떻게 해야 좋을지 모르겠어요. 어안이 벙벙해요. 하지만 린드 아주머니를 여기에 부르는 것은 마릴라가 결정할 일이라고 생각해요. 마릴라, 저…… 정말…… 그렇게 하고 싶은 생각이 있어요? 린드 아주머니는 친절한 분이고 좋은 이웃이죠…… 하지만…… 하지만……."

"하지만 그녀에게는 그녀의 결점이 있단 말이지? 그야 물론이지. 그렇지만 난 레이철이 애번리를 떠나는 걸 보니 차라리 더 심한 결점이 있다 해도 눈 감고 참아주는 편이 훨씬 나을 것 같구나. 레이철은 나에게 하나뿐인 아주 가까운 친구여서 가버리면 내가 쓸쓸해서 못 견딜 거야. 45년 동안 이웃으로 사귀어오면서 말다툼 한 번 한 적이 없어.

아, 하마터면 싸울 뻔한 일이 한 번 있기야 있었지. 왜 레이철이 너더러 못생긴 빨강머리 계집애라고 해서 네가 아주머니에게 대든 적이 있었잖니, 앤. 기억하지?"

앤은 겸연쩍게 말했다.

"네, 기억하고말고요. 그런 일을 어떻게 잊을 수 있겠어요? 그때만큼은 아주머니가 얼마나 미웠는지 몰라요."

"더욱이 그 일로 네가 레이철에게 한 '사과'는 정말 희한했었지! 너는 그 무렵 아주 다루기 힘든 아이였어. 나는 어찌할 바를 몰랐지. 매슈 오라버니는 너를 훨씬 잘 이해하는 거 같았지만……"

"매슈 아저씨는 무엇이든지 이해해주었어요."

앤은 매슈 이야기만 나오면 늘 그러하듯 목소리가 누그러졌다.

"아무튼 내가 보기에는 살림살이를 잘만 배치하면 레이철과 나는 부딪치지 않고 그럭저럭 지낼 수 있으리라고 생각해. 여자 둘이 한집에 살면서 부딪치는 이유는 대개 부엌을 같이 쓰다가 상대의 생활에 너무 간섭하기 때문이야. 그러니 레이철에게 북쪽 방을 침실로 쓰라고 하고 손님용 침실을 부엌으로 쓰게 하면 어떨까 싶어.

우리 집에는 손님용 침실이 사실상 필요가 없으니 그곳에 레이철은 자기 스토브며 가구며 부엌살림을 갖다 놓으면 편하게 자기가 하고 싶은 대로 할 수 있겠지. 생활비는 아이들이 대줄 테고 나는 그저 레이철에게 방만 내어주는 셈이야. 그래서 말이지, 앤, 나는 그렇게 하고 싶구나."

앤은 곧 말했다.

"그럼 린드 아주머니에게 말해보세요. 나도 아주머니가 떠나시면 슬플 거예요."

"만일 레이철이 오겠다면 너는 대학에 갈 수 있어. 레이철이 있으면 나도 쓸쓸하지 않고 쌍둥이들도 같이 돌봐줄 테니까. 네가 대학에 가지 못할 이유는 하나도 없지."

그날 밤 앤은 자기 방 창가에 앉아서 오랫동안 생각에 잠겼다. 기쁨과 아쉬움이 뒤엉켜 가슴이 벅찼다. 마침내 생각지도 못한 순간에 느닷없이 길모퉁이에 다다랐다. 모퉁이를 돌면 대학이라는 무지개 같은 꿈과 희망이 있다. 그러나 동시에 모퉁이를 돌아서는 순간부터 지난 2년 동안 소중히 여겨왔던 모든 소소하고 소박한 의무와 관심을 모두 놓고 떠나야만 한다. 앤은 그 모든 일을 열정을 기울여 가꾸어 오면서 기쁨과 아름다움으로 끌어올렸던 것이다.

안타깝지만 학교도 그만두어야 한다. 공부를 좀 못하거나 장난꾸러기인 아이들 할 것 없이 그녀는 자기 학생들 하나하나를 저마다의 모습대로 모두 사랑했다. 그리고 무엇보다 폴 어빙을 생각하면 이렇게까지 해서 떠나야 할 만큼 레드먼드 대학이 그렇게 중요한가 하는 기분이 들었다.

앤은 달을 보고 얘기했다.

"지난 2년 동안 작은 뿌리를 튼튼하게 내리기 위해 노력해왔어. 내가 가버리면 아이들이 무척 섭섭해하겠지만 그래도 가는 게 좋겠어. 마릴라 말대로 못 갈 이유는 아무것도 없으니까. 그럼 이제부터 묻어두었던 옛날의 야망을 꺼내서 쌓인 먼지를 떨어야겠는걸."

앤은 다음 날 사표를 냈고, 린드 부인은 마릴라와 툭 터놓고 이야기 나눈 끝에 마릴라의 제안을 기꺼이 받아들였다. 그러나 린드 부인의 농장은 가을이 되어야만 팔 수 있었고, 여러 가지 준비할 것이 많이 있었으므로 여름까지는 자기 집에 있기로 했다.

린드 부인은 혼잣말을 하며 한숨을 쉬었다.

"그린게이블즈처럼 세상과 동떨어진 집에서 살게 되리라고는 생각도 못 했어. 하지만 그린게이블즈도 옛날과 달리 앤의 친구들이 많이 드나들고 더욱이 그 쌍둥이들 때문에 떠들썩해졌지. 어쨌든 우물 속이라도 좋으니 애번리에서 살고 싶어."

그린게이블즈에 생겨날 두 가지 변화는 곧 온 마을에 소문이 퍼져 지금까지 좋은 얘깃거리가 됐던 해리슨 씨네 소문은 뒷전으로 밀려났다. 짐짓 아는 척하는 사람들은 마릴라가 린드 부인과 함께 살기로 결정하다니 경솔한 짓을 했다고 고개를 저었으며 모두들 그 두 사람이 한집에서 살 수 있을까 걱정했다. 저마다 나름대로 고집이 있는 두 사람이니만큼 이러니저러니 사람들은 갖가지 부정적인 예측을 했으나 본인들은 전혀 마음 쓰지 않았고 서로의 의무와 권리를 명확히 정하여 거기에 따라 생활하기로 합의했다.

린드 부인은 딱 잘라 말했다.

"서로의 일에 참견하지 말기로 해요. 쌍둥이를 돌보는 일이라면 할 수 있는 데까지 기꺼이 돕겠어요. 하지만 데이비의 질문 공세만은 받아줄 수 없어요. 나는 백과사전도 아니고 '필라델피아 변호사'[1]도 아니니까요. 그 점에 있어서

---

1) 수완 좋은 변호사를 일컫는 표현. 1735년, 뉴욕 식민지 총독을 비판한 언론인 존 피터 젠거의 재판에서 유죄가 확실시되던 그의 변론을 앤드루 해밀턴이 맡아 무죄를 이끈 일화에서 유래한 것으로 전해짐.

는 앤이 가버리는 것이 참 아쉬워요."

마릴라 또한 웃지도 않고 단호히 말했다.

"앤의 대답이 데이비의 질문 못지않게 희한할 때도 있지요. 어쨌든 앤이 가버리면 쌍둥이들은 틀림없이 슬퍼할 거예요. 그렇다고 데이비의 호기심을 만족시켜 주기 위해 앤의 장래를 가로막을 수는 없어요. 그 애의 질문에 대답할 수 없을 때에는, 아이들이란 눈에는 보이되 귀에 들려서는 안 된다고 말해줍시다. 우린 다 그런 말 듣고 컸는데 요즘 유행한다는 새로운 훈육 방법과 비교해도 뒤질 것 없다고 생각해요."

린드 부인이 웃으면서 말했다.

"어쨌든 앤의 방법은 데이비에게 매우 효과가 있었어요. 아이의 성격이 확 달라졌으니까요."

마릴라도 린드 부인의 말에 동의했다.

"그 애는 애초에 나쁜 아이가 아니에요. 내가 쌍둥이들을 이토록 사랑하게 될 줄은 꿈에도 생각지 못했지요. 아무튼 데이비는 어떻게든 사랑받는 방법을 알아요…… 도라는 정말 착한 아이예요. 좀…… 뭐라고 할까…… 좀……."

레이철이 말을 이어받았다.

"따분하다고 말하고 싶죠? 어느 쪽을 펼쳐 봐도 똑같은 말만 적혀 있는 책처럼 말이에요. 도라는 얌전하고 믿음직한 사람이 되겠지만 세상을 놀라게 하는 일은 절대로 하지 않을 거예요. 그런 사람이 재미는 좀 없어도 주변에 있는 건 나쁘지 않아요."

앤이 그만둔다는 말을 듣고 진심으로 기뻐한 사람은 길버트 하나뿐이었다. 앤의 제자들은 크나큰 재난이라도 당한 듯이 시끌벅적 들끓는데, 애네타 벨은 집에 돌아가 히스테리 발작을 일으켰으며, 앤서니 파이는 괜히 시비를 걸어두 번이나 다른 남자아이들이랑 싸움을 벌여 주체할 수 없이 속상한 마음을 풀었다. 바버라 쇼는 하룻밤을 꼬박 울면서 지새웠고, 폴 어빙은 단호하게 할머니를 거역하며 1주일 동안 오트밀을 먹지 않겠다고 선언했다.

"할머니, 나는 오트밀을 먹을 수 없어요. 지금은 아무것도 먹고 싶지 않아요. 목구멍에 커다란 덩어리가 걸려 있는 것 같은걸요. 오늘 학교에서 돌아올 때 제이크 도널이 날 보고 있지만 않았다면 틀림없이 울고 말았을 거예요. 밤에 침대 속에서 실컷 울기로 했는데 내일 아침 일어나서 눈이 퉁퉁 부어 있는 건 아니겠죠? 한바탕 울면 조금은 속이 시원할 거예요. 하지만 오트밀은 도저히 못 먹겠어요. 지금은 이 슬픔과 필사적으로 싸우기만도 벅차서 오트밀하고 씨름할 힘이 없단 말이에요.

할머니, 예쁜 우리 선생님이 가버리면 나는 어떡하죠? 밀티 볼터 말로는 제인 앤드루스 선생님이 우리 학교에 대신 오신대요. 앤드루스 선생님도 무척 좋은 분이겠지만 셜리 선생님처럼 이해심이 깊지는 못할 것 같아요."

다이애나도 비관적이었다. 어느 날 밤, 벚나무 가지 사이로 흡사 은빛의 빗줄기 같은 달빛이 흘러들어 꿈결처럼 아련한 동쪽 방에서 두 사람은 이야기를 나누고 있었다. 앤은 창가에 가까이 놓인 흔들의자에 앉고 다이애나는 침대 위에 책상다리를 하고 앉았다.

다이애나는 한탄했다.

"올겨울은 무척 쓸쓸할 거야. 너도 길버트도 없고…… 앨런 목사님 내외분도 가실 테니까. 앨런 목사님은 샬럿타운에서 초청을 받았거든. 물론 승낙하겠지. 너무해. 겨우내 교회에서는 목사님 없이 목사 후보자의 설교를 차례로 들어야 할 테니…… 그 가운데 절반은 변변치 못할 거야."

앤은 단호하게 말했다.

"어찌 됐든 이스트그래프턴의 백스터 목사님을 모셔 오지는 않았으면 좋겠어. 예전부터 이곳 목사가 되고 싶어했지만 그분 설교는 너무 음울해. 벨 씨는 백스터 목사님이 너무 구식 목사님이라고 평하는데, 린드 아주머니는 백스터 목사님에게는 위상병 밀고는 별다른 결점이 없다고 했어. 다만 백스터 부인의 음식 솜씨가 나쁘다는 거야. 사람이 발효시킨 시큼한 빵을 3주 중에 2주 꼴로 먹다 보면 언젠가 신학체계가 뒤틀린대도 이상할 게 없다는 거야.

앨런 목사님 부인은 이 고장을 떠나는 것을 무척 괴로워하셔. 새색시로 이곳에 왔을 때부터 모두들 진심으로 잘해주어서 꼭 평생 함께한 친구들과 헤어지는 기분이래. 게다가 아기의 무덤도 여기 있잖니? 그 무덤을 두고는 도저히 떠날 수 없을 것 같대.

겨우 3개월 된 정말 자그마한 아기였는데, 엄마가 옆에 없으면 틀림없이 외로워할 거라고 했지. 물론 남편한테는 그런 말을 한마디도 하지 않았지만. 거의 매일 밤을 목사관 뒤쪽 자작나무숲을 지나 무덤에 가서 자장가를 불러주었다고 말했어. 어젯밤 매슈의 무덤에 들장미를 바치러 가다가 마주쳤을 때 부인이 그 이야기를 해줬어. 내가 애번리에 있을 동안은 반드시 아기의 무덤에 꽃을 갖다놓겠다고 약속했지. 그리고 내가 없으면 틀림없이……."

"내가 할 거라고 생각했겠지? 그렇고말고. 그리고 너 대신 매슈 아저씨의 무덤에도 갖다드릴게, 앤."

"고마워, 다이애나. 사실은 그렇게 해달라고 부탁하려던 참이었어. 그리고 헤스터 그레이 무덤도 부탁해도 될까? 나는 헤스터에 대해 하도 많이 상상하고 꿈까지 꾸었더니 마치 살아 있는 사람 같은 느낌이 들어. 헤스터가 그 정원의 서늘하고 조용한 한구석에 돌아와 있는 모습이 그려져.

봄날 저녁, 바로 낮과 밤의 경계선인 마법의 시간에 헤스터 그레이가 놀라지 않도록 살며시 발소리를 죽여 너도밤나무 언덕을 넘어가면 그 정원에는 옛날 그대로 하얀 수선화며 들장미가 만발하고 담쟁이덩굴이 얽혀 있는 작은 집이 보이지 않을까 여겨져. 자그만 헤스터 그레이는 다정한 눈으로 검은 머리를 바람에 나부끼며 손가락 끝으로 수선화를 어루만지기도 하고 장미꽃한테 비밀을 속삭이기도 해. 나는 조용히 다가가 손을 내밀며 말하지.

'헤스터 그레이, 나의 친구가 되어 주지 않겠어요? 나도 장미꽃을 무척이나 좋아한답니다.'

그리고 우리 두 사람은 낡은 벤치에 앉아 잠깐 동안 이야기 나누거나 몽상에 잠기며 아름다운 침묵 속에 오도카니 있기도 해. 이윽고 달이 떠올라 내 주위를 둘러보니…… 헤스터 그레이도, 담쟁이덩굴이 얽힌 작은 집도, 장미꽃도 사라지고…… 오직 황폐한 낡은 정원에 하얀 수선화가 별처럼 풀숲 속에 피어 있고 벚나무를 스쳐지나가는 바람이 슬픈 한숨을 내쉬고 있을 뿐이야. 그러면 나는 그것이 정말 있었던 일인지 아니면 나의 공상에 지나지 않는지 분간할 수 없게 돼버려."

다이애나는 몸을 뒤로 물려 침대 머리판자에 등을 꼭 붙였다. 저녁 어둠 속에서 이런 으스스한 이야기를 들을 때에는 자기 등 뒤에 아무것도 없음을 확인할 필요가 있다.

다이애나가 실망스럽다는 듯이 말했다.

"너와 길버트가 없으면 개선회가 잘될 것 같지 않아."

앤은 곧 꿈나라에서 현실세계로 돌아와 씩씩하게 대답했다.

"그럴 염려는 없어. 기초가 튼튼히 잡혔고 이젠 어른들도 진지하게 협력해주고 있으니까. 지난여름, 사람들이 자기 집의 잔디며 오솔길을 어떻게 했는지 생각해봐. 그리고 레드먼드에 가서 참고될 만한 것들을 눈여겨보았다가 올겨울에 글을 써 보낼게.

 너무 비관하지 마, 다이애나. 내가 이렇게 즐거워하는 것도 지금뿐이니 그동안만은 이 기쁨을 깨뜨리지 말아줘. 얼마 뒤 진짜로 갈 때에는 도저히 웃을 기분이 아닐 테니까."

 "너로서는 좋은 일 아니겠니? 대학에 가서…… 즐겁게 지내고…… 새로운 멋진 친구도 많이 생길 테니까……."

 "새로운 친구가 생기는 건 좋은 일이라고 생각해. 새 친구가 생기면 인생에도 매력이 더해질 테니까. 하지만 아무리 새로운 친구가 생긴다 해도 나에게는 옛친구가 더 소중해…… 특히 검은 눈동자의…… 보조개가 파인 친구 말이야. 그게 누군지 아니, 다이애나?"

 다이애나는 한숨을 쉬었다.

 "하지만 레드먼드에는 머리 좋은 친구들이 많을 거야. 그런데 나는 사투리가 나도 모르게 불쑥 튀어나오는 시골뜨기에 지나지 않잖아. 그렇게 바보는 아닌데 말이야.

 어쨌든 지난 2년 동안 너무너무 행복했어. 네가 레드먼드에 가는 것을 기뻐하는 사람을 나는 알아. 앤, 네게 물어보고 싶은 것이 있어…… 진지한 이야기야. 절대로 화내지 말고 대답해줘. 너 길버트를 좋아하지 않니?"

 앤은 침착하고 단호하게 대답했다. 진심으로 그렇게 생각했기 때문이다.

 "친구로서는 무척 좋아하고 있어. 하지만 네가 말하는 뜻으로는 전혀 아니야."

 다이애나는 한숨을 쉬었다. 앤이 다른 대답을 해주기 원했기 때문이다.

 "결혼을 안 할 생각은 아니겠지? 앤?"

 앤은 미소 지으며 꿈꾸듯 달을 올려다보고는 말했다.

"글쎄…… 언젠가…… 바로 이 사람이다 하는 사람이 나타난다면."

"하지만 바로 이 사람이다 하는 걸 어떻게 알지?"

"물론 알 수 있어…… 어떻게든 알 수 있어. 너는 내 이상형이 어떤 사람인지 알고 있지, 다이애나?"

"하지만 이상형은 이따금 바뀌니까."

"아니, 내 이상형은 결코 바뀌지 않을 거야. 그리고 내 이상에 맞지 않는 사람을 사랑한다는 건 있을 수 없어."

"만일 그런 사람을 만나지 못한다면?"

앤은 당차게 말했다.

"그럼 노처녀인 채로 죽겠어. 결코 괴로운 죽음은 아닐 거야."

"죽는 건 힘들지 않아. 내가 싫어하는 것은 노처녀로 살아가는 거야. 미스 라벤더 같은 노처녀라면 괜찮지만 나는 그렇지 못할 거야. 내가 45살쯤 되면 엄청 뚱뚱할 테니까. 날씬한 노처녀라면 낭만적일 수도 있지만 뒤룩뒤룩하니 살찐 노처녀는 비참해.

아 참, 3주일 전에 넬슨 앳킨스가 루비 길리스에게 청혼했대. 루비가 다 말해 주었어. 루비는 넬슨하고 결혼하면 어른들하고 함께 살아야 하니까 승낙하지 않으려 했는데 너무나도 아름답고 낭만적인 말로 청혼해서 그만 반할 뻔했대.

하지만 정신을 차리고 1주일만 생각해볼 여유를 달라고 말을 했대. 그리고 이틀 뒤 넬슨네에서 넬슨 어머니가 연 바느질 모임에 갔는데, 그 집 응접실 탁자에 《예의범절 대사전》이라는 책이 놓여 있더래. 그래서 그 책의 '구혼과 결혼'이라는 난을 펴보니 넬슨이 청혼했을 때 한 말이 토씨 하나 틀리지 않고 그대로 실려 있어 기가 막혀 말이 나오지 않았다는 거야.

집에 돌아가자마자 곧 얼음장 같은 거절의 편지를 보냈대. 그러자 넬슨이 강에 몸을 던질까 봐 아버지와 어머니가 번갈아 넬슨을 감시하고 있다지만 루비는 그런 걱정은 할 필요가 없다고 했어. '구혼과 결혼'란에 실연당한 사람이 어떻게 하는지 씌어 있었는데 강에 뛰어들어 자살하는 대목은 없었다면서. 그리고 윌버 블레어도 자기를 애타게 사랑하고 있지만 거들떠보지 않는다고 했어."

앤은 짜증스러운 표정을 지었다.

"나 이런 말은 하기 싫지만…… 왠지 친구를 배신하는 것 같아서…… 그런데 지금은 루비를 그리 좋아하지 않아. 애번리에서 학교 다니고 퀸즈아카데미를 함께 다닐 때는 좋아했지만…… 좋아했다 해도 너나 제인만큼은 아니었어. 하지만 카모디에 간 뒤 지난 1년 동안 루비는 아주 달라진 것 같아. 뭐랄까……."

"무슨 말인지 알아. 루비한테서도 길리스 집안 딸들의 기질이 드러나기 시작하는 듯해. 루비도 알고 하는 게 아닌지도 몰라. 린드 부인 말로는 길리스 집안의 딸이 혹시라도 남자 말고 다른 생각을 하면서 산다고 해도, 걸음걸이와 말투로는 그런 티를 절대로 내지 않을 거래. 루비도 입만 열면 남자 얘기, 어떤 남자가 무슨 칭찬을 했고, 카모디의 남자들은 모두 자기한테 빠져 있다는 얘기뿐이야. 그런데 이상하게도 남자들이 진짜 그러긴 하거든."

다이애나는 얼마쯤 분한 표정을 지었다.

"어젯밤 블레어 씨 가게에서 루비를 만났는데 좋은 사람이 또 생겼다고 귓속말을 하더라. 누군지 물어봐주기를 바라는 눈치길래 난 일부러 물어보지 않았어. 그런데 생각해보면 걔는 전혀 바뀌지 않았어. 너 생각나니? 초등학교 때 루비는 커서 결혼하기 전에 애인을 많이 만들어 실컷 즐겨야겠다고 말했던 거? 제인하고는 아주 딴판이야. 제인은 착하고 분별심 있고 얌전한데."

"그래, 우리의 오랜 친구인 제인 같은 아이는 드물지. 하지만……."

앤은 몸을 앞으로 내밀어 베개 위에 놓여 있는 다이애나의 아기처럼 포동포동한 손을 다정하게 어루만졌다.

"하지만 나의 소중한 다이애나 같은 사람은 어디에도 없어. 우리가 처음 만났던 날 저녁 기억하니? 너의 집 뜰에서 영원한 우정을 맹세했었지? 우리는 그 맹세대로 한 번도 싸우거나 사이가 벌어진 적이 없었어.

네가 나를 사랑한다고 말했을 때 그 가슴 설레던 기쁨을 지금도 잊을 수가 없어. 내 어린 시절이 얼마나 쓸쓸하고 애정에 굶주렸었는지 요즘에 와서 가슴속 깊이 깨달았어. 나를 부모처럼 염려해주는 사람도 없었고 맡아주겠다는 사람도 없었으니까. 간절히 원하던 친구와 사랑을 상상으로나마 가져본 신비한 꿈의 나라마저 없었다면 얼마나 비참했을까?

하지만 그린게이블즈에 온 뒤로 모든 게 달라졌어. 그리고 너를 만났지. 우리 우정이 얼마나 고마웠는지 너는 모를 거야. 네가 늘 변함없이 따뜻하고 진심어린 애정으로 나를 대해준 것에 이 자리에서 다시 한번 고맙다는 말을 하고 싶어."

다이애나는 흐느끼며 대답했다.

"나는 앞으로도 언제까지나…… 언제까지나……… 변함없을 거야. …… 아무도…… 그 어떤 '친구'도……너만큼 좋아할 수는 없어. 만일 결혼해서 딸을 낳으면 앤이라고 이름 지을 거야."

돌집의 오후

"앤 누나, 그렇게 좋은 옷을 입고 어디가? 그 옷 입으니까 '끝내주게' 예뻐."
데이비가 궁금해했다.

앤은 매슈가 세상을 떠난 뒤 처음으로 무채색이 아닌 옷을 입고 식사하러 내려왔다. 연초록색 모슬린으로 만든 새 옷은 앤의 여리고 꽃 같은 얼굴빛을 돋보이게 하고 반짝이는 붉은 머리를 더욱 아름답게 했다.

"데이비, 그런 말 하면 못쓴다고 몇 번이나 이야기했니. 나는 '메아리집'에 가는 거야."

"나도 갈래."

데이비가 졸랐다.

"마차를 타면 데려가겠는데 오늘은 걸어가야 해. 너처럼 8살밖에 안 된 아이에게는 너무 멀어. 더욱이 폴과 함께 가는데 너는 폴을 싫어하잖니?"

데이비는 푸딩에 맹렬히 달려들기 시작하면서 말했다.

"아니, 나는 전보다 폴이 좋아졌어. 나도 지금은 착한 아이니까 폴이 나보다 착하든 말든 상관하지 않게 되었어. 다리 길이도, 착한 아이가 되는 것도 조금만 더 열심히 하면 충분히 폴을 따라잡을 수 있을 것 같아. 폴은 우리 2학년 남자아이들에게 아주 잘해주고 더 큰 형들이 괴롭히지 못하도록 보호해줘. 여러 가지 놀이도 가르쳐주고."

앤이 물었다.

"어제 점심시간에 폴이 왜 개울에 빠졌니? 운동장에서 만났을 때 온몸에서 물이 뚝뚝 떨어져 얼른 마른 옷으로 갈아입으라고 집에 보내는 바람에 그 까닭을 물어보지 못했어."

"아, 그거? 어쩌다 그렇게 된 거야. 머리를 물에 넣은 건 이유가 있었지만 그 뒤에 빠진 건 우연이었어. 어제 모두 개울가로 갔는데 프릴리 로저슨이 무슨 일로 폴한테 화가 났더라…… 프릴리는 예쁘긴 해도 아주 못됐어. 암튼 그래서 폴의 할머니가 매일 밤 폴의 머리를 돌돌 말아준다고 말했어. 거기까지는 폴도 상관 안 했을 텐데 그레이시 앤드루스가 웃어서 폴의 얼굴이 새빨개졌어. 그레이시는 폴의 여자친구거든. 폴은 그레이시를 아주 좋아해서 꽃도 갖다주고 바닷가길까지 책도 들어다 주고 그래.

폴이 비트처럼 빨개져서 '그런 게 아니야, 난 원래 곱슬머리야.' 하고 말했지. 그리고 그 증거를 보여주려고 둑에 엎드려 머리를 물속으로 넣었는데, 아, 아니야, 우리가 마시는 샘물 말고……"

데이비는 마릴라가 놀라는 표정을 보고 당황해서 말을 더듬었다.

"그 밑에 있는 작은 개울. 거기 둑이 엄청 미끄러워서 폴이 그대로 빠져버렸어. 빠질 때 물이 '끝내주게' 많이 튀었어. 아, 미안미안, 앤 누나. 나도 모르게 그 말이 그만 또 나와버렸어. 암튼 물이 엄청 많이 튀었어. 풍덩! 풍덩! 하고 말이야. 진흙투성이가 되어서 쫄딱 젖은 폴이 올라왔는데 물이 뚝뚝 떨어지고 얼마나 우스웠는지 몰라. 여자아이들이 막 웃었지만 그레이시는 웃지 않았어. 그레이시는 착하거든. 하지만 코가 들창코야. 난 나중에 커서 들창코 신부는 얻지 않을 테야. 앤 누나처럼 예쁜 코가 좋아."

마릴라가 엄하게 주의를 주었다.

"얼굴에 온통 시럽 범벅을 하고 푸딩을 먹는 아이에게 신부가 올 게 뭐냐. 어떤 여자애도 거들떠보지 않을 텐데."

"하지만 얼굴을 씻고 나서 신부가 되어달라고 말할 테니까 상관없어."

데이비는 마릴라에게 항변을 한 뒤 보란 듯이 손등으로 얼굴을 문질러 사태를 개선해보려고 하였다.

"그리고 귀 뒤도 깨끗이 씻을 거야. 오늘 아침까지 잊지 않고 있었단 말이야, 아줌마. 이젠 전처럼 잊어버리지 않아. 하지만……."

거기에서 데이비는 한숨을 내쉬었다.

"남자아이가 지켜야 할 게 너무 많아서 다 기억하기는 정말 힘들어. 좋아, 미스 라벤더네 집에 데려가주지 않는다면 난 해리슨 아줌마한테 갈래. 그 아줌마는 엄청 좋은 사람이야. 나 같은 어린 남자아이들을 위해 부엌에 비스킷 항아리를 놓아두고 있고, 건포도케이크를 만든 뒤에 냄비에 붙어 있는 것을 긁어서 주거든. 냄비에 건포도가 잔뜩 붙어 있으니까. 해리슨 아저씨는 전에도 좋은 분이었지만 신부를 다시 얻고 나서부터는 더 좋은 사람이 됐어. 결혼하면 더 착한 사람이 되나 봐. 그런데 어째서 아줌마는 시집 안 가?"

마릴라는 혼자 사는 것을 조금도 슬퍼하지 않았으므로 데이비의 질문에 그리 언짢아하지 않았다. 그녀는 앤에게 또 시작이라는 듯이 눈짓하며 아무도 데려가는 사람이 없기 때문이라고 시원하게 대답했다.

"하지만 아줌마, 신부로 데려가달라고 아무에게도 부탁하지 않아서 그런 것 아닐까?"

도라가 참다못해 말해도 되는지 미처 허락도 받지 않고 끼어들었다.

"어머나, 데이비, 그건 남자 쪽에서 부탁해야 하는 법이야."

데이비는 불평했다.

"어째서 뭐든지 남자가 먼저 해야 하는지 모르겠어. 뭐든지 그렇거든. 푸딩 더 먹어도 돼, 아줌마?"

"더 이상 먹으면 배탈 난다."

마릴라는 말은 그렇게 하면서 푸딩을 넉넉히 더 주었다.

"푸딩만 먹고 살았으면 좋겠어. 어째서 안 되지, 아줌마? 가르쳐줘."

"금방 질리니까."

궁금증이 많은 데이비는 조금도 굽히지 않았다.

"질리는지 어떤지 시험해보고 싶어. 하지만 푸딩을 전혀 먹지 않는 것보다는 손님을 초대했을 때와 물고기를 먹는 금요일만이라도 먹는 편이 좋아. 밀티 볼터네는 푸딩을 전혀 만들지 않는대. 밀티가 그러는데, 손님이 오면 밀티네 엄마는 치즈를 작게 잘라서…… 한 조각씩 준 다음 인심이라도 쓰듯이 하나 더 준대."

마릴라가 나무랐다.

"밀티 볼터가 자기 어머니에 대해 그렇게 이야기하더라도 너는 그런 말 하면 못써."

"아뿔사!"

데이비의 이 말은 해리슨 씨 말투를 흉내 낸 것으로 요즘 한창 쓰고 있었다.

"밀티는 자기 엄마를 칭찬한 거야. 다들 그 아줌마는 돌밭에 던져놔도 어떻게든 먹고살 거라고 말한대. 얼마나 자랑한다고."

"저 고약한 암탉들이 또 팬지 꽃밭을 망치고 있을지 모르겠군."

마릴라가 갑자기 일어나며 말을 하고는 나갔다.

그러나 암탉들은 팬지 꽃밭에 얼씬도 하지 않았고 마릴라는 꽃밭 같은 것은 거들떠보지도 않았다. 그 대신 지하실로 내려가는 계단 위에 앉아 실컷 웃었다.

그날 오후 앤과 폴이 돌집에 닿았을 때, 미스 라벤더와 샤를로타 4세는 뜰에서 풀을 뽑고 갈퀴질을 하고 다듬으며 열심히 일하고 있었다. 손님들을 보고 자기가 아주 좋아하는 프릴과 레이스로 온통 몸을 감싼 미스 라벤더는 가지치기하던 다듬가위를 내던지고 달려와 반갑게 맞이했다. 샤를로타 4세도 기쁜 듯 방글방글 웃었다.

"잘 왔어요, 앤. 오늘쯤 오지 않을까 기대하고 있었어요. 앤은 오후에 어울리니까 오후가 앤을 데려다주었을 거야. 같은 세계에 속하는 것은 늘 함께 오는 법이거든. 그걸 알면 고생을 하지 않아도 될 일이 얼마나 많은데 그걸 모르는 사람이 많아요. 물과 기름처럼 섞일 수 없는 것들을 한데 넣으려고 소중한 열정을 헛되이 써 버리지요. 어머나, 폴…… 어쩌면 이렇게 자랐니! 지난번 왔을 때보다 머리 절반은 더 컸구나."

폴은 키가 자랐다는 사실이 아주 자랑스러운 듯했다.

"네, 밤에 잠든 사이에 개비름처럼 쑥쑥 큰다고 린드 아줌마가 말했어요. 할머니는 아침마다 오트밀을 먹은 효력이 이제야 나타난 거라고 하는데, 그럴지도 모르죠……"

폴은 한숨을 깊이 쉬고 덧붙였다.

"누구라도 크지 않을 수 없을 만큼 많이 먹는걸요. 이렇게 자꾸 자라기 시작했으니 나도 아빠만큼 클 작정이에요. 아빠는 키가 6피트(약 183센티미터)나 되거든요. 미스 라벤더도 아셨나요?"

미스 라벤더도 물론 알고 있었다. 미스 라벤더의 장밋빛 뺨이 한층 더 붉어졌다. 한 손으로 폴의 손을 또 한 손으로 앤의 손을 잡고 말없이 집 쪽으로 걸어갔다.

"오늘은 메아리가 들릴까요, 미스 라벤더?"

처음 왔던 날은 바람이 심하여 듣지 못했으므로 폴이 못내 실망했었다.

미스 라벤더는 깊은 생각에서 깨어난 듯한 목소리로 말했다.

"그래, 오늘은 딱 좋은 날씨야. 우선 뭘 좀 먹도록 하자. 너도밤나무 숲속을 줄곧 걸어왔으니 둘 다 몹시 배고프겠다. 게다가 샤를로타 4세와 나는 언제 어느 때든 먹을 수 있는 왕성한 식욕을 가지고 있단다. 그러니 먼저 부엌부터 쳐들어가자. 맛있는 음식이 많이 있단다. 오늘은 어쩐지 손님이 올 것 같아서 샤를로타 4세와 둘이서 미리 푸짐하게 준비해놓았지."

폴은 생각에 잠기며 말했다.

"미스 라벤더는 부엌에 언제나 맛있는 것을 잔뜩 채워두시는군요. 우리 할머니도 그렇지만, 그래도 간식은 좋지 않다고 하시는데 남의 집에서 먹어도 괜찮을까요."

미스 라벤더는 재미있어하며 폴의 갈색 곱슬머리 너머로 앤에게 눈짓했다.

"그렇게 많이 걸어왔으니 할머니도 너그러이 이해하실 거야. 평소와는 다르니까. 간식이 몸에 나쁘다는 것은 나도 알아. 하지만 '메아리집'에서는 늘 간식을 먹어.

나와 샤를로타 4세는 밤낮을 가리지 않고 먹고 싶을 때면 소화 안 되는 것을 아무 때나 먹어도 언제나 새파란 월계수처럼 이렇게 건강하단다. 우리는 늘 고쳐야겠다고 생각하지. 우리처럼 먹으면 안 된다는 신문 기사를 보았을 땐 잊지 않도록 그걸 오려서 부엌의 벽에 붙여놓기도 했지만 그래도 소용없었어. 나도 모르게 어느새 먹어서는 안 된다는 음식을 먹고 있는 거야. 그래도 지금까지 안 죽고 잘 지내온걸.

하긴 샤를로타 4세는 자기 전에 도넛이며 민스파이[1]며 과일케이크를 먹었을 때에는 나쁜 꿈을 꾼다고 하더구나."

"할머니는 내가 자기 전에 우유와 버터 바른 빵 한 조각을 줘요. 일요일 밤에는 잼도 발라줘서 니는 언제나 일요일 밤이 되면 기뻐요. 다른 이유도 있지만요.

난 일요일이 무척 길게 느껴지는데 할머니는 너무 짧대요. 아빠가 어렸을 때에는 한 번도 일요일에 지루해한 적이 없었다는 거예요. 나는 '바위 사람들'과 이야기할 수 있다면 그리 지루하지 않겠지만 일요일에는 그러면 안 된다고 할머니가 말했어요.

그 대신 많은 것을 떠올려보지만 내가 생각하는 건 모두 하느님과 관계없는 것뿐이에요. 할머니는 일요일에는 종교적인 것 외에 다른 생각을 해서는 안 된다고 하셨어요. 하지만 앤 선생님은 정말로 아름다운 건 모두 하느님과 관계가 있다, 그것이 어떤 것이든, 어떤 요일이든 상관없다고 하셨어요. 하지만 할머니는 설교나 주일학교에서 가르치는 것만이 종교적이라고 여기는 것 같아서 어느 쪽이 옳은지 모르겠어요. 마음속으로는……."

그 순간 폴은 진지하게 한 손을 가슴에 대고 푸른 눈으로 미스 라벤더의 정다운 얼굴을 올려다보았다.

"선생님 말씀이 옳은 것 같지만 할머니는 할머니 나름대로 아빠를 그처럼 훌륭하게 키우셨고 선생님은 아직 한 번도 아이를 키운 일이 없고, 지금 쌍둥이를 키우고 있기는 해도 아직 어떻게 자랄지 알 수 없으니까 나는 할머니 생각대로 하는 것이 더 낫지 않을까 하고 여길 때도 있어요."

---

[1] 말린 과일, 으깬 사과, 견과류, 때로는 약간의 브랜디 등을 향신료와 함께 넣어 속을 만든 작은 파이로, 영국의 대표적인 크리스마스 디저트.

앤은 진심으로 찬성했다.

"나도 그렇게 생각해. 할머니와 나는 표현법은 분명히 다르지만 둘이서 잘 얘기해보면 사실은 같은 말을 하고 있다는 걸 알 수 있을 거야. 할머니는 당신의 경험에서 우러나와 그런 생각을 하시는 거니까 그대로 따르는 편이 좋아. 쌍둥이들이 아직 어리니까 더 커봐야 내 방법도 괜찮다는 걸 알 수가 있겠지."

간식을 먹은 뒤 폴은 메아리가 돌아오는지 시험해보고 놀라는 한편 기뻐했다. 앤과 미스 라벤더는 포플러 밑 돌 벤치에 앉아 이야기를 나누고 있었다.

미스 라벤더는 슬픈 표정으로 말했다.

"그럼 가을에는 떠나는군요? 앤을 위해 기뻐해야 하겠지만…… 너무 이기적일지 몰라도 나는 슬퍼요. 앤이 없으면 쓸쓸해서 견딜 수 없을 거예요.

아, 나는 이따금 친구를 사귄다는 것이 헛된 일이 아닐까 생각해요. 내 인생에서 잠시 머물다가 사라져 그 친구를 알기 전에 마음이 텅 비었을 때보다 더 큰 상처를 남길 뿐이니까요."

"그건 꼭 미스 일라이자 앤드루스가 할 것 같은 말이네요. 미스 라벤더답지 않아요. 미스 라벤더, 마음이 텅 빈 것처럼 비참한 건 없을 거예요…… 게다가 나는 미스 라벤더 인생에서 사라지지 않아요. 세상에는 편지와 방학이라는 것이 있답니다. 어머, 미스 라벤더, 얼굴빛이 좀 나빠요. 피곤한가 봐요."

"야호…… 야호…… 야호!"

폴이 아까부터 지치지도 않고 돌담에 앉아 온갖 소리를 지르고 있었다. 아무리 시끄러운 고함 소리도 강 건너의 연금술사인 요정의 손을 거치기만 하면 금방울과 은방울을 흔드는 소리로 바뀌어 돌아왔다.

미스 라벤더는 초조한 듯이 그 아름다운 손을 움직였다.

"나는 그저 모든 것에 싫증이 났을 뿐이에요…… 메아리조차도. 내 삶에는 메아리 말고는 아무것도 없어요…… 잃어버린 희망과 꿈과 기쁨의 메아리. 아름답긴 해도 나를 비웃는 것 같아요.

아, 앤, 손님 앞에서 이런 말을 하다니 내가 어떻게 된 모양이에요. 나이 먹는다는 것이 초조해진 기겠죠. 이러다가 60살쯤에는 몹시 까탈스러운 노파가 되어 있겠어요. 파란 알약이라도 조금 먹으면 나아질 거예요."

점심 식사 뒤부터 모습이 보이지 않던 샤를로타 4세가 돌아와 존 킴벌 씨네 목장 북동쪽 한구석에 딸기가 새빨갛게 열려 있으니 함께 따러 가지 않겠냐고 앤에게 말했다.

미스 라벤더가 큰 소리로 말했다.

"우리 딸기를 먹으며 차를 마셔요! 역시 나는 생각보다 늙지 않았나 봐요. 알약 같은 것은 한 알도 먹을 필요가 없어요. 두 사람이 딸기를 따 오면 우리 이 포플러 아래에서 향긋한 차를 마시도록 해요. 집에서 직접 만든 크림을 준비해둘게요."

앤과 샤를로타 4세는 킴벌 씨네 목장으로 달려갔다. 킴벌 씨네 목장은 마을에서 멀리 떨어진 곳에 새파랗게 펼쳐져 있었는데, 공기는 벨벳처럼 부드럽고 제비꽃처럼 향기로웠으며 호박(琥珀)처럼 황금빛으로 물들어 있었다.

"어머나, 어쩌면 이토록 향기롭고 그윽할까! 마치 햇살을 마시고 있는 것 같은 기분이야."

"네, 나도 그런 기분이랍니다, 아가씨."

샤를로타 4세가 맞장구를 쳤다. 만약 앤이 야생 펠리컨 같은 기분이라고 했어도 그녀는 역시 같은 대답을 했으리라. 샤를로타 4세는 앤이 '메아리집'에서 돌아가면 부엌 위의 작은 자기 방으로 올라가 거울 앞에서 열심히 앤의 말투며 표정이며 몸짓을 그대로 흉내 냈다. 자기 마음이 흡족해질 만큼 되는 적은 없었으나 연습을 계속 하다 보면 자기도 언젠가는 그 고상하게 턱을 살짝 치켜드는 각도, 별처럼 반짝이는 눈빛, 바람에 한들거리는 나뭇가지처럼 걸어가는 요령을 몸에 익힐 수 있으리라 생각했다. 앤 아가씨를 보고 있을 때는 어렵지 않아 보이는데 혼자 해 보면 어째서 이토록 어려울까?

샤를로타 4세는 앤을 동경하고 숭배했다. 앤이 특별히 더 아름답다고 여겼기 때문은 아니었다. 샤를로타 4세로서는 붉은 뺨과 윤기 흐르는 검은 머리의 다이애나가 은은한 달빛을 머금은 듯한 잿빛 눈과 좀 파리한 듯하면서 발그레한 홍조가 떠올랐다 사라지는 낯빛의 앤보다 아름다워 보였다.

그러나 샤를로타 4세는 진심으로 말했다.

"나는 예쁘지 않아도 좋으니 아가씨 같은 모습이 되고 싶어요."

앤은 웃으며 자기에게 바쳐진 찬사의 달콤함만 들이켜고 쓴 것은 뱉었다. 앤은 칭찬과 모욕이 뒤섞인 것 같은 이런 찬사에 익숙해져 있었다. 앤의 얼굴에 대한 사람들의 의견은 가지각색이었다. 아름답다는 말을 들은 사람은 앤을 만나보고 실망했고 별로 예쁘지 않다는 말을 들은 사람은 실제로 만나보고 그런 말을 하는 사람의 눈이 어떻게 된 게 아닌가 생각했다.

앤 스스로는 자신을 결코 미인으로 생각지 않았다. 거울을 들여다보면 핼쑥한 얼굴에 코에 난 일곱 개의 주근깨가 비칠 뿐이었다. 장밋빛 불길이 타오르듯 감정 변화에 따라 끊임없이 바뀌는 표정이며 커다란 눈망울 속에 꿈과 웃음이 번갈아 떠오르는 묘한 매력 같은 것은 거울 속에 포착될 수 없었다.

앤은 전형적인 미인의 정의에는 도저히 해당되지 않으나, 일종의 갈피를 잡을 수 없는 매력과 눈에 띄는 용모를 가지고 있어, 그녀를 본 사람들은 그 소녀같이 여린 모습이라든가 앤 안에 숨은 비범한 잠재력을 강하게 느낄 때면, 어떤 기분 좋은 만족감에 젖었다. 친한 사람들은 앤의 가장 큰 매력은 그녀를 감싼 희망과 가능성의 오라(aura)—앤 안에 깃들어 있는, 미래를 향해 뻗어나가는 힘—라는 것을 무의식중에 느꼈다. 앤은 마치 앞으로 일어날 일에 대한 부푼 기대감을 사뿐히 딛으며 걷고 있는 듯이 보였다.

인정 많은 샤를로타 4세는 딸기를 따며 여주인에 대한 걱정을 앤에게 털어놓았다.

"미스 라벤더는 건강이 좋지 않아요, 아가씨. 어디가 어떻게 나쁘다고 말하지는 않지만 어쨌든 얼마 전부터 내내 좋지 않은 게 틀림없어요. 지난번 아가씨와 폴 도련님이 다녀간 뒤부터 그래요. 아마 그날 밤 감기가 들었나 봐요, 아가씨. 두 분이 돌아간 뒤 마님은 숄만 두르고 뜰에 나가 어두워진 뒤에도 계속 서성거렸거든요. 눈이 많이 쌓여 있었으니 감기에 걸릴 수밖에요. 그때부터 많이 피곤해하고 쓸쓸해 보였어요. 모든 것이 귀찮은 듯 케이크를 만들어 손님맞이 놀이도 하지 않고 옷도 차려입지 않고 아무것도 안 해요. 다만 아가씨가 왔을 때만 잠깐 기운이 나죠. 무엇보다도 걱정스러운 일은 말이에요, 아가씨……."

샤를로타 4세는 특별히 중대한 증상을 털어놓으려는 양 목소리를 낮추었다.

"내가 물건을 깨뜨려도 요즘은 조금도 화를 내지 않는 점이에요. 어제만 하더라도 내가 책장 위에 놓인 초록색과 노란색 대접을 실수로 깨뜨렸거든요. 그건 마님 할머니가 영국에서 가져온 것으로, 무척 소중하게 여기는 거예요. 나는 아주 조심스럽게 닦고 있었는데 그만 손에서 미끄러져 완전히 산산조각이 나고 말았어요.

나는 죄송하기도 하고 두렵기도 해서 어쩔 줄 몰라 했지요. 마님에게 심한 꾸중을 들을 것 같아서요. 하지만 차라리 꾸중 듣는 편이 나았을 거예요. 마님은 방 안에서 나와 대접을 보는 둥 마는 둥 하고 이렇게 말했을 뿐이에요.

'괜찮아, 샤를로타. 깨어진 조각을 주워서 내다 버리고 와.'

그리 대단한 물건도 아니라는 듯이 말이에요. 아, 틀림없이 몸도 마음도 아픈 거예요. 그런데 나 말고는 아무도 보살펴드릴 사람이 없으니 걱정스러워 견딜 수가 없어요."

샤를로타의 눈에 눈물이 가득했다.

앤은 이 빠진 핑크빛 컵을 들고 있는, 햇볕에 그을린 샤틀로타 4세의 작은 손을 다정하게 어루만졌다.

"미스 라벤더에게는 변화가 필요한 것 같아. 너무 오랫동안 이곳에 혼자 계셨기 때문이야. 어디 여행이라도 다녀오라고 권하면 어떨까?"

샤를로타는 커다란 리본이 달려 있는 머리를 흔들었다.

"그건 안 될 거예요, 아가씨. 마님은 남의 집에 가는 것을 몹시 싫어하거든요. 찾아가는 친척집이 셋쯤 있는데, 그조차도 그저 도리상 가는 거라고 하니까요. 지난번 친척집에 갔다가 돌아와서는 도리든 뭐든 다시는 가지 않겠다고 했어요.

'샤를로타, 역시 혼자인 게 편하다고 생각하면서 돌아왔어. 이젠 담쟁이덩굴과 무화과나무가 있는 내 집에서 한 발자국도 나가고 싶지 않아. 친척들이 모두 나한테 나이에 맞게 살라고들 하는 걸 도저히 견딜 수 없어.' 하고 말하세요. 그러니 여행을 권해봐야 소용없을 거예요."

앤은 마지막 딸기를 따서 핑크색 컵에 넣으며 단호하게 말했다.

"우리가 어떻게든 해드려야겠어. 방학이 시작되면 내가 1주일 동안 여기 와서 머물러 있을게. 우리 셋이서 날마다 소풍을 가고 여러 가지 상상을 해서 재미있는 놀이도 하자. 그렇게 하면 틀림없이 미스 라벤더가 기운을 되찾을 거야."

"그게 좋겠어요, 아가씨."

샤를로타 4세는 아주 기뻐했다. 미스 라벤더뿐만 아니라 자신을 위해서도 기쁜 일이었다. 꼬박 1주일 동안 함께 지내며 앤을 열심히 연구하면 반드시 앤과 비슷한 몸짓과 몸가짐을 익힐 수 있으리라.

　두 사람이 '메아리집'으로 돌아가자 미스 라벤더와 폴은 뜰에 식탁을 내놓고 차 마실 준비를 하고 있었다. 다들 딸기와 크림을 맛있게 먹었다. 머리 위 파란 하늘에는 솜털 같은 흰 구름이 가득 떠다니고 기다란 그림자를 드리운 나무들이 바스락거리며 서로 속살거리고 있었다.

　차를 마신 다음 앤은 샤를로타를 도와 부엌에서 설거지를 하고 미스 라벤더는 돌 벤치에 앉아 폴에게서 '바위 사람들' 이야기를 듣고 있었다. 미스 라벤더는 잠자코 열심히 듣고 있는 것 같았는데, 마지막 쌍둥이 선원 이야기를 하다가 별안간 폴은 미스 라벤더가 귀담아듣고 있지 않음을 알아차렸다.

　폴은 진지한 표정으로 물었다.

"미스 라벤더, 어째서 그런 눈으로 나를 보세요?"

"어떤 눈으로 말이니, 폴?"

"마치 나를 보며 다른 누군가를 생각하고 있는 듯한 얼굴이요."

　폴은 이따금 이렇게 이상하리만큼 날카로운 통찰력이 번뜩이므로 비밀을 간직하고 있을 때 폴이 옆에 있으면 난처했다.

"정말 너를 보고 있으니까 오랜 옛날에 알고 지냈던 사람이 생각나는구나."

　미스 라벤더는 꿈꾸듯 아련하게 말했다.

"미스 라벤더가 젊었을 때요?"

"그래, 젊었을 때지. 내가 무척 늙어보이지, 폴?"

　폴은 무슨 비밀 이야기라도 하는 듯이 말했다.

"그걸 잘 모르겠어요. 머리를 보면 할머니 같은데…… 왜냐하면 백발의 젊은이는 본 적이 없으니까요. 하지만 눈은 미소 지으면 예쁜 앤 선생님만큼이나 젊어 보여요. 저, 미스 라벤더……."

폴의 목소리와 얼굴은 재판관처럼 엄숙해졌다.

"미스 라벤더 같은 분은 좋은 엄마가 될 거라고 생각해요. 꼭 우리 엄마 같은 눈매를 하고 있으니까요. 미스 라벤더에게 아들이 없어서 안됐어요."

"내게는 꿈속의 작은 남자아이가 있단다, 폴."

"정말이요? 몇 살인데요?"

"너만 할 거야. 내가 그 아이를 꿈속에서 떠올린 건 네가 태어나기 훨씬 전이었으니까 지금 그 아이는 더 나이를 먹어야 맞지만, 나는 언제까지나 그 아이를 11살이나 12살쯤으로 해둔단다. 그렇지 않으면 그 아이는 언젠가 어른이 돼서 멀리 가버릴 테니까."

폴은 고개를 끄덕였다.

"나는 알아요. 그것이 '꿈속 사람들'의 좋은 점이죠…… 우리가 바라는 나이로 계속 머물 수 있으니까요. 내가 아는 사람들 중에 '꿈속 사람들'을 가지고 있는 사람은 이 세상에서 미스 라벤더와 나의 예쁜 선생님과 나, 세 사람뿐이에요. 우리가 서로 아는 사이라는 것이 무척 신기하고 멋지지 않아요? 그런 사람들은 반드시 서로를 찾아내는가 봐요.

할머니에게는 '꿈속 사람들'이 없고 메리 조는 나를 머리가 어떻게 된 아이로 생각해요. 하지만 '꿈속 사람들'이 있다는 건 참으로 멋진 일이죠. 안 그래요? 미스 라벤더의 꿈속 남자아이에 대해 저에게 모두 말해주세요."

"그 아이는 파란 눈에 곱슬머리란다. 아침마다 조용히 들어와 뽀뽀를 해서 나를 깨워주지. 그리고 하루 종일 이 뜰에서 나와 함께 여러 가지 신나는 놀이를 해. 달음박질을 하고 메아리와 이야기를 하고 또 내가 옛날이야기를 들려주기도 하지. 그러다 땅거미가 지면……."

폴이 재빨리 말을 가로막았다.

"나도 알아요. 그 아이는 옆에 와서…… 이렇게 앉겠죠…… 12살이나 되었으니 너무 커서 무릎에 앉을 수는 없으니까요…… 그리고 그 아이가…… 이렇게 어깨에 머리를 기대면…… 미스 라벤더는 그 아이를 꼭 껴안고 뺨을 그 아이의 머리에 얹어요…… 네, 그렇게요. 아, 역시 미스 라벤더는 알고 있군요."

돌집에서 나온 앤은 폴과 함께 있는 미스 라벤더의 얼굴을 보았을 때 어쩐지 다가가서 방해해서는 안 될 것 같다는 느낌이 들었다.

"폴, 아쉽지만 어두워지기 전에 어서 돌아가자. 미스 라벤더, 며칠 안으로 다시 와서 1주일 동안 '메아리집'에서 묵고 갈게요."

미스 라벤더가 겁을 주듯 웃으며 말했다.

"1주일 동안 있을 생각이라면 나는 2주일 동안 보내지 않을 거예요."

마법의 성을 찾아온 왕자

학교의 마지막 날이 지나갔다. 앤의 학생들은 모두 학기말 시험에 좋은 성적으로 통과했으며, 앤에게 송별사와 함께 기념으로 책상을 선물했다. 종업식에 참석한 여자아이들과 부인들은 눈물을 흘렸으며, 남자아이들 중에서도—고집스레 울지 않았다고 손사래 쳤지만—운 아이가 있다는 것을 나중에 알았다.

하면 앤드루스 부인과 피터 슬론 부인, 그리고 윌리엄 벨 부인은 함께 돌아가는 길에 이야기를 나누었다.

"그토록 아이들이 따르는데 앤이 그만둬서 너무 섭섭해요."

슬론 부인은 말하면서 한숨지었다. 그녀는 무슨 말에든 한숨을 쉬는 사람으로, 농담까지 한숨으로 마무리 지을 정도였다. 슬론 부인은 한숨을 푹 내쉰 뒤 깜빡 잊었다는 듯 덧붙였다.

"물론 내년에 오는 선생도 좋은 사람이라는 것은 알지만요."

제인의 어머니 앤드루스 부인이 엄격하게 말했다.

"물론 제인은 자신의 임무를 틀림없이 다하지요. 그 애라면 학생들에게 옛날이야기를 들려주거나 숲속을 헤매며 시간을 낭비하지는 않을 거예요. 게다가 그 아이의 이름은 장학관의 우수교사 명부에 실려 있어요. 그 애가 그만두는 바람에 뉴브리지 사람들이 굉장히 난처해하고 있대요."

벨 부인이 말했다.

"앤이 대학에 가게 되어 참 잘됐다고 생각해요. 늘 가고 싶어했는데 앤을 위해서도 참 좋은 일이죠."

"글쎄, 어떨지는 모르지요. 나는 앤이 더 이상 공부할 필요가 없다고 생각하거든요."

앤드루스 부인은 이날 누구의 말에도 찬성하고 싶지 않은 기분이었다.

"길버트 블라이드가 대학을 졸업한 다음에도 지금처럼 앤에게 열 올린다면 앤은 결국 길버트와 결혼하게 될 텐데, 그렇다면 라틴어며 그리스어가 무슨 소용이 있겠어요? 대학에서 남편 길들이는 법이라도 가르친다면 또 모르지만요."

하면 앤드루스 부인은 남편 다루는 법을 아직도 모른다고 애번리의 남 말하기 좋아하는 사람들이 속닥거리곤 하니, 앤드루스 집안은 행복한 가정의 표본이라고 하기 어려웠다.

"앨런 목사님도 샬럿타운에 초청을 받아 곧 우리 교회를 그만둔다더군요."

벨 부인은 되도록 남아주기를 바라는 기색이었다. 같은 마음인 슬론 부인이 말을 받았다.

"아마 9월에 떠나나 봐요. 우리 마을로서는 큰 손실이죠. 하긴 나는 앨런 부인이 목사의 아내로서는 옷차림이 너무 화려하다는 생각은 했지만요. 하지만 완벽한 사람이 어디 있겠어요. 그나저나 오늘 해리슨 씨 옷차림 단정한 것 보셨죠? 완전히 딴사람이던데요. 일요일마다 꼬박꼬박 교회에 나오고, 목사님의 월급을 위해 정기적으로 헌금도 내니 말이에요."

앤드루스 부인은 말했다.

"참, 폴 어빙이 많이 컸더라고요. 처음 이 마을에 왔을 땐 나이보다 훨씬 어려 보였었는데, 오늘 보니 몰라보게 달라졌더군요. 역시 아버지를 닮았어요."

"영리한 아이죠."

벨 부인이 말하는데 앤드루스 부인이 낮은 목소리로 가로막았다.

"영리하긴 해도…… 기묘한 이야기를 자꾸만 한대요. 지난주에 그레이시가 학교 끝나고 폴이랑 같이 집에 왔는데, 바닷가에 사는 사람들 이야기를 한참 했다더군요. 도무지 밑도 끝도 없이 만들어낸 이야기를 장황하게 들려준대요. 나는 그레이시에게 그런 말은 한마디도 믿지 말라고 했는데, 폴도 그레이시에게 믿으라고 하는 이야기는 아니라고 했대요. 하지만 믿지도 못할 일을 어째서 그레이시에게 말하는지 모르겠어요."

슬론 부인이 말했다.

"앤의 말로는 폴이 천재래요."

앤드루스 부인이 말했다.

"그럴지도 모르죠. 미국 사람들은 속을 알 수 없는 무리들이니까요."

특이한 사람을 흔히 '천재'니 '기인'이니 하는데 앤드루스 부인이 생각하는 '천재'도 그런 의미에 지나지 않았다. 그러므로 아마 폴네 집에서 일하는 메리 조와 마찬가지로 머리가 좀 어떻게 된 사람이라는 뜻으로 생각하고 있었는지도 모른다.

앤은 교실에 혼자 앉아, 2년 전 처음 왔던 날과 마찬가지로 턱을 괸 채 눈에 가득 고인 눈물을 억지로 참으면서 '반짝이는 윤슬의 호수'를 바라보고 있었다. 방금 학생들과 가슴이 찢어질 것 같은 작별을 한 뒤라 잠시 동안은 대학에 대한 동경마저 잃어버릴 정도였다. 아직 애네타 벨이 목을 꼭 끌어안고 매달려 있는 듯이 느껴졌으며 그 어린애 같은 목소리가 귓전에서 떠나지 않았다.

"나는 어떤 선생님도 결코 셜리 선생님만큼 좋아하지 않겠어요. 절대로, 절대로요."

 2년 동안 앤은 열심히 헌신적으로 일해왔다. 실수도 많이 저질렀지만 그만큼 실수를 통해 배운 것도 많았다. 보람도 있었다. 학생들에게 여러 가지를 가르쳤지만 오히려 학생들로부터 배우는 일이 더 많았다…… 온유함, 자제심, 꾸밈없는 지혜, 천진난만한 마음 등.

 아이들의 마음에 커다란 야심을 불러일으키지는 못했을지 모른다. 그러나 의도적인 가르침에 의해서라기보다 오히려 앤 자신의 다정한 인품을 통해, 앞으로도 사람으로서의 품위를 지키는 올바른 생활을 하고 진실성과 예의와 친절을 잃지 않으며 거짓되고 천박하고 속된 일을 가까이해서는 안 된다는 것을 가르친 것이다. 학생들은 자신들이 그러한 것을 배웠다는 사실을 미처 깨닫지 못할지도 모른다. 하지만 아프가니스탄의 수도 이름이며 장미전쟁의 연대를 잊은 뒤에도 그 가르침만은 잊지 않고 실천하리라.

 앤은 책상을 열쇠로 잠그며 중얼거렸다.

 "내 인생의 장(章)이 또 하나 닫혔구나."

 슬픈 가운데에서도 '닫힌 하나의 장'이라는 말에서 풍기는 낭만적인 분위기에 얼마쯤 위안을 받았다.

 방학이 시작되자마자 앤은 '메아리집'에 가서 함께 유쾌한 2주일을 보냈다.

 앤은 미스 라벤더와 샬럿타운에 가서 새로운 드레스를 만들 오건디 옷감을 사도록 부추겼다. 이어서 재단을 하고 옷을 만드는 일로 한바탕 법석을 떨었다. 샤를로타 4세는 가봉을 하기도 하고 자투리를 쓸어내기도 했다. 미스 라벤더는 무엇을 해도 재미가 없다고 푸념했었지만 아름다운 옷을 짓는 사이에 눈의 광채가 되돌아와 있었다.

 "나는 참으로 경박하고 어리석은 사람인가 봐요. 새 옷이 생겼다고 해서……

그것이 내가 가장 좋아하는 물망초빛 오건디기로서니…… 이토록 기뻐하다니, 부끄러워요. 양심에 거리낄 것 없이 살며 해외 선교 활동을 위해 더 많은 헌금을 하고도 이렇게 기분이 좋지는 않았거든요."

'메아리집'에 온 지 1주일쯤 지났을 때 앤은 하루 동안 그린게이블즈로 돌아갔다.

쌍둥이의 양말도 깁고 그동안 쌓인 데이비의 질문에 대답도 해주어야 했기 때문이다. 그날 저녁 앤은 바닷가길을 따라 폴네 집으로 갔다. 거실의 낮은 정사각형 창 앞을 지나갈 때 폴이 누군가의 무릎에 앉아 있는 것이 언뜻 보였다.

다음 순간 폴이 거실에서 뛰어나와 흥분한 목소리로 외쳤다.

"아, 선생님, 무슨 일이 있는지 아세요? 엄청 기쁜 일이에요. 아빠가 오셨어요. 아빠가 오셨다니까요. 자, 어서 들어오세요. 아빠, 이분이 우리 예쁜 선생님이에요."

스티븐 어빙은 미소 지으며 앞으로 나와 앤을 맞이했다. 그는 키 크고 잘생긴 중년 남성이었으며 회색 머리, 우수를 띤 깊고 푸른 눈, 굳세 보이는 쓸쓸한 얼굴에, 턱과 이마가 특히 아름다웠다. 로맨스의 주인공으로 꼭 어울리는 사람이라고 생각하며 앤은 가슴이 떨릴 만큼 만족감을 느꼈다. 로맨스의 주인공을 만나보니 대머리거나 새우등이거나, 다른 면모에서 남성미가 없었다면 얼마나 실망스럽겠는가. 미스 라벤더의 로맨스 상대가 주인공답지 않게 생겼다면 얼마나 배신감을 느꼈을까.

"선생님이 바로 폴이 늘 말하던 예쁜 선생님이군요. 아들이 얘기하던 그대로네요."

어빙 씨는 앤에게 따뜻한 악수를 건넸다.

"폴의 편지에 늘 선생님 이야기가 씌어 있어 전부터 아는 사이처럼 느껴지는

군요, 셜리 선생님. 여러 가지로 잘 보살펴주셔서 정말 고맙습니다. 지금 폴한테는 선생님 같은 분이 꼭 필요했거든요. 제 어머니는 훌륭한 분이지만 딱딱하고 실질적인 면만 생각하는 스코틀랜드인의 사고방식을 가지고 있어서 이 아이 같은 기질은 이해하지 못하시죠. 어머니가 가지고 있지 않은 면을 선생님이 채워주셨어요. 우리끼리니까 하는 이야기인데, 지난 2년 동안 폴이 받은 교육은 엄마 없는 아이라고는 여겨지지 않을 만큼 이상적인 것이었습니다."

누구나 인정을 받으면 기쁜 법이다. 어빙 씨로부터 이런 칭찬을 듣고 앤의 얼굴은 '별안간 활짝 핀 장미꽃처럼 붉어졌으며'[1] 그 순간 세상사에 시달리다 지친 어빙 씨는 빨강머리와 호수처럼 깊은 눈동자의, 이 캐나다 동쪽 끄트머리 작은 섬마을 여선생처럼 아름다운 아가씨는 본 적이 없다고 생각했다.

폴은 행복한 듯이 두 사람 사이에 앉아 눈을 반짝이며 말했다.

"나는 아빠가 오시리라고는 꿈에도 생각지 못했어요. 할머니도 몰랐어요. 정말 깜짝 놀랐어요. 여느 때라면 놀라는 것을 싫어할 텐데."

이 말을 하며 아주 진지하게 고개를 가로젓자 폴의 갈색 곱슬머리가 살랑살랑 흔들렸다.

"기다리는 즐거움이 없어지니까요. 하지만 이번만큼은 상관없어요. 아빠는 내가 잠든 뒤 한밤중에 도착하셨어요. 할머니와 메리 조의 놀라움이 가라앉은 뒤 아빠는 나를 깨우지 않고 살짝 들여다보고만 가려고 할머니와 함께 2층으로 올라왔죠. 그런데 그 순간 내 눈이 갑자기 번쩍 뜨이더니 아빠가 눈앞에 보였어요. 난 아빠에게 달려들었어요."

"그리고 아기곰처럼 아빠에게 매달렸지."

---

[1] 존 그린리프 휘티어의 시 〈눈 속에 갇혀 : 겨울의 목가〉에서 따옴.

어빙 씨는 싱긋 웃으며 폴의 어깨를 끌어안았다.

"하마터면 내 아들인지 못 알아볼 뻔했어요. 이렇게나 훌쩍 크고 햇볕에 그을려 아주 건강해 보였으니까요."

"아빠가 돌아와서 할머니하고 나 중에 누가 더 기뻤는지 모르겠어요. 할머니는 하루 종일 부엌에서 아빠가 좋아하는 음식을 만들고 있거든요. 그것만큼은 메리 조에게 맡겨둘 수 없다면서요.

그게 할머니가 사랑하는 방식이고, 나는 그냥 이렇게 앉아 아빠와 이야기하는 게 가장 좋아요. 하지만 잠깐 나갔다 올게요. 소를 우리에 몰아넣어야 해요. 내가 날마다 해야 하는 일과거든요."

'일과'를 마치기 위해 폴이 뛰어나간 뒤 어빙 씨는 앤과 여러 가지 얘기를 했다. 그러나 앤은 어빙 씨가 건성으로 이야기하고 있으며 어떤 다른 생각을 하고 있음을 느꼈다.

이윽고 그것이 겉으로 드러났다.

"폴이 지난번 보낸 편지에서 그 애는 선생님과 함께 그…… 그래프턴의 돌집에 사는 나의 옛 친구…… 미스 루이스를 방문했다고 하는데, 미스 루이스와 친합니까?"

머리끝에서 발끝까지 순식간에 그녀를 휩싸던 걷잡을 수 없는 전율을 조금도 드러내지 않은 채 앤은 차분하게 말했다.

"네, 그분은 아주 절친한 친구예요."

로맨스가 드디어 길모퉁이까지 와서 이쪽을 살피고 있음을 앤은 직감했다.

어빙 씨는 일어나 창가로 가서 바람이 일기 시작하여 파도가 높아진 금빛으로 반짝이는 바다를 조용히 바라보았다. 작고 어두운 방안은 잠시 쥐 죽은 듯 고요했다. 이윽고 어빙 씨는 돌아서서 사려 깊은 앤의 얼굴을 내려다보았다. 어빙 씨의 얼굴에는 부드러운 미소가 어려 있었고 장난기 비슷한 것도 얼핏 떠올랐다.

"어느 정도까지 아십니까?"

"모두 다 알고 있어요."

곧바로 대답하고 나서 앤은 황급히 설명을 덧붙였다.

"미스 루이스와 저는 아주 가까운 사이예요. 그분은 소중히 간직한 이야기를 아무에게나 말하는 그런 분은 당연히 아니에요. 우리는 '닮은꼴 영혼'을 가진 사람들이거든요."

"그런 것 같군요. 그래서 한 가지 부탁이 있습니다. 만일 미스 라벤더만 좋다면 한번 만나러 가고 싶은데, 선생님이 좀 물어봐주시겠습니까?"

물어봐주겠냐고요? 네, 물어보다마다요! 이것이야말로 로맨스다! 시와 소설과 꿈의 매력을 고스란히 갖추고 있는 진정한 로맨스다. 6월에 피려다 미처 못 피고 조금 늦어져 10월에 꽃을 피우는 장미와 같은 것이다. 늦기는 했어도 장미는 장미, 꽃술에 한 가닥 금빛을 띤 채 아름답고 달콤한 향기로 가득하다.

다음 날 아침 즐거운 사명을 띤 앤은 그 어느 때보다 가벼운 발걸음으로 날 듯이 너도밤나무숲을 지나 그래프턴으로 갔다. 미스 라벤더는 뜰에 있었다. 앤은 무서울 만큼 흥분하여 손이 얼음처럼 차갑고 목소리는 떨리고 있었다.

"미스 라벤더, 아주 중대한 이야기가 있어요. 무슨 일인지 짐작하시겠어요?"

앤은 설마 미스 라벤더가 알아맞히리라고는 생각지 않았다. 그러나 미스 라벤더의 얼굴이 별안간 파리해지더니, 화려한 색채와 광채를 띠곤 하는 여느 때와 달리 차분한 목소리로 말했다.

"스티븐 어빙이 돌아온 거군요."

"어머나, 어떻게 알았죠? 누구에게서 들으셨나요?"

앤은 실망했다. 얼마나 놀랄까 기대하고 왔는데 어긋났기 때문이다.

"누구한테서 들은 게 아니에요. 앤의 말투로 보아 그러리라고 짐작했어요."

"미스 라벤더를 만나러 오고 싶다는데 승낙하시겠죠?"

미스 라벤더는 안절부절못하기 시작했다.

"물론이죠. 이제 와서 안 될 이유는 없으니까요. 그저 옛 친구로서 찾아오려는 건데요."

앤은 그렇게 생각하지 않았지만 어쨌든 서둘러 집 안으로 들어가 미스 라벤더의 책상 앞에 앉아 마구 방망이질하는 가슴을 겨우 누르며 스티븐 어빙 씨에게 편지를 쓰면서 생각했다.

'소설 같은 이야기 속에 살 수 있다니 얼마나 멋진 일일까. 틀림없이 잘될 거야, 모든 게 다…… 폴에게는 바라던 대로 어머니가 생기고 모두들 행복해질 거야. 하지만 그렇게 되면 어빙 씨는 미스 라벤더를 이곳에서 데려가버릴 텐데…… 그러면 이 작은 돌집은 어떻게 될까…… 결국 여기에도 좋은 면과 나쁜 면, 양면이 있구나. 세상일이 다 그렇겠지만.'

중요한 편지를 다 쓰자 앤은 직접 그 편지를 그래프턴 우체국까지 가져가 우체부가 오기를 기다렸다가 편지를 애번리 우체국에 배달해달라고 부탁했다.

앤은 걱정되어 다짐을 받았다.

"아주 중요한 편지예요."

우체부는 무뚝뚝한 노인으로 어느 모로 보나 큐피드의 전령으로 어울리지 않았다. 부탁한 것을 기억이나 할지 그것조차 의심스러웠다. 하지만 우체부가 틀림없이 잘하겠다고 말했기에 그대로 돌아오는 수밖에 없었다.

그날 오후, 샤를로타 4세는 돌집 안에 뭔가 예사롭지 않은 공기가 감돌며 자기만이 그 속에서 제외되어 있음을 느꼈다. 미스 라벤더는 마음이 딴 데 있는 듯 뜰을 서성거렸고, 앤도 뭔가에 홀린 듯이 2층으로 올라갔다 1층으로 내려왔다 하며 잠시도 가만히 있지 않았다. 샤를로타 4세는 더 이상 참았다가는 무슨 일이 터질지 몰라 초조해질 만큼 꾹 참고 있었다. 하지만 앤이 아무 볼일도 없으면서 꿈꾸는 눈을 하고 부엌에 세 번째 들어오자 마침내 참지 못하고 앤 앞에 우뚝 서서 머리의 파란 리본을 뒤로 홱 젖히며 말했다.

"부탁이에요, 아가씨, 마님과 두 분이 뭔가 비밀이 있죠? 이런 말은 주제넘은 줄 알지만, 우리 세 사람은 얼마나 친하게 지내왔어요? 나만 쏙 빼놓고 가르쳐주지 않다니 너무해요."

"아, 샤를로타, 만일 이것이 내 일이라면 모두 말했을 거야...... 하지만 이건 미스 라벤더의 비밀이야. 좋아, 이것만은 가르쳐줄 테니 혹시나 결과가 나쁘다면 그 누구에게도 말해서는 안 돼.

사실은, 오늘 밤 백마 탄 왕자님이 오셔. 오래전에 오신 일이 있었지만 하찮은 일 때문에 떠나서 먼 곳을 헤매 다니다가 마법에 걸린 성으로 돌아오는 마법의 길을 찾는 비밀을 잊어버렸단다. 성에서는 아직 마음이 변하지 않은 공주님이 왕자님을 생각하며 울고 지냈어.

그런데 마침내 왕자님은 성으로 가는 길을 생각해냈고 공주님은 여전히 그 성에서 왕자님을 기다리고 있었어. 왜냐하면 소중한 왕자님 말고는 아무도 공주님을 성에서 데리고 나갈 수 없으니까."

샤를로타는 어리둥절해서 말했다.

"아가씨, 그런 시적인 표현 말고 좀 알아듣기 쉽게 말해주실 수는 없나요?"

앤이 살짝 웃었다.

"쉽게 말해서 마님의 옛 친구분이 오늘 밤 오실 거야."

상상력을 가지고 있지 않은 샤를로타 4세가 꼬치꼬치 물었다.

"그러니까 마님의 옛 애인이라는 말인가요?"

"그렇다고 할 수 있지…… 쉽게 말하면. 그분은 폴의 아버지…… 스티븐 어빙 씨야. 일이 어떻게 될지는 모르지만 어쨌든 희망을 버리지 말고 기다려보자, 샤를로타."

"그분이 마님과 결혼하면 좋겠어요."

샤를로타가 딱 부러지게 말했다.

"이 세상에는 원래 혼자 살게끔 태어난 여자도 있는데, 제가 바로 그런 사람 가운데 하나가 아닌가 생각해요. 왜냐하면 전 남자한테 너그러워지는 게 정말 힘들거든요.

하지만 마님은 그렇지 않아요. 저는 이러다 제가 커서 보스턴에 가버리면 대체 마님은 어떡하나 하고 엄청 걱정하고 있었어요. 우리 집에는 이제 딸도 없고, 만일 모르는 아이가 들어와서 마님의 '손님맞이 놀이'를 보고 비웃거나 물건들을 제자리에 놓지 않거나 샤를로타 5세라고 불리는 것을 싫어한다면 어떡하죠? 나처럼 그릇을 잘 깨뜨리지는 않는, 손끝이 야문 아이가 올지도 모르지만 아무도 나만큼 마님을 좋아하는 사람은 없을 테니까요."

말을 마치자 충심 어린 샤를로타는 코를 훌쩍거리며 오븐 앞으로 뛰어갔다.

그날 밤, '메아리집'에서 세 사람은 저녁 식탁에 마주 앉았으나 음식은 한 숟가락도 넘어가지 않았다. 식사가 끝나자 미스 라벤더는 자기 방에 가서 새로 지은 물망초빛 오건디 옷으로 갈아입었고 앤이 머리 손질을 해주었다. 두 사람 모두 몹시 흥분해 있었지만 그래도 미스 라벤더는 도도하게 무관심한 척했다.

미스 라벤더는 근심스러운 표정으로 커튼을 손에 잡고 살펴보며 사뭇 중대한 일인 듯이 말했다.

"내일은 잊지 말고 커튼 뜯어진 데를 꿰매야지…… 이 커튼은 값에 비해 질기지 못한 것 같아요. 저런, 샤를로타가 또 층계 난간의 먼지를 털지 않았네요. 단단히 일러야겠어요."

앤이 현관 층계에 앉아 있는데, 스티븐 어빙이 오솔길을 지나 뜰로 들어왔다.

어빙 씨는 기쁜 듯이 주위를 둘러보고는 앤에게 말했다.

"이곳은 시간이 멈추어버린 것 같군요. 이 집도 뜰도 25년 전에 왔을 때와 조금도 달라지지 않았어요. 나까지 젊어지는 듯한 기분이군요."

앤이 진지하게 말했다.

"마법의 성에서는 시간이 가지 않는답니다. 왕자님이 오셔야 비로소 모든 것이 살아 움직이기 시작하니까요."

어빙 씨는 조금 슬픈 미소를 지으며, 젊음과 희망으로 빛나는 얼굴을 들어 자신을 응시하고 있는 앤을 보고는 말했다.

"때로는 왕자가 너무 늦게 오는 수도 있죠."

어빙 씨는 앤이 한 이야기를 쉬운 말로 풀어서 해달라고 할 필요가 없었다. 그 또한 '닮은꼴 영혼'을 가진 한 사람으로서 앤이 말하는 바를 '알았던' 것이다.

"어머나, 그렇지 않아요. 그 왕자님이 진짜 왕자님이고 진짜 공주님의 성으로 온 거라면요."

앤은 빨강머리를 단호하게 가로저으며 응접실 문을 열어 어빙 씨를 들여보낸 다음 다시 굳게 닫았다.

돌아보니 샤를로타 4세가 현관홀에서 '고개를 끄덕이고, 손짓하고, 환한 미소를 짓고'[2] 서 있었다.

---

[2] 영국 작가 존 밀턴(1608~1674)이 〈사색하는 사람(Il Penseroso)〉과 짝을 이루어 지은 초기 목가시 〈행복한 사람(L'Allegro)〉에서 따옴.

"아, 아가씨, 부엌에서 창문으로 들여다보았는데…… 정말 멋진 분이에요…… 나이도 우리 마님과 잘 어울리겠어요. 저, 아가씨, 문 뒤에 서서 조금만 엿들으면 안 될까요?"

앤이 단호하게 말했다.

"그런 짓 하면 못써, 샤를로타. 유혹에 넘어가지 않도록 저쪽으로 가자."

"아무 일도 손에 잡히지 않아요. 그렇다고 서성거리며 마냥 기다리고 있는 것도 못 견디겠어요."

샤를로타는 한숨을 쉬고 다시 이어갔다.

"만일 청혼하지 않으면 어떡하죠, 아가씨? 남자들이란 알 수 없으니까요. 나의 큰언니인 샤를로타 1세는 옛날에 어떤 남자와 약혼한 사이라고 굳게 믿고 지내고 있었는데 그 남자는 결혼할 생각이 없었다는 거예요. 언니는 그다음부터 절대로 남자를 믿지 않는다고 말했어요. 이런 일도 있었어요. 어떤 남자가 자기는 어떤 아가씨를 사랑하여 결혼하려고 했는데 어느 날 갑자기 자기가 정말로 사랑한 사람은 그녀의 동생이었다는 사실을 깨달았다는 거예요. 남자가 자기 마음을 자기도 모른다면 가엾은 여자가 무슨 수로 그걸 알겠어요?"

"부엌에 가서 은숟가락이나 닦자. 그거라면 머리 쓰지 않고도 할 수 있을 거야. 나도 오늘 밤엔 아무 생각도 못 하겠거든. 손을 움직이고 있으면 그나마 시간도 빨리 갈 거야."

한 시간이 금세 지나갔다.

앤이 마지막 숟가락을 반짝반짝 닦고 내려놓았을 때 현관문 닫히는 소리가 났다. 두 사람은 순간 서로를 위로하듯이 눈을 마주 보았다.

"아, 이렇게 빨리 돌아가시는 것을 보니 틀린 모양이에요."

두 사람은 창가로 달려갔다. 어빙 씨는 돌아가기는커녕 미스 라벤더와 천천히 뜰 한가운데 있는 작은 돌 벤치 쪽으로 걸어가고 있었다.

샤를로타 4세는 기뻐하며 속삭였다.

"어머나, 아가씨, 저분이 마님의 허리에 팔을 둘렀어요. 아마 틀림없이 청혼했을 거예요."

앤은 샤를로타 4세의 통통한 허리에 팔을 두르고 두 사람 모두 숨이 찰 때까지 부엌에서 빙빙 돌며 신나게 춤을 추었다.

"아, 샤를로타. 나는 예언자도 아니고 예언자의 딸도 아니지만, 지금 이 자리에서 당당히 예언할 테니 잘 들어둬. 단풍잎이 빨갛게 물들기 전에 이 오래된 돌집에서 결혼식이 올려질 것이니라. 더 쉬운 말로 해줄까, 샤를로타?"

"아니요, 그 말은 알아들을 수 있어요. 결혼식은 결혼식이니까요. 어머나, 아가씨, 울고 있잖아요! 왜 울죠?"

앤은 눈을 깜빡거리며 말했다.

"모든 것이 너무 아름다워서⋯⋯ 소설 같고⋯⋯ 낭만적이고⋯⋯ 슬퍼서⋯⋯ 이처럼 멋진 일은 또 없겠지만⋯⋯ 어쩐지 슬프기도 해."

샤를로타 4세가 다 안다는 듯이 말했다.

"그야 누구하고 하더라도 결혼에는 위험이 따르게 마련이죠. 하지만, 아가씨, 이 세상에는 남편보다 더 애먹이는 것이 얼마든지 있어요."

시와 산문

앤은 다음 한 달 동안 애번리에서는 가히 흥분의 소용돌이라고 할 만도 한 상태로 보냈다. 레드먼드 대학에 가서 입을 자신의 사소한 옷가지 준비는 뒤로 제쳐두고 미스 라벤더의 결혼 준비에 몰두했기 때문이다. 갖가지 상담과 의논과 계획이 이루어지는 동안 돌집은 갑자기 떠들썩해졌다. 샤를로타 4세는 기쁨과 걱정으로 마음을 졸이면서 바쁘게 종종걸음을 쳤다. 마침내 재봉사가 온 다음에는 천과 디자인을 고르고 가봉을 하기 위해 한바탕 환희와 고뇌를 오갔다. 앤과 다이애나는 거의 '메아리집'에서 살다시피 했다. 앤은 미스 라벤더의 여행옷을 남색이 아니라 갈색으로 하는 게 낫지 않았을까, 회색 비단옷은 몸에 꼭 맞게 만드는 게 좋을까 이런저런 고민을 하느라 밤을 꼬박 새운 날도 있었다.

이번 미스 라벤더의 일로 주위 사람들은 자기 일처럼 무척 기뻐했다. 폴은 아버지로부터 그 이야기를 듣고 한시바삐 앤에게 소식을 전하고 싶은 마음에 한달음에 달려와 뽐내듯 말했다.

"아빠가 멋진 새엄마를 맞아주리라는 것을 나는 오래전부터 믿고 있었어요. 믿음직한 아빠를 가졌다는 것은 좋은 일이에요, 선생님. 나는 미스 라벤더가 몹시 마음에 들어요.

할머니도 아주 기뻐하고 있어요. 두 번째는 미국 여자가 아니어서 그나마 마음 놓았다, 첫 번째는 다행히 아무 탈 없었지만 두 번째에도 그러리라는 보장은 없다시면서요.

린드 아줌마도 이 결혼에 대찬성이래요. 결혼하게 되면 미스 라벤더도 독특한 생각을 하지 않고 다른 사람들처럼 평범하게 살아가겠지 하면서요. 하지만 저는 미스 라벤더가 그런 색다른 생각을 그만두지 않았으면 좋겠어요. 그 생각들을 좋아하니까요. 그래서 미스 라벤더가 다른 사람들처럼 되지 않았으면 해요. 독특한 생각을 하지 않는 사람들은 남아돌아갈 만큼 얼마든지 있으니까요. 그렇죠, 선생님?"

또 하나 어쩔 줄 모를 만큼 기뻐한 사람은 샤를로타 4세였다.

"아, 아가씨. 모든 일이 다 잘되었어요. 어빙 씨와 마님이 여행에서 돌아오면 저도 함께 보스턴으로 가서 살게 되었거든요…… 언니들은 16살에야 보스턴으로 갔는데 나는 15살에 가게 되었어요.

어빙 씨는 참으로 멋있는 분이에요. 그야말로 마님이 걸어다닌 땅에다 절을 할 정도고, 이따금 마님을 바라보는 눈길을 보노라면 내 마음까지 포근해지는걸요. 말로는 뭐라 표현할 수가 없어요, 아가씨.

두 분이 그처럼 사랑하고 있으니 정말 고마운 일이에요. 무엇보다도 그것이 가장 중요한 일이니까요. 사람에 따라서는 그렇지 않아도 그럭저럭 잘 살아가는 사람도 있지만요.

나의 고모님 가운데 세 번 시집간 사람이 있었는데요. 처음에는 좋아서 갔지만 나중 두 번은 형편을 생각해서 갔대요. 장례식 때만 빼놓고는 세 번 다 그냥저냥 행복하게 살았다고 했죠. 하지만 그렇게 하는 건 역시 모험을 한 셈이 아니겠어요, 아가씨."

그날 밤 앤은 마릴라에게 말했다.

"이처럼 낭만적인 일은 또 없어요. 만일 내가 그날 킴벌 씨네에 가다가 길을 잘못 들지 않았더라면 미스 라벤더를 몰랐을 거고 폴을 그 집에 데려가지도 않았을 거예요…… 만약 폴이 미스 라벤더 이야기를 쓴 편지를 아버지한테 보내지 않았더라면 어빙 씨는 그대로 샌프란시스코로 떠나버렸을 거예요. 어빙 씨가 말했는데, 그 편지를 받는 순간 샌프란시스코에는 동업자를 보내고 자기는 이곳에 와야겠다고 마음먹었대요. 미스 라벤더의 소식을 15년 동안이나 모르고 있다가, 누군가로부터 미스 라벤더가 결혼한다는 이야기를 들었다는 거예요. 그래서 당연히 결혼했을 거라 짐작하고 그다음부터는 아무에게도 미스 라벤더에 대해 물어보지 않았대요.

그런데 지금은 모든 일이 제자리를 찾았으니 참으로 신기해요. 거기에 내가 한몫을 한 셈이고요. 린드 아주머니 말대로 모든 일은 미리부터 정해져 있어서 언젠가는 그렇게 되었을지도 모르지만, 그렇다 해도 내가 운명의 심부름꾼 역할을 했다고 생각하면 정말 기뻐요. 참으로 낭만적인 일이에요."

마릴라는 퉁명스럽게 말했다.

"나는 뭐가 그토록 낭만적인지 도무지 모르겠구나."

대학에 갈 준비를 해야 하는데 앤이 사흘에 이틀 꼴로 '메아리집'에 가서 미스 라벤더를 도와주는 것이 마릴라는 못마땅했다.

"처음에 어리석은 두 연인이 말다툼하여 틀어졌다, 그래서 스티븐 어빙은 미국으로 갔고 얼마 뒤 그곳에서 결혼하여 매우 행복한 생활을 했다, 그러다가 아내가 죽고 적당한 기간이 지난 다음 첫 번째 연인이 자기와 결혼해줄는지 어떤지 알아보기 위해 돌아왔다, 한편 여자 쪽은 자기 마음에 드는 혼처가 없어 혼자 살고 있었다, 그래서 두 사람은 만났고 결혼하기로 했다. 이것이 대체 뭐가 그리 낭만적이라는 거냐?"

앤은 누가 머리 위에 찬물을 확 끼얹은 것처럼 어이가 없었다.

"아, 그야 그런 식으로 말해 버리면 조금도 낭만적이지 않죠. 산문으로 쓴다면 그렇게밖에 밀힐 수 없을지도 몰라요. 하지만 시적 감흥을 통해 보면 아주 달라져요…… 시적으로 보는 편이……."

다시금 기운을 되찾자 앤의 눈은 반짝였고 뺨은 붉어졌다.

"훨씬 멋지다고 생각해요."

마릴라는 또 비꼬아줄까 했지만 몹시 즐거워하는 앤의 꽃다운 얼굴을 보고 그만두기로 했다. 어쩌면 그녀도 비로소 깨달은 것일까? 앤처럼 '신성한 시각과 능력'[1]을 가지고 있어 남들과는 다른 생각을 할 수 있는 사람이 더 행복하다는 것을……? 인생을 이상적으로 본다고 할까, 혹은 숨겨졌던 것을 드러낸다고 할까, 하는 그런 재능은 누가 부여하거나 빼앗을 수 있는 것이 아니라는 것을……? 어쨌든 그 재능을 통해 모든 것들을 찬란하고 생생한 신의 빛에 감싸여 있는 선물로 바라보는 것이다. 마릴라나 샤를로타 4세같이 사물을 산문적 관점을 통해서밖에 볼 수 없는 사람의 눈에는 절대로 그렇게 보이지 않는 법이다.

잠시 잠자코 앉아 있다가 마릴라가 물었다.

"결혼식은 언제냐?"

"8월 마지막 수요일이에요. 정원의 인동덩굴 아치 밑에서 식을 올려요. 25년 전 어빙 씨가 청혼했던 자리래요. 마릴라, 이것만큼은 '산문적으로' 말해도 낭만적이죠? 식에 참석할 사람은 어빙 씨 어머니와 폴, 길버트와 다이애나, 나와

---

[1] 영국 시인 윌리엄 워즈워스(1770~1850)의 시 〈송가 : 영혼불멸성의 암시〉에서 따옴.

미스 라벤더의 친척들뿐이에요.

　식이 끝나면 두 분은 6시 기차로 태평양 연안으로 떠나요. 가을에 여행에서 돌아오면 폴과 샤를로타 4세도 보스턴으로 함께 가서 살게 된대요.

　'메아리집'은 그대로 두고―물론 소며 닭은 팔고 창문을 판자로 막을 거지만―해마다 여름이면 그곳에서 지낼 거래요. 너무나 기뻐요. 올겨울 레드먼드에서 저 그리운 돌집을 생각할 때 가구 하나 없이 텅 빈 장면이 떠오른다거나…… 아니면 더 끔찍하게도 다른 사람들이 살고 있는 장면이 떠오른다면 견딜 수 없이 괴로웠을 테니까요. 그런데 이제는 지금 모습 그대로, 어서 여름이 와서 또다시 화목한 웃음소리가 울려 퍼지기를 행복하게 기다리는 그 집의 모습을 떠올리면 되니까요."

　이 세상에는 돌집에서의 중년 연인들의 로맨스뿐만 아니라 다른 사람들도 많이 있다. 어느 날 저녁, 앤은 '언덕의 과수원'으로 가려고 숲속 지름길을 지나 배리 씨네 뜰 앞에 이르렀다. 큰 버드나무 아래에 다이애나와 프레드 라이트가 서 있었다.

　다이애나는 발그레하게 물든 얼굴을 하고 눈을 내리뜬 채 버드나무에 기대서 있었다. 그 한 손을 프레드가 잡고 다이애나에게 몸을 굽힌 채 나직하고 열띤 목소리로 뭔가 더듬거리며 이야기하고 있었다. 그 매혹적인 순간, 온 세상에는 그 두 사람만이 존재하고 있었다. 그들은 앤이 온 것을 알아차리지 못했다.

　앤은 한눈에 그 자리의 분위기를 알아차리고 소리 나지 않도록 몸을 돌려 가문비나무숲을 지나 쏜살같이 자기 방으로 돌아갔다. 그리고 숨을 헐떡이며 창가에 앉아 온통 어지러운 마음을 가라앉히려 했다.

　"다이애나와 프레드가 서로 사랑할 줄이야…… 절망적이야. 벌써 어른이 다

되어버렸어."

앤의 가슴은 두근거렸다.

요즘 다이애나가 어린 시절에 그리던 바이런의 시에 등장하는 우수에 찬 주인공을 만나는 꿈을 혹시 버린 것은 아닐까 하고 앤도 의심스럽게 생각하기는 했지만, 백문이 불여일견, 막상 오늘 실제로 자기 눈으로 확인하자 앤은 기절이라도 할 만큼 놀랐다. 충격이 얼마쯤 가라앉자 묘하게 쓸쓸한 기분이 들었다…… 마치 다이애나만이 먼저 새로운 세계로 들어가 앤 혼자 밖에 남겨둔 채 문을 닫아버린 듯한 느낌이었다.

'여러 일이 너무 빠르게 바뀌니까 무서울 정도야. 이제부터 다이애나와 나 사이에는 얼마쯤 틈이 생기지 않을까. 앞으로는 내 비밀을 다이애나에게 모두 털어놓을 수 없게 됐어…… 프레드에게 말할지 모르니까. 대체 다이애나는 프레드의 어디가 마음에 들었을까? 그야 프레드는 착하고 성격 좋은 사람이지만…… 그래도 그냥 프레드 라이트일 뿐이잖아.'

어떤 사람이 어떤 사람의 어디가 마음에 드는지…… 그것은 언제까지나 풀 수 없는 수수께끼다. 하지만 그러하기에 오히려 행복한 건지도 모른다. 만약 모든 사람들이 똑같은 생각을 한다면 그거야말로 큰일이다. 어느 늙은 아메리카 원주민의 말처럼 '누구나 내 아내를 넘보게' 될 테니까. 앤의 눈에는 보이지 않아도 다이애나에게는 틀림없이 프레드 라이트의 좋은 점이 보였으리라.

다음 날 저녁, 좀 사색에 잠긴 듯한 다이애나가 수줍어하며 그린게이블즈를 찾아와 땅거미 지는 동쪽 방에서 모든 것을 이야기했다. 두 사람은 울기도 하고 서로의 볼에 입을 맞추기도 하고 웃기도 했다.

"나는 아주 행복해. 하지만 내가 약혼했다고 생각하면 이상한 기분이 들어."
"약혼이란 어떤 느낌이 드는 거니?"

앤은 호기심에 차서 물었고, 다이애나는 의기양양한 듯이 대답했다. 흔히 약혼한 사람은 약혼하지 않은 사람에게 자기만 어떤 지혜를 터득한 듯한 우월감을 드러내기 마련인데 다이애나도 예외가 아니었다.

"글쎄, 그것은 약혼한 상대가 누구냐에 따라 다르겠지. 프레드와 약혼했으니 이처럼 행복하지만…… 다른 사람이었다면 싫었을 것 같아."

앤은 웃었다.

"그렇다면 우리 같은 사람들은 비관해야겠구나. 이 세상에 프레드는 한 사람뿐이니까."

다이애나는 난처해하며 말했다.

"어머나, 앤, 너는 이해하지 못하는구나. 그런 뜻으로 말한 게 아니야. 뭐라 하면 좋을지 모르지만, 뭐, 네 차례가 되면 너도 곧 알게 될 거야."

"아니야, 다이애나. 이미 알고 있어. 내 차례가 되지 않았을 때 다른 사람의 눈을 통해 인생을 살짝 엿볼 수 없다면 무엇 때문에 상상력이 필요하겠니?"

"너는 내 들러리가 되어줘야 해…… 내가 결혼식을 할 때는 네가 어디에 있든…… 꼭 와줘야 해. 약속해줘."

그러자 앤이 거창한 말로 약속했다.

"이 세상 끝에 있다 해도 어떻게든 달려올게."

다이애나가 얼굴을 붉혔다.

"물론 아직 먼 뒷날의 일이야. 적어도 3년은 걸릴걸. 아직 나는 18살이잖니? 어머니는 21살 전에는 결혼시키지 않겠다고 했거든. 게다가 프레드의 아버지가 에이브러햄 플레처 농장을 프레드에게 사주려 하는데, 그 값의 3분의 2를 갚은 뒤에 프레드의 명의로 바꿔주겠다고 한대.

그래도 결혼 준비를 하려면 3년으로도 모자랄 정도야. 나는 아직 자수며, 레이스 뜨기며 혼수품을 갖춰놓은 게 아무것도 없거든. 도일리[2]는 내일부터 뜨기 시작해야겠어. 마이라 길리스가 시집갈 때에는 도일리를 37장이나 가져갔대. 나도 그만큼은 가져가고 싶어."

"하긴 그래. 도일리 36장으로야 어디 살림이 되겠니."

앤은 진지한 표정이었으나 눈은 놀리듯이 웃고 있었다.

다이애나는 살짝 기분 상한 듯이 입을 삐쭉 내밀어 말했다.

"네가 나를 비웃을 줄은 몰랐어, 앤."

앤은 곧 미안해하며 말했다.

"다이애나, 널 비웃은 게 아니야. 그저 조금 놀렸을 뿐이지. 너야말로 이 세상에서 가장 사랑스러운 아내가 될 거야. 더구나 지금부터 행복한 꿈의 집을 계획한다는 것은 멋진 일이지."

앤은 '꿈의 집'이라는 말이 입에서 나온 순간 그 말이 마음을 사로잡아 곧 자기의 '꿈의 집'을 계획하기 시작했다. 물론 그곳에는 자존심 강하고 우수에 찬 얼굴을 한 이상형의 남편이 살고 있어야 한다. 그런데 이상하게도 길버트 블라이드가 그 언저리에서 서성거리며 앤을 도와 액자를 걸기도 하고, 뜰을 꾸미기도 하였다. 자존심 강하고 우수에 찬 남편은 품위를 손상시키는 일이라 절대로 손대지 않는 탓인지 자질구레한 일을 하나같이 길버트가 열심히 도와주고 있었다.

앤은 공상 속의 스페인 성에서 길버트의 모습을 털어버리려 했으나 그는 요지부동이었다. 그래서 마음이 급한 앤은 길버트를 그대로 둔 채 공중누각을 계속 쌓아 다이애나가 다시 말을 잇기 전에 가구까지 모두 갖춘 멋진 '꿈의 집'

---

[2] 면이나 리넨을 코바늘뜨기로 떠서 만든 매트로 컵받침이나 식탁보, 냅킨 등으로 쓰임.

을 얼른 완성시켰다.

"앤, 내가 결혼하겠다고 늘 말하던 키 크고 날씬한 사람과 프레드가 너무 동떨어져 우습게 생각하겠지. 하지만 나는 프레드가 키가 크지도 날씬하지도 않아서 좋아…… 그렇다면 프레드가 아닐 테니까.

물론 알고 있어. 우리는 엄청 뚱뚱한 한 쌍이 되겠지. 하지만 모건 슬론 씨네처럼 한쪽은 키가 작고 뚱뚱한데 한쪽은 키다리에 여윈 것보다는 낫지 않을까? 린드 아주머니는 두 사람이 함께 있는 걸 보면 뚱뚱이와 홀쭉이밖에 생각이 안 난대."

그날 밤 앤은 거울 앞에서 머리를 빗으며 중얼거렸다.

"어쨌든 다이애나가 행복하고 만족스러워하니 잘됐어. 하지만 내 차례가 왔을 때에는—정말로 올까?—좀 더 가슴이 뛸 만큼 멋있었으면 해.

다이애나도 전에는 그렇게 생각했었지. 결코 시시하고 평범한 약혼은 하지 않겠다, 자기를 얻기 위해 상대방은 보통 사람은 할 수 없는 멋진 일을 해야 한다고 몇 번이나 말했었는데. 결국엔 생각이 달라졌나 봐.

어쩌면 나도 생각이 바뀔지 몰라. 아니야, 나는 그렇게 되지 않겠어…… 결코. 내 결심은 확고해. 어쨌든 이 약혼이란 것이 친한 친구가 하게 되면 사람 마음을 몹시 어지럽게 만드는 것 같아."

메아리집의 결혼식

이윽고 8월 마지막 주가 되었다. 그 주에 미스 라벤더는 결혼식을 하고, 2주일 뒤에는 앤과 길버트가 레드먼드 대학으로 떠나며, 앤이 떠나기 1주일 전에 린드 부인이 그린게이블즈로 옮겨 오게 되어 있다. 그린게이블즈의 손님용 침실은 이미 린드 부인이 언제 옮겨 와도 좋도록 준비되어 있었다. 린드 부인은 불필요한 가재도구는 모두 경매에 붙여 팔아버렸고, 지금은 앨런 목사 부부의 이삿짐 싸는 일을 돕는 데 정신을 쏟고 있었다. 앨런 목사는 이번 일요일에 작별 설교를 하게 되어 있었다. 마을의 익숙한 질서가 새로운 생활에 자리를 내주기 위해 빠르게 변해간다고 생각하니, 앤은 흥분되고 행복하면서도 조금은 쓸쓸함을 느꼈다.

해리슨 씨는 세상 물정을 통달한 사람 같은 투로 말했다.

"변화란 늘 달가운 것은 아니더라도 중요한 것이오. 2년 동안이나 똑같은 나날이 이어졌으니 그만하면 충분하지. 더 이상 지속되면 그늘진 곳에 축축한 이끼가 끼죠."

해리슨 씨는 베란다에서 담배를 뻐끔뻐끔 피우고 있었다. 해리슨 부인이 희생정신을 발휘하여 해리슨 씨에게 열려 있는 창가에서라면 집 안에서 담배를 피워도 좋다고 했고, 해리슨 씨는 양보해준 부인의 마음에 보답하여 날씨가 좋을 때만 밖에서 피우기로 했다. 이렇게 두 사람은 서로를 배려해가며 사이좋게 지내고 있었다.

앤은 해리슨 부인에게 노랑 달리아를 얻으러 와 있었다. 드디어 결혼식이 내일로 다가왔으므로 미스 라벤더와 샤를로타 4세를 도와 막바지 준비를 하기 위해 다이애나와 그날 밤 '메아리집'에 가기로 한 것이다. 달리아는 미스 라벤더의 고풍스러운 뜰에 어울리지 않을뿐더러 미스 라벤더 자신이 좋아하지 않으므로 심지 않았다. 하지만 그해 여름에는 에이브 아저씨의 폭풍으로 무슨 꽃이든 애번리 부근에서는 구경하기가 힘들었다. 그래서 앤과 다이애나는 평소에 도넛을 담아두는 오래된 크림색 돌항아리에 노랑 달리아를 가득 꽂아 층계 옆 어스레한 구석에 놓으면 복도의 빨간 벽지가 배경이 되어 한층 돋보일 것이라고 생각했다.

"앞으로 2주일만 있으면 앤은 대학에 가겠군요. 앤이 없으면 우리는—에밀리도 나도—쓸쓸할 거요. 앤 대신 린드 부인이 그 집에 살게 되었으니, 실로 기가 막힌 대용품이오."

해리슨 씨의 잔뜩 비꼬는 말투를 글로는 도저히 담아낼 수가 없다. 자기 아내와 린드 부인이 절친한 사이가 된 새로운 체제 아래에서도 해리슨 씨와 린드 부인 사이는 기껏해야 무장중립의 상태를 벗어나지 못했다.

"네, 그래요. 머리로는 기쁘지만...... 가슴으로는 슬프기도 해요."

"레드먼드에 가서는 여기저기 굴러다니는 온갖 우등상이란 상은 모조리 휩쓸 테지."

"그 가운데 한두 가지는 차지하도록 애쓰겠지만, 2년 전만큼 그런 일에 연연하고 싶지는 않아요. 대학에서는 살아가는 데 필요한 지식과 그것을 가장 잘 활용할 수 있는 길을 배우고 싶어요. 주변 사람들과 나 자신을 이해하고 힘이 되려면 어떻게 해야 하는지, 그것을 공부하고 싶어요."

해리슨 씨는 고개를 끄덕였다.

"맞았소. 그 때문에 대학이 있는 거요. 탁상공론과 허영으로 머릿속이 가득 차서 다른 생각은 들어갈 틈도 없는 학사들이나 덮어놓고 만들어내는 것이 대학의 임무가 아니니까. 앤 말이 맞아요. 그렇다면 대학에 간다 해도 그리 나쁘게 없을 듯싶군요."

차를 마신 다음 다이애나와 앤은 각자의 집과 이웃집 뜰에서 얻어온 꽃을 한 아름 실은 마차를 타고 '메아리집'으로 갔다. 돌집은 흥분의 도가니였으며 그 속을 샤를로타 4세가 기운차게 이리저리 뛰어다녀 집 안에 온통 그녀의 파란 리본이 펄럭이고 있는 것 같았다. 치열한 전장 한가운데 나바르의 투구[1]처럼 파란 리본은 곳곳에서 동분서주하고 있었다.

"아, 드디어 와주셔서 천만다행이에요. 해야 할 일이 산더미처럼 쌓였거든요…… 케이크에 바른 아이싱이 아직 덜 굳었고…… 은나이프와 포크도 아직 닦지 못했고…… 트렁크에 옷도 넣어야 하고…… 닭고기 샐러드에 쓸 수탉이 아직도 닭장 앞에서 뛰어다니며 꼬끼오거리고 있는 형편이에요, 셜리 아가씨.

게다가 마님에게는 아무것도 마음 놓고 맡길 수 없어요. 바로 조금 전에 어빙 씨가 오셔서 마님더러 숲속으로 산책하러 가자고 해서 정말 다행이었어요. 연애는 하셔도 상관없지만 요리며 청소까지 같이 하셨다가는 모두 엉망이 될 거 같아요."

앤과 다이애나도 열심히 일하여 시계가 10시를 칠 무렵에는, 샤를로타 4세

---

[1] 나바르는 9~14세기에 프랑스 남서부와 에스파냐 북부에서 번성한 나라이고, "나바르의 투구"는 영국의 역사가이자 정치가였던 토머스 배빙턴 매콜리(1800~1859)의 시 〈이브리〉에 등장하는 구절이자, 미국의 소설가이자 극작가 버사 룬클(1879~1958)이 1901년에 쓴 역사소설의 제목.

도 더 이상 할 일이 없을 만큼 일이 마무리되었다. 샤를로타 4세는 그제야 머리를 길게 땋아 늘어뜨리고는 지친 몸을 침대에 뉘었다.

"하지만 잠이 올 것 같지 않아요, 아가씨. 식을 올리기 전까지는 무슨 일이 잘못되지나 않을까 마음이 놓이지 않아서요. 휘핑크림의 거품이 일지 않는다거나…… 어빙 씨가 졸도하여 오지 못한다거나……."

"설마 어빙 씨가 여느 때 졸도하는 버릇이 있는 건 아니겠지?"

다이애나가 재미있다는 듯이 미소를 지어 입가에 보조개가 움푹 파였다. 다이애나에게는 샤를로타 4세가 예쁘지는 않지만 언제 보아도 매우 '즐거운' 존재였다.

샤를로타 4세는 무서운 목소리로 말했다.

"그것은 버릇이 아니에요. 갑자기 일어나는 법이죠. 졸도는 누구에게 덮쳐 올지 몰라요. 연습이라는 것도 없답니다. 나의 삼촌 가운데 한 분이 식사하다가 졸도한 일이 있는데, 어빙 씨가 그 삼촌하고 참 닮았거든요.

하지만 모든 일이 물 흐르듯 잘될 수도 있고요. 이 세상의 모든 일은 오직 희망을 버리지 않고 최악의 경우를 각오하면서 나머지는 하느님의 뜻에 따라야 할 뿐이에요."

다이애나가 말했다.

"나는 단 한 가지 내일 날씨가 나쁘면 어떡하나 하는 게 걱정이야. 에이브 아저씨가 이번 주 중간쯤에 비가 온다고 예언했는데, 지난번 큰 폭풍이 있은 뒤부터 에이브 아저씨의 말을 믿어야 할 것 같거든."

에이브 아저씨가 그 폭풍우와 얼마나 관계있었는지 다이애나보다 자세히 아는 앤은 이런 말을 듣고도 조금도 걱정하지 않고 깊은 잠에 들었다. 그런데 다음 날 아침 터무니없이 이른 시각에 샤를로타 4세가 열쇠구멍을 통해 금방이라도 울음을 터뜨릴 것 같은 목소리로 깨우는 소리에 눈을 떴다.

"셜리 아가씨, 이렇게 일찍 깨워 죄송하지만 아직 할 일이 많아요…… 그리고 아가씨, 비가 올까 봐 걱정인데…… 아가씨가 직접 확인해보시고 괜찮을 거라고 말씀해주세요."

앤은 창가로 달려가면서 샤를로타 4세가 앤을 침대에서 효과적으로 끌어내기 위해 그냥 한 말이기를 바랐다. 그런데 유감스럽게도 도저히 화창한 날씨라고는 할 수 없었다. 여느 때라면 찬란한 아침 햇살이 쏟아졌을 뜰이 바람도 없이 음산했으며 전나무숲 위 하늘에는 금방이라도 비가 쏟아질 것 같은 험악한 구름이 시커멓게 덮여 있었다.

다이애나도 일어나서 탄식했다.

"이렇게 기막힌 일이 또 어디 있니."

앤은 단호하게 말했다.

"희망을 버리지 말자. 비만 내리지 않는다면 오히려 이렇게 하늘이 진줏빛을 띤 서늘한 날이 햇볕이 쨍쨍 내리쬐는 날보다 더 좋아."

"하지만 비가 오면요?"

슬그머니 방으로 들어온 샤를로타 4세의 모습은 볼만했다. 머리카락을 여러 갈래로 땋아 감아올려 끝에 묶은 흰 끈이 마치 고슴도치 가시처럼 사방팔방으로 비어져 나와 있었다.

"마지막까지 오지 않고 최대한 버티다가 막상 식을 올릴 때쯤 억수같이 쏟아지겠죠. 그렇게 되면 모두들 흠뻑 젖어서 집으로 들어올 거고…… 집 안은 온통 진흙투성이가 되고…… 인동덩굴 아치 밑에서 식도 올릴 수 없게 돼요.

그리고 뭐니 뭐니 해도 신부에게 한 줄기의 햇빛도 비치지 않는다는 건 나쁜 징조예요, 아가씨. 어쩐지 너무 일이 잘돼가길래 오히려 불안하더라니까요."

샤를로타 4세는 미스 일라이자 앤드루스의 비관적인 삶의 지침서를 빌려다 읽은 것 같았다.

꼭 금방이라도 쏟아질 듯한 먹구름이 드리워 있었지만 비는 내리지 않았다. 오전이 지나가고 정오까지 각 방의 장식이 끝났으며 식탁 준비도 완벽하게 끝났다. 2층에서는 신부가 신랑을 맞이할 옷차림으로 앉아 있었다.

앤은 그 모습을 바라보며 감탄했다.

"정말 아름다워요."

그러자 다이애나도 맞장구쳤다.

"멋져요."

"모든 준비를 끝마쳤습니다, 아가씨. 아직까지는 그리 나쁜 일도 일어나지 않았고요."

샤를로타 4세는 자기 딴에는 위로의 말을 남기고 자기 방으로 가서 옷을 갈아입기 시작했다. 여러 갈래로 길게 땋아 늘어뜨렸던 머리를 풀어 곱슬곱슬해진 머리카락을 빗어 내린 다음 두 가닥으로 땋아 늘어뜨리고 파란 나비 리본을 두 개가 아니라 새 걸로 네 개나 달았다. 위에 묶은 리본 두 개는 마치 라파엘로의 그림에 나오는 천사의 쫙 펼친 날개가 샤를로타의 목 뒤에서 나온 듯한 느낌이었다.

샤를로타는 그런 자신의 모습이 아름답다고 여기며 풀을 너무 많이 먹여 저 혼자서도 서 있을 것처럼 빳빳한 드레스로 갈아입고 거울 앞에 서서 아주 흡족한 듯이 바라보았다. 하지만 그 만족감도 방 안에 있는 동안뿐이었다. 복도로 나가 손님용 침실 문틈으로, 부드럽게 흘러내리는 옷을 입고 물결치는 빨강 머리에 별 같은 새하얀 꽃을 꽂은 키 큰 앤의 모습을 보았을 때 가엾은 샤를로타 4세는 낙심하고 말았다.

"아, 나는 도저히 아가씨처럼 보일 수 없을 거야. 그렇게 태어난걸, 뭐…… 아무리 연습해도 저런 분위기는 흉내 낼 수 없어."

1시까지 앨런 목사 부부를 비롯하여 손님들이 모두 도착했다. 그래프턴의 목사가 휴가를 떠나고 없어 앨런 목사가 대신 식을 맡게 되었다. 식이라고는 하지만 겉치레 같은 격식은 하나도 없었다. 미스 라벤더는 층계를 내려와 신랑을 맞이했다. 신랑이 손을 잡았을 때 그를 올려다보는 미스 라벤더의 커다란 갈색 눈망울에 깃든 표정을 언뜻 본 샤를로타 4세는 이제까지 느끼지 못했던 묘한 기분에 사로잡혔다.

모두들 앨런 목사가 기다리고 있는 인동덩굴 아치 아래로 나갔다. 손님들은 저마다 적당한 자리에 섰고 앤과 다이애나는 샤를로타 4세를 사이에 두고 돌벤치 옆에 섰다. 샤를로타 4세는 떨리는 차가운 손으로 두 사람의 손을 필사적으로 붙잡고 있었다.

앨런 목사가 파란 책을 펴고 식이 시작되었다. 마침 미스 라벤더와 스티븐 어빙이 부부가 되었음을 선포한 성혼선언이 이루어진 바로 그때 그것을 축복하듯이 아주 아름답고 상징적인 일이 일어났다. 갑자기 태양이 잿빛 구름 사이에서 나타나 행복한 신부에게 찬란한 빛을 비춰주었던 것이다. 별안간 뜰은 숨결이 돌아온 듯 춤추는 그림자와 일렁이는 햇빛으로 싱그럽게 살아났다.

'어쩌면 이토록 좋은 징조가 있을까!'

앤은 달려가 신부에게 키스했다. 그리고 세 아가씨는 손님들이 신혼부부를 에워싸고 웃으며 이야기하는 동안 피로연 준비를 하기 위해 재빨리 집 안으로 들어갔다.

"아, 살았어요. 식이 무사히 끝났으니 이제 무슨 일이 일어나도 상관없어요, 아가씨. 쌀자루는 식료품 저장실에 놓았고 헌 신은 문 뒤에 감춰 두었고, 휘핑크림은 지하실 층계에 놓았어요."

샤를로타 4세는 안도의 한숨을 내쉬었다.

2시 30분에 어빙 부부는 떠났고, 모두들 브라이트리버역까지 전송했다. 미스 라벤더가 어빙 부인이 되어 자기의 오랜 집에서 한 발자국 내디뎠을 때 길버트와 아가씨들은 쌀을 뿌렸고 샤를로타 4세는 헌 신을 던졌는데 그만 너무 겨냥을 잘했는지 앨런 목사의 머리를 맞히고 말았다.

무엇보다도 멋진 작별 선물은 폴이 선사했다. 폴은 식당의 벽난로 선반에 놓인, 식사 시간을 알리는 커다란 놋쇠종을 힘차게 흔들면서 현관으로 달려 나왔다. 폴은 다만 경쾌한 소리를 내고 싶었을 따름인데, 그 소리가 사라짐과 동시에 강 건너 언덕이며 숲이며 사방에서 맑은 '요정의 결혼식 종'이 은은하게 울려 퍼졌다. 그 소리는 조금씩 멀리멀리 사라져 마치 미스 라벤더가 사랑하던 메아리가 축하와 작별의 인사말을 하고 있는 듯이 울렸다. 이 아름다운 종소리의 축복을 받으며 미스 라벤더는 꿈과 공상의 옛 생활에서 좀 더 알찬 현실 생활이 기다리는 분주한 세계를 향해 떠나갔다.

두 시간 뒤 앤과 샤를로타 4세는 또다시 오솔길로 들어섰다. 길버트는 웨스트그래프턴으로 심부름 갔고, 다이애나는 약속이 있어 집에 돌아가야만 했다. 앤과 샤를로타 4세는 뒷정리를 하기 위해 다시 작은 돌집으로 돌아온 것이다. 뜰에는 늦은 오후의 황금빛 햇살이 가득 찼으며 나비는 나풀나풀 춤추고 꿀벌은 윙윙 소리 내며 날고 있었다. 그러나 이미 이 작은 집에는 떠들썩한 축하 뒤에 어김없이 뒤따르는, 무어라 말할 수 없이 황량하고 휑한 분위기가 감돌고 있었다.

역에서 집으로 돌아오는 내내 울었던 샤를로타 4세가 다시 코를 훌쩍거리며 말했다.

"어쩌면 이토록 허전해 보일까요…… 다 끝나고 나면 결혼식도 장례식과 그리 다를 바 없이 쓸쓸하군요, 아가씨."

그 뒤 저녁때까지 바쁜 시간이 이어졌다. 두 사람은 서둘러 여러 가지 장식물을 뜯고 치우고 설거지를 했으며, 남은 음식은 샤를로타 4세의 어린 남동생들에게 갖다주라고 바구니에 담는 등 쉬지 않고 열심히 일했다. 샤를로타 4세가 한몫 잔뜩 챙겨 집으로 돌아간 뒤, 앤은 향연이 끝난 뒤의 텅 빈 홀을 홀로 걷는 듯한 기분으로 쥐 죽은 듯 고요해진 방마다 돌아다니며 창의 덧문을 달았다. 그리고 현관문에 자물쇠를 채운 뒤 포플러나무 밑에 앉아 몹시 지치기는 했지만 그래도 끝없는 공상에 잠겨 길버트를 기다렸다.

"무슨 생각을 하고 있어, 앤?"

길버트는 큰길에 마차를 세워놓고 오솔길을 따라 걸어왔다.

앤은 꿈꾸듯 대답했다.

"미스 라벤더와 어빙 씨를 생각하고 있었어. 이렇게 모든 일이 잘 끝난 것이 꿈만 같아…… 오랜 세월 동안 하찮은 오해 때문에 떨어져 있었지만 마침내 함께하게 되었으니 이처럼 아름다운 일이 또 있을까."

길버트는 앤의 얼굴을 똑바로 내려다보며 말했다.

"그래, 정말 멋진 일이야. 하지만 앤, 오해도 이별도 없이, 서로의 손을 놓지 않고, 함께 지낸 추억만 안은 채 평생을 함께 보낼 수 있다면, 그게 더 아름다운 일이 아닐까?"

한순간 앤의 가슴은 이상하게 두근거렸고 조용히 내려다보는 길버트의 눈길에 견딜 수 없는 감정을 처음으로 느끼며 눈을 내리뜨지 않을 수 없었다. 창백한 두 뺨이 장밋빛으로 물들었다. 마치 마음 깊숙한 곳에 드리워져 있던 엷은 베일이 벗겨지며 생각지도 못한 감정과 현실이 드러난 듯한 기분이었다.

결국 로맨스란 멋진 기사가 화려한 행렬을 앞세우고 나팔 소리와 함께 요란하게 자기 인생에 등장하는 게 아니라, 옛 친구가 어느덧 자기 옆으로 조용히 걸어와 앉듯이 말없이 다가오는 것인지도 모른다. 얼핏 보기에는 산문적이기만 했던 것에 뜻하지 않게 그 페이지 위로 한 줄기 빛이 비스듬히 비쳐 든 순간, 감추어졌던 시와 음악이 드러나는 것과 같은지도 모른다. 아마…… 어쩌면…… 사랑이란 황금 꽃술을 단 장미가 초록색 잎사귀 사이에서 피어나듯 아름다운 우정으로부터 저절로 꽃피는 것인지도 모른다.

이윽고 베일은 다시 드리워졌다. 하지만 땅거미 진 오솔길을 걸어가는 앤은 전날 저녁 명랑하게 마차로 그곳까지 달려온 앤이 아니었다. 보이지 않는 손가락 끝으로 천진한 소녀 시절의 장은 넘겨졌으며, 어엿한 한 여성으로서의 장이 그 가늠할 수 없는 매력과 수수께끼, 고통과 기쁨을 모두 담고서 앤 앞에 펼쳐졌다.

길버트는 현명하게도 더 이상 아무 말 하지 않았다. 그러나 눈에 선한, 볼을 붉게 물들이던 아까의 앤의 모습에서 이제부터 4년 동안의 앞날을 뚜렷이 읽을 수 있었다. 4년 동안의 진지하고도 불타는 학구열…… 그리고 그 결과로써 유익한 지식을 쌓아 올리고 사랑하는 사람의 마음을 얻는 것이다.

두 사람 뒤에는 작은 돌집이 생각에 잠긴 듯 어둑어둑한 뜰에 서 있었다. 그것은 쓸쓸해 보였으나 버림받았다는 처량함은 아니었다. 꿈과 웃음과 삶의 기쁨은 아직 끝난 게 아니며, 작은 돌집에는 미래의 화창한 여름이 약속되어 있었다. 그동안 조금만 참고 기다리면 된다. 강 건너 저쪽에서는 보랏빛 노을에 싸인 메아리가 자신들이 다시 불릴 때를 잠잠히 기다리고 있었다.